P. I. Paris

Wer früher geht, verpasst den Schlu

PIPER

Zu diesem Buch

Miss Ross, die ehemalige Schuldirektorin, Dorothy, ihre beste Freundin, Walter, der adrette Gentleman, Joyce, die Pessimistin, Deirdre, der Moralapostel, und Joan, die lebenserfahrene Realistin, die nichts aus der Ruhe bringt – im »Highland Home« in Schottland leben unterschiedlichste Bewohner zufrieden unter einem Dach. Bis eines Tages die Erhöhung der Heimgebühren ihren ruhigen Alltag stört. Ein Plan muss her, wie sie entweder zu mehr Geld kommen oder die Heimleitung von der Erhöhung abbringen können. Sie organisieren eine Demonstration und verbarrikadieren sich im Aufenthaltsraum. Doch damit haben sie keinen Erfolg. Eines Abends, bei Nierentee und Strickzeug, kommt die Diskussion auf einschlägige Sex-Hotlines, mit denen man viel Geld verdienen kann. Gesagt, getan – sie lassen sich ein entsprechendes Telefon installieren und erstellen einen Dienstplan. Und mit dem ersten Klingeln beginnt der Spaß.

Philip Paris ist Autor, Dramaturg und Journalist. »Wer früher geht, verpasst den Schluss« war ursprünglich ein Theaterstück, das auf verschiedensten Bühnen Schottlands mit großem Erfolg aufgeführt wurde. Die überwältigende Nachfrage veranlasste den Autor dazu, die Geschichte als Roman umzuschreiben und Figuren und Handlungsstränge zu ergänzen. Er lebt mit seiner Frau Catherine in den schottischen Highlands.

P. I. Paris

Wer früher geht, verpasst den *Schluss*

Roman

Aus dem Englischen
von Susanne Keller

PIPER

Mehr über unsere Autoren und Bücher:
www.piper.de

Wenn Ihnen dieser Roman gefallen hat, schreiben Sie uns unter Nennung des Titels »Wer früher geht, verpasst den Schluss« an *empfehlungen@piper.de,* und wir empfehlen Ihnen gerne vergleichbare Bücher.

FSC
www.fsc.org
MIX
Papier aus verantwortungsvollen Quellen
FSC® C083411

Ungekürzte Taschenbuchausgabe
ISBN 978-3-492-31471-8
März 2020

Titel der englischen Originalausgabe:
»Casting Off«, Black & White Publishing, Edinburgh 2016

erschienen im Verlagsprogramm Pendo
Redaktion: Antje Röttgers
Umschlaggestaltung: U1berlin/Patrizia Di Stefano
Umschlagabbildung: 2018 Marius van Dokkum/Art Revisited NL
Satz: Satz für Satz, Wangen im Allgäu
Gesetzt aus der Garamond
Druck und Bindung: CPI books GmbH, Leck
Printed in the EU

Vorwort

Zu Anfang des Jahres 2015 begann ich, ein Theaterstück zu schreiben, das die Geschichte von drei Damen fortgeschrittenen Alters in einem Seniorenheim im schottischen Hochland erzählt. Als die neuen Eigentümer die Gebühren für die Unterkunft erhöhen, machen sich die drei auf die Suche nach einer ergiebigen Geldquelle. Das Ergebnis war *Wer früher geht, verpasst den Schluss*, eine Komödie, die sich aber auch mit ernsten Themen wie Einsamkeit, Freundschaft und Verzicht beschäftigt und zeigt, wie sich das Leben völlig verändern kann, wenn man sich Fremden gegenüber öffnet.

Das siebzigminütige Spiel ging im darauffolgenden Herbst auf Tournee. Die Reaktion des Publikums kam für alle völlig überraschend, doch am meisten für mich selbst! Schon am ersten Abend spielten die etwas naive Dorothy, die spröde Miss Ross und die lebenserfahrene Joan vor ausverkauften Rängen. Grundlage für den vorliegenden Roman ist das Bühnenstück, doch den Leser erwarten hier viele weitere Akteure, Nebenhandlungen, Geheimnisse und Überraschungen.

www.philipparis.co.uk

Eins

Mr Ferguson war tot. Miss Ross sah seine Füße und wusste Bescheid. Sie war gerade den Gang entlanggekommen, da ragten sie aus seiner Zimmertür. Der eine Fuß, bekleidet mit einer dünnen, braunen Socke, war nur geringfügig weniger abstoßend als der andere – nackt und von violetter Verfärbung, zeigte er kaum Spuren einer Pediküre, dafür umso mehr Schmutz unter den Zehennägeln.

Zugegeben, ihre Diagnose entbehrte jeglicher Wissenschaftlichkeit. Selbst der Pathologe in *Lewis* hätte den leblosen Körper zumindest einer flüchtigen Untersuchung unterzogen, ehe er verkündet hätte, dass das Opfer seit soundso vielen Stunden und Minuten tot war. Aber die Füße machten einen so entseelten Eindruck, außerdem – wenn man ein gewisses Alter erreicht hatte, entwickelte man ein Gefühl für diese Dinge.

Miss Ross verspürte kein Verlangen, noch weitere entblößte, möglicherweise ebenfalls violett verfärbte Körperteile des alten Mannes zu sehen. Sie drehte auf dem Absatz um und begab sich auf die Suche nach dem Pflegepersonal.

Dies war schon der zweite Bewohner, der in den letzten Wochen gestorben war. Bald würden neue Gesichter im Speisesaal erscheinen und überrascht in die Runde blicken. (Altenheim? Vor Kurzem waren sie doch noch jung gewesen.)

Dem Verstorbenen wurden die diskreten Dienste von Mr Dunn zuteil, dem örtlichen Bestatter. Es warf ein düsteres Licht auf das Leben hier im Seniorenheim, dass Mr Dunn häufiger zu Gast war als manche Familienangehörige, eine Tatsache, die Dorothy schmerzlich bewusst war. Der letzte Besuch ihres Sohnes lag schon recht lange zurück. Sie wollte sich auf gar keinen Fall aufdrängen und hoffte sehnlichst, dass Andrew einmal von sich aus von sich hören ließ, doch das schien ihm nicht in den Sinn zu kommen. Da draußen waren alle immer so beschäftigt heutzutage. Die Bewohner der Seniorenresidenz *Highland Home* hingegen hatten mehr Zeit, als ihnen manchmal lieb war.

Sie hatten keinen Grund sich zu beklagen, ermahnte sich Dorothy. Ein jeder musste sich den Dingen stellen, die da kamen. Sie alle hatten ihr Leben gelebt. Man musste den nachfolgenden Generationen Platz machen. Man wurde älter, man brauchte mit den Jahren immer weniger, und am Schluss … kam Mr Dunn.

Das jüngste Hinscheiden eines Mitbewohners war natürlich das Hauptgesprächsthema beim Mittagessen. Es war der dritte Dienstag im Monat, also gab es Bœuf bourguignon, das bei vielen zunächst Misstrauen ausgelöst hatte, bis klar wurde, dass es sich schlicht um Schmorbraten handelte. Die Köchin, die die neuen Eigentümer eingestellt hatten, verstand jede Menge vom Kochen, aber nicht ganz so viel von alten Menschen.

»Der arme Mr Ferguson«, sagte Dorothy. »Es muss ja ein furchtbarer Schock für Sie gewesen sein, ihn so vorzufinden, Miss Ross.«

»Ich sah seine Sohle und wusste, der ist tot.«

»Du liebe Güte, Sie haben seine Seele gesehen? Wie sah sie aus?«

»Kein schöner Anblick … violett und leicht fusselig.«

»Violett?«

»Violett.«

»Ach, du liebes bisschen. Und fusselig, sagen Sie?«

»Jemand sollte der neuen Reinigungskraft wirklich einmal zeigen, wie man mit dem Staubsauger umgeht.«

»Reinigungskraft?«

»Sie ist aus Polen.«

»Oh – und da haben sie keine Staubsauger?«

»Nun, das möchte ich doch sehr hoffen, aber offenbar weiß sie nicht, wie man in Großbritannien staubsaugt.«

»Ach so … ja, verstehe.«

Dorothy verstand keineswegs, das war offensichtlich. Manchmal war sie unfassbar schwer von Begriff. Das hatte durchaus nichts mit ersten Anzeichen von Demenz oder etwas in der Art zu tun – anders als bei gewissen Personen im Heim, die weit über erste Anzeichen hinaus waren. Nein, was sich hinter den großen Brillengläsern in dem rötlich getönten Kassengestell verbarg, war eher, nun, wie sollte sie es sagen … *Unschuld.*

Ein wenig wirkte sie wie ein Ausstellungsstück aus einem dieser Heimatmuseen, die jetzt auch in den unscheinbarsten Orten aus dem Boden schossen. Wie durch Zauberhand zum Leben erweckt in ihrem wadenlangen Glockenrock, ihrer Bluse und der handgestrickten Wolljacke war Dorothy ein lebendes Denkmal einer längst vergangenen Zeit, als die Welt noch heil war. Und genau das war es vielleicht, was ihr diese gewinnende Ausstrahlung verlieh.

»Das sind die modernen Zeiten«, sagte Joyce, die sich gerade genüsslich einer zweiten Portion Bœuf bourguignon widmete. Was Essen anging, war Joyce ein Phänomen. Während alle anderen ausnahmslos mit den Jahren immer kleinere Mahlzeiten zu sich nahmen und schmaler und schwächer wurden, verhielt es sich bei ihr genau umgekehrt. »Alles geht den Bach hinunter, da könnt ihr jeden fragen. Nichts ist mehr, wie es einmal war … im Restaurant bekommt man halb leere Teller serviert … kein Benimm mehr … und vom Staubsaugen hat auch keiner mehr Ahnung.«

Miss Ross stöhnte innerlich auf, unweigerlich würde jetzt ein Lamento darüber folgen, wie viel besser früher alles war – in der guten alten Zeit. Doch Rettung nahte, in Gestalt von Walter, einem sehr angenehmen Herrn, der in früheren Tagen wohl als »adrett« bezeichnet worden wäre. Er hatte so gar nichts mehr gemein mit dem Mann, der vor eineinhalb Jahren zu ihnen gekommen war, völlig gebrochen nach dem Tod seiner Frau, mit der er vierzig Jahre verheiratet gewesen war.

Dieser Umschwung war zweifellos seiner bezaubernden Nichte zu verdanken, die ihn seit drei Monaten zuverlässig jeden Donnerstag besuchte. Sie blieb oft fast den ganzen Tag, immer zu einem kleinen Schwatz aufgelegt, immer freundlich, immer hilfsbereit. Wirklich eine durch und durch reizende Person.

»Darf ich mich dazusetzen?«, fragte Walter.

Die Damen am Tisch lächelten und nickten. Natürlich musste er keineswegs um Erlaubnis bitten, aber es war sehr höflich von ihm und gab ihnen das Gefühl, dass sie doch noch Entscheidungen treffen konnten.

»Wir sprachen gerade über den armen Mr Ferguson«, erklärte Dorothy.

»Wer wohl sein Nachfolger wird?«, überlegte Deirdre. »Eine gewisse Joan soll ja das andere freie Zimmer bekommen.«

Miss Ross machte sich gar nicht erst die Mühe zu fragen, woher sie das wusste. Sehr wahrscheinlich hatte Deirdre die Neuigkeit auf einem ihrer Spionage-Streifzüge aufgeschnappt. Sie hatte die Angewohnheit, grundsätzlich nur an strategisch günstigen Stellen stehen zu bleiben, um wieder zu Atem zu kommen, was sie hier im Haus zur offiziellen Quelle für Klatsch jeder Art und zum inoffiziellen Moralapostel qualifizierte.

»Ich wünschte, sie würden endlich etwas gegen diesen Kerl unternehmen«, murrte Deirdre, ihre Augen auf Mr Forsyth geheftet, der gerade den Raum betrat, splitterfasernackt, wie ihn der liebe Gott vierundachtzig Jahre zuvor erschaffen hatte. Ein Anblick, der hier kaum noch jemanden überraschte, die meisten im Saal aßen ungerührt weiter. Ben, einer der jungen Pfleger, stürzte auch schon mit einem Morgenmantel herbei, in den er ihn energisch einwickelte.

»Da sind Sie ja, Mr Forsyth! Sie werden sich noch den Tod holen, und das wollen wir doch nicht, oder?«

Den alten Mann bekümmerte es offensichtlich wenig, ob er hüllenlos war oder nicht. Nun einigermaßen präsentabel gekleidet, setzte er sich an einen Tisch, und Ben ging ihm etwas zu essen holen.

Im Heim wurden den Bewohnern fast jeden Tag alle möglichen Aktivitäten angeboten. Außerdem kamen verschiedene Dienstleister – vom Friseur bis zum Optiker – mit ihrem vollständigen Equipment ins Haus. An diesem Nachmittag waren der Zahnarzt und der Akkordeon-Mann an der Reihe. Ersterer pflegte während der Behandlungen zu singen, und obwohl seine stimmlichen Qualitäten ausbaufähig waren, so war er musikalisch doch deutlich breiter aufgestellt als Letzterer.

An den Akkordeon-Tagen zog Walter es vor, den Nachmittag in seinem Zimmer zu verbringen und sich einer seiner Lieblingsbeschäftigungen zu widmen: Er wählte eine berühmte Schachpartie früherer Großmeister aus und spielte sie mit seinen wunderschönen, handgeschnitzten Schachfiguren nach. Ihm hatte ein Spielpartner gefehlt, als er seine Liebhaberei vor sechs Monaten wiederbelebt hatte. Doch das war, bevor Julies Besuche begonnen hatten. Seitdem war in seinem Leben nichts mehr wie zuvor. Und dass er endlich jemanden zum Schachspielen gefunden hatte, war nur ein kleiner Nebeneffekt.

Zwei

Dienstag, 23. Februar
Wo sind die Jahre geblieben? Wie kommt auf einmal diese Liebe in mein Leben? Das eine zu verlieren und das andere zu gewinnen – beides macht mich gleichermaßen fassungslos. Erst am Ende meiner Tage begreife ich, worum es im Leben wirklich geht. Was soll ich nur tun, jetzt, da mir kaum noch Zeit bleibt? Ich kann es fühlen. Der Funke in meinem alten Körper wird immer schwächer, wenn das neue Licht auch noch so stark leuchtet. Ich muss mir beides so lange wie möglich erhalten.

Drei

Für zwei der Heimbewohner begannen die Tage bereits kurz nach fünf Uhr morgens. Beide waren Landwirte gewesen, und das frühe Aufstehen war ihnen in Fleisch und Blut übergegangen. Mr Forsyth machte sich allmorgendlich auf den Weg, um die Kühe zu melken und nach seiner Zuchtsau zu sehen, die er dringend rauslassen musste, wie er stets betonte. Immerhin war er dabei meist hinreichend bekleidet, musste jedoch routinemäßig vom Personal davon überzeugt werden, dass die Tiere bereits versorgt seien, um ihn daran zu hindern, das Haus zu verlassen und bei den gesicherten Türen den Alarm auszulösen.

Viele Bewohner benötigten keine Hilfe, um morgens ihr Bett zu verlassen, sodass es immer schon recht lebhaft zuging, wenn das Tagespersonal den Dienst antrat. Das Heim hatte dreißig Zimmer, die fast immer vollständig belegt waren, es sei denn, ein Bewohner war gerade ausgezogen (für gewöhnlich in Begleitung von Mr Dunn) und der Nachfolger noch nicht eingetroffen.

Wie in Einrichtungen dieser Art üblich, überwog der weibliche Anteil an Bewohnern bei Weitem. Und ganz wie draußen, im richtigen Leben, bildeten sich auch hier Grüppchen und Freundschaften, die unweigerlich zu Eifersüchteleien, Streit und Zerwürfnissen führten und die den Vergleich mit einem Zickenkrieg auf dem Pausenhof einer Grundschule nicht fürchten mussten.

Im Speisesaal saßen Dorothy und Miss Ross wie so oft gemeinsam am Frühstückstisch. Der Kontrast zwischen ihnen hätte nicht größer sein können, so unterschiedlich waren sie in ihrer Persönlichkeit, in der Art, sich zu kleiden, und dem Leben, das sie geführt hatten. Dorothy war lieb und irgendwie einfach nur »zum Knuddeln«, während die pensionierte Schuldirektorin stets … vielleicht nicht hart, aber doch … überaus akkurat wirkte. Sie hätte es wohl kaum übel genommen, als penibel bezeichnet zu werden. Auch wenn im Haus immer recht großzügig geheizt wurde, waren Tweedrock und eine gestärkte weiße Bluse ihre Markenzeichen, selbstverständlich ergänzt durch eine lange Perlenkette.

Trotz aller Unterschiede waren die beiden seit Miss Ross' Einzug vor drei Jahren unzertrennlich. Sie teilten durchaus gemeinsame Interessen und waren regelmäßig in Dorothys Zimmer anzutreffen, wo sie strickten und plauderten, als kennten sie einander schon ein Leben lang.

Miss Ross konnte nicht anders, als ihre Mitbewohner eingehend zu studieren, auch wenn sie sich bemühte, das so diskret wie möglich zu tun. Die Gebrechlichsten unter ihnen hatten nicht selten den schärfsten Verstand, wohingegen andere, die körperlich noch ausgesprochen gut in Schuss waren, jeden Morgen ihrem Vieh nachjagten.

Zwischen diesen Extremen gab es jede nur denkbare Variante und Schattierung.

Am Nachbartisch saß die alte Mrs Campbell, vom Alter schon sehr geschwächt, aber dank ihres Rollators immer noch mobil und im Vollbesitz ihrer geistigen Kräfte. Sie half gerade Albert mit seinem Frühstück, der es offenbar verwirrend fand, dass er erst Milch in seine Schüssel geben sollte, ehe er seine Frühstücksflocken essen konnte. Manchmal hatte Albert aber durchaus noch klare Momente und entpuppte sich dann als ein reizender Gesprächspartner.

Doch an diesem Morgen konnte davon keine Rede sein. An solchen Tagen war es kaum vorstellbar, dass er einmal hochdekorierter Stabsoffizier bei der Armee gewesen war und durch seinen Beruf die ganze Welt gesehen hatte. Gebrechlichkeit, Krankheit und Pflegeheime waren große Gleichmacher. Was auch immer man in seinem Leben erreicht haben mochte, eines davon traf einen früher oder später mit voller Wucht.

»Ich kann mich einfach nicht daran gewöhnen, keine Toaststreifen mehr in mein Ei tunken zu können«, seufzte Dorothy und riss ihre Freundin aus ihren Grundsatzbetrachtungen über die Menschheit zurück zu profaneren Problemen. »Ich verstehe nicht, warum es so hart und trocken sein muss, dass man einen Bohrer bräuchte, um den Toast hineinzustecken. Meine Toaststreifen knicken ein, als ob sie vor der Queen einen Diener machen.«

»Vielleicht liegt es ja auch am Toast.«

»Was soll mit dem Toast sein?«

»Nun ja, möglicherweise ist er heutzutage einfach nicht mehr so … standhaft, wie er es einmal war. Vielleicht liegt das Problem also beim Toast und nicht beim Ei.«

Stirnrunzelnd dachte Dorothy einen Moment darüber nach. Miss Ross war eine gebildete Person, und was sie sagte, hatte stets Hand und Fuß und war es wert, gehört zu werden. Allerdings war sich Dorothy nie ganz sicher, ob Miss Ross sie nur aufziehen wollte.

»Oh, Sie nehmen mich auf den Arm!«

Miss Ross lächelte. »So sind nun mal die Vorschriften. Das Küchenpersonal hat strikte Anweisung, uns keine Eier zu servieren, die auch nur annähernd weich sind. Alles im Interesse unserer Gesundheit und Sicherheit.«

»So ein Unsinn! Ich wünschte, die da oben würden aufhören, uns ständig die paar Dinge zu vermiesen, die uns noch Freude machen. Als junges Ding habe ich es geliebt, meinen Toast in kleine Stückchen zu schneiden und in mein Ei zu tunken. Und es hat mir nicht geschadet.«

»Sie müssen dann eben das Ei aus der Schale pellen und es auf der Toastscheibe verteilen.«

»Ja schon, das tue ich ja auch. Aber es ist eben einfach nicht dasselbe.«

Dorothy war eine sanfte und freundliche Natur, wenn sie sich tatsächlich einmal beschwerte, wirkte sie auf so komische Weise rührend, dass Miss Ross einfach lachen musste.

»Ich weiß wirklich nicht, was daran lustig sein soll«, murrte Dorothy und brach dann ebenfalls in Gelächter aus. »Sehen Sie sich das Elend doch nur an, diese schlaffen Dinger blamieren sich doch vor der Queen.«

»Nun, wer das Eigelb nicht ehrt … ist den Toast nicht wert.«

Einige der Mitbewohner beobachteten die beiden Frauen amüsiert, die sich vor Lachen nur so bogen. Was um alles auf der Welt konnte zu dieser frühen Stunde nur so erheiternd sein? Und hatten sich die beiden nicht erst gestern Abend noch lang und breit unterhalten?

»Hier ist auch nichts mehr, wie es einmal war«, bemerkte Joyce und setzte sich zu den anderen an den Tisch. Sie saßen im Café des nahe gelegenen Gartencenters, das von den Bewohnern des *Highland Home* gern besucht wurde. Es fühlte sich fast wie ein zweites Zuhause an, weshalb Joyce auch in der Handtasche ihre Pantoffeln mitgebracht hatte. Sie schlüpfte aus den Halbschuhen, zog die bequemen Slipper über und seufzte zufrieden.

»Haben sie schon wieder die Regale umgeräumt?«, erkundigte sich Walter. In seinem nachtblauen Anzug mit passender Krawatte war er das ganze Gegenteil von Joyce. Er besaß drei dieser Outfits, ein blaues, eines in einer Art Mauve-Ton und eines in einem dunklen Flaschengrün. Jeder dieser Anzüge war todschick, auch wenn Walter, um der Wahrheit die Ehre zu geben, in der aktuellen Umgebung ein wenig overdressed wirkte.

»Aber nein, ich meine, was sie verkaufen. Früher ging man in so ein Geschäft, weil man etwas zum Einpflanzen wollte. Jetzt haben sie hier Schlafzimmermöbel, Bücher, Haushaltswaren und Aromakerzen. Pflanzen sind wahrscheinlich gar nicht mehr im Angebot. Und wenn, dann nur aus Plastik.«

»Damals bekam man nicht mal eine Tasse Tee, und jetzt haben viele Gartencenter sogar ein richtiges Restaurant«, erwiderte Deirdre. »Du bist ja schon fast persönlich beleidigt, wenn du dein Drei-Gänge-Menü nicht bekommst.«

»Ich sage ja gar nicht, dass *alles* schlechter geworden ist«, meinte Joyce und biss genüsslich in ihren zweiten Scone.

»Die haben hier sogar Bio-Eier«, berichtete Dorothy. »Im Gegensatz zu dem Lebensmittelladen, in dem ich neulich war.«

»Was, die hatten keine Eier?«, fragte Walter ungläubig.

»Doch, da stand auch was von Bodenhaltung, aber die sind auch nur aus diesen grässlichen Legebatterien. Ich habe mich richtig aufgeregt.«

»Aber, aber, Dorothy! Ich hoffe doch, es kam nicht zu Handgreiflichkeiten.«

»Ich bin zur Kasse und habe gesagt: ›Hören Sie mal, junger Mann, Hand aufs Herz – haben Sie denn keine richtigen Eier? Ihre Eier sind wirklich in ganz bedauernswertem Zustand, so winzig und nicht mal bio!‹«

»Das haben Sie nicht gesagt«, ächzte Miss Ross.

Walter krümmte sich auf seinem Stuhl und gab seltsam gurgelnde Geräusche von sich. Die kleine, etwas unscheinbare Mrs MacDonald tätschelte ihm den Rücken.

Miss Ross versuchte, die Fassung zu bewahren, und fragte mit gepresster Stimme: »Was hat der Verkäufer denn geantwortet?«

»Nichts. Es muss ihm wohl irgendetwas heruntergefallen sein, denn er verschwand mit einem Mal hinter der Theke, und ich habe ihn nicht mehr zu Gesicht bekommen.«

»Alles geht den Bach runter«, nickte Joyce, zufrieden, ihren Lieblingssatz anbringen zu können. »Keiner hat mehr Ahnung.«

»Nur die Leute in den Altersheimen«, bemerkte Deirdre trocken.

Insgesamt acht Heimbewohner hatten sich zu dem kleinen Ausflug aufgemacht, begleitet von Anna vom Pflegepersonal und Hamish, der Mädchen für alles, Gärtner und Busfahrer in Personalunion war. Mit von der Partie waren auch Albert und Mrs Butterworth. Letztere neigte zwar gelegentlich dazu, Unfälle zu erleiden, doch nur bei Albert bestand immer die Gefahr, dass er davonspazierte und verloren ging. Beim letzten Besuch im Gartencenter hatte er sich in der Toilette eingeschlossen und musste von einem Angestellten befreit werden. Doch dieses Mal ging alles ruhig und ereignislos vonstatten. Interessant werden sollte es erst wieder bei ihrer Rückkehr ins *Highland Home*.

Als die kleine Gruppe den Empfangsbereich betrat, war Oberschwester Maureen gerade im Gespräch mit einer Frau mit unnatürlich blond gefärbtem Haar, einem tief ausgeschnittenen Oberteil und einer ziemlich lauten Stimme. Die beiden standen vor der großen Informationstafel, an der die Fotos aller Mitarbeiter hingen, deutlich mit Namen und Aufgabenbereich bezeichnet, und wo vermerkt war, wer gerade Dienst hatte.

Die Fremde verstummte und musterte die Ankömmlinge mit wachem und leicht spitzbübischem Blick. Ein Teil der Gruppe blieb am Eingang stehen, um auf die Langsameren zu warten. Eine kleine Geste der Höflichkeit, die bei der Rückkehr von Ausflügen üblich war.

Deirdre begriff sofort, um wen es sich bei der Unbekannten handeln musste, und ging rasch auf sie zu. Sie wollte die Erste sein, die die Neue begrüßte – das konnte sich nur günstig auf ihren Einfluss bei künftigen Machtproben auswirken.

»Sie müssen Joan sein. Mein Name ist Deirdre«, sagte sie und streckte die Hand aus. »Wenn Sie Fragen haben, wenden Sie sich gern an mich. Jeder hier kann Ihnen bestätigen, dass ich über alles bestens Bescheid weiß.«

Falls die neue Bewohnerin überrascht war, gleich identifiziert worden zu sein, ließ sie es sich nicht anmerken, ergriff die angebotene Hand und begann, diese so kräftig zu schütteln, dass ihre Besitzerin schließlich etwas peinlich berührt wirkte.

»Freut mich«, tönte die Stimme der Neuen gut hörbar durch den Eingangsbereich.

»Ähem … ja, also … ganz meinerseits«, antwortete Deirdre und sah sich Hilfe suchend nach ihrem allzeit bereiten Schatten um. Sie entdeckte die Komplizin ganz in der Nähe und winkte Mrs MacDonald heran, die zögernd im Hintergrund stand. »Und dies ist Mrs MacDonald, eine sehr liebe Freundin.«

Die »sehr liebe Freundin« zuckte zusammen. Ein Kompliment aus dieser Richtung war in etwa so wahrscheinlich wie Schweinebraten auf einer Bar-Mizwa. Joan grüßte sie sehr freundlich und ganz ohne übertriebene Handgymnastik.

Miss Ross hatte wie alle anderen Anwesenden das Schauspiel,

das sich ihnen darbot, beobachtet und konnte sich des Eindrucks nicht erwehren, dass die neue Bewohnerin in den kommenden Monaten für einige Unterhaltung sorgen würde. Denn die hatte auf Anhieb erfasst, wer die ausgewiesene Klatschtante im Haus war. Diese Frau hatte ganz offenbar so einiges gesehen in ihrem Leben, wer weiß, vielleicht musste man sich sogar ein wenig vor ihr in Acht nehmen?

Oberschwester Maureen begann, die Gruppe vorzustellen, was ohne Zwischenfälle verlief, bis die Reihe an Albert kam, der eine Mundharmonika aus seiner Tasche zog und zu spielen begann. Genau genommen spielte er nur zwei Töne, da er nur die Luft einzog und ins Instrument blies, ohne es hin und her zu bewegen. Aber Joan lauschte ihm, als wäre es ein grandioser Auftritt, und Albert strahlte, als sie applaudierte und ihn für seine Darbietung lobte.

»Und hier haben wir schließlich Miss Ross und Dorothy«, sagte Oberschwester Maureen, als sie zu den letzten zwei Bewohnern kam.

Von Nahem betrachtet, wirkte Joan deutlich älter als aus der Entfernung – das dick aufgetragene Make-up konnte die Verwüstungen der Zeit nicht kaschieren. In der Blüte ihrer Jahre musste sie eine attraktive Frau gewesen sein, die gute Figur von einst war immer noch zu erahnen.

»Freut mich sehr, Sie kennenzulernen, Miss Ross«, sagte sie und bemerkte mit einem Blick auf den Beutel, den Dorothy in der Hand hielt, »und Sie stricken gern, wie ich sehe.«

»Oh ja, schon seit meiner Kindheit.«

»Ich bin auch ganz verrückt aufs Stricken. Im Moment arbeite ich an einem Aran-Pullover. Vielleicht können wir ja Muster austauschen.«

»Ja, das wäre schön.«

»Meine Siebensachen sind wohl schon in mein Zimmer gebracht worden, aber vor lauter Plaudern mit der Oberschwester habe ich es noch gar nicht gesehen! Oberschwester Maureen hat sicher Besseres zu tun – vielleicht könnten Sie mir das Zimmer zeigen? Und anschließend trinken wir zusammen einen Tee? Was meinen Sie?«

Joan hakte sich bei Dorothy ein, und die beiden Frauen gingen fröhlich schwatzend den Flur hinunter, als wären sie alte Freundinnen. Oberschwester Maureen sah, dass sie nicht mehr gebraucht wurde, und ging in ihr Büro. Deirdre, die noch im Hintergrund abgewartet hatte, beschloss, dass sie hier nichts mehr ausrichten konnte. Alle anderen waren längst ihrer Wege gegangen, nachdem sie Joan vorgestellt worden waren.

Nur Miss Ross stand noch an derselben Stelle, wie ein zurückgelassener Gegenstand. Ein Bild drängte sich in ihre Gedanken. Sie war noch ein Kind, als sie eine Puppe wiederfand, die einmal ihr Lieblingsspielzeug gewesen war, mit der sie aber seit Ewigkeiten nicht mehr gespielt hatte, sie hatte sie ganz vergessen. Die Puppe hatte ihren Reiz verloren, und sie hatte sie zurück in eine Kiste geworfen.

Auf einmal fühlte Miss Ross sich furchtbar einsam.

Vier

Montag, 29. Februar
Bildung und Erziehung waren die Felsen, auf die ich mein Leben gebaut habe. Sie haben meinem Leben einen Sinn gegeben und das Gefühl, wertvoll zu sein. Sicher und verlässlich haben sie mich durch all die Jahre gesteuert. Aber jetzt fühle ich mich, als triebe ich ohne Ruder auf einem feindseligen Ozean, der mich in meiner Einsamkeit mit Haut und Haar zu verschlingen droht und auch vor meinen Erinnerungen nicht haltmacht. Woher kommt dieses Gefühl, bedroht zu werden? Warum habe ich Angst vor dieser neuen Frau?

Fünf

Der nächste Morgen begann ausgesprochen bedauerlich und in Form eines Zusammenstoßes von Albert und Mr Forsyth, die im Flur aufeinandertrafen. Es war dem puren Zufall geschuldet, dass niemand in der Nähe war. Die Nachtschicht war gerade mit der Übergabe an die Kollegen, die tagsüber arbeiteten, beschäftigt, und das komplette Personal war für eine Weile in Beschlag genommen.

Aus irgendeinem Grund waren die beiden Männer in dem Moment, in dem der alte Landwirt vor zwei Jahren das Heim betreten hatte, von einer ebenso spontanen wie leidenschaftlichen gegenseitigen Abneigung erfasst worden. Seit jenem Augenblick war stets darauf geachtet worden, die beiden Kampfhähne nach Möglichkeit nicht allein in einem Raum zu lassen. Finster starrten sie sich nun mit wachsendem Groll an, bis es sie schließlich nicht mehr hielt und sie sich – so schnell es ihre wackeligen Beine eben zuließen – aufeinanderstürzten. Zittrige Fäuste flogen, und schwache Hände griffen an die faltige Kehle des gebrechlichen Gegenübers, bis beide das Gleichgewicht verloren und auf dem Linoleumboden landeten, wo sie das aufgeschreckte Personal vorfand.

Kaum war den Männern aufgeholfen worden, hatten sie den Vorfall auch schon wieder vergessen. Man hatte sie möglichst weit auseinandergesetzt, und Frieden und Eintracht waren wiederhergestellt. Alberts Lippe hatte allerdings einen kleinen Riss davongetragen. Der »Kampf«, wenn man ihn denn so nennen wollte, musste gemeldet werden, und ein Arzt aus dem Ort würde wohl vorbeikommen müssen, um beide genauer zu begutachten.

Oberschwester Maureen saß in ihrem Büro und rang um Fassung. Streng genommen war sie keine Oberschwester, sondern die Heimleiterin. Trotzdem wurde jeder Neuankömmling ermuntert, sie einfach bei ihrem Vornamen zu nennen. Doch daraus wurde nie etwas, denn sie sah der Schauspielerin Hattie Jacques auf frappierende Weise ähnlich, die in den Sechzigerjahren in der Rolle als resolute Oberschwester in den *Ist-ja-irre*-Filmkomödien berühmt geworden war. Dazu kam, dass viele der älteren Bewohner die Bezeichnung als vertrauenerweckend empfanden und es ihrem Bedürfnis nach Sicherheit entgegenkam. So war es schließlich bei »Oberschwester« geblieben.

Maureen hatte sich damit abgefunden. Womit sie sich nicht abfinden konnte, war die Tatsache, dass dieser ärgerliche Zwischenfall ein schlechtes Licht auf ihre Pfleger werfen würde, die nun wirklich taten, was sie konnten. Alle waren ständig auf der Hut gewesen, um eine solche Situation zu verhindern … und nun?

Schlimmstenfalls würden das Engagement und die Professionalität des Personals infrage gestellt und alles Erreichte von diesem unglücklichen Ereignis überschattet werden. Es war so unfair und hatte nichts, aber auch gar nichts mit der wirklichen Situation zu tun. Maureen seufzte tief und schlug das Meldebuch auf, in dem der Zweikampf detailliert dokumentiert werden musste, bevor sie die Einträge in den jeweiligen Akten der Bewohner vornahm.

Joan war es in kürzester Zeit gelungen, alle Herzen im *Highland Home* zu erobern. Jedermann fand, dass sie eine echte Bereicherung darstellte. Sie wusste, wie sie ihr Publikum bei Laune hielt, und verfügte über einen nicht enden wollenden Schatz an urkomischen und oft nicht ganz jugendfreien Geschichten über ihre drei Ehemänner, die sie samt und sonders überlebt hatte.

Auch beim Mittagessen an diesem zweiten Mittwoch nach ihrer Ankunft unterhielt sie ihre Tischgenossen mit allerlei neuen Anekdoten. Für den Tag waren keine Ausflüge geplant, und der Speisesaal war gut besucht.

Miss Ross, die mit Walter einige Tische weiter saß, dachte an Montagabend zurück, als sie ihre Freundin Dorothy in deren Zimmer an gewohntem Platz beim Stricken vorgefunden hatte. Joan hatte es sich dort ebenfalls gemütlich gemacht, gleich neben dem Stuhl, auf dem Miss Ross immer saß.

Entgeistert hatte sie den kleinen einträchtigen Halbkreis betrachtet, aber nichts gesagt. Stumm hatte sie Platz genommen, zu ihrer Linken nun die Unschuld vom Lande und zu ihrer Rechten ein ausnehmend freizügig dargebotenes Dekolleté, dem zweifellos nur ein BH aus gutem schottischem Stahl Einhalt gebieten konnte. Es war Dorothys Reich, und wenn sie unbedingt noch einen Stuhl hineinquetschen und jemand anderes mit ins Boot holen wollte, dann war das ihr gutes Recht. Doch es war nichts mehr wie zuvor.

»Ich wüsste zu gern, was Ihnen gerade durch den Kopf geht«, sagte Walter.

»Verzeihung«, sagte Miss Ross, jäh aus ihren Gedanken gerissen. »Ich dachte nur gerade darüber nach, dass nichts bleibt, wie es ist, auch wenn man sich das noch so sehr wünscht.«

Auch wenn sie nichts im Besonderen ansprach, war es Walter nicht entgangen, dass sich in der Beziehung der beiden Freundinnen etwas verändert hatte. Einen Moment überlegte er, was er sagen konnte, ohne Öl ins Feuer zu gießen.

»Unser Neuankömmling ist ein ganz schön heißer Feger«, bemerkte er ruhig. »Aber ich muss zugeben, ich finde sie wirklich witzig, und mit den Leuten, die schon ein bisschen durcheinander sind, geht sie ausgesprochen nett und geduldig um.«

Es stimmte, was er sagte, und wenn sie ehrlich war, konnte Miss Ross nicht behaupten, dass sie Joan unsympathisch fand. Sie war vielleicht etwas zu laut und frivol für ihren Geschmack, aber das galt auch für Joyce, und mit der kam sie sehr gut aus. Sie empfand Joan als Eindringling, das war das Problem.

Bevor sie ihren Gedanken weiter nachhängen konnte, stieß Walter einen kurzen Schreckensschrei aus: »Was zum …?!« Die Ursache für seinen Ausruf war offensichtlich. Ein Milchbrötchen hatte ihn an der Stirn getroffen, war von dort in seinen Suppenteller gefallen und hatte in satten Spritzern Kartoffel-Lauch-Suppe auf seinem flaschengrünen Anzug und der Tischdecke verteilt. Während er noch versuchte zu begreifen, was geschehen war, prallte ihm auch schon ein Stück Baguette gegen die Brust und landete auf seinem Schoß.

Überrascht blickte sich Walter suchend nach der Quelle der Brotgeschosse um und erstarrte. Selbst Miss Ross, die ein äußerst umfangreiches Vokabular ihr Eigen nannte, hatte Mühe, die Worte zu finden, die seinen Gesichtsausdruck treffend beschrieben: geschockt, erschreckt und sehnsuchtsvoll zugleich.

»Angus!«, flüsterte er, die Augen auf den Mann gerichtet, den Anna eben in den Speisesaal begleitet hatte.

Die Pflegerin war vollkommen verdattert. In den Berichten und der Vorbesprechung zu dem neuen Bewohner, der in Mr Fergusons altes Zimmer ziehen sollte, war von Demenz oder emotionalen Problemen keine Rede gewesen. In den vorangegangenen zehn Minuten hatte er sich wie ein perfekter Gentleman verhalten. Und nun stand er am Brotkorb und schickte sich an, das nächste Gebäckstück in Richtung Walter auf den Weg zu bringen.

»Oh nein, so benehmen wir uns hier nicht«, sagte Anna. »Legen Sie das bitte sofort zurück.«

»Er!«, schrie Angus. »Ausgerechnet! Ausgerechnet hier! Nach all den Jahren.«

Und schon segelte ein knuspriges Vollkornbrötchen durch die Luft, allerdings hatte er schlecht gezielt, und es traf nur ein Wasserglas am Ende des Tisches. Er griff nach einem hellen Sesambrötchen, doch Ben war schon an seiner Seite und nahm es ihm sanft aus der Hand. In jungen Jahren war Angus ein großer, starker Mann gewesen, aber nun war er nur noch ein Schatten seiner selbst. Niedergeschlagen ließ er den Kopf hängen, was ihn noch gebeugter wirken ließ, und murmelte »tut mir leid, tut mir wirklich leid«. Anna nahm ihn liebevoll am Arm.

»Kommen Sie, mein Lieber, gehen wir auf Ihr Zimmer. Sie können auch dort essen, wenn Sie möchten. Sie machen es sich jetzt erst einmal gemütlich und ich bringe Ihnen etwas.«

Die beiden verließen den Speisesaal. Die ungewöhnliche Szene hatte alle verstummen lassen, und auch nachdem der Mann weggeführt worden war, wusste niemand, was er sagen sollte. Alle starrten Walter an, der mit aschfahlem Gesicht dasaß.

»Kommen Sie, ich bringe Ihnen eine frische Suppe«, sagte Ben und nahm den Teller, auf dem die unverhoffte Einlage dümpelte.

Walter gab nicht zu erkennen, ob er ihn gehörte hatte. Schließlich erhob er sich.

»Ich gehe nach oben«, sagte er leise, ohne sich an jemand Bestimmtes zu wenden und verließ den Saal, ohne sich die Mühe zu machen, die Suppe von seinem Ärmel zu wischen.

Sechs

Jeder im Haus liebte Dorothy, und Tiddles bildete keine Ausnahme. Anders als die übrigen Hausbewohner liebte es die Katze jedoch, sich auf Dorothys Schoß in das jeweils in Arbeit befindliche Strickprojekt zu kuscheln, während über ihr in beruhigendem Rhythmus die Nadeln klapperten. Als Dorothy mit der morgendlichen Post ihr Zimmer betrat, saß die Katze bereits erwartungsvoll auf dem Sessel.

»Ja, wen haben wir denn da? Sag, ist es nicht wunderschön, wie die Sonnenstrahlen durch das Fenster fallen und die Vögel sich das Herz aus ihrem kleinen Leib singen?«

Dorothy legte die Post neben das gerahmte Foto ihres verstorbenen Ehemanns, das immer auf dem kleinen Beistelltisch stand. Sie hob Tiddles hoch, ließ sich auf dem Sessel nieder, setzte die Katze auf ihren Schoß und seufzte zufrieden.

»Was haben wir für ein Glück, Tiddles, meinst du nicht auch? Wir haben es wirklich gut getroffen. Mal sehen, was heute gekommen ist«, sagte sie und griff nach dem kleinen Stoß Post. »Sieh nur! Eine Postkarte von Andrew. *Liebe Mum, ich hoffe, dir geht es gut. Uns geht es prima. Liebe Grüße, Andrew, Susan und Olivia.* Oh … aus Malta. Dort muss es herrlich sein. Es klingt so weit weg. Immerhin haben sie dort Postämter …«

»Wie farbenfroh das aussieht«, fuhr sie fort und blätterte in einem Werbeprospekt. »*Einmal um die Welt in vierzehn Tagen. Luxuskreuzfahrten schon ab viertausend Pfund.* Was sagst du dazu, Tiddles?«

Falls das Tier irgendeine Meinung zu dem launigen Angebot hatte, so ließ es sich zumindest nichts anmerken.

»Völlig richtig, genau das dachte ich auch gerade. Wir hatten früher ein Urlaubsbudget von gerade mal vierzig Pfund, aber garantiert mehr Spaß.«

Dorothy warf den Prospekt in den Papierkorb und begutachtete einen offiziell aussehenden Umschlag, machte aber keine Anstalten, ihn zu öffnen. Sie dachte daran, wie sehr es ihre Eltern vor solcher Post immer gegraut hatte. Diese Sorte Brief verhieß selten etwas Gutes. Dorothy erinnerte sich an den Albtraum, als eines Morgens das Telegramm mit der Nachricht über ihren älteren Bruder Edward kam. Und die Tatsache, dass der Krieg schon fast zu Ende war, machte es noch viel schwerer, den Schicksalsschlag zu verwinden.

Aber das lag sehr lange Zeit zurück, und was sie hier in den Händen hielt, war vermutlich nichts anderes als die Erinnerung an irgendeinen Termin. Was sollte es sonst sein? Sie holte tief Luft, ermahnte sich, nicht albern zu sein, und öffnete den Umschlag. Sie begann zu lesen, und ihr Gesichtsausdruck wechselte von Neugier über Verblüffung zu Entsetzen.

Auch dieser Brief enthielt nichts Gutes.

»Aber das kann doch nicht sein!«

Sie wandte sich an das Schwarz-Weiß-Foto neben ihr, das tat sie mehrmals täglich, und hielt dem Mann auf dem Bild das Schreiben hin.

»Oh, Willie! Was soll ich denn jetzt nur machen?« Sie hatte die Hand auf den Mund gelegt und kämpfte mit den Tränen. Doch bevor ihr Mann sie mit Rat und Tat aus dem Jenseits unterstützen konnte, ging die Tür auf, und Joan kam herein, in der Hand einen Brief.

»Oje, meine Liebe«, sagte ihre Freundin und setzte sich auf ›ihren‹ Stuhl. »Stellen Sie sich vor, die neuen Eigentümer wollen die Heimkosten um einhundertfünfzig Pfund im Monat erhöhen, und dabei bin ich gerade erst eingezogen. Das ist doch unglaublich!«

»Von mir verlangen sie sogar noch mehr.«

»Wahrscheinlich weil Sie ein besonders schönes Zimmer haben. Sie haben uns alle neu eingestuft.«

»Was soll ich denn jetzt nur tun? Ich kann mir höhere Kosten einfach nicht leisten. Sie werden mich auf die Straße setzen! Wer hätte gedacht, dass es noch einmal so weit kommt?«

»Aber, aber, so weit ist es ja noch nicht. Ich bin mir sicher, Miss Ross wird Rat wissen. Das ist alles noch kein Grund zu verzweifeln.«

Als hätte sie nur auf ihr Stichwort gewartet, betrat Miss Ross in diesem Moment das Zimmer. Sie sah so mitgenommen aus, wie die beiden sich fühlten.

»Ich musste erst nach Mrs Campbell sehen. Die Ärmste. So eine Aufregung, und nächste Woche wird sie dreiundneunzig. Sie war völlig außer sich. Ich musste ihr beistehen, bis jemand Oberschwester Maureen gerufen hat. Dabei war Oberschwester Maureen selbst den Tränen nahe. Aber ich habe ihr versichert, dass uns allen klar ist, dass sie überhaupt nichts dafürkann.«

»Wie kann man nur so mir nichts, dir nichts so einen Brief losschicken?«, meinte Joan aufgebracht. »Das ist doch keine Art, mit alten Leuten umzugehen.«

»So läuft das eben heutzutage«, seufzte Miss Ross und setzte sich auf den noch freien Stuhl. Einen Augenblick lang dachte sie, dass sie schon wie Joyce klang. »Für die sind wir keine Menschen, sondern Quadratmeter. Nichts als Zahlen in irgendeiner Geschäftsbilanz.«

»Werden Sie denn Probleme bekommen, Miss Ross?«, erkundigte sich Dorothy, die sich immer mehr um andere sorgte als um sich selbst.

»Nun ja, ich habe fast dreißig Jahre als Lehrerin und zehn Jahre als Schuldirektorin gearbeitet, also wird es schon gehen. Aber was ist mit Ihnen beiden?«

»Ich werde schon klarkommen«, meinte Joan. »Aber Dorothy nicht.«

»Meinen Sie, es würde helfen, wenn ich weniger esse und an der Heizung spare?«

Miss Ross wurde es so eiskalt ums Herz, sie konnte nicht antworten. Stattdessen ließ sie nervös die Perlen ihrer Kette durch die Finger gleiten, etwas, das sie immer tat, wenn sie innerlich aufgewühlt war.

»Und ich dachte, ich könnte meine letzten Jahre in aller Ruhe in Gesellschaft meiner lieben Freunde hier verbringen. Nie hätte ich mir träumen lassen, dass ich in eine solche Situation geraten könnte.«

»Wir lassen Sie nicht im Stich«, versicherte Joan tröstend. »Obwohl ich im Moment auch völlig ratlos bin.«

Die drei Frauen verstummten. Jede blickte auf das harmlos aussehende DIN-A4-Blatt in ihren Händen, von dem so viel Unheil ausging.

»Wir werden das nicht kampflos hinnehmen«, verkündete Miss Ross trotzig und ließ die Perlen für einen Moment los, um dem Brief einen energischen Stoß zu versetzen, als hätte sie den Absender persönlich vor sich.

»Aber was können wir schon gegen eine so große Organisation ausrichten?«, fragte Dorothy niedergeschlagen. Sie schien von Minute zu Minute mehr in sich zusammenzusinken. »Drei alte Frauen im Altenheim und von der Welt vergessen … Wer braucht uns denn noch?«

»Wir sind nicht vergessen«, protestierte Joan.

»Sie vielleicht nicht.«

»Und natürlich werden wir noch für etwas gebraucht … wir müssen nur herausfinden, wofür«, sagte Joan und sah sich um, als läge der Schlüssel für ihren Wert in der Gesellschaft irgendwo in diesem Zimmer verborgen. Schließlich blieb ihr Blick an etwas hängen, und sie griff danach. »Außer um Eierwärmer zu stricken, meine ich.«

»Wie soll es jetzt nur weitergehen?«

Wieder wurde es still im Raum, keine hatte eine Antwort auf Dorothys Frage. Vom Gang her drangen Geräusche herein, in der Nähe war leises Weinen zu hören, im unteren Stockwerk schimpfte ein Mann laut vor sich hin, jemand lief hektisch über den Flur. Allen Bewohnern drohte das gleiche Unglück, und Verzweiflung machte sich im Haus breit, als hätte Ben sie mit einem Spray in alle Ecken verteilt, so wie er es manchmal mit dem Mittel gegen Flöhe tat.

»Was soll ich jetzt tun?«

»Wir brauchen einen Plan«, sagte Miss Ross.

»Was für einen Plan?«, fragte Joan.

»Wir müssen einen Weg finden, um Geld zu verdienen, damit Dorothy bleiben kann. Wie viel verlangen die neuen Eigentümer?«

»Zweihundert Pfund mehr pro Woche.«

»Also müssen wir achthundert im Monat auftreiben.«

»Das ist so eine gewaltige Summe! Als ich ein Kind war, hat mein Vater in einem ganzen Jahr so viel verdient.«

»Können Sie sich noch ein Weilchen über Wasser halten?«, erkundigte sich Miss Ross.

»Nur für kurze Zeit, dann sind meine letzten Ersparnisse dahin.«

»Lassen Sie den Kopf nicht hängen. Wir sind nicht so alt geworden, um uns von einem geldgierigen Büroschnösel herumschubsen zu lassen, der sich uns noch nicht einmal vorgestellt hat. Wir müssen uns jetzt zusammenreißen. Es gibt nichts, was besser beim Denken hilft, als ein paar Runden zu stricken. Strengen wir unsere grauen Zellen an.«

Miss Ross, die sonst nicht zu Theatralik neigte, zerknüllte ihren Brief und warf ihn im hohen Bogen in den Papierkorb, wo er auf dem quietschbunten Bild eines Kreuzfahrtschiffs landete. Sie griff nach einem halb fertigen Strumpf und begann mit grimmiger Entschlossenheit, Masche an Masche zu reihen. Die anderen beiden folgten ihrem Beispiel, und bald war das Zimmer von Nadelklappern erfüllt.

Joan war die Erste, die eine Idee hatte: »Und wenn wir die Sachen, die wir stricken, verkaufen, anstatt sie zu spenden?«

»Aber wir haben doch immer gespendet!«, protestierte Dorothy.

»Joan hat recht«, erwiderte Miss Ross. »Sie müssen jetzt an sich denken. Aber wir können gar nicht so viel stricken, wie wir müssten, und wer will heute schon noch für die Zeit bezahlen, die in echter Handarbeit steckt.«

Sie verfielen in nachdenkliches Schweigen und nahmen ihre Nadeln wieder auf. Die Katze schlummerte auf ihrem Lieblingsplatz und bemerkte nichts von der Anspannung und Niedergeschlagenheit um sie herum.

»Ich könnte alles verkaufen, was ich habe!«

Die anderen hielten inne und gaben sich alle Mühe, optimistisch zu wirken, während sie sich im Zimmer umsahen, als betrachteten sie es zum ersten Mal. Dabei kannten sie dessen Inhalt nur zu gut: alte, abgenutzte Möbel, ein bisschen Nippes und zwei Fotografien ... Joan nahm eine kleine Glasvase von dem Tisch neben ihrem Stuhl. Die Stiele der drei pinkfarbenen Plastikblumen steckten in einem gelblichen Material fest, das wohl Wasser darstellen sollte.

Für Joan sah es eher nach Urin aus, und sie musste sich immer beherrschen, nicht kurz daran zu schnuppern, um sich vom Gegenteil zu überzeugen. Sie hielt die Vase schräg, aber außer ein bisschen Staub geriet nichts in Bewegung, also stellte sie sie wieder zurück. Tatsache war, dass Dorothys Habseligkeiten wertloser Plunder waren, aber lieber bissen sie sich die Zunge ab, als das laut zu äußern.

»Was wir brauchen«, meinte Miss Ross taktvoll, »ist ein regelmäßiges Einkommen, etwas, womit jeden Monat Geld hereinkommt.«

Im Zimmer wurde es wieder still, nur die Nadeln klapperten unbeirrbar vor sich hin. Was hatte Dorothy im Laufe ihres Lebens nicht schon alles gestrickt – Pullover und Schals für die Familie, Geschenke für Freunde, Ausgefallenes für Kirchenbasare. Aber jetzt war Willie nicht mehr da. Und Andrew? Ach ja, Andrew ... Der war längst erwachsen, führte sein eigenes Leben, mit seiner eigenen Familie. Seine Frau Susan hielt von selbst gemachter Kleidung nicht besonders viel, und Dorothy gab nun alles an die Wohltätigkeitsorganisation hier in der Stadt, die Geld für Obdachlose sammelte.

»Vielleicht könnte ich ja in eines der kleineren Zimmer im Erdgeschoss ziehen, die nach hinten raus gehen. Die kosten sicher weniger.«

»Bloß nicht«, rief Joan. »Da haben Sie überhaupt keine Aussicht, und Sonne kommt da auch keine hinein.«

»Außerdem sind die Zimmer so klein, dass wir uns da gar nicht zusammensetzen könnten«, warf Miss Ross ein. Seit Joan zu ihnen gestoßen war, war es schon beengt genug. »Und sogar für die gibt es Wartelisten.«

»Wenn ich auf ein günstigeres Zimmer warten muss, habe ich wahrscheinlich kein Geld mehr, bevor etwas frei wird. Das ist also auch keine Lösung.«

»Die Gebührenerhöhung betrifft doch alle hier«, stellte Miss Ross fest. »Wenn wir viele sind, können wir mehr ausrichten als zu dritt. Wissen Sie was, ich werde mich mal in aller Stille umhören – es wäre doch gelacht, wenn wir nicht noch mehr Mitstreiter finden!«

Dorothy brach in Tränen aus.

An diesem Abend war die Stimmung im Aufenthaltsraum sehr gedrückt. Nicht einmal der Fernseher lief. Alle saßen in kleinen Gruppen beieinander und diskutierten die unerfreulichen Neuigkeiten. Mrs Campbell war völlig aufgelöst, und Oberschwester Maureen tat ihr Möglichstes, sie und manche andere zu beruhigen. Einige Bewohner stellten sie zur Rede, aber sie wusste auch nur das, was in den Briefen stand. Die Heimgebühren würden ohne Ausnahme in drei Wochen erhöht werden – ausgerechnet am 1. April, als wäre das Ganze ein grausamer Scherz.

Auch Walter war niedergeschlagen, allerdings aus anderen Gründen. Erinnerungen hatten ihn eingeholt, und mit ihnen waren Scham und Schuldgefühle wiedererwacht. Er hatte das Gemeinschafts-Schachbrett auf einem Tisch in einem geschützten Winkel des Raums aufgebaut, wo er nicht befürchten musste, sich unerwünschten Fragen auszusetzen, etwa wie es kam, dass der neue Mitbewohner mit Brot nach ihm warf.

Seit seiner Ankunft am vorigen Tag hatte Angus sich nicht blicken lassen. Als er später an diesem Abend an der Tür erschien, wurde es plötzlich still im Raum. Neugierige Blicke musterten den Neuen, der unschlüssig dastand und in seinem übergroßen Pullover, der an seiner schmalen Gestalt herunterhing, ganz verloren aussah.

Er bemerkte Walter, der ihn beobachtete und mit einem Nicken auf den Stuhl ihm gegenüber wies. Eine stumme Einladung zu einer Partie, unmissverständlich. Angus starrte zu Walter und wählte schließlich einen Sessel auf der anderen Seite des Raums, so weit entfernt von Walter wie möglich.

Sieben

Alter ist relativ. Die ›alte‹ Mrs Campbell, wie sie alle nannten, die sich nur noch mit viel Mühe, aber mit umso mehr Entschlossenheit auf den Beinen hielt, sprach ihrerseits von der ›alten‹ Mrs O'Reilly, die neunundneunzig Lenze zählte und die mit Abstand betagteste Person im Haus war. Die fast Hundertjährige bezeichnete jedoch ihrerseits viele Leute als ›alt‹, die bedeutend jünger waren. Ob man alt war oder nicht, hatte vielleicht genauso viel mit Haltung wie mit körperlichen oder geistigen Fähigkeiten zu tun.

Joyce besuchte die alte Dame, die die einzige Irin unter ihnen war, um ein wenig mit ihr zu plaudern. Bis sie vor einem Jahr hier eingezogen war, hatte sie noch völlig eigenständig gelebt.

Sie verstanden sich gut – beide hatten die gleiche Art von Esprit und die natürliche Gabe, ihre Umgebung zu unterhalten, wodurch sie sich in ihrer ersten Zeit hier gleich beliebt gemacht hatten. Ihre Art stellte aber auch eine gewisse Hürde dar, wenn es darum ging, Freundschaften zu schließen.

Eine weitere Gemeinsamkeit war die Leidenschaft für ein gelegentliches Gläschen Whisky, sodass sie gern und viel Zeit miteinander verbrachten. Sie saßen am Fenster in Mrs O'Reillys Zimmer, das im ersten Stock lag und einen guten Blick über den weitläufigen Garten bot. Draußen war Hamish gerade damit beschäftigt, einen neuen Hühnerstall zu bauen. Die Bewohner liebten die Hühner, auch wenn ihre Eier für sie tabu waren, ganz gleich, wie hart gekocht.

»Es ist doch immer eine Freude, so einem jungen starken Mann bei der Arbeit zuzusehen«, bemerkte Joyce. »Ich kann mich gar nicht daran sattsehen.«

»Irgendwie landet meine Hand immer auf seinem Oberschenkel, wenn er mir in unseren kleinen Bus hilft … nur um mich ein wenig abzustützen natürlich. Ein wohlgeformtes Bein ist nicht zu verachten. Meine waren auch nicht übel, als ich noch jünger war.«

»Das glaube ich Ihnen sofort!«

»Du liebe Güte, Ihre Fantasie möchte ich haben!«

»Spielten in Ihrem Beruf schöne Beine eine Rolle, Mrs O'Reilly?«

»Das kann man wohl sagen. Ich spreche sonst kaum darüber, aber ich war ein Windmill-Girl.«

Joyce war nie selbst in dem berühmten Londoner Theater gewesen, aber sie wusste, dass es für seine attraktiven Nackttänzerinnen bekannt war.

»Davon müssen Sie mir mehr erzählen«, bat sie begeistert.

»Oh, wir hatten so eine tolle Zeit«, schwärmte Mrs O'Reilly. »Ich war in den Dreißigern dabei, und wir hatten jeden Abend ein volles Haus, oft waren auch berühmte Leute im Publikum, sogar der Adel. Wir sind bei sagenhaften Aufführungen aufgetreten, und ich habe viele großartige Künstler kennengelernt, die später jedermann ein Begriff waren. Wie neu und aufregend das damals alles war.«

»Nach dem, was ich gehört habe, war es nackt und aufregend!«

»Wir waren Pioniere. Die ersten Nackten live auf der Bühne. Aber wir durften uns nicht bewegen.«

»Tatsächlich? Sie meinen, Sie standen da wie die Salzsäulen?«

»Es war gegen das Gesetz, uns zu bewegen. Solange wir stillstanden, konnte niemand etwas sagen. Das war ganz wichtig. Aber wir haben natürlich Mittel und Wege gefunden – uns zum Beispiel auf Requisiten gesetzt oder gestellt, die sich gedreht oder auf und ab bewegt haben. Streng genommen waren unsere Körper völlig bewegungslos, sodass die Behörden nichts sagen konnten. Das Publikum war ganz wild auf nackte Haut in Schwingung – mal sah man was und mal nicht.«

»Aber Mrs O'Reilly! Was würde Father Connelly dazu sagen?«, fragte Joyce mit gespielter Entrüstung, und beide brachen in Gelächter aus.

»Ich schätze ihn wirklich über die Maßen, aber ich habe noch nie das Bedürfnis verspürt, etwas von damals zu beichten. Niemand von uns hatte das Gefühl, etwas Falsches zu tun. Es waren einfach völlig andere Zeiten.«

»Keine Sorge, Ihr Geheimnis ist bei mir bestens aufgehoben … und wo wir gerade vom Posieren sprechen – ich hoffe, heute Abend behalten alle ihre Kleider an. Soviel ich weiß, wird eines der Models Mr Dunn sein, und der Anblick eines Bestatters, der sein bestes Stück zeigt, könnte ihm am Ende noch unerwartet volle Auftragsbücher einbringen!«

Einmal im Jahr organisierte das nahe gelegene Modegeschäft eine Schau, bei der das Personal und einige ausgewählte Gäste den Aufenthaltsraum in einen Laufsteg verwandelten und in aller Regel aufsehenerregende Outfits präsentierten. Das Event wurde immer mit großer Spannung erwartet und sorgte jedes Mal für beste Stimmung. Da auch Besucher willkommen waren, konnte bei der Gelegenheit Geld für wohltätige Zwecke gesammelt werden.

Es war der zweite Mittwoch im Monat, sodass geräucherter Schellfisch Florentiner Art mit Kartoffeln à la dauphinoise auf dem Speiseplan stand. Nachdem die Köchin mittlerweile etwas vertrauter mit den Erwartungen ihrer Klientel geworden war, erschien das Gericht auf der Menükarte schlicht als »Fisch-Kartoffel-Auflauf« und war als solcher überaus populär. An allen Tischen gab es nur ein Thema, das Ereignis am Abend, und es gingen die wildesten Spekulationen darüber herum, welche Kostümierungen man wohl zu sehen bekommen würde.

Jemand vom Supermarkt um die Ecke kam am Nachmittag und brachte Blumensträuße, die nicht mehr frisch genug waren, um noch verkauft zu werden, und sonst nur weggeworfen worden wären. Obwohl es den Händler nichts kostete, wurde die Geste sehr geschätzt – auf diese Weise hatten auch die, die sonst nie Blumen bekamen, regelmäßig einen Strauß in ihrem Zimmer.

Ein Paar vom Freundeskreis *Highland Home* sah ebenfalls vorbei. Die Mitglieder der kleinen Gruppe, die zur örtlichen Kirchengemeinde gehörte, wechselten sich mit Besuchen im Seniorenheim ab. Sie unterhielten sich mit den Bewohnern, lasen denen vor, die nicht mehr gut sehen konnten, griffen hier und da helfend unter die Arme und nahmen die älteren Herrschaften auf kleinere Ausflüge mit. Wie für die Blumen waren die Senioren auch für diese Wohltaten sehr dankbar.

Beim Abendessen lag eine gewisse Anspannung in der Luft – alle wollten so schnell wie möglich fertig werden und sich auf den Weg in den Aufenthaltsraum machen. Jedermann war bedacht darauf, sich die besten Plätze zu sichern, was unweigerlich zu Meinungsverschiedenheiten führte, insbesondere, da manche der Überzeugung waren, einen Anspruch auf die bequemsten Sessel zu haben.

Dieses Anspruchsdenken wurde mit den unterschiedlichsten Argumenten verteidigt – wer zuerst am Morgen dort gesessen oder den Platz an dem Tag am längsten besetzt hatte oder wer schon länger Hausbewohner war (ein Faktor, der nach Meinung der Veteranen unter ihnen alle anderen Ansprüche vom Tisch fegte).

Größter Ärger war vorprogrammiert, wenn jemand seinen Platz für einige Minuten verließ und bei seiner Rückkehr einen anderen Bewohner darauf vorfand. Solche Gelegenheiten waren dazu geeignet, sich zu erbitterten Fehden auszuwachsen, die in ihrem Ingrimm den Feindseligkeiten zwischen berühmten schottischen Clans vergangener Zeiten in nichts nachstanden. Auch nicht einfacher wurde die Sache durch die Weigerung bestimmter Bewohner, sich nebeneinanderzusetzen.

Selbstverständlich waren auch Freundschaften bei der Sitzordnung zu berücksichtigen, die es zwingend erforderlich machten nebeneinanderzusitzen, weil andernfalls die Welt implodieren würde und danach nichts mehr wäre wie zuvor. Die Modenschau brachte diese Konflikte alljährlich auf den Siedepunkt, und bei dem abendlichen Rennen um den besten Platz galt das Recht des Stärkeren. Wer mit dem Rollator unterwegs war, wurde mit geschickten Ausweichmanövern umrundet und zog unweigerlich den Kürzeren.

Einige Sitzreihen waren für geladene Gäste wie Lokalpolitiker, den Herausgeber der örtlichen Zeitung und einige Besucher aus der Geschäftswelt reserviert. Als jeder endlich seinen Platz gefunden hatte, hielt Oberschwester Maureen eine kurze Willkommens- und Dankesrede, um danach schleunigst die Bühne in Richtung Umkleidezimmer zu verlassen. Jemand vom Personal dimmte einige Lichter, um den Teil des Raums, der als Bühne diente, in den Mittelpunkt zu rücken, und schon drang Musik aus den Lautsprechern.

Das erste »Modell« stolzierte durch den Raum und erntete prompt verblüfftes Schweigen. Kaum hatte das Publikum sich aber von dem ersten Schock erholt, brach es in enthusiastischen

Beifall aus. Es war Hamish, bekleidet mit einer Badehose, die in ihrer Knappheit fast anstößig zu nennen war, und der nun begann, seine eindrucksvollen Muskeln in verschiedenen Posen spielen zu lassen, als wolle er einen Bodybuilding-Wettbewerb gewinnen.

»Grundgütiger, meinen Sie, das ist echt, oder hat er eine Pflanzkelle dort stecken?«, fragte Joan.

»Ich weiß es nicht«, antwortete Joyce, »ich weiß nur, dass er mich damit jederzeit gern angraben darf.«

»Weg mit dem Höschen!«, rief Mrs O'Reilly vergnügt.

»Also wirklich«, zischte Deirdre in Mrs MacDonalds Richtung. »Diese Frau ist so was von ordinär. War ja klar, dass sie in unserer Nähe landen würde.« Doch ihre Freundin war vollauf damit beschäftigt, ihre Brille zu putzen, und antwortete nicht.

»Ach du liebe Güte«, sagte Dorothy breit lächelnd zu niemand Bestimmtem und ohne den Blick von Hamish abzuwenden.

»Ausziehen! Ausziehen!« Mrs O'Reilly war ganz aus dem Häuschen.

Einige der extrovertierteren Bewohnerinnen stimmten begeistert in ihre Rufe ein, die erst verklangen, nachdem die ›Allzweckwaffe‹ des Seniorenheims ihre letzte Pose zum Besten gegeben hatte und den Raum unter tosendem Beifall verließ. Es schien ausgeschlossen, dass jetzt noch etwas folgen könnte, was diesen Auftritt übertraf, doch als der Nächste in die Mitte trat, hielten die Zuschauer erneut vor Überraschung die Luft an. Die obere Körperhälfte des Mannes war in grellbunten Stoff gehüllt, während die untere Hälfte jegliche Art von Beinkleid vermissen ließ. Es war, als wäre der schwule Exzentriker Quentin Crisp in eines der verrückten Stücke des legendären Theatermachers Brian Rix geraten.

Es war Mr Dunn!

Als das Publikum begriff, um wen es sich handelte, ging ein großes Johlen durch die Menge. Der mit roten Strumpfhaltern bekleidete Bestatter tänzelte in die Raummitte und warf mit großer Geste den quietschorangen Chiffonschal zurück, den er um den Hals trug. Mit herablassendem, leicht verächtlichem Blick bewegte er seinen Kopf mal in die eine, mal in die andere Richtung und ließ die Feder, die aus seinem Hut ragte, auf und ab wippen.

»Bringt ihm eine Hose!«, rief Mrs O'Reilly diesmal, woraufhin Mr Dunn aus der Rolle fiel und zu lachen begann. In all den Jahren, die Mr Dunn nun schon im Haus aus und ein ging, hatte ihn noch nie jemand auch nur lächeln gesehen. Die Verwandlung war unglaublich. Wer hätte gedacht, dass auch Bestatter Sinn für Humor besaßen.

Nun folgte eine außergewöhnlich elegante und ausnehmend schöne junge Frau in einem atemberaubenden Abendkleid, deren Auftritt von bewundernden Ahs! und Ohs! begleitet wurde. Niemand erkannte die scheinbare Unbekannte, die anmutig wie ein echtes Model auf und ab ging.

»Ach du lieber Himmel!«, dämmerte es Joyce plötzlich. »Das ist ja unsere Anna.«

Und so war es. Die Pflegerin wurde mit noch mehr Applaus bedacht, als die zwei Herren vor ihr eingeheimst hatten. Die nächste »Künstlerin« wurde augenblicklich identifiziert, denn Oberschwester Maureen hatte sich passenderweise als Hattie Jacques aus den *Ist-ja-irre*-Filmen verkleidet.

Den ganzen Abend lang folgte ein Höhepunkt auf den nächsten, obwohl es bei jedem Auftritt nicht mehr möglich schien, dass sich das Gesehene noch steigern könnte. Am Ende waren sich alle einig, dass es sich nicht nur um die bislang beste »Modenschau« gehandelt hatte, sondern dass dies auch der vergnüglichste Abend gewesen war, den die Bewohner je im *Highland Home* verbracht hatten.

Acht

Ein paar Tage später trafen sich einige Hausbewohner – zufällig, wie es schien – im Wintergarten. Außer Miss Ross, Dorothy und Joan hatten sich auch Joyce, Walter und Angus eingefunden. Deirdre war zwar nicht dazu gebeten worden, musste aber wohl von der Zusammenkunft erfahren haben – und wo sie war, war Mrs MacDonald nicht weit.

»Wir haben ja alle einen Brief von den neuen Eigentümern erhalten«, begann Miss Ross. »Viele von uns können sich die höheren Gebühren leisten. Andere können sie wohl gerade eben verkraften. Aber für einige ist es einfach zu viel Geld, und es ist gut möglich, dass sie sich nach einem günstigeren Heim umsehen müssen.«

»Ich habe mit Dorothy gesprochen«, fuhr sie fort, »und sie hat nichts dagegen, dass ich Ihnen erzähle, dass sie zu denen gehört, die womöglich die vertraute Umgebung verlassen und die Freunde zurücklassen müssen, die sie in den letzten Jahren gewonnen haben. Ich muss Ihnen nicht sagen, dass das eine absolut schreckliche Vorstellung ist. Nun stellt sich die Frage, was wir dagegen unternehmen können?«

Es herrschte große Einigkeit darüber, dass etwas getan werden musste, aber was genau – das wusste im Moment beim besten Willen niemand wirklich zu sagen.

»Was auch immer wir uns entschließen zu tun, je mehr Leute daran beteiligt sind, desto wirkungsvoller wird es sein«, sagte Walter.

»Ach, wirklich? Ich glaube, so weit waren wir schon«, blaffte Angus.

Die beiden Männer waren bemüht, so viel Abstand wie möglich zu wahren, und ihre gegenseitige Abneigung kühlte die Stimmung im Wintergarten deutlich ab. Miss Ross hatte sie unauffällig beobachtet und war zu dem Schluss gekommen, dass die Feindseligkeit von dem Neuankömmling ausging. Ganz offensichtlich gab es ein Ereignis in der Vergangenheit, das die beiden miteinander verband, aber nicht einmal Deirdre wusste, welcher Art diese Verbindung war.

»Wir sollten ein Komitee gründen«, schlug Deirdre vor.

»Was denn für ein Komitee?«, wollte Dorothy wissen.

»Ein Rettungskommando!«, forderte Deirdre.

»Würden uns Sanitäter denn in diesem Fall helfen?«, fragte Mrs MacDonald überrascht.

»Ich meine das im übertragenen Sinn«, gab Deirdre spitz zurück, leicht verärgert, dass ihr sonst so treuer Schatten ihre Worte hinterfragte.

Die Vorstellung, sich mit Deirdre zusammenzuschließen, war nicht besonders verlockend. Es fiel schwer, sie zu mögen, und noch schwerer, ihr über den Weg zu trauen. Allerdings ging die Gebührenerhöhung auch über ihre Verhältnisse, sodass sie ihrer Unterstützung sicher sein konnten. Sie saßen alle in einem Boot, ob sie wollten oder nicht.

»Ich finde, die rüstigsten Bewohner unter uns sollten ein Komitee bilden und gemeinsam überlegen, wie wir gegen die neuen Gebühren vorgehen können«, sagte Miss Ross.

Es fiel eine Reihe von Namen, von denen einige mit gutem Grund abgelehnt wurden, andere dagegen wurden wegen persönlicher Animositäten verworfen, denn mit dem einen oder anderen hatte es Streit gegeben oder man hatte Kränkungen erlitten – vielleicht tatsächlich, vielleicht auch nur eingebildet. Am Ende hatte man sich schließlich auf vier weitere Mitstreiter geeinigt.

»Wenn wir uns treffen und unter uns bleiben wollen, brauchen wir irgendeinen Vorwand, um keinen Verdacht zu erregen«, meine Joan.

»Aber welchen?«, überlegte Deirdre. »Wir können wohl kaum so tun, als interessierten wir uns plötzlich für Kunst oder Architektur – das würde erst recht auffallen.«

Sie verstummten und schauten einander an, dann den Boden und die Wände und grübelten, ob es irgendeine Aktivität, ein Hobby oder ein Thema gab, die ihnen als Deckung dienen könnten.

»Wir gründen ein Strickkränzchen.«

»Strickkränzchen?«, fragte Angus skeptisch.

»Nun ja, einige von uns sind ja bereits begeisterte Strickerinnen, und ich weiß, dass Joyce, Deirdre und Mrs MacDonald auch mit Nadeln umgehen können. Den anderen bringen wir es einfach bei. Das ist dann einer der Gründe, warum wir zusammenkommen, und wenn jemand sehen will, was wir so machen, haben wir ja genügend fertige Sachen in petto.«

»Stille Wasser sind tief«, sagte Joan anerkennend.

Es wurde vereinbart, dass Miss Ross die vier Auserwählten ansprechen solle, um dann einen Termin für die erste Sitzung des offiziellen Strickkränzchens des *Highland Home* festzulegen.

Neun

Walter saß im Stuhl neben seinem Bett. Sein Zimmer war klein und eigentlich ganz hübsch, aber es hatte wenig mit ihm selbst zu tun. Außer zwei Fotos und einigen Dingen, die sie ihm geschenkt hatte, war wenig Platz für Erinnerungen an seine verstorbene Frau Moira. Das wenige konnte kaum die vielen Jahre abbilden, die sie miteinander verbracht hatten.

Am Türrahmen lehnte das Hochzeitsgeschenk ihres Trauzeugen, ein herrlich geschnitzter Spazierstock aus Schlehenholz, dessen Griff dem Kopf eines Labradors nachempfunden war, und der eine erstaunliche Ähnlichkeit mit dem Hund aufwies, den Walter zu jener Zeit besessen hatte. Der Stock war ein kleines Kunstwerk, und Walter hatte es nicht über sich gebracht, sich von ihm zu trennen.

Er empfand den Raum als steril, wie ein strahlend weißer Verband auf einer Wunde, die nicht heilte. Äußerlich betrachtet war alles in bester Ordnung. Er fragte sich, wie viele der Bewohner sich wohl den Anschein gaben, es ginge ihnen gut, obwohl es unter dem Verband ganz anders aussah. Aber er war Julie begegnet. Wie hatte diese junge Frau sein Leben verändert! Ein Klopfen riss ihn aus seinen Gedanken. Er öffnete die Tür, und da stand sie vor ihm.

»Hallo, Onkel Walter«, sagte Julie.

Sie küsste ihn auf die Wange, wie es Nichten bei ihrem Lieblingsonkel eben tun.

»Hallo, meine Liebe, komm rein.«

Als sie allein waren, nahm er sie fest in die Arme, und sie schmiegte sich an ihn wie ein verängstigtes kleines Mädchen, das sie in vieler Hinsicht immer noch war. Nach langer Zeit löste sich Walter aus der Umarmung.

»Lass mich dich ansehen«, sagte er und sah ihr prüfend ins Gesicht. »Wie geht es dir diese Woche?«

»Ich lebe noch.«

»Hat dir jemand wehgetan?«

»Sie tun mir alle weh, aber nein, nicht so, wie du meinst.«

»Es tut mir leid.«

»Das muss es nicht. Wenn ich zu dir komme, ist das mein Highlight der ganzen Woche. Das einzig Schöne in meinem Leben.«

»Das macht mich froh und traurig zugleich.«

»Du kannst nichts dafür, Walter. Du warst immer nur gut zu mir.«

»Nicht immer«, entgegnete er und starrte auf den dunkelgrünen Teppich. Beschämt dachte er an ihren ersten Besuch. Sie nahm seine Hand.

»Lass uns nicht mehr davon sprechen, das ist Schnee von gestern, darin waren wir uns doch einig.«

»Ich wünschte, ich könnte auch etwas für dich tun«, sagte er und umschloss ihre Hand mit der seinen.

»Du hast mir in den letzten Wochen mehr geholfen als irgendjemand in den letzten vier Jahren.«

»Und du hast mehr für mich getan als alle anderen, seit meine Moira gestorben ist, mehr als meine Familie und alle Therapeuten.«

»Also los jetzt, ›Onkel Walter‹, ich habe doch sonst nichts zu lachen. Mach Feuer unterm Kessel, ich pfeife auf dem letzten Loch.«

Ihr Übermut riss ihn aus seinen trüben Gedanken. Wie konnte jemand, der so lebte wie sie, so fröhlich und positiv sein? Er durchquerte das Zimmer, setzte Wasser auf und stellte Teekanne und Becher bereit. Julie zog derweil Schuhe und Mantel aus. Walter flüsterte von der anderen Seite des Raums: »Meinst du, unser Publikum ist schon da?«

»Ich habe sie vorhin unten an der Treppe gesehen, wo sie auffallend gründlich den Speiseplan für heute Abend studierten.«

Vor Walters Zimmer näherten sich auf Zehenspitzen Deirdre und Mrs MacDonald. Deirdre legte vorsichtig das Ohr an die Tür, unweit von der Stelle, an der Julie auf der anderen Seite ihren Kopf an das Holz presste.

»Kannst du hören, was sie machen?«, fragte Mrs MacDonald.

»Es ist ganz still«, antwortete Deirdre leise, zu leise für das nachlassende Gehör ihrer Freundin.

»Was?«

»Ich habe gesagt – oooh … pssst.«

Walter goss den Tee auf und sah fragend zu Julie.

»Und – sind sie da?«

»Schwer zu sagen.«

»Hau mal gegen die Tür.«

Julie schlug mit der Hand genau auf die Stelle, wo sich Deirdres Kopf befand, was mit einem erschreckten Aufschrei quittiert wurde.

»Ja, sie sind draußen«, meldete Julie und entfernte sich lachend von der Tür.

Auf dem Flur hatte Deirdre vor Schreck einen Satz nach hinten getan und beinahe ihre Komplizin aus dem Gleichgewicht gebracht.

»Was ist passiert? Haben sie schon angefangen?«, fragte Mrs MacDonald.

»Schhhh. Sie werden dich hören.«

Walter trug die beiden Becher zu dem Tisch, auf dem das Schachbrett schon aufgebaut war. Julie, die alle Mühe hatte, ihr Kichern zu unterdrücken, ließ sich auf den Platz gegenüber fallen.

»Also«, sagte er laut, »ich bin bereit. Mein König steht allzeit bereit und kann es kaum erwarten, dass du ihn dir greifst.«

»Ich muss schon sagen, so einen stolzen Recken habe ich noch nie gesehen«, griff Julie seine Vorlage auf.

»Ich habe ihn sogar poliert. Aber ich warne dich, ich habe ein paar neue Stellungen aus meinem Buch ausprobiert und werde es dir diese Woche so richtig geben.«

»Oh, glaub ja nicht, dass sich die Dame so leicht erobern lässt. Ich werde mich nicht kampflos ergeben. Na, dann zeig mal, was du kannst – ich stoppe die Zeit.«

Walter wollte schon laut losprusten, konnte sich aber gerade noch bremsen. Was sie hier veranstalteten, reichte zwar allenfalls für eine schlechte Schulaufführung, aber sie waren sich sicher, dass die beiden Spioninnen vor der Tür alles für bare Münze nehmen würden, hörten sie doch, was sie hören wollten.

»Geh mal nachsehen, ob sich etwas rührt«, sagte Walter leise.

Julie stand auf, schlich geräuschlos zur Tür und legte das Ohr daran. Auf der anderen Seite schnappte Deirdre am Rande eines hysterischen Anfalls nach Luft.

»Oh mein Gott! Ich kann gar nicht hinhören!«

»Was ist denn los?«

»Sie machen einen Wettbewerb!«

»Wettbewerb? Aber wie denn?«, fragte Mrs MacDonald verdattert.

»Mit einer Stoppuhr!«

Julie huschte zum Tisch zurück, und was sie berichtete, ließ Walter um ein Haar das Schachbrett vom Tisch kippen. Es dauerte eine ganze Weile, bis sie sich wieder beruhigt hatten. Als Walter seinen ersten Zug machte, stöhnte Julie auf.

»Oh, Mr McKenzie! Ein ganz klassisches Vorspiel, aber es raubt mir den Atem.«

So ging es Zug um Zug eine Viertelstunde lang. Die sorgsam aufgebaute Spannung gipfelte schließlich in Walters Ausruf: »Oh, Julie! Ich kann nicht mehr. Ich …«

»Ja?«

»Ich …«

»Was ist, Mr McKenzie?«

»Ich ROCHIERE!«

Deirdre fiel fast in Ohnmacht, es fehlte nicht viel, und sie wäre gegen die Tür geplumpst.

»Was ist? Geht es Ihnen nicht gut?«, fragte Mrs MacDonald besorgt, die von ihrer Position aus auf Informationen aus zweiter Hand angewiesen war.

»Bringen Sie mich in mein Zimmer. Mir ist übel.«

»Ach du liebe Güte! Haken Sie sich unter. Ich hole Oberschwester Maureen.«

»Nie wieder werde ich diesen Flur betreten. Abscheulich ist das, einfach ganz abscheulich.«

Die zwei Frauen wankten davon. Die eine schwor, nie wieder in die Nähe dieses Zimmers zu kommen, während die andere ihr die volle Unterstützung zusicherte, was auch immer sie beschlösse zu tun. Insgeheim wussten beide aber nur zu gut, dass sie am kommenden Donnerstag wieder auf ihrem Posten stehen würden. In

Walters Zimmer war es noch zu keiner Rochade gekommen, stattdessen krümmte er sich auf dem Stuhl, hilflos einem Lachanfall ausgeliefert.

»Um Himmels willen, Walter, hör auf. Hör sofort auf! Ich mach mich gleich nass!«

Zehn

Wir sind ein bisschen wie *Das dreckige Dutzend*, nur dass die meines Wissens nicht mit Nadeln und Strickmustern bewaffnet waren«, bemerkte Walter, als das letzte Mitglied des »Rettungskommandos« (was sich als offizielle Bezeichnung durchgesetzt hatte) im Wintergarten für das erste Treffen Platz genommen hatte.

Zu den ursprünglich acht Teilnehmern hatten sich vier weitere gesellt: Die etwas exzentrische Mrs Butterworth, die immer für ein kleines Abenteuer zu haben war, zwei praktisch identische Schwestern namens Meg und Peg, die zur eigenen Belustigung und zur Verwirrung der anderen nach Lust und Laune Namen und Kleidung tauschten, und zu guter Letzt Stella. Stella war klein, zierlich und fromm. Was sie nicht daran hinderte, Ungerechtigkeit in jeglicher Erscheinungsform furchtlos entgegenzutreten.

»Wer ist hier dreckig?«, empörte sich Mrs MacDonald.

»Das ist nur der Titel eines Films, meine Gute«, beschwichtigte Walter. »Da geht es um Leute, die sich zusammenschließen, weil sie ein gemeinsames Ziel, eine Mission haben, so wie wir.«

»Ich finde es trotzdem beleidigend, uns als dreckig zu bezeichnen.«

Angus fiel eine Nadel herunter, zum dritten Mal in fünf Minuten. Seufzend bückte er sich. Dorothy gab sich alle Mühe, ihm die

Grundlagen des Strickens nahezubringen. Sie hatte ihm die ersten Reihen vorgestrickt, damit er sich leichter tat. Bislang ohne sichtbaren Erfolg.

»Es ist vielleicht nicht die feine englische Art«, hob Miss Ross an, »aber wir müssen die eigentlichen Absichten unserer Gruppe geheim halten. Das gilt auch für Freunde und Familie, andere Mitbewohner und das Personal … vor allem das Personal. Ich weiß, die meisten sind ganz reizend und wirklich vertrauenswürdig, aber es wäre ihnen gegenüber nicht fair.«

Die Anwesenden nickten zustimmend, sogar Deirdre, die es eigentlich fast für unmoralisch hielt, Informationen für sich zu behalten.

»Also gut, wir brauchen Ideen, entweder wie wir die Erhöhung der Gebühren verhindern können oder wie wir Geld auftreiben, um die höheren Kosten zu decken.«

»Als ich noch beim *Women's Institute* aktiv war, haben wir alles Mögliche hergestellt und verkauft«, sagte Mrs MacDonald. »Aber wahrscheinlich können wir hier keine Marmeladen oder Chutneys machen. Ich fürchte, das Küchenteam wäre nicht begeistert.«

»Wohltätigkeitsorganisationen sammeln Sachen und verkaufen sie dann weiter«, meinte Angus. »Ich glaube, die machen gar keinen schlechten Umsatz.«

»Aber dafür bräuchten wir jede Menge Platz, außerdem wandern die meisten gespendeten Sachen gleich in den Müll«, wandte Meg ein, bei der es sich genau genommen auch um Peg handeln konnte.

»Ich habe mal eine Weile in so einem Laden ausgeholfen. Es ist unglaublich, wie viele Leute einfach ihre alten Sachen vor der Türe abgeladen haben, nur damit sie sie nicht zur Müllkippe bringen mussten«, ergänzte ihre Schwester. »Wir mussten den Plunder dann immer alle paar Tage mit dem Auto wegfahren.«

»Wir hätten auch gar keine Möglichkeit, die Sachen zu verkaufen, und überhaupt halte ich es für keine gute Idee, den Wohltätigkeitsvereinen hier in der Stadt Konkurrenz zu machen.«

Zwanzig Minuten lang wurden Vorschläge vorgebracht und wieder verworfen. Keine ihrer Ideen schien geeignet. Nach und nach verstummten die Mitglieder des Rettungskommandos, und die Stimmung wurde beklommen.

»Wir sollten mit einem Protestmarsch anfangen«, meinte Joan schließlich und riss die anderen mit der ihr eigenen Begeisterungsfähigkeit aus ihren trüben Gedanken.

»Ein Marsch?«, fragte Dorothy ungläubig. »Was soll das bewirken?«

»Na ja, so etwas macht man doch, wenn man die Öffentlichkeit auf etwas aufmerksam machen will! Man geht durch die Straßen, hält Plakate hoch, schreit laut Kampfparolen und rüttelt so die Leute auf. Das scheint für alle möglichen Sachen zu funktionieren. Worum ging es da neulich abends noch mal in den Sechs-Uhr-Nachrichten?«

»Papageientaucher. Sie haben wegen der Papageientaucher demonstriert«, sagte Joyce. »Offenbar sind sie von Ausrottung bedroht, ihre Zahlen gehen dramatisch zurück.«

»Im Gegensatz zu uns«, murmelte Angus.

»Stimmt, jetzt fällt es mir wieder ein«, erinnerte sich Walter. »Die Demonstranten trugen rote Schnäbel und rote Hosen.«

»Im Vergleich zu Papageientauchern sind wir wahrscheinlich nicht besonders interessant für die Medien«, befürchtete Dorothy.

»Wir müssten gar keine Requisiten kaufen, wenn wir uns als alte Leute verkleiden wollen«, warf Joyce launig ein.

»Warum veranstalten wir also keine Demonstration, um auf die Notlage von Menschen in Seniorenheimen hinzuweisen, die von Gebührenerhöhungen bedroht sind?«, schlug Joan vor.

»Die sich viele nicht leisten können«, betonte Miss Ross.

Die Mitglieder des Rettungskommandos sahen einander an – ja, das könnte ein Anfang sein.

Elf

Die nächste Woche flog nur so dahin – es gab viel zu tun, um den Protestmarsch vorzubereiten. Es zeigte sich, dass es ausgesprochen umsichtig gewesen war, nur rüstigere Heimbewohner in das Rettungskommando aufzunehmen. Sie konnten ohne Aufsicht das Haus verlassen und so ganz unauffällig verschiedene Besorgungen machen.

Dabei traf es sich ausgezeichnet, dass alle im Seniorenheim damit beschäftigt waren, nach gutem englischen Brauch Osterhüte zu basteln, für die alle möglichen und unmöglichen Utensilien gekauft werden mussten. Im Laufe der Jahre hatte sich die Tradition der vorösterlichen Hutmacherei zu einem regelrechten Wettbewerb ausgewachsen, in dem so hart gekämpft wurde, dass selbst Meg und Peg eifersüchtig voreinander geheim hielten, was sie mit ihren Hüten vorhatten.

Hinter fast jeder Tür im Haus ging es geheimniskrämerisch zu, und so war es für Deirdre und Mrs MacDonald geradezu ein Kinderspiel, große Stoffbahnen für Spruchbänder zu organisieren. An deren Enden sollten dann Gehstöcke hineingesteckt werden, um die Banner hochzuhalten.

Miss Ross hatte den Auftrag, ein Flugblatt zu entwerfen, von dem sie in der örtlichen Bücherei ein paar Hundert Kopien machte. Walter und Joan unternahmen verschiedene Exkursionen, um eine Strecke festzulegen, die nicht zu anstrengend werden würde, aber geeignet war, die Demonstranten mit möglichst vielen Leuten in Kontakt zu bringen.

Der Protestmarsch sollte am letzten Samstag im März stattfinden. Am Morgen dieses Tages verließen die Teilnehmer das Haus in kleinen Gruppen, um sich wie vereinbart in einer Seitenstraße neben *Marks & Spencers* zu treffen. Niemand vom Personal stellte misstrauische Fragen, sodass das Komitee punkt zehn Uhr fast vollständig versammelt war.

»Wo um alles in der Welt sind bloß Deirdre und Mrs MacDonald?«, fragte Walter.

»Wir geben ihnen noch ein paar Minuten«, entschied Miss Ross.

»Oje«, sagte Dorothy, »ich fürchte, ich muss noch mal eben für kleine Mädchen, bevor wir losmarschieren. Es ist ganz schön kühl.«

»Die Toiletten bei *Marks* sind ganz akzeptabel«, meinte Joyce. »Was haltet ihr davon, wenn wir dort noch einen Tee trinken, bevor wir losgehen? Wenn wir erst mal mitten im Getümmel sind, werden wir nichts mehr bekommen. Außerdem können wir die Toiletten dann ohne schlechtes Gewissen benutzen.«

Zehn Minuten später saßen sie um zwei Tische im Café des Kaufhauses. Walter hatte angeboten, auf die Nachzügler zu warten, und war draußen geblieben.

»Wirklich lecker, die Sachen hier«, sagte Joyce und biss in ein großes Stück Rührkuchen, der erstaunlicherweise mit ihrem Tee serviert worden war.

»Ich bin schon ganz nervös«, sagte Dorothy. »Hoffentlich werden wir nicht festgenommen.«

»Man wird nicht festgenommen, nur weil man an einer friedlichen Demonstration teilnimmt«, sagte Angus. »Das ist unser gutes Recht. Andererseits wäre das natürlich richtig gute Publicity für unsere Sache.«

»Vielleicht hätten wir die Polizei vorher informieren sollen«, überlegte Mrs Butterworth, aber Joan beruhigte sie: »Ich glaube kaum, dass zwölf Rentner, die ein bisschen hin und her gehen, so viel Störung verursachen, dass Umleitungen eingerichtet werden müssen.«

Walter kam ins Café, im Schlepptau Deirdre und Mrs MacDonald, die erklärten, dass sie lange auf dem Postamt hatten warten müssen, wobei unklar blieb, was sie ausgerechnet an diesem Tag dort wollten. Bis die Spätankömmlinge Tee bestellt hatten und alle noch einmal – oder auch mehrmals – die Toilette aufgesucht hatten, war der Vormittag schon recht fortgeschritten, und Miss Ross wurde unruhig.

»Los jetzt, nehmen wir die Sache in Angriff«, sagte sie energisch.

Als sie wieder auf der Straße standen und der samstägliche Einkaufstrubel an ihnen vorbeizog, verließ sie bei dem Gedanken an ihre Protestaktion fast der Mut. Doch Miss Ross zog das eingerollte Spruchband heraus, das sie in ihrer Handtasche versteckt hatte, und nach und nach folgten die anderen ihrem Beispiel. Einige von ihnen hatten Gehstöcke dabei.

Walter brauchte eigentlich keinen Stock, aber er benutzte seinen gern, weil sich der Griff so gut anfühlte und sich genau der Form seiner Hand anpasste. Angus' Blick war eine Weile an dem kunstvoll gearbeiteten Stück Holz hängen geblieben, dann hatte er sich stumm abgewandt. Nach einigem Fingern, Nesteln und unterdrückten Flüchen war das Rettungskommando einsatzbereit.

Auf den Bannern prangten in Lettern aus quietschbunter Wolle die Parolen: »Gerechte Gebühren für Gebrechliche«, »Gleiches Recht für Alte«, »Wir erheben die Stimme«, »Denkt auch an Pensionäre, nicht nur an Papageientaucher«. Wer kein Spruchband trug, hielt die Flugblätter bereit. Miss Ross sah noch einmal prüfend in die Runde. Die Anspannung war deutlich spürbar, aber alle lächelten ihr ermutigend zu, und sie fühlte auf einmal, wie stolz sie auf ihre Mitstreiter war, sogar auf Deirdre.

»Also los!«

Die Truppe setzte sich in Bewegung, allen voran Dorothy und Mrs MacDonald, da sie die Langsamsten von ihnen waren und Miss Ross nicht riskieren wollte, dass irgendjemand verloren ging. Sie verließen die Seitenstraße und betraten die belebte Fußgängerzone. Viele der vorbeihastenden Käufer warfen ihnen neugierige Blicke zu.

Dorothy war es gelungen, sofort einen Flyer an den Mann zu bringen. Genau genommen war es eher ein Austausch, denn der Empfänger drückte ihr als Gegenleistung sogleich eine bunt bedruckte Karte in die Hand – ein Angebot der örtlichen Pizzeria. Immerhin, es war ein Anfang, und nach und nach wurden immer mehr Leute auf sie aufmerksam, insbesondere als Walter aus Leibeskräften »*Gerechte Gebühren für Gebrechliche*« zu skandieren begann.

Sie bogen in die High Street ein und wurden fast von einem Strom von mehreren Hundert Menschen mitgerissen, die alle in die gleiche Richtung marschierten und unzählige Transparente in die Höhe hielten. Eine Handvoll Polizisten begleitete die Menge.

»Was ist denn da los?«, sagte Joan verblüfft zu Miss Ross.

»Weiß der Himmel. Sieht so aus, als wäre da noch eine Demonstration im Gange. Vielleicht können wir davon profitieren.«

»Sehen Sie nur, wie viele sich uns anschließen!«, rief Mrs MacDonald Dorothy zu. »Wer hätte gedacht, dass wir so schnell etwas bewirken? Das ist ja wunderbar!«

Dorothy hatte eben einem überraschten Passanten den Flyer der Pizzeria in die Hand gedrückt, lächelte und ließ sich wieder zurückfallen, um mit Joan zu sprechen.

»Also, das verstehe ich jetzt nicht. Warum verlangen all diese Leute gleiche Rechte für ein Sandwich?«

»Sandwich? Was meinen Sie?«

»Sehen Sie doch mal, was da steht.«

Joan folgte Dorothys Blick, stutzte und machte ein Geräusch, das auf Fassungslosigkeit, aber auch auf mühsam unterdrücktes Lachen deuten konnte.

»Sie meinen BLT – für Bacon, Lettuce und Tomato. Da steht aber ›*Gleiche Rechte für LGBT*‹.«

»Und das heißt was?«

»Ach herrje, meine Liebe, das erkläre ich Ihnen später.«

Miss Ross, die Joans Transparent auf der anderen Seite hielt, sah sich nervös um. Ihre Gruppe begann sich aufzulösen. Joyce war zurückgeblieben und unterhielt sich mit einem Mann, der an einem Stand handgeschöpfte Schokolade verkaufte. Von Mrs Butterworth fehlte bereits jede Spur.

»Wir verlieren die anderen, Joan!«

»Ja, das stimmt, und was jetzt?«

Ein plötzlicher, heftiger Windstoß fuhr durch die Menge. Deirdre verlor um ein Haar das Gleichgewicht, aber ehe sie fallen und sich womöglich verletzen konnte, wurde sie von einer starken Hand am Ellbogen gepackt. Sie sah sich um, um sich zu bedanken, und blickte in das Gesicht eines ausgesprochen gut aussehenden jungen Mannes.

»Ach du liebe Güte!«, rief sie, wobei unklar blieb, ob sich ihr Ausruf auf ihren Beinahe-Fall oder den unerwarteten Anblick bezog, der sich ihr bot. »Haben Sie vielen Dank. Das ist sehr freundlich von Ihnen.«

Er hatte wunderbar reine Haut, und dabei ein so reizendes Lächeln – und seine Augen erst …

»An dieser Stelle der High Street ist es immer unheimlich windig«, erklärte er und hob ihr Ende des Plakats auf, das sie fallen gelassen hatte. »Soll ich das für Sie halten?«

»Äh, nun, ich weiß nicht … vermutlich …«

»Kommt, Jungs, wir greifen den älteren Herrschaften hier mal kurz unter die Arme«, rief er laut.

Die Aufforderung ging wie ein Lauffeuer durch die Menge der Demonstranten, und einen Moment später war das Rettungskommando von jungen Leuten umringt, die ihnen zu Hilfe eilen wollten. Sogar den männlichen Mitgliedern des Komitees wurden sanft die Gehstöcke aus der Hand genommen. Zunächst fühlten sie sich ein wenig in ihrer Ehre gekränkt, doch eigentlich waren sie ganz froh, dass sie sie nicht mehr hochhalten mussten.

»Danke, Junge«, sagte Walter zu dem Jugendlichen, der jetzt sein Ende des Banners trug. »Ich gebe zu, dass ich schon langsam meine Arme nicht mehr gespürt habe.« Stumm ging er einige Minuten neben dem Teenager her, während seine Augen immer wieder an dessen zahlreichen Piercings in Nase und Ohren hängen blieben. »Hat das wehgetan?«, fragte er schließlich.

»Nee.«

»Wenn du mir die Frage gestattest – warum hast du das machen lassen?«

»Jeder sollte das Recht auf freie Meinungsäußerung haben, ohne dafür verurteilt zu werden. Alle sollten die gleichen Rechte haben, egal, ob es um Arbeit geht oder mit wem man eine Beziehung hat oder wie man sich anzieht. Niemand sollte dem anderen sagen dürfen, was er zu tun hat oder was er denken soll. Ist doch egal, was einer denkt! Man sollte das Recht auf einen freien Geist haben.«

Walter war sich nicht sicher, wofür hier demonstriert wurde, aber was der Jugendliche da sagte, hatte Hand und Fuß, und der Enthusiasmus, mit dem er seine Ansicht vertrat, rührte ihn.

»Ich bin Walter«, sagte er und streckte die Hand aus.

Der Teenager sah ihn kurz misstrauisch an, aber dann ergriff er die angebotene Hand und schüttelte sie.

»Smiler«, knurrte er.

»Interessanter Name«, stellte Walter amüsiert fest. »Wie bist du denn dazu gekommen?«

Der Junge starrte ihn finster an, sein Gesicht ein Durcheinander aus Wut, Verlegenheit, Metallringen und Akne.

»Tja«, nickte Walter und verwünschte sich für seine Frage. »Es ist gut, feste Überzeugungen zu haben. Kannst du mir sagen, wofür das steht, ähm, LGBT?«

»Wollen Sie mich auf den Arm nehmen?«

»Oh, nein, Gott bewahre. Ich weiß es wirklich nicht.«

Smiler dachte einen Moment über die Frage nach, ehe er antwortete. »Laden Sie mich vorne am Platz auf ein Bier ein, dann erklär ich's Ihnen.«

Bei dem Protestmarsch herrschte eine fröhliche, freundliche Atmosphäre, und einige Leute plauderten und scherzten mit den Polizisten, die die Demonstration begleiteten. Als die Menge am Marktplatz ankam, war das Rettungskommando in alle Richtungen versprengt.

Miss Ross hatte sogar das Plakat, das sie mit Joan getragen hatte, aus den Augen verloren. Da tippte ihr jemand auf die Schulter. Als sie sich umdrehte, erwartete sie, jemanden von den anderen Heimbewohnern zu sehen. Stattdessen standen zwei Frauen Ende dreißig vor ihr.

»Hallo«, sagte eine von ihnen, die ihr vage bekannt vorkam. »Ich bin's, Tiffany.«

Der Name half Miss Ross auf die Sprünge, sie erinnerte sich an ihre ehemalige Schülerin.

»Aber ja, natürlich. Wie geht es Ihnen?«, erkundigte sie sich und schüttelte die ausgestreckte Hand.

»Mir ist es noch nie besser gegangen, danke. Das hier ist meine Partnerin, Grace.« Die beiden Frauen gaben sich die Hand, und alle schwiegen für einen Moment. »Wir sind wohl alle ein bisschen überrascht, uns ausgerechnet hier bei der Demo zu treffen.«

»Bei der Demo?«, fragte Miss Ross, die wusste, worum es dabei ging. »Ja, ich meine nein, meine Anwesenheit hier ist nicht so ganz das, wonach es aussieht. Sollen wir nicht irgendwo eine Tasse Tee zusammen trinken? Ich würde mich gern ein bisschen hinsetzen.«

In einem Pub ganz in der Nähe steuerte Walter mit einem Pint und einem kleinen Bier auf einen Tisch in der Ecke zu. Er setzte sich und schob das Pint zu seinem neuen Bekannten hinüber. Der Teenager nahm einen langen Schluck und stellte das Glas vor sich ab.

»Also, wo kommen Sie her?«

Walter vermutete, dass die Frage darauf abzielte, wo er wohnte, nicht, wo er geboren worden war. Es war nicht allzu wahrscheinlich, dass der junge Mann an seiner Lebensgeschichte interessiert war.

»Ich wohne im Seniorenheim.«

»Im *Highland Home*?«

»Kennst du es?«

»Mein Großvater war da eine Weile, ehe er gestorben ist. Das ist aber schon lange her, damals war ich noch ein Kind.« Walter hatte herausgefunden, dass Smiler fast siebzehn war, und er fand, dass er immer noch recht kindlich wirkte, aber es war sicher unpassend, das zu erwähnen. »Dann bleiben Sie also da, bis Sie sterben.«

Es war mehr eine Feststellung als eine Frage gewesen. Die nackte Wahrheit, die in diesen Worten lag, traf Walter bis ins Mark.

»Ähm, eine etwas direkte Art, das so zu formulieren.«

»Aber es ist doch so, oder etwa nicht?«

»Das Heim ist kein Hospiz. Leute gehen da ja nicht hin, weil sie sterbenskrank sind. Es ist einfach ein Ort für Ältere, die nicht mehr so gut allein zurechtkommen. Sie verbringen im Zweifel noch viele Jahre dort.«

»Aber das ist jetzt Ihr Leben.«

»Tja … ich denke schon«, stimmte Walter zu und war auf einmal niedergeschlagen.

»Und warum demonstrieren Sie hier mit?«, erkundigte sich Smiler und leerte sein Glas in besorgniserregender Geschwindigkeit.

»Die neuen Eigentümer haben die Gebühren für das Heim erhöht, und einige Bewohner können sich das nicht leisten. Wir dachten, dass wir mit einem Protestmarsch Aufmerksamkeit für unser Problem wecken könnten, aber es sieht so aus, als ob uns die große Demonstration verschluckt hat. Ich fürchte, niemand hat von uns Notiz genommen.«

Walter nahm einen ersten Schluck von seinem Bier. Wie er seine Blase kannte, waren die Zeiten für ein ganzes Pint definitiv vorbei.

»Die Leute haben wahrscheinlich gedacht, dass Sie für schwule und lesbische Senioren auf die Straße gehen.«

»Was sagst du da? Um Himmels willen, warum denn das?«

»Weil es eine Demo für Lesben, Schwule, Bisexuelle und Transsexuelle ist.«

»Guter Gott, das ist mir gar nicht aufgefallen. Na, das wird Deirdre aber gar nicht gefallen.«

»Wer ist das?«

»Eine Bewohnerin aus dem Heim, die meint, dass sie die Moral für sich gepachtet hat.«

Sie wurden von dem Wirt unterbrochen, der das Essen brachte. Walter wusste noch zu gut, wie er ständig Hunger hatte, als er so alt wie Smiler war, und schwieg, während sie aßen. Der Teller auf der anderen Seite des Tisches wurde genauso schnell geleert wie das Bierglas. Als Walter das Gefühl hatte, dass er das Gespräch wieder aufnehmen konnte, sagte er: »So, und jetzt erzähl mal, worum es bei dieser LGBT-Demo geht.«

In einem kleinen Café einige Straßen weiter schenkte Tiffany gerade Tee ein. Von dem Platz ihr gegenüber konnte Miss Ross in der Frau Züge des Schulmädchens erkennen, das einmal in ihre Klasse gegangen war. So viele Jungen und Mädchen waren durch ihr Klassenzimmer gegangen, aber an einige konnte sie sich noch gut erinnern.

»Ihr Vater war doch Pfarrer, nicht wahr?«

»Respekt, was für ein Gedächtnis«, sagte Tiffany anerkennend.

»Nun ja, ich weiß noch, dass einige Lehrer sonntags immer seine Gottesdienste besucht haben, sodass er sich mir mehr eingeprägt hat als andere Eltern. Geht es ihm gut?«

»Vermutlich. Wir hatten länger keinen Kontakt mehr. Ehrlich gesagt, haben wir nicht mehr miteinander gesprochen, seit ich mein Coming-out hatte. Nicht nach all dem Streit und den furchtbaren Vorwürfen, die ich mir anhören musste. Ich wusste, dass es riskant war, ihm davon zu erzählen, deshalb habe ich viele Jahre gegen meine Gefühle angekämpft. Aber … mein Leben ging völlig sinnlos dahin. Dann habe ich Grace kennengelernt, und ich musste mich einfach outen. Das alles weiter für mich zu behalten kam einfach nicht mehr infrage.«

Miss Ross nickte und nahm einen Schluck von ihrem Tee, während die beiden Frauen über den Tisch hinweg einander bei der Hand nahmen. Wie glücklich und verliebt sie aussahen! Der Anblick verstörte sie, aber er hatte zugleich auch etwas seltsam Tröstliches.

»Das ist tragisch für alle Beteiligten«, sagte Miss Ross bedauernd. »Manche Menschen können so eine Situation einfach nicht akzeptieren, weil sie alles bedroht, woran sie glauben, und sie fürchten, dass ihr eigenes Leben aus den Fugen gerät, wenn sie sie billigen. Die Angst davor ist größer als die Liebe zu ihrer Tochter.«

»Es gibt immer noch so viele, die unsere Beziehung für falsch halten, und das in unserer Zeit«, meinte Grace. »Wir werden ständig beschimpft oder eingeschüchtert, auf der Straße, wenn wir essen gehen oder auf der Arbeit.«

»Wie denken denn Sie darüber, Miss Ross?«, fragte Tiffany.

»Was ich denke? Na ja, ich glaube … wenn man das Glück hat, der Liebe zu begegnen, sollte man sie festhalten, mit aller Kraft. Ein Leben ohne Liebe gerät so leicht zu einer einsamen Reise, bei der man nie ans Ziel kommt.«

Zwölf

Als die Mitglieder des Rettungskommandos sich am Nachmittag einzeln und in Zweiergrüppchen wieder im Seniorenheim einfanden, wurden sie mit der Nachricht empfangen, dass Mrs O'Reilly sich in bedenklichem Zustand befand.

Miss Ross war allein und als Letzte zurückgekommen. Sie konstatierte, dass die verteilten Flyer nicht die leiseste Wirkung erzielt hatten, und ihr Protestmarsch, mit dem sie auf die viel zu hohen Gebühren aufmerksam machen wollten, ein kompletter Reinfall gewesen war. Sie fand ihre Mitstreiter im Wintergarten, wo sie sich mit einer für sie ganz untypischen Mutlosigkeit in einen Sessel fallen ließ.

»Der ganze Aufwand, die Geheimnistuerei und die Aufregung, alles für nichts und wieder nichts. Nichts von dem, was wir unternommen haben, wird auch nur das Geringste an unserer Misere ändern«, seufzte sie und streifte die Schuhe ab. »Entschuldigung, aber meine Füße …«

»Wo waren Sie nur so plötzlich? Wir haben Sie vermisst.«

Miss Ross hielt einen Moment inne und dachte an das Gespräch mit Tiffany und Grace.

»Ich habe eine Schülerin von früher getroffen, und wir sind einen Tee trinken gegangen. Was haben Sie beide gemacht?«

»Wir haben uns auf dem Marktplatz wiedergefunden und ein

bisschen den Reden zugehört, dann sind wir wieder zurück zu *Marks*, um uns ein wenig hinzusetzen und uns noch ein wohlverdientes Tässchen zu gönnen«, berichtete Joan. »Als wir kamen, saß Joyce schon da, als wäre sie nie weg gewesen, und dann kam auch noch Deirdre dazu.«

»Die anderen haben wir völlig aus den Augen verloren, aber alle sind wohlbehalten wieder zurück«, sagte Dorothy. »Es ist zu schade, dass man nicht dasselbe von den Gehstöcken behaupten kann. Vor allem Walter war völlig untröstlich, dass er seinen verloren hat. Offenbar gab es da ein ziemliches Durcheinander. Er ist mit jemandem Mittag essen gegangen, der Walters Ende des Transparents einem anderen Jungen anvertraut hatte, aber als Walter auf den Platz zurückkam, wusste niemand, wo er war.«

»Jedenfalls sind wir alle wieder da, und keiner hat irgendetwas von unserer Aktion mitbekommen«, meinte Joan.

»Das ist ja das Problem!«, rief Miss Ross. »Niemand hat das kleinste Bisschen davon mitbekommen. Unser Versuch, auf unser Anliegen aufmerksam zu machen, ist kläglich gescheitert.«

»Aber als Team waren wir sehr erfolgreich«, warf Dorothy ein. »Unser Strickkränzchen hat wunderbar zusammengearbeitet und sich für den nächsten Kampf bewährt.«

Miss Ross seufzte resigniert.

»Tut mir leid, ich bin zu müde, um heute noch irgendetwas beizutragen.«

»Sie sehen aber wirklich sehr erschöpft aus, meine Liebe«, sagte Dorothy mitfühlend. »Haben Sie die traurigen Neuigkeiten zu Mrs O'Reilly gehört? Es sieht ganz so aus, als würde sie die Nacht nicht überleben. Joyce war ganz außer sich. Sie ist gleich zu ihr nach oben gegangen.«

Mrs O'Reillys runzlige Finger verschwanden beinahe in Joyce' rundlichen Händen. Die beiden Frauen hatten noch nicht viel gesprochen, die eine, weil sie nur schwer Luft bekam, die andere, weil sie nicht recht wusste, was sie sagen sollte.

»Die Gespräche mit Ihnen haben mir immer viel Freude gemacht«, sagte Mrs O'Reilly.

»Und es werden noch viele folgen.«

»Oh, da bin ich mir nicht so sicher. Es ist ein Jammer, dass ich nicht hundert werde. Ich hatte mich schon darauf gefreut.«

»Sie werden Ihren Geburtstag bestimmt noch erleben. Das sagen mir meine Knochen, und die haben mich noch nie betrogen.«

»Dann haben Sie Glück mit Ihren Knochen.«

»Das will ich meinen! Der Gin hat sie stark gemacht.«

»Na, wenn es danach geht, werde ich zweihundert.«

»Das schaffen Sie, ganz sicher«, lächelte Joyce und bemerkte auf einmal, dass noch jemand im Raum war. Der Pfarrer stand schweigend im Türrahmen. »Ich lasse Sie jetzt mal allein«, sagte sie und erhob sich. »Wir sehen uns morgen früh. Sie schlafen sich jetzt erst einmal aus, und ich wette, Sie fühlen sich morgen wie neu geboren.«

»Lassen Sie Father Connelly bloß nicht das mit dem Wetten hören. Er ist ein ziemlich frommer Mann, wissen Sie.«

Joyce nickte dem Pfarrer zu und verließ das Zimmer. Er nahm auf dem frei gewordenen Stuhl neben ihrem Bett Platz.

»Wie geht es Ihnen denn, Mrs O'Reilly?«

»Nicht besonders, Herr Pfarrer.«

»Es tut mir sehr leid, das zu hören. Ich bin so schnell gekommen, wie ich konnte.«

»Das glaube ich, wie nett von Ihnen.«

In all den Jahren, die Father Connelly sie nun schon kannte, war sie stets das gewohnte mürrische, scharfzüngige, dem Alkohol nie abgeneigte Gemeindemitglied gewesen, das selbst die heilige Monika an den Rand ihrer Geduld gebracht hätte. Ganz ohne Zweifel, sie war eines seiner Lieblingsschäfchen. Er nahm ihre Hand, die auf der Bettdecke lag.

»Wünschen Sie die Salbung?«

Sie nickte. Der Pfarrer stand auf, zog Mantel und Schal aus und holte ein kleines Kästchen hervor, dem er das Fläschchen geweihten Öls zur Salbung der Kranken entnahm, das er behutsam auf einen Tisch in der Nähe stellte. Er legte ihr die Hand auf die Schulter und betete einige Minuten lang, während sie mit geschlossenen Augen dalag.

Mit dem vom Bischof geweihten Olivenöl salbte er ihr Stirn und Hände. Die nächste Stunde verbrachten sie in Gesprächen und Gebeten, dachten an früher zurück und mussten immer wieder lachen, wie sie es schon so oft zusammen getan hatten.

»Kann ich noch irgendetwas für Sie tun, Mrs O'Reilly?«

»Sie meinen so etwas wie einen letzten Wunsch, Herr Pfarrer?«

»Es erwartet Sie kein Erschießungskommando, das wissen Sie sehr gut.«

»Also, wenn Sie so fragen …«

»Sprechen Sie es nur aus, schließlich sind wir alte Freunde.«

»Dann zwitschern wir uns jetzt mal einen.«

Am nächsten Morgen wollte Anna Ben erzählen, was sie von der Nachtschicht gehört hatte. Sie hatte sichtlich Schwierigkeiten, die richtigen Worte zu finden, und hielt sich die Hand schützend und um Fassung ringend vor das Gesicht.

»Sie haben Mrs O'Reilly gefunden …«

»Tot?«

Anna nickte und suchte Halt an der Wand.

»Sie war eben schon sehr alt«, sagte ihr Kollege betrübt. Er hatte diese Bewohnerin besonders gemocht, sie war wirklich alles andere als langweilig gewesen und hatte ihn oft zum Lachen gebracht.

»Eine Ginleiche.«

»Was?«

»Voll wie eine Strandhaubitze … und Father Connelly erst! Er war auf dem Stuhl eingeschlafen!«

Jetzt begriff Ben, dass Anna mit dem Lachen und nicht mit Tränen rang. Als sie sich etwas beruhigt hatte, berichtete sie ihm glucksend, wie das Nachtpersonal seine liebe Not gehabt hatte, den Pfarrer in ein Taxi zu bugsieren und Mrs O'Reillys Bett wieder zu richten. Als die alte Dame am Morgen wach wurde, hatte sie sich darüber beschwert, dass sie nachts im Halbdunkel einen der männlichen Bewohner schlafend neben ihrem Bett vorgefunden habe. Für derlei Avancen sei sie nun wirklich zu alt!

Am Ostersonntag besuchte der örtliche Pfarrer der *Church of Scotland* das *Highland Home*, um einen kurzen Gottesdienst abzuhalten. Danach blieb er noch, um einem der Höhepunkte des Jahres im Heim beizuwohnen: die Osterhutparade. Sie war die Krönung wochenlanger hochgeheimer Vorbereitungen, bei der die Ergebnisse der von langer Hand geplanten und in viel Kleinarbeit und unter gelegentlichen Ausspähversuchen entstandenen Werke begutachtet und prämiert werden würden.

Das Ereignis lockte jedes Jahr zahlreiche Besucher an, und die Bewohner, die nacheinander den Aufenthaltsraum betraten, wurden von Freunden und Verwandten mit enthusiastischem Klatschen und Zurufen begrüßt, was die Seniorenmodels mit Entzücken zur Kenntnis nahmen. Sie hatten ihrer Fantasie bei den

Kopfbedeckungen freien Lauf gelassen, und einige Modelle konnten es an Raffinesse mit denen am Ladies Day in Ascot zur Schau getragenen durchaus aufnehmen.

Einige hatten sich Hüte gestrickt. Dorothy hatte sehr kunstfertig eine Teekanne kreiert, aus deren Tülle winzige Ostereier quollen, während Joan einen riesigen lachenden Teewärmer präsentierte. Miss Ross trug eine Art Doktorhut, auf dem Schulkinder in einem Klassenzimmer befestigt waren. Die Miniaturlehrerin war ganz in Tweed gekleidet und kam allen irgendwie bekannt vor.

Als Joyce hereinkam, thronte ein großer Pappteller auf ihrem Kopf. Erst als sie Platz genommen hatte, konnten die Umsitzenden erkennen, dass sich ein echtes englisches Frühstück mit allem Drum und Dran aus Wolle auf dem Teller befand. Bald war der Saal mit zahllosen Varianten von Hühnern, Blumen, Hasen und Schäfchen gefüllt, die mitunter recht wackelig auf einer bunten Mischung von Strohhüten, Zylindern und manch undefinierbaren Objekten balancierten.

»Also wirklich!«, wandte sich Miss Ross auf einmal empört an alle in Hörweite. Ein King Charles Spaniel, angetan mit einem Fez und Engelsflügeln, war hereingekommen. »Ich bin vielleicht nicht die größte Tiernärrin, aber das geht zu weit.«

»Vorhin auf dem Flur habe ich Tiddles gesehen, die Ärmste sah gar nicht glücklich aus«, berichtete Dorothy. »Irgendjemand hatte sie mit Schleifen und Blättern ausstaffiert. Sie sah zum Fürchten aus. Das muss wohl einer unserer Mitbewohner gewesen sein, die schon ein wenig durcheinander sind. Aber es war weit und breit niemand zu sehen, also habe ich sie befreit.«

Anna verließ den Saal, um nach Beatrice zu sehen, eine Heimbewohnerin, die körperlich noch sehr fit war, aber deren Verwirrung rapide zunahm. Sie fand sie in ihrem Zimmer, wo sie wie festgenagelt saß. Es dauerte etwas, bis die Pflegerin sich von dem

Anblick, der sich ihr bot, erholt hatte und sie sich wieder in der Lage sah zu sprechen.

»Ist alles in Ordnung, meine Liebe?«, fragte sie und gab sich Mühe, ihre Stimme ganz ruhig klingen zu lassen.

Die alte Dame lächelte, vermied es aber, sich zu rühren, denn Mabel, ihre Lieblingshenne, saß auf ihrem Kopf.

»Ist das ihr Osterhut?«

Das Huhn antwortete an ihrer Stelle mit einem energischen Gackern, es fühlte sich offensichtlich ganz wohl auf seinem ungewöhnlichen Sitzplatz.

»Ich finde ihn wirklich großartig. Was halten Sie davon, wenn wir Mabel jetzt nach draußen bringen und ihr ein bisschen Futter geben?«

Beatrice schien einen Moment darüber nachzudenken und nickte schließlich enthusiastisch, was Mabel mit Flattern, Flügelschlagen und fliegenden Federn quittierte.

Im Saal wurde es derweil immer voller. Walter hatte aus Pappe eine erstaunlich realistische Nachbildung eines Schachbretts mit Spielfiguren gebastelt, die mit vielen Ahs und Ohs belohnt wurde, bis ihm das Arrangement vom Kopf rutschte. Sein Missgeschick löste großes Gelächter aus, in das er gutmütig einstimmte, während er seine Bauern wieder einsammelte.

Niemand konnte sich indessen einen Reim darauf machen, was Angus darzustellen versucht hatte, da das zentrale Objekt schon heruntergefallen war, bevor er den Raum betreten hatte. Als er hereinkam, trug er eine Art Matrosenmütze und hatte etwas Gelbliches unter dem Arm, was aussah, als wäre es einem besonders unerquicklichen Albtraum entsprungen.

Der allergrößte Applaus galt jedoch Mrs O'Reilly, die von Ben in einem Rollstuhl hereingebracht wurde und die ein keckes Hütchen mit einem schlichten irischen Kleeblatt trug. Der Jubel war so überwältigend, dass Ben den Rollstuhl in der Mitte des Raums zum Stehen brachte und die strahlende Hutträgerin langsam ihre Kopfbedeckung lüpfte, was den Saal endgültig von den Stühlen riss.

Als schließlich alle vollzählig und mit Tee und Gebäck versorgt worden waren, erhob sich der Pfarrer. Juror dieses Wettbewerbs zu sein war ein zweifelhaftes Vergnügen, und es gab wenig, wovor er sich mehr fürchtete. An einem einzigen Nachmittag konnte jemand zu hohem Ansehen gelangen oder es für immer verlieren, was womöglich zu erbitterten Rivalitäten und immerwährenden Feindschaften führte.

»Ich kann Ihnen versichern, dass Sie dieses Jahr alles übertroffen haben, was ich je im *Highland Home* gesehen habe«, begann er, was mit höflichem Applaus, Lächeln und zustimmendem Nicken belohnt wurde.

»Es ist praktisch ein Ding der Unmöglichkeit, einen Sieger zu benennen, denn es ist offensichtlich, wie viel Mühe, Ideenreichtum und Zeit jeder Einzelne von Ihnen investiert hat, um diese außergewöhnlichen Objekte herzustellen. Ich muss sagen, dass ich noch nie etwas Vergleichbares gesehen habe.«

Der Pfarrer fing Oberschwester Maureens Blick auf, die sich fragte, wie um alles in der Welt er bei so viel Zweideutigkeit ernst bleiben konnte. Sie kratzte sich an der Nase, um ihr Schmunzeln zu verbergen.

»Es geht aber gar nicht darum, wer mehr Geld oder Zeit für etwas aufgewendet hat, das im Mittelpunkt dessen steht, was in unserem Leben wirklich wichtig ist. Es kommt hierauf an«, sagte er und legte die Hand auf die Brust.

»Ich denke dabei an die alte Frau in der Bibel, die einige Kupfermünzen gab, als in der Kirche gesammelt wurde, buchstäblich ihren letzten Penny. Als Jesus das sah, rief er seine Jünger herbei und sprach: ›Und ich sage euch, diese arme Witwe hat mehr gegeben als irgendjemand sonst.‹«

»Womit ich natürlich auf keinen Fall sagen will, dass der Gewinner eine arme alte Witwe ist. Der Himmel bewahre mich vor ihrem Zorn! Aber ich will Ihnen sagen, dass sie in meinen Augen gesiegt hat, weil sie sich für etwas entschieden hat, das ihr in ihrem Innersten sehr viel bedeutet.« Erneut legte der Pfarrer die Hand aufs Herz. Er hielt einen Moment inne, das hatte er bei Rednern bei Wettkämpfen und Preisverleihungen im Fernsehen gesehen. »Siegerin ist … Mrs O'Reilly!«

Einige Sekunden herrschte vollkommene Stille. Alle blickten auf die Frau im Rollstuhl, die bei Weitem die einfachste Kopfbedeckung präsentiert hatte, und plötzlich brachen alle lauthals in Jubel aus, klatschten und machten mit allem Krach, was gerade greifbar war. Niemand von ihnen hatte jemals eine Irin weinen gesehen.

Dreizehn

Montag, 28. März
Tiffany und ihre Lebensgefährtin Grace zu treffen hat mir gutgetan, aber es hat mich auch ein wenig aus dem Gleichgewicht gebracht. Sie wirkten so glücklich zusammen, so stolz, alle Welt mit ihrer Beziehung zu konfrontieren. Diese Art Freiheit habe ich nie erfahren. Doch ich tröste mich damit, dass ich der Liebe begegnet bin und mich seitdem ein Gefühl erfüllt, von dem ich gar nicht wusste, dass es mir mein Leben lang gefehlt hat. Wir wissen Dinge erst zu schätzen, wenn sie uns fehlen, aber manchmal wissen wir auch gar nicht, dass uns etwas fehlt. Bis wir es dann finden.

Vierzehn

Beatrice lag im Bett und starrte an die Decke, in der Hoffnung auf einen Hinweis, wo sie sich wohl gerade befand. Sie wusste, dass Anhaltspunkte mitunter trügerisch sein konnten, aber früher oder später würde dieser Ort seine Tarnung schon aufgeben, da machte sie sich keine Sorgen. Oberschwester Maureen hatte ihr versichert, dass sie keine Angst haben musste, weil ihr hier nichts geschehen konnte. Immerhin so viel hatte sie sich gemerkt.

Ein wenig später öffnete sich die Tür – den Mann, der hereinkam, kannte sie. Das war ein gutes Zeichen und bedeutete, dass sie da war, wo sie hingehörte.

»Weißt du, was heute für ein Tag ist?«, fragte er.

»Dienstag?«, riet sie.

»Es ist unser fünfundvierzigster Hochzeitstag. Sag nicht, du hast ihn vergessen.«

»Natürlich habe ich das«, sagte sie, und in diesem Moment blitzte der Name ihres vor langer Zeit verstorbenen Mannes in ihrem Kopf auf. »Harold!«

»Sieh mal an, du weißt noch, wie ich heiße. Wenn das kein Grund zum Feiern ist.«

»Aber wie?« Beatrice richtete sich erfreut auf. Wie herrlich, dass Harold und sie etwas Besonderes unternehmen würden. »Was schlägst du vor?«

»Mal sehen, ob du es errätst.«

Mr Forsyths Bademantel glitt zu Boden und enthüllte dessen dürre nackte Gestalt und stolze Männlichkeit im Zustand höchster Erwartung.

»Oh Harold!« Sie traute ihren Augen nicht. »Meinst du wirklich?«

»Was könnte uns aufhalten?«

Beatrice kicherte und lüpfte langsam ihre Bettdecke.

Deirdres Neugier hatte sie schon oft in brenzlige Situationen gebracht, und auch in diesem Fall war es ausgesprochen ungünstigen Umständen zu verdanken, dass ihr Weg sie kurz darauf an Beatrices Zimmer vorbeiführte. Die ungewöhnlichen Geräusche von der anderen Seite der Tür ließen sie sofort aufhorchen. Sie legte das Ohr an die Tür, um ganz sicherzugehen, klopfte und trat ein. Die Bettdecke war in der Ecke gelandet und erlaubte einen ungehinderten Blick auf die zwei hüllenlosen Senioren. Beatrice hatte Deirdre gar nicht bemerkt, während Mr Forsyth ohne ein Anzeichen von Überraschung über die Schulter sah.

»Muss noch die Sau rauslassen«, erklärte er ein wenig atemlos.

Deirdres gellender Schrei war im gesamten Haus zu hören, und binnen kürzester Zeit waren sämtliche Bewohner zur Stelle. Wer nicht mehr ins Zimmer passte, drängte sich an der Tür oder musste sich mit einem Platz auf dem Flur begnügen. Mrs MacDonald half ihrer verstörten Freundin, den Ort des Geschehens zu verlassen und bugsierte sie hastig an Albert vorbei, der zur Feier des Tages seine Mundharmonika gezückt und den alten Gassenhauer »Schwing die Beine, Mother Brown« angestimmt hatte. Oberschwester Maureen hatte alle Hände voll zu tun, die Zuschauer wieder hinauszukomplimentieren und die Tür zuzubekommen. Anna und Ben kümmerten sich um das Paar, das sich immer noch ungestört vergnügte.

»Alle Achtung, er hat doch noch nicht alles vergessen«, flüsterte Joan auf dem Weg zum Frühstück Miss Ross zu. Sie war eine der Ersten gewesen und hatte diesen ersten Akt der Vorstellung gewissermaßen von der Loge aus in Augenschein nehmen können. »So ein Stehvermögen hätte ich dem alten Lüstling gar nicht zugetraut.«

Miss Ross war heilfroh, nicht Augenzeugin der Ereignisse geworden zu sein, und legte auch keinen gesteigerten Wert auf mündliche Berichte, obwohl ihr klar war, dass sie kaum darum herumkommen würde.

»Diese Affäre ist einfach traurig«, sagte sie.

»Meinen Sie etwa, das geht schon länger so?«

»Ich meine nicht ›Affäre‹ in diesem Sinne. Wenn es so wäre, hätte es sicher schon jemand mitbekommen.«

»Ja, wahrscheinlich. Was glauben Sie, wird jetzt passieren?«

»Weiß der Himmel. Ich bin nur froh, dass ich nicht an Oberschwester Maureens Stelle bin.«

Auf wundersame Weise hatte Deirdre sich sehr rasch wieder erholt und fand sich nicht viel später als alle anderen im Speisesaal ein – der Gedanke, etwas zu verpassen, war ihr unerträglich. Schließlich war sie es gewesen, die die Angelegenheit aufgedeckt hatte, und konnte von der vordersten Front berichten.

»Ich kann unmöglich wiedergeben, was ich da gesehen habe«, rief sie immer wieder aus, um dann zum wiederholten Male in allen Details den abscheulichen Vorfall zu beschreiben, den sie gezwungen war mit anzusehen, nicht ohne die Sache noch ein wenig auszuschmücken. Deirdre konnte sich nicht erinnern, ein Frühstück jemals mehr genossen zu haben.

Mit einiger Mühe gelang es den Pflegern endlich, Mr Forsyth und Beatrice zu trennen, dem alten Farmer seinen Morgenmantel überzuwerfen und ihn zurück in sein Zimmer zu begleiten. Später platzierte Ben noch Druckmatten, deren Sensoren das Personal darauf aufmerksam machten, wenn jemand die Zimmer betrat oder verließ. Allerdings fanden selbst Bewohner mit Demenz erstaunlich schnell heraus, dass es besser war, einen großen Schritt über die Matten zu machen, statt darauf zu treten.

Die Besuchszeiten im *Highland Home* waren sehr flexibel gehalten, und Freunden und Familienangehörigen war es von morgens bis abends jederzeit erlaubt vorbeizuschauen. Auch während der Mahlzeiten waren Besucher willkommen, denn sie konnten Bewohnern mit Demenz oder anderen Einschränkungen behilflich sein.

Die meisten Besucher kamen am Vormittag auf einen Kaffee oder zum Nachmittagstee und setzten sich mit den Bewohnern im Aufenthaltsraum, dem Wintergarten oder in den Zimmern zusammen. Es gab auch einen kleinen Innenhof, und bei schönem Wetter lud der Garten zum Verweilen oder zu einem kleinen Spaziergang ein.

Joan konnte sich vor Besuch kaum retten. Sie hatte vier Kinder, sechs Enkelkinder und eine unüberschaubare Anzahl von Stiefkindern. Viele von ihnen kamen regelmäßig und holten sie zu einem kleinen Ausflug ab oder zu einem Essen im Restaurant. Während manche Bewohner ständig Besuch bekamen, erhielten andere nie welchen, weil sie außerhalb des Heims keinerlei Kontakte mehr hatten.

Oberschwester Maureen taten diese Leute besonders leid, andererseits dachte sie auch, dass es noch schlimmer für diejenigen war, die noch Familie hatten, aber nie etwas von ihr hörten. Man konnte ganz allein auf der Welt sein, ohne etwas dafürzukönnen, aber wenn einen niemand sehen wollte, hieß das doch, dass man nicht für wertgehalten wurde, besucht zu werden.

Wenn auch unklar war, wie viel Beatrice noch von den Ereignissen am frühen Morgen wusste, so schien sie doch in recht aufgewühlter Verfassung zu sein. Nachdem Ben die Druckmatte vor ihre Tür gelegt und sie allein gelassen hatte, ging sie schnurstracks zu ihrem Telefon und wählte die 999.

»Hallo«, sagte sie, als jemand antwortete. »Hier ist Oberschwester Maureen vom *Highland Home*. Es ist ein großes Feuer ausgebrochen, das sich rasend schnell ausbreitet. Im oberen Stockwerk sind noch viele eingeschlossen. Könnten Sie bitte umgehend die Feuerwehr schicken?«

Als die nette junge Dame am Telefon ihr versicherte, dass sie schon unterwegs waren, dankte Beatrice und machte sich zufrieden auf den Weg in den Aufenthaltsraum. An diesem Tag herrschte recht viel Trubel. In dem Raum, der als Friseursalon diente, begann die Friseurin gerade, sich durch die Kundenliste zu arbeiten. Der Pfarrer der *Church of Scotland* absolvierte seine Besuche, wie alle vierzehn Tage, und auch eine der Gemeindeschwestern war irgendwo im Haus unterwegs. Sie kamen täglich, denn es galt immer etwas zu verbinden, Katheter zu erneuern, Ohren durchzuspülen, Blutdruck zu messen und einer Vielzahl anderer medizinischer Notwendigkeiten nachzukommen. Beatrice versuchte stets, sich von ihnen fernzuhalten, sie hasste Spritzen und wollte in dieser Sache lieber auf Nummer sicher gehen.

Im Aufenthaltsraum war gerade ein Dutzend Kinder aus der benachbarten Grundschule dabei, der gesammelten Bewohnerschaft etwas vorzusingen. Als das Löschfahrzeug mit Blaulicht und Sirenengeheul auf dem Parkplatz vor dem Haus eintraf, verebbte das Singen, und die Kinder und Erwachsenen liefen zum Fenster.

»Was ist denn da los?«, fragte Beatrice, die sitzen geblieben war.

»Die Feuerwehr ist da, aber das ist sicher nur falscher Alarm. Keine Sorge, meine Liebe«, beschwichtigte Dorothy, die neben ihr saß.

»Ich frage mich, warum sie gekommen sind.«

Erfreut, dass ihr Besuch im Seniorenheim eine so aufregende Wendung genommen hatte, starrten die Kinder aus dem Fenster und beobachteten, wie zwei Feuerwehrmänner aus dem Führersitz sprangen und ins Gebäude rannten. Sekunden später erschienen sie in Begleitung von Oberschwester Maureen im Aufenthaltsraum. Sie sahen sich kurz um und liefen gleich wieder los, um die Lage in den anderen Zimmern zu prüfen. Ben ging hinaus, um den Rest des Trupps hereinzuholen und auf einen Kaffee mit den Bewohnern einzuladen.

»Hier geht es zu wie am Piccadilly Circus«, bemerkte Joan zu Miss Ross. Beide saßen in einer Ecke des Raums, um nicht im Weg zu sein. Joan wartete auf eines ihrer Familienmitglieder und hatte sich so positioniert, dass sie das Fenster im Auge behalten konnte.

Um das Durcheinander komplett zu machen, hatten die drei Hunde, die mit ihren Besitzern im Haus lebten, gemeinsam mit Tiddles, von der niemand wusste, zu wem sie gehörte, beschlossen, ihren Teil zum Aufruhr beizutragen. Auch der Pfarrer erschien im Saal, der seine Liste offenbar schneller als die Friseurin abgearbeitet hatte.

»Schhhh«, sagte Miss Ross zu dem Terrier zu ihren Füßen. Sie fand, dass er immer besonders streng roch. Joan gab dem Tier einen kleinen Schubs mit der Schuhspitze, das sich daraufhin auf die Suche nach freundlicheren Zeitgenossen machte.

Währenddessen musste sich Joyce in ihrem Zimmer mithilfe von Anna der allmonatlichen Wiegeprozedur unterziehen. Jeder Bewohner wurde regelmäßig gewogen, um frühzeitig Veränderungen festzustellen, die vielleicht auf ein gesundheitliches Problem hinweisen könnten. Als Joyce auf die Waage trat, schnellte der Zeiger bedenklich weit in den äußeren rechten Bereich der Anzeige.

»Es scheint, als hätten Sie noch einmal zwei Pfund zugenommen.«

»Das verstehe ich einfach nicht. Ich habe so aufgepasst mit dem Essen. Sind Sie sicher, dass die Waage richtig funktioniert?«

»Davon müssen wir wohl ausgehen.«

»Also dann ist mir das wirklich ein völliges Rätsel.«

Diese Unterhaltung war ein fast monatliches Ritual und was den Inhalt betraf ebenso beständig wie vorhersehbar. Beide wussten, dass Joyce viel zu viel aß und ihre Gewohnheiten wohl niemals ändern würde, aber sie spulten jedes Mal die gleichen Sätze ab.

»Wir müssen Ihr Gewicht wirklich in den Griff bekommen«, sagte Anna.

»Oh ja, absolut. Da bin ich ganz Ihrer Meinung.«

»Vielleicht kann Ihnen das hier ja ein bisschen Hilfestellung geben«, schlug Anna vor und überreichte ihr die Kopie einer Broschüre, die sie ihr auch im vergangenen Monat dagelassen hatte. »Ich werde mal Oberschwester Maureen fragen, wie wir am besten vorgehen.«

»Ich danke Ihnen, ich werde mir das gleich mal ansehen. Ich weiß gar nicht, wo die anderen hin sind. Das ist wie mit Kugelschreibern. Die verschwinden auch immer einfach so.«

Als kurz danach die Feuerwehrleute, die Schulkinder und einige Familien das Haus verließen, trafen schon wieder die nächsten Besucher ein. Das ständige Kommen und Gehen so vieler Menschen verschaffte Mr Forsyth eine ausgezeichnete Gelegenheit, unbemerkt die Eingangstür zu passieren. Zahlreiche andere Versuche, sich aus dem Staub zu machen, waren am stets wachsamen Personal gescheitert. Aber heute hatte er Schuhe und Mantel an, und niemand schöpfte Verdacht.

Joan unterhielt sich angeregt mit einem Mitglied ihrer weitläufigen Familie, und Miss Ross entschied, mit Dorothy ein bisschen in den Garten zu gehen. Nachdem die Schulkinder gegangen waren, hatten die meisten Bewohner den Aufenthaltsraum verlassen. Oberschwester Maureen nahm Beatrice auf einen kleinen Plausch mit in ihr Büro.

Mr Adams nutzte den unbeobachteten Moment, sich mit seinem Rollator und einer im Hosenbein verborgenen, halb vollen Whiskyflasche in Sicherheit zu bringen, und hoffte, dass niemandem die seltsame Wölbung auffallen würde. Angus und Walter, die bislang immer noch nicht in der Öffentlichkeit miteinander gesprochen hatten, zogen sich zu einer Partie Schach in Walters Zimmer zurück, während die verschiedenen Tiere ihrer Wege gingen, auf der Suche nach neuen Zerstreuungen.

Dass Mr Forsyth abgängig war, fiel erst kurz vor dem Mittagessen auf, und sofort setzte sich ein Suchtrupp in Bewegung. Die Suche war jedoch von kurzer Dauer, denn der alte Mann war in ein Café gegangen, hatte sich Tee und einen Scone bestellt, um dann die Herrentoilette aufzusuchen. Als er einige Minuten später wieder herauskam, war er völlig nackt. Er setzte sich wieder an seinen Tisch, widmete sich mit Genuss Tee und Gebäck und quittierte die Blicke der anderen Gäste mit einem Lächeln und freundlichem Nicken.

Die Besitzerin des Cafés bewies bemerkenswert gesunden Menschenverstand, ging in aller Ruhe zu ihrem nackten Gast und bedeckte seine Juwelen diskret mit einem frisch gewaschenen Geschirrtuch, als wäre es eine Serviette in einem gehobenen Sternerestaurant. Der alte Farmer dankte ihr würdevoll. Dann drapierte sie ein Tischtuch um seine Schultern und versuchte, so viel nackte Haut wie möglich zu bedecken. Sie wollte gerade die Polizei anrufen, doch dann überlegte sie es sich anders.

»Hallo, hier ist Margaret vom Café. Vermisst ihr vielleicht jemanden?«

Ben wurde gleich abgestellt, um den Ausbrecher wieder einzufangen.

Fünfzehn

»Das Klavier!«, rief Walter.

»Wunderbare Idee, ich liebe Musik!«, freute sich Mrs Butterworth.

»Dafür ist jetzt keine Zeit«, entgegnete Joan entnervt – es war wirklich ärgerlich, wie leicht sich ihre Mitstreiter ablenken ließen.

»Für die Barrikade«, erklärte Walter.

Seit einer geschlagenen Stunde diskutierten sie nun schon, wie sie am besten die Tür versperren konnten, zumindest wenn gerade niemand vom Personal und kein anderer Bewohner in der Nähe war, der möglicherweise in aller Unschuld etwas weitererzählen konnte, was er zufällig aufgeschnappt hatte. Der aktuelle Plan sah vor, dass das Rettungskommando sich im Aufenthaltsraum verbarrikadieren sollte.

Es hatte eine lang gezogene, umständliche Diskussion darüber gegeben, ob die Gruppe sich für dieses neue Projekt nicht umbenennen sollte, was jedoch fallen gelassen worden war, als Miss Ross der Geduldsfaden riss. Walters Vorschlag hatte alle mit einem Schlag aus ihrem Schmollwinkel geholt, in den sie sich verzogen hatten, weil man sie wie ungehorsame Kinder behandelt hatte.

»Aber das ist doch viel zu schwer«, warf Deirdre ein.

»Und damit wie geschaffen für eine Barrikade!«

»Und wie sollen wir es vom Fleck bekommen?«

»Wir lösen einfach die Bremsen an den Rollen, schieben es an die gewünschte Stelle und stellen sie wieder fest.«

»Feind im Anmarsch!«, rief Angus, der als Wache an der Tür eingeteilt war.

Der Warnruf verfehlte nicht seine Wirkung und sorgte dafür, dass die Mitglieder des Rettungskommandos in rasantem Tempo ihre festgelegten Plätze einnahmen. Angus setzte sich zu Walter ans Schachbrett, während Joan und Miss Ross zu Stricknadeln und Wolle griffen und eifrig drauflosklapperten. Dorothy hatte gar nicht erst aufgehört zu stricken und fuhr einfach fort. Alle anderen stellten sich mehr oder minder glaubwürdig schlafend, außer Deirdre, die nach einer Zeitung griff, und Joyce, die zwei Butterkekse auf einem Tisch in der Nähe entdeckt hatte.

In diesem Moment steckte Anna auch schon den Kopf durch die Tür. Miss Ross nickte ihr zu, Walter winkte kurz zum Gruß, und Dorothy lächelte so unschuldig, dass selbst der Heilige Petrus persönlich sich nicht die teuflischen Ränke hätte träumen lassen, die noch vor wenigen Augenblicken hier geschmiedet worden waren. Die Pflegerin lächelte zurück, sah, dass es nichts für sie zu tun gab, und verschwand.

»Du liebe Güte, ist das mühsam«, seufzte Joan und legte ihr Strickzeug beiseite.

Angus erhob sich und huschte geduckt zur Tür zurück, als wirkte er in einer Pantomime mit. Nur mit Mühe konnte Walter sich verkneifen, »Achtung, hinter dir!« zu rufen.

»Die Luft ist rein«, flüsterte Angus über die Schulter.

Das Komitee setzte sich wieder zusammen. Nur ein Mitglied rührte sich nicht.

»Alles in Ordnung, Mrs Butterworth«, sagte Joyce zu der bewegungslosen Gestalt im Sessel nebenan. »Entwarnung.«

»Um Himmels willen!«, rief Miss Ross. »Kann sie bitte jemand wecken! Also, das Klavier eignet sich perfekt, um die Tür von innen zu blockieren.«

Dorothy hob artig die Hand, ganz so, wie sie es vor mehr als siebzig Jahren in der Schule gelernt hatte.

»Ja?«

»Wenn wir das tun, blockieren wir auch unseren Zugang zu den Toiletten.«

Alle schnappten erschreckt nach Luft – die Ankündigung des Dritten Weltkriegs hätte nicht mehr Entsetzen auslösen können.

»Das habe ich schon bedacht. Wir blockieren die Tür weiter hinten im Flur, auf diese Weise können wir die Toilette vor dem Aufenthaltsraum benutzen.«

»Da ist aber nur eine.«

»Es hat keiner gesagt, dass wir nicht auch Opfer bringen müssen«, sagte Joan.

»Wir können ja einen Pinkelplan aufstellen«, schlug Mrs MacDonald vor.

»Einen … ach du liebes bisschen.«

»Aber was ist mit den Türen, die in den Garten führen?«, wollte Deirdre wissen. »Die können wir gar nicht blockieren, weil sie nach draußen aufgehen. Das Personal kann da einfach hineinspazieren, und unsere ganze Planerei und Mühe waren für die Katz.«

Konnte diese Frau nicht einmal etwas positiv sehen?

Das Komitee verfiel in dumpfes Schweigen, nur das Klappern von Dorothys Nadeln war noch zu hören. Dann hatte Walter eine Idee.

»Superkleber.«

Alle sahen leicht verwundert erst Walter an, dann wanderte ihr Blick zu den Terrassentüren.

»Das funktioniert aber nur, wenn wir sie auch abschließen«, stellte Miss Ross fest.

»Richtig«, stimmte Walter zu.

»Das heißt«, fügte Joan hinzu, »dass wir irgendwie an den Schlüssel kommen müssen.«

Die nächsten fünf Minuten verbrachten sie damit, eine Liste all derer zu erstellen, die ihres Wissens über den passenden Schlüssel verfügten, und aller Orte, an denen die Ersatzschlüssel aufbewahrt wurden. Dann mussten grundsätzlichere Dinge geklärt werden.

»Wir brauchen Vorräte«, sagte Deirdre.

»Etwas zu essen zum Beispiel«, meinte Joyce.

»Da wir Zugang zu Wasser haben werden, können wir so viel Tee und Kaffee kochen, wie wir möchten«, stellte Joan fest.

»Hoffentlich nicht zu viel«, murmelte Dorothy.

»Und wenn sie uns Strom und Wasser abstellen?«

»Himmelherrgott, Deirdre, wir sind doch keine Terroristen!«, rief Walter aus. »Sie werden uns ja wohl kaum aushungern oder ein Sondereinsatzkommando schicken – wir sind eine Gruppe von Heimbewohnern mit einem Durchschnittsalter von achtzig Jahren!«

»Ich meine ja nur. Kein Grund, gleich pampig zu werden.«

In dem Versuch, die Diskussion wieder auf ein ruhiges Gleis zu bringen, schaltete Miss Ross sich ein. »Diese ganze Aktion steht und fällt damit, dass die Medien früher auf uns aufmerksam werden als das Personal.«

»Wie meinen Sie das?«, fragte Angus, der die Debatte von seinem Späherposten aus verfolgte.

»Wenn wir uns einfach nur hier im Aufenthaltsraum verschanzen, ohne dass draußen jemand davon erfährt, nützt uns das gar nichts. Früher oder später werden die vom Heim sich Zugang verschaffen. Aber wenn es uns gelingt, die Medien rechtzeitig zu alarmieren, sitzen wir am längeren Hebel. Die neuen Eigentümer werden es nicht wagen, hier gewaltsam einzudringen, wenn Fernsehkameras und Reporter alles festhalten. Das ist unsere Chance, die Gebührenerhöhung an die Öffentlichkeit zu bringen!«

Darauf folgte gemurmelte Zustimmung und beifälliges Nicken.

»Vielleicht könnten wir fragen, ob sie uns diesen netten Craig Anderson schicken?«, überlegte Dorothy. »Was gäbe ich dafür, einmal von dem interviewt zu werden.«

»Oder das nette junge Ding von den Sechs-Uhr-Nachrichten, das bei der *Antiques Roadshow* die alten Sachen schätzen lässt«, sagte Mrs MacDonald. »Eine ganz reizende Person. Ich könnte ihr einmal die Armbanduhr meiner Großmutter zeigen. Die ist ganz sicher einiges wert.«

»Wir können uns wohl kaum aussuchen, wer kommt«, erwiderte Miss Ross. »Wir sollten Arbeitsgruppen bilden.« Doch bevor sie dies weiter ausführen konnte, rief Angus: »Feind im Anmarsch!«

Es folgte eine weitere Woche, in der flüsternd Besprechungen geführt, in Strickarbeiten verborgene gekritzelte geheime Nachrichten ausgetauscht und hastige Meetings des Rettungskommandos durchgeführt wurden, bis Miss Ross und Joan, die nun die Führung übernommen hatten, die Planung endlich für ausgereift hielten.

Jedem Kommandomitglied war eine eigene Aufgabe zugewiesen worden. Walter hatte den Auftrag, einen Schlüssel für die Terrassentüren ›auszuleihen‹, während Angus eine ausreichende Menge Klebstoff organisieren sollte. Deirdre und Mrs MacDonald waren damit betraut, etwas Essbares zu beschaffen und dafür zu sorgen, dass der kleine Kühlschrank im Aufenthaltsraum gut bestückt war. Joyce sollte zusätzliche Decken hereinschmuggeln, und jeder von ihnen hatte eine kurze Liste von Dingen, die zu sammeln waren: Teebeutel, Kaffee, Toilettenpapierrollen …

»An unserer Aktion kann nur teilnehmen, wer im Vollbesitz seiner Fähigkeiten ist«, sagte Miss Ross. Sie waren wieder einmal im Aufenthaltsraum versammelt, und Angus hielt Wache an der Tür.

»Was?«, fragte Mrs MacDonald.

»Fähigkeiten«, wiederholte sie, nun etwas lauter.

»Ich bin mir nicht sicher, ob ich welche habe. Ich war nicht auf der höheren Schule.«

»Himmel, gib mir Geduld«, murmelte Joan.

»Wir können bei der Aktion keine Mitbewohner brauchen, die zu schwach sind oder nicht ganz verstehen, was vor sich geht. Sonst könnte man uns vorwerfen, wir hätten sie gekidnappt, und die Eigentümer hätten einen Grund, sich mit Gewalt Zutritt zu verschaffen.«

»Ich glaube, Oberschwester Maureen wird schrecklich böse auf uns sein, wenn wir etwas kaputt machen«, sagte Dorothy bekümmert. »Am Ende müssen wir noch für die Schäden bezahlen.«

»Wir werden die Konfrontation nicht scheuen«, bekräftigte Miss Ross.

»Konfrontation!«, rief Mrs MacDonald fassungslos.

»Oh, Herrgott noch mal! Wer nicht mitmachen will, kann natürlich aussteigen, und niemand wird ihm das zum Vorwurf machen. Was wir hier vorhaben, ist schließlich keine Kleinigkeit.«

Miss Ross musterte der Reihe nach die Mitglieder des Rettungskommandos, aber alle hielten ihrem Blick stand. Ausgezeichnet, dachte sie. Körperlich mochten sie ein Haufen Reparaturfälle und Ersatzteile sein, die in einigen Fällen mehr schlecht als recht zusammenhielten und in anderen den Dienst bereits ganz versagten, aber sie hatten immer noch genug Mumm in sich, sich gegen Ungerechtigkeit zur Wehr zu setzen.

»Also gut. Dann wollen wir unseren Plan mal in die Tat umsetzen.«

Sechzehn

In den nächsten Tagen hing eine seltsame Anspannung in der Luft und mischte sich mit dem üblichen Geruch nach Küchendunst, Desinfektionsmittel und Blumen. Das Personal bemerkte eine unterschwellige Nervosität, aber niemand konnte sie an einer bestimmten Person oder einem bestimmten Ereignis festmachen. Auf der Suche nach einem Anhaltspunkt streifte Oberschwester Maureen wie ein Bluthund durchs Haus und erkundigte sich noch öfter als sonst, ob auch alles ›in Ordnung‹ sei. Doch ihre Streifzüge blieben ergebnislos, und die unbefriedigte Neugier zerrte an ihren Nerven.

Maureen war nicht entgangen, dass die Bewohner einander unauffällig zunickten und ein wissendes Lächeln tauschten, wenn sie einander im Haus begegneten. Deirdre konnte ihr kaum in die Augen sehen, und eines Morgens hatte Mrs MacDonald, die ihr entgegenkam, doch tatsächlich auf dem Absatz kehrtgemacht und war in die andere Richtung davongeschlurft. Und erst gestern war Angus an ihr vorbeigegangen und hatte ein Strickmuster in der Hand! Sein plötzliches Interesse am Stricken stank zum Himmel. Sie war lange genug Leiterin eines Seniorenheims gewesen, um zu wissen, wenn etwas faul war.

Je weiter die Vorbereitungen voranschritten, desto klarer wurde es, dass das Komitee auf die Mithilfe der anderen Bewohner angewiesen war. So wurden nach und nach alle in den Plan eingeweiht – bis auf die, die zu verwirrt waren, um zu verstehen, worum es ging. Jeder wollte eine Aufgabe übernehmen, und sei sie auch noch so klein, sodass es eine ganze Weile dauerte, bis alle ganz genau instruiert waren, was sie zu tun hatten.

Und dann kam der große Tag. Miss Ross hatte kaum Schlaf gefunden, den größten Teil der Nacht war sie in Nachthemd und Hausschuhen in ihrem Zimmer auf und ab gegangen. Im schwachen Licht ihrer Nachttischlampe war ihr die ganze Idee auf einmal völlig absurd erschienen. Diese Aktion richtete sich gegen die Obrigkeit, gegen so vieles, für das sie selbst immer gestanden hatte. Wie hatte es so weit kommen können, dass sie dabei nicht nur ein Rädchen unter vielen, sondern sogar die treibende Kraft war?

Miss Ross glaubte fest an Gerechtigkeit, Fairness, Freundschaft und Solidarität, außerdem ging ihr behördliche Willkür gehörig gegen den Strich. Es gab noch einen weiteren Grund, weshalb sie sich zu diesem Protest entschlossen hatte, aber den würde nie jemand erfahren. Und was ihr ›Strickkränzchen‹ anging, so erinnerte sie es immer ein bisschen an den Trupp der Kriegsgefangenen in *Gesprengte Ketten*. Sie saßen alle im selben Boot. Es hieß jetzt oder nie.

Das Frühstück zog sich ewig hin, es schien überhaupt nicht enden zu wollen. Miss Ross sah sich um und fing die nervösen Blicke der anderen auf. Walter und Angus, die inzwischen auch in der Öffentlichkeit miteinander sprachen, bemühten sich angestrengt, ein Gespräch über eine Fernsehsendung am Abend zuvor in Gang zu halten. Meg und Peg wirkten ausgesprochen sorgenvoll, während Stella eine noch strengere Miene machte als sonst und Mrs Butterworth erst ihren Orangensaft und dann ihre Teetasse umwarf.

Joyce war die Einzige, der nichts anzumerken war und die sich ausgiebig ihrem Frühstück widmete, als wäre es ein Tag wie jeder andere. Joan saß auf der anderen Seite und schaute spitzbübisch drein, was Miss Ross nicht weniger beunruhigte als die ängstlichen Blicke der anderen. Deirdre und Mrs MacDonald hatten vor lauter Aufregung gar nicht erst ihre Zimmer verlassen. Miss Ross verwünschte sie im Stillen dafür, denn mit diesem untypischen Verhalten machten sie das Personal erst recht misstrauisch. Sie bezweifelte, dass die beiden einer eingehenderen Befragung standhalten würden.

Nach und nach standen die Leute von ihren Tischen auf und gingen ihrer Wege. Das Komitee hatte diesen Tag gewählt, weil an diesem Morgen keine Kurse im Aufenthaltsraum stattfanden. In der Frühphase der Planung hatte es immer wieder Diskussionen gegeben, wie man wohl am besten den OTAGO-Lehrer, der sie in Sturzprävention unterrichtete, oder den alten Herrn, der einmal die Woche Akkordeon spielte, überwältigen könnte. Die Vorschläge übertrafen einander in immer absurderen Ideen, bis Miss Ross trocken festgestellt hatte, dass es wohl am einfachsten wäre, den Morgen zu wählen, an dem ohnehin keine Aktivitäten auf dem Plan standen.

Gegen zehn befand sich bereits die Hälfte des Komitees im Aufenthaltsraum. Angus saß mit seltsam ausgebeulten Hosentaschen am Schachbrett und gab vor, auf Walter zu warten. Dorothy, Joan und Miss Ross strickten, während die anderen so taten, als dösten, plauderten oder lasen sie. Die Anspannung wuchs ins Unerträgliche, und Miss Ross konnte kaum klar denken, so sehr plagte sie das flaue Gefühl in ihrem Magen.

Anna hatte Albert mit einer Decke in den Lehnstuhl gepackt und machte auch um Viertel nach noch keinerlei Anstalten, wieder zu gehen. Joyce nahm noch einen Vollkornkeks. Dorothy legte ihr

Strickzeug zur Seite und suchte die Toilette auf. Joan stand auf und verließ ebenfalls den Raum.

Herr im Himmel, so wird das nie etwas.

Walter war bereits dreimal am Büro vorbeigeschlendert und bezweifelte, dass er es ein viertes Mal wagen könnte, ohne dass man ihm ansah, dass er etwas Illegales im Schilde führte. Der Zweitschlüssel für die Terrassentüren hing zusammen mit einigen anderen an der Wand neben dem Aktenschrank, aber Oberschwester Maureen war seit zwanzig Minuten ununterbrochen am Telefon. Joan ging wie zufällig zu ihm hinüber.

»Worauf warten Sie?«, zischte sie.

»Maureen telefoniert immer noch.«

»Wir haben weniger als fünfzehn Minuten, dann fängt das Unterhaltungsprogramm an.«

»Ich weiß«, antwortete Walter zerknirscht. »Aber was sollen wir denn tun?«

Wie magisch von dem Wörtchen »Unterhaltungsprogramm« angezogen, kam Mrs Campbell um die Ecke und steuerte mit ihrem Rollator die Toilette auf der anderen Seite des Flurs an. Sie verlangsamte ihre Schritte, was vollkommener Bewegungslosigkeit gleichkam. Joan erwiderte ihren fragenden Blick mit einem für Außenstehende kaum wahrnehmbaren Nicken, woraufhin Mrs Campbell derart Tempo aufnahm, dass es für ihre Verhältnisse an das Durchbrechen der Schallmauer heranreichte. Walter hoffte nur, dass bei so viel Beschleunigung nicht noch irgendwelche Teile von ihr abbrachen. Dann ging der erste Alarm los.

»Mist, das ist zu früh«, fluchte Joan.

Alle im Aufenthaltsraum außer Anna hielten inne und starrten Miss Ross an.

Es muss jetzt losgehen. Wir können nicht bis halb elf warten. Wir tun es jetzt.

Auf dem oberen Treppenabsatz halfen zwei Bewohner Mr Sutherland, sich auf den Boden zu legen. Sobald sie ihn in eine Position gebracht hatten, die glaubwürdig genug einen Zusammenbruch simulierte, liefen die beiden Helfer in verschiedene Richtungen los, um jemanden vom Personal zu holen.

Ein ähnliches Manöver wurde zur gleichen Zeit im Speisesaal vollführt, wo Betty Wilson ausgestreckt halb unter dem Tisch lag und ganz entrückt an die vielen Jahre zurückdachte, in denen sie in ihrer Amateur-Theatergruppe geglänzt hatte (ihre Kleopatra war unvergessen). Um die Wirkung angemessen zu verstärken, waren zwei Stühle neben sie gelegt worden.

Ihre Komplizin hatte sich im Eifer des Gefechts dazu hinreißen lassen, einen Stapel Teller vom Tisch zu stoßen, was einen derart ohrenbetäubenden Krach zur Folge hatte, dass Betty vor Schreck aufschrie und kurzzeitig vergaß, dass sie ohnmächtig zu sein hatte.

Mrs Campbell war in der Zwischenzeit in der zugewiesenen Toilette angekommen, verriegelte die Tür und ließ sich auf den Sitz plumpsen. Von dort betrachtete sie die dünne rote Schnur, die neben ihr von der Decke baumelte. Seit Tagen schon dachte Mrs Campbell leicht verwundert darüber nach, was für eine ausgesprochen unartige, ja rebellische Tat sie vollbringen würde.

Langsam streckte sie die Hand aus. Die Alarmklingel stimmte ein in den Chor aller verfügbaren Notsignale vor fast allen Toiletten im Haus und an einigen der Außentüren. Bei dem lauten Klirren aus dem Speisesaal war Oberschwester Maureen aus ihrem Büro gestürzt und den Flur entlanggerannt.

»Jetzt, Walter!«, rief Joan und lief in die entgegengesetzte Richtung.

Im Aufenthaltsraum hatte der allgemeine Lärm einige Bewohner aus den Stühlen gerissen. Anna lief hinaus, um herauszufinden, was los war. Joan stürzte in den Raum, und einen Moment lang sahen sich die Mitglieder des Rettungskommandos an, unfähig, sich zu rühren. Joyce war die Erste, die sich aus der Starre löste.

»Los jetzt, los! Es gibt noch jede Menge zu tun!«

Aus allen möglichen Taschen seiner Kleidung fischte Angus Superklebertuben heraus und warf sie Miss Ross zu, bevor er sich auf dem Boden am Klavier zu schaffen machte. In diesem Augenblick platzte Walter ins Zimmer und hielt außer Atem aber triumphierend den Terrassenschlüssel in die Höhe, als hätte er einen Sechser im Lotto.

»Ich hab ihn!«

»Die Bremsen – ich kann sie nicht lösen«, rief Angus.

Joan und Miss Ross nahmen sich mit ihrem Team die Terrassentüren vor, während die zwei Männer sich mit den Klavierrollen abmühten. Dorothy, das Strickzeug unter dem Arm, ging hinüber zu ihnen.

»Ich finde es ja immer am einfachsten, die Sicherung mit dem Fuß herunterzudrücken«, schlug sie vor. Sekunden später setzte sich das Klavier in Bewegung.

»Das Ding ist schwerer, als ich dachte«, ächzte Angus. »Wir brauchen mehr Leute hier!«

Joyce kam den dreien mit den verbliebenen Mitstreitern zu Hilfe. Jeder packte das Klavier an einer Ecke oder lehnte sich dagegen, und gemeinsam gelang es ihnen, das Instrument Stück für Stück über den Teppich auf den Flur zu schieben.

Mit einem Mal hatte sich das beschauliche Seniorenheim, in dem die Wochen ohne besondere Ereignisse vor sich hin tröpfelten, in ein lärmendes, chaotisches Tollhaus verwandelt. Aus allen Teilen des Gebäudes waren Rufe und aufgeregte Schritte zu hören, untermalt von allen möglichen Alarmen und Notrufklingeln. Die Atmosphäre war aufgeladen, und alle merkten, wie sie in das sich nun abspielende Drama hineingezogen wurden, ein Drama, das sie selbst inszeniert und in Gang gesetzt hatten.

»Wo bleiben denn bloß Deirdre und Mrs MacDonald? Dorothy! Passen Sie doch mit Ihren Nadeln auf!«

»Oh, Verzeihung, Walter.«

»Sie wollten sich doch um die Verpflegung kümmern«, sagte Angus. Alle waren außer Atem und schrien einander zu, um sich zu verständigen. »Wir müssen die Türen blockieren, egal, ob sie da sind oder nicht.«

»Halt! Warten Sie!«, rief Joan und eilte ihnen auf dem Flur hinterher.

»Wir können nicht mehr warten«, brüllte Walter. »Wir haben keine Zeit mehr.«

»Albert sitzt immer noch im Lehnstuhl.«

Entgeistert sahen sie einander an, während das Klavier langsam zum Stillstand kam.

»Verdammt, verdammt, verdammt«, rief Walter aus und lief zurück in den Aufenthaltsraum. »Wir müssen ihn dort herausbringen.«

Albert blickte überrascht auf, als er von zwei Männern unter dem Arm gepackt wurde.

»Ist schon Zeit fürs Abendessen? Ich kann den Gong hören.«

»Ganz recht, mein Guter«, bestätigte Walter. »Sie wollen sicher nicht zu spät kommen. Heute gibt es doch Ihr Leibgericht.«

»Haggis! Ich liebe Haggis. Ich kannte sogar mal ein Mädchen, das Haggis hieß.«

»Bitte versuchen Sie doch aufzustehen«, bat Angus.

Wenn die Pfleger den Bewohnern aufhalfen, sah das immer so mühelos aus, aber jetzt, wo sie es selbst versuchten, erwies es sich als ausgesprochen schwierig, vor allem, weil das Objekt ihrer Bemühungen keinerlei Anstalten machte, sie zu unterstützen. Joan kam dazu und erfasste augenblicklich die Situation. Sie stellte sich vor Albert hin und packte ihn an den Jackenaufschlägen.

»Auf drei«, befahl sie. »Eins … zwei … drei!«

Der alte Mann stand.

»Und jetzt kommen Sie. Sie werden doch so eine appetitliche Kleine wie Haggis nicht warten lassen«, lockte Walter.

»Ach, Haggis«, seufzte Albert und wurde von den drei Komplizen etwas unsanft weitergeschoben. »Haggis hat noch eine Schwester, wissen Sie.« Energisch schoben sie ihn am Klavier und einigen unschlüssig umherstehenden Kommandoteilnehmern vorbei. »Sie ist Schwedin, müssen Sie wissen. Hehehe.« Albert lachte noch in sich hinein, als sie ihn sicher auf einem Stuhl vor der Tür platzierten. Genau in diesem Moment trafen Deirdre und Mrs MacDonald ein, die mühsam mehrere große Behälter balancierten.

»Wo haben Sie gesteckt?«, fragte Walter.

»Alle sind völlig verrückt geworden«, keuchte Deirdre. »Überall laufen sie herum und schreien wie wild. Wir mussten aufpassen, dass sie uns nicht umrennen.«

»Los jetzt, wir haben keine Zeit mehr zu verlieren«, drängte Joan.

Als sie endlich alle zusammen auf der richtigen Seite der Türen waren, schoben sie das Klavier in Position und stellten die Bremsen fest. Sie traten einen Schritt zurück, um ihr Werk zu begutachten. Mit einem Mal erschien ihnen das Instrument viel zu schmächtig.

»Das wird nicht reichen«, stellte Joan fest.

Wenige Augenblicke später hatten sie eine Menschenkette gebildet und reichten Inventar durch den Flur. Lampen, Beistelltischchen, Holzstühle und Klavierschemel wurden auf dem Klavier und um das Klavier herum aufgetürmt. Am Schluss zerrten sie noch drei schwere Polstersessel über den Gang und stellten sie mit den Lehnen voran gegen ihr notdürftig zusammengewürfeltes Bollwerk.

In diesem Moment verstummte abrupt auch der letzte Alarm, und über das Gebäude senkte sich eine so abgrundtiefe Stille, wie sie noch niemand hier je vernommen hatte.

Siebzehn

Als alle wieder beieinanderstanden, starrten sie sich ungläubig an. Sie hatten es tatsächlich geschafft! Ihr verrückter Plan war aufgegangen. Das Gefühl, gemeinsam etwas scheinbar Unmögliches erreicht und viele aufregende Situationen gemeistert zu haben, hatten sie seit vielen Jahren nicht mehr erlebt.

Auch wenn einige noch völlig außer Atem waren und sich erschöpft aufstützen mussten, so fühlten sie doch, dass es ihnen gelungen war, wieder Macht über ihr eigenes Leben zu gewinnen, was sie so nicht mehr für möglich gehalten hatten. Die Einzige, die bei der Aktion einen kleinen Unfall erlitten hatte, war Mrs Butterworth, deren eine Hand eine feste Verbindung mit einer Tube Superkleber eingegangen war. Dorothy holte Miss Ross ins Hier und Jetzt zurück.

»Und was nun?«

»Angus, Sie behalten die Barrikade im Auge. Deirdre, Sie und Mrs MacDonald sehen nach, ob auch alle Fenster richtig geschlossen sind. Joyce, könnten Sie bitte die Jalousien herunterlassen?«

»Die Jalousien?«

»Die vom Heim sollen ruhig ein wenig rätseln, was hier los ist. Dorothy …«

»Oh, ich wollte gerade …«

»Okay. Vielleicht könnte Peg …«

»Ich bin Meg«, sagte die Angesprochene.

»Verzeihung«, fuhr Miss Ross fort und fragte sich, ob sie nicht gerade ein wenig zum Narren gehalten wurde. »Vielleicht könnten Sie und Ihre Schwester uns allen einen Tee machen? Joan, Sie haben die Liste und das Handy?«

Die Freundin nickte und zog beides aus ihrer Jackentasche. Miss Ross holte tief Luft und nahm ihr eigenes Handy und einen vorbereiteten Zettel zur Hand.

»Also gut, dann wollen wir mal telefonieren.«

Die zwei Frauen zogen sich in einen ruhigeren Winkel zurück. Joan hatte als Erste eine Verbindung.

»Stellen Sie mich bitte zur Nachrichtenredaktion durch«, sagte sie, »und ja, es ist dringend.«

Angus und Walter standen zusammen an der verrammelten Tür und horchten angestrengt, ob irgendetwas auf der anderen Seite zu hören war. Neben Walter, adrett wie immer in seinem mauvefarbenen Anzug mit passender Krawatte, wirkte Angus noch zerzauster als sonst.

»Ich kann immer noch nicht glauben, dass wir das wirklich durchgezogen haben«, sagte Angus.

»Alles ist besser, als die immer gleichen fünf Lieder von diesem Typen mit seinem blöden Akkordeon hören zu müssen. Ich hätte nie gedacht, dass ich mir mal wünschen würde, dement zu sein, aber wenn er anfängt, *Mairi's Wedding* zu spielen …«

»Ich weiß wirklich nicht, womit wir das verdient haben – wir haben ihm doch gar nichts getan.«

»Vielleicht hat er einfach etwas gegen alte Leute.«

Eine seltsame, vollkommene Stille lag über dem Gebäude. Eine Weile standen sie schweigend nebeneinander.

»Komisches Gefühl, hier so zu stehen und abzuwarten, was als Nächstes passiert – die Ruhe vor dem Sturm. Schätze, das ist wohl der rechte Moment, dich um Verzeihung zu bitten, Angus. Auch wenn ich weiß, dass eine Entschuldigung nicht reicht, nach allem, was passiert ist. Sie macht nichts ungeschehen und kommt viel zu spät.«

»Das alles ist lange her. Meine Norma und deine Moira leben beide nicht mehr. Tat mir echt leid für dich, als ich gehört habe, dass deine Frau tot ist.«

»Danke. Mir ging's genau so, als ich von Norma … wirklich ganz furchtbar. Ich habe erst begriffen, dass sie gestorben ist, als du hier eingezogen bist. Ihr hattet keine Kinder?«

»Nein.«

»Konntest du uns je verzeihen?«

»Ich konnte das nie vergessen, aber ich habe ihr verziehen, was damals geschehen ist. Wie war es für Moira?«

»Eine Weile war es ganz schön schwierig, wie bei euch wahrscheinlich auch. Ich glaube, sie hat es auch nie vergessen, aber wir haben nie wieder davon gesprochen, jedenfalls nicht nach den Streitereien gleich danach. Dann kam Becky auf die Welt, und dann, nun ja, das Leben ging weiter. Moira und ich waren füreinander bestimmt, und ich habe versucht, ihr ein guter Ehemann zu sein, zumindest im Rahmen meiner Möglichkeiten.«

Wieder schwiegen sie einige Minuten. Da sie die Barrikade nicht aus den Augen lassen sollten, mussten sie einander nicht ansehen, was das Reden leichter machte.

»Ich habe Moira betrogen und unsere Freundschaft zerstört«, sagte Walter. »Auch als ich … bei Norma … war, musste ich die ganze Zeit daran denken, wie falsch das alles war. Ich glaube nicht, dass ich mir an deiner Stelle hätte vergeben können.«

»Sieh uns doch an. Zwei alte Säcke im Seniorenheim. Was erwartest du von mir? Dass ich dich im Morgengrauen zum Duell auffordere? Am besten mit einem schottischen Schwert? Als ich dich an jenem Abend das erste Mal hier sah, war alles, was mir einfiel, dich mit Brot zu bewerfen. Absolut lächerlich.«

»Du zeigst wahre Größe, Angus.«

»Ach was.«

»Doch. Du warst immer schon so. Das gehört zu den Dingen, die ich immer an dir bewundert habe.«

Durch den Spalt zwischen den Türflügeln konnten sie einige Personen am Ende des Gangs erkennen.

»Siehst du das?«, fragte Angus.

»Auf die Stille folgt der Sturm.«

»Jetzt wird es also ernst.«

»Sie werden ja wohl kaum mit Musketen auf uns losgehen.«

»Warten wir's ab … wer weiß das schon, alle müssen heutzutage sparen.«

Ihr Geplänkel brach jäh ab, als jemand versuchte, eine der Türen aufzudrücken. Sie bewegte sich nur ein kleines Stück weit, bis das Klavier sie stoppte. Stimmen waren zu hören, dann wurde es wieder für einen Moment ruhig. Im nächsten Augenblick wurde von der anderen Seite so heftig gegen die Türen gedrückt, dass Teile der Barrikade über den Boden schlingerten.

»Verdammt, das wird so nicht halten!«, fluchte Walter und lehnte sich gegen einen der Sessel, um dagegenzuhalten.

Angus lief zurück in den Aufenthaltsraum.

»Los! Alle zur Barrikade! Schnell!«

In diesem Augenblick – diesem einen triumphalen Augenblick, den keiner von ihnen je vergessen würde, von dem die meisten später nicht glauben konnten, dass es ihn gegeben hatte – waren sie wieder jung. Arthritis, wackelige Knie und neue Hüften waren für einen Moment ebenso vergessen wie Gehstöcke und Rollatoren. In einer großen, gemeinsamen Anstrengung stürzten sie los, mit einer solchen Wucht, dass Tassen, Untertassen und ein Teller mit Schokoladenkeksen mit Buttercremefüllung nur so über den Teppich flogen.

Angus gelang es gerade noch, sich flach gegen die Wand zu drücken, während Walter unsanft in einem Sessel landete. Ehe er wusste, wie ihm geschah, hatte sich jemand auf ihn gesetzt. Manche der Sturmtruppe hatten sich in Stühle und Sessel in der Barrikade gesetzt oder knieten sich darauf, andere auf Armlehnen. In kürzester Zeit hatte sich eine stabile menschliche Front gebildet, die keinen Millimeter weichen würde.

»Ich muss mich in aller Form bei Ihnen entschuldigen, Walter. Es war einfach keine Zeit mehr, Sie zu fragen, ob ich mich auf Ihr Knie setzen darf. Sie müssen mich für schrecklich aufdringlich halten.«

»Aber ich bitte Sie, Dorothy, ist mir ein Vergnügen. Wenn Sie nur bitte ein bisschen mit den Nadeln aufpassen würden.«

»Ich möchte das unbedingt noch fertig bekommen.«

»Warum sollte man sich auch von so einer Belanglosigkeit wie einer Belagerung davon abhalten lassen, einen Schal fertigzustellen.«

Dorothy schmunzelte und widmete sich wieder den Maschen auf ihren Nadeln, auch wenn die Tatsache, Walters Oberschenkel unter sich zu fühlen, ein wenig gewöhnungsbedürftig war.

Angus wusste nicht, ob er lachen oder weinen sollte. Vor sich hatte er ein buntes Knäuel aus ineinander verkeilten Menschen zwischen siebzig und unendlich, und er war sich nicht schlüssig, ob es das Lächerlichste oder das Wunderbarste war, was er je gesehen hatte.

Auf Joyce' Knien hatten Peg und Meg Platz genommen, sodass sie ein bisschen an einen belagerten Weihnachtsmann erinnerte. Mrs Butterworth war es mittlerweile gelungen, mit beiden Händen an der Tube mit Sekundenkleber festzuhängen, sodass es aussah, als betete sie – was womöglich auch der Fall war. Dorothy schließlich schien gänzlich unbeeindruckt von der Situation und klapperte mit ihren Nadeln in einer Geschwindigkeit, dass man ihnen mit bloßem Auge kaum folgen konnte, was Walter sichtbar nervös machte.

Als klar wurde, dass ihr Bollwerk kein bisschen nachgeben würde, begannen alle zu johlen und zu klatschen (Mrs Butterworth begnügte sich damit, mit den Füßen zu stampfen). Angus traten unwillkürlich die Tränen in die Augen. Es überkam ihn ein derartiges Gefühl der Rührung, dass er sein Taschentuch herausholen und sich sehr kräftig schnäuzen musste.

In einer Ecke des Aufenthaltsraums hatte Joan gerade jemanden von *The Sun* am Handy.

»Ich kann Jubel im Hintergrund hören«, stellte der Reporter fest.

»Gewöhnen Sie sich dran, junger Mann. Genauer gesagt, erzählen Sie Ihren Lesern, dass sie sich daran gewöhnen sollen. So klingen Menschen, die nicht länger ignoriert und vergessen werden können, die noch einmal aufstehen, um sich Gehör zu verschaffen in einer Gesellschaft, die sich ihren Bedürfnissen gegenüber taub und blind stellt.«

Miss Ross hatte eben ein Telefonat beendet und ging zu den Terrassentüren hinüber, hinter denen sich Leute bewegten. Sie lugte an der Seite der Jalousien nach draußen und sah direkt in das besorgte Gesicht von Oberschwester Maureen. Hamish versuchte gerade, eine Türklinke herunterzudrücken, aber sie hatten sie mit einem Stuhl gesichert, bevor sie den Kleber aufgetragen hatten, und es war unwahrscheinlich, dass diese Klinke je wieder nachgeben würde. Miss Ross zog die Jalousie an einem kleinen Fenster in der Nähe hoch und öffnete den oberen Teil.

»Was um alles in der Welt ist da los?«, rief Maureen, die nach den Ereignissen des Vormittags ihre gewohnte professionelle Gelassenheit vermissen ließ.

»Wir bedauern die Umstände, aber wir protestieren gegen die Erhöhung der Heimgebühren.«

»Die Gebühren? Protestieren? Aber das geht doch nicht!«

»Doch, das geht. Genau das passiert hier gerade. Wir haben uns im Aufenthaltsraum verschanzt und kommen nicht eher wieder heraus, bis die Gebühren reduziert werden.«

»Darauf habe ich überhaupt keinen Einfluss.«

»Darüber bin ich mir durchaus im Klaren, aber ich denke, Sie werden trotzdem mit den neuen Eigentümern Kontakt aufnehmen müssen.«

»Bitte überlegen Sie doch, was Sie da tun! Sie haben alte, wehrlose, gebrechliche Menschen dort drin, die regelmäßig auf ihre Medikamente und Betreuung angewiesen sind.«

»Hier sind nur die fittesten der Bewohner vertreten, und alle haben sich freiwillig gemeldet. Sie alle sind im Vollbesitz ihrer Kräfte, obwohl – einen dringenden Wunsch hätten wir.«

»Um Himmels willen, was denn?«

»Wenn Sie vielleicht etwas hätten, womit wir Mrs Butterworth von der Tube Sekundenkleber befreien könnten?«

»Kleber?«

»Hier«, sagte Miss Ross und reichte etwas durch den geöffneten Fensterspalt, »hier ist noch eine Tube, die übrig ist, damit Sie das richtige Lösungsmittel finden können.«

»So etwas habe ich noch nie erlebt. Das wird Konsequenzen haben.«

»Das wollen wir doch stark hoffen. Wir haben das alles nicht auf uns genommen, um am Ende nichts zu erreichen.«

»Wir werden uns womöglich mit Gewalt Zugang verschaffen.

Irgendjemand wird für den Schaden aufkommen müssen, und das wird erst recht für Ärger unter den Bewohnern sorgen.«

»Ich glaube nicht, dass irgendjemand etwas tun wird, was für Ärger sorgen könnte, jedenfalls noch nicht.« Miss Ross hatte gesehen, was Oberschwester Maureen offenbar noch entgangen war – ein Übertragungswagen der BBC war soeben eingetroffen. »Ich schlage vor, Sie setzen sich mit den Eigentümern in Verbindung und geben die Verantwortung an jemand anderes weiter.«

Maureen wandte sich um und schrie erschreckt auf, als sie sah, wie das Fernsehteam auf dem Parkplatz aus dem Auto stieg. Sie tat Miss Ross ein wenig leid. Es war schließlich nicht ihre Schuld, dass die Gebühren erhöht worden waren, und jetzt musste sie mit einer Situation fertigwerden, die gerade erst anfing, kompliziert zu werden. Oberschwester Maureen stürmte davon und ließ Hamish zurück, dessen Gesichtsfarbe vor Anstrengung an Rote Bete erinnerte und der frustriert von der Türklinke abließ.

Gegen Mittag drängten sich unzählige Journalisten von Zeitungen und Radiostationen, Fernsehteams, Polizisten und Sanitäter auf dem Gelände vor dem Heim. Sogar ein Filmteam aus China hatte sich eingefunden, das eigentlich einen Dokumentarfilm über Loch Ness drehen wollte, sich aber rasch auf den Weg nach Norden gemacht hatte, als es von einer Gruppe aufständischer Senioren in einem Altersheim hörte. Die älteren Zuschauer in China würden eine Geschichte aus dem echten Leben mit Sicherheit spannender finden als einen unsichtbaren Drachen, der vielleicht nur Legende war.

Das Personal hatte den Versuch, die verbarrikadierten Türen zu öffnen, längst aufgegeben, sodass auf der anderen Seite alle wieder im Aufenthaltsraum Platz genommen hatten, wo eine seltsame Ruhe eingekehrt war. Man hatte die Stühle mit Blick auf den Parkplatz ausgerichtet und die Jalousien hochgezogen, um zu verfolgen, was vor dem Haus geschah. Walter konnte sich nicht erinnern, wann der Fernseher zuletzt ausgeschaltet gewesen und mit derartiger Gleichgültigkeit behandelt worden war.

Joan und Joyce hatten die auf dem Boden verstreuten Teetassen eingesammelt und eine frische Kanne gemacht. Es war gelungen, Mrs Butterworth aus ihrer misslichen Lage zu befreien, sodass sie nicht mehr den Anschein erweckte, in einen Zustand religiösen Fiebers verfallen zu sein. Man trank Tee und aß den Kuchen, den Deirdre und Mrs MacDonald aus der Küche hatten schmuggeln können.

Es war zweifellos der spannendste Tag, den sie seit Langem erlebt hatten. In den letzten Stunden waren sie in den Genuss von weitaus mehr Aerobic, geistiger Stimulierung und Gruppenaktivität gekommen als im gesamten vergangenen Jahr.

»Ist das nicht wahnsinnig aufregend?«, sagte Dorothy. »Ob wir wohl ins Fernsehen kommen?«

»Wenn man die vielen Reporter da draußen sieht, würde ich sagen, dass wir die Nachricht des Tages sind«, meinte Joan.

»Ob mein Andrew das wohl sieht?«

»Ist das nicht Craig Anderson?«, rief Joyce plötzlich, woraufhin sich alle beeilten, ans Fenster zu kommen, um besser sehen zu können. Als wäre er ein alter Bekannter, obwohl sie ihm nie persönlich begegnet waren.

»In echt sieht er viel kleiner aus«, kommentierte eine der Schwestern.

»Jeder sieht in Wirklichkeit kleiner aus als im Fernsehen«, wusste Angus zu berichten.

»Tatsächlich?«, sagte die andere Schwester. »Wie seltsam.«

»Das hängt irgendwie mit den Röhren zusammen«, erklärte Joyce.

»Ich könnte noch ein bisschen etwas anderes zu essen vertragen als Kuchen«, sagte Walter, was Deirdre augenblicklich als Kritik an ihren Bemühungen bei der Lebensmittelbeschaffung auffasste.

»Was haben Sie denn erwartet? Eine Auswahl verschiedener warmer Menüs auf einem Servierwagen?«

»Sie sind aber leicht auf die Palme zu bringen.«

»Immerhin ist man da vor Ihresgleichen sicher«, warf Mrs MacDonald ein.

Walter und Angus fingen an zu kichern. Seit dem Triumph mit der Barrikade hatten sich die beiden wie ungezogene Schuljungen aufgeführt. Nicht, dass sie da eine Ausnahme bildeten – die anwesenden Damen benahmen sich genauso albern. Miss Ross erkannte die gebeugten Gestalten kaum wieder, die noch vergangene Woche die Gänge entlanggeschlurft waren und über eine endlose Liste an Gebrechen, schlecht sitzenden Zähnen und pfeifenden Hörgeräten geklagt hatten.

»Trotzdem.« Joyce blickte sehnsüchtig nach draußen. »Sehen Sie nur den Wagen mit dem Catering. Man kann das Essen fast bis hierher riechen.«

Die Gruppe verstummte und musterte den ausgesprochen gut bestückten Kleinbus, vor dem sich bereits eine Schlange gebildet hatte. Nicht weit davon wurde gerade ein Sprecher der Eigentümer von dem lokalen Radiosender interviewt.

»Es handelt sich hier um ein kleines Missverständnis, das sicherlich schnell aufgeklärt ist«, sagte der Mann. »Dieses Theater ist völlig unnötig. Ganz und gar unnötig.«

Die Schlange der Journalisten, die ihn befragen wollten, war sogar länger als die vor dem Catering-Wagen. Das hier war die beste

Story seit Langem, und der Reporter hatte nicht vor, den Vertreter des Seniorenheims zu schonen.

»Sie nennen es ein Missverständnis, aber so etwas hat es doch noch nie in Großbritannien gegeben, dass eine Gruppe alter Heimbewohner sich verbarrikadiert. Das ist doch extrem ungewöhnlich. Wie viel Angst und Sorge müssen diese Menschen haben, um sich zu so einer Aktion hinreißen zu lassen?«

»Nun, wir sind hier, um uns ihre Sorgen und Nöte anzuhören und zu sehen, was wir für sie tun können …«

»Aber was sagen Sie zu den Gebühren? Sind die nicht erst vor Kurzem drastisch erhöht worden? Wurde das nicht realisiert, ohne die Bewohner zuvor davon zu informieren? Das ist es doch, worum es bei dieser Protestaktion geht.«

»Tja, schon, aber … alle Einrichtungen dieser Art haben mit ständig steigenden Kosten zu kämpfen.«

»Sie meinen also, dass bald auch mit vergleichbaren Protesten in anderen Altersheimen zu rechnen ist?«

»Wie bitte?«

»Erleben wir hier den Beginn einer Revolution der Senioren in unserem Land?«

»Revolution?«

»Glauben Sie, dass das, was hier passiert, der Auslöser für Ausschreitungen sein könnte, die vergleichbar sind mit den Unruhen anlässlich der Einführung der Kommunalsteuer im Jahr 1990?«

»Was? Himmel, nein!«

Der Mann blickte sich um, auf der Suche nach einem Ausweg, nach irgendetwas, das ihn von hier fortbringen könnte. Rettung, wenn auch nur kurzzeitig, erschien in Gestalt von Oberschwester Maureen, die mit einem Blatt Papier in der Hand hinzutrat. Zu dumm, dass ihm ihr Name bei all der Aufregung partout nicht mehr einfallen wollte.

»Hier kommt die Leiterin des Heims. Ich bin sicher, sie kann uns mehr zu den Entwicklungen dieser unglücklichen Geschichte berichten, die sich ja in meiner Abwesenheit ereignet hat.«

Maureen warf dem Mann einen giftigen Blick zu, dann sprach sie in das Mikrofon, das man ihr hinhielt.

»Ich habe hier eine Liste der Forderungen der Heimbewohner«, begann sie zögerlich, während sie die Seite auseinanderfaltete und ihre Brille zurechtrückte. »Sie verlangen zehn Schinkenbrötchen, vier Vollkorn, sechs Weizen, außerdem noch zwei mit Würstchen. Kein Sesam oder Mohn auf den Brötchen und extra viel HP Brown Sauce.«

»Aaaaah ...«, seufzte Walter zufrieden. »Wie kommt es, dass dieser Schinken so viel besser schmeckt als der, den es sonst immer gibt?«

Keiner wusste das zu beantworten, obwohl alle völlig seiner Meinung waren.

»Vielleicht weil er gewissermaßen gratis war?«, überlegte Joyce.

»Jedenfalls war es sehr nett von denen, uns etwas zum Mittagessen zu bringen«, stellte Dorothy fest.

»Und jetzt?«, fragte Joan.

Die Frage war an Miss Ross gerichtet. Diesen Moment hatte sie gefürchtet. Sie hatten erreicht, was sie wollten. Die Barrikade hatte gehalten, die Medien standen vor dem Haus parat, und nun war unweigerlich der Augenblick gekommen, ihr Anliegen vorzutragen. Sie tupfte sich den Mund mit der Serviette vom Catering-Wagen ab.

Der Vertreter des Seniorenheims schäumte, war aber machtlos. Er konnte wohl kaum jemanden davon abhalten, zur anwesenden Presse zu sprechen, selbst wenn sie sich hier auf Privatgelände befanden. Das hätte so ausgesehen, als ob die Senioren, die streng genommen Nutzer der hier angebotenen Dienstleistungen waren, wie Gefangene ohne Recht auf freie Meinungsäußerung behandelt würden. Also war nach Miss Ross' Ankündigung, eine Erklärung verlesen zu wollen, ein kleiner Wald an Mikrofonen aufgestellt worden. Sie waren vor einem Fenster im Aufenthaltsraum aufgebaut, das auf Taillenhöhe geöffnet werden konnte, was Miss Ross einen einigermaßen würdevollen Rahmen für ihre Rede verlieh.

Achtzehn

»Es folgen die Sechs-Uhr-Nachrichten …«

Sie hatten ihre Stühle wieder vom Fenster weggerückt und saßen nun um den Fernseher herum. Die Leute draußen zu beobachten und gleichzeitig selbst auf dem Präsentierteller zu sitzen hatte seinen Reiz verloren, und sie hatten die Jalousien wieder heruntergelassen.

»Eine Gruppe von betagten Bewohnern einer Seniorenresidenz in den Highlands hat sich heute im Gebäude verbarrikadiert, um gegen die Erhöhung der Heimgebühren zu protestieren …«

»Betagt? Wer ist hier betagt?«, fragte Joyce.

Danach folgten andere wichtige Meldungen des Tages, ehe die Nachrichtensendung auf den Bericht des BBC-Journalisten zurückkam, der den größten Teil des Tages auf dem Parkplatz verbracht hatte.

»Da ist unser Haus!«, riefen gleich mehrere. Eine Fernsehkamera zeigte die Vorderseite des Gebäudes, um schließlich auf den Reporter auf dem Rasen zu schwenken.

»Etwa ein Dutzend alter Leute …«

»Jetzt fängt der auch damit an!«

»Schhhh.«

»… haben sich in einem Seniorenheim in den Highlands verbarrikadiert, um so gegen eine Erhöhung der Heimgebühren zu protestieren. Das Heimpersonal wurde von der ungewöhnlichen Aktion völlig überrascht, bei der andere Bewohner Alarme ausgelöst und in verschiedenen Teilen des Gebäudes Schwächeanfälle vorgetäuscht hatten, während die Gruppe im Aufenthaltsraum einen inneren Zugang blockierte und die Terrassentüren mit Sekundenkleber sicherte. Edith Ross, die Sprecherin der Gruppe, die seit dem Morgen in dem Raum ausgeharrt hatte, gab gegenüber der Presse eine Erklärung ab.«

»Sehen Sie nur, da sind Sie!«, rief Dorothy. »Sie sehen so würdevoll aus, ein bisschen wie die Queen auf ihrem Balkon.«

»Wir haben uns nicht zu dieser drastischen Maßnahme entschlossen, ohne zuvor gründlich über die Konsequenzen nachzudenken. Zweck dieser Protestaktion ist, die Öffentlichkeit darauf aufmerksam zu machen, welche Auswirkung es auf die Bewohner von Alten- und Pflegeheimen hat, wenn Gebühren in solchem Maße erhöht werden. Rechtschaffene Menschen, die ihr Leben lang hart gearbeitet haben, sehen sich gezwungen, in einer Lebensphase, in der sie besonders hilflos sind, die Einrichtungen zu verlassen, die ihnen ein Zuhause geworden sind.

Dieses Problem besteht nicht nur hier, sondern überall in diesem Land. Großeltern und Eltern, die Großbritannien zu dem gemacht haben, was es heute ist, werden von Politikern und Geschäftemachern auf schändliche Weise behandelt. Alte Menschen sind nicht irgendwelche Vermögenswerte, aus denen man alles herausholt, bis alle Ersparnisse aufgebraucht sind, und die man dann einfach in irgendwelchen dunklen Kammern entsorgt, bis es Zeit für Mr Dunn ist oder wie auch immer der jeweilige Bestatter heißen mag …«

Mit diesen leidenschaftlichen Worten hatte sie ihrem Ärger Luft gemacht und erntete am Ende lebhaften Applaus vom Rettungskommando. Ihr Gesicht auf dem Bildschirm sah überrascht aus, als plötzlich Blitzlichtgewitter über sie hereinbrach. Dem Reporter der BBC gelang es als Erstem, eine Frage zu stellen.

»Wie lange, glauben Sie, können Sie durchhalten?«

»So lange wie nötig, junger Mann!«

Damit schloss sie das Fenster und ließ die Jalousien herab. Der Journalist sprach noch einige abschließende Worte, ehe er ins Studio zurückgab. Es folgte ein Beitrag, in dem über die geplante Farbgestaltung irgendeines Rathauses gestritten wurde. Walter schaltete den Fernseher aus.

»Ich wollte noch die Wettervorhersage sehen«, protestierte Deirdre.

»Wozu?«, fragte er. »Hatten Sie vor, einen Ausflug zu machen?«

Sie warf ihm einen finsteren Blick zu, verzichtete aber auf eine Antwort. Es wurde still im Raum, bis sich Mrs MacDonald, die sonst eher nicht dafür bekannt war, Gespräche in Gang zu setzen, zu Wort meldete.

»Vielleicht lag es am Schwein.«

Entgeistert drehten sich alle zu ihr um. Selbst Deirdre schien von ihrem Kommentar völlig verblüfft.

»Am Schwein?«

»Ja ... weil der Schinken heute Morgen so besonders lecker war. Vielleicht war es ja eine besondere Züchtung.«

Ratloses Schweigen folgte, bis Walter mit Schalk im Nacken das Wort ergriff.

»Ich schätze, es lag daran, dass es ein glückliches Schwein war.«

»Glücklich?«, wiederholte Mrs MacDonald sichtlich verwirrt.

»Aber ja«, mischte sich nun Angus ein. »Ich habe gelesen, dass das einen Riesenunterschied macht. Wenn das Tier ein schönes Leben hatte, schmeckt das Fleisch völlig anders, als wenn es ihm schlecht gegangen ist.«

»Ich hatte ja keine Ahnung.«

»Das macht Sinn«, pflichtete Walter ihm spitzbübisch bei. »Wenn Sie das nächste Mal im Ort sind, Mrs MacDonald, sollten Sie mal beim Metzger vorbeischauen, und ich wette, er kann für jede Schweinehälfte ein Zertifikat vorlegen, das nachweist, dass das Tier bis zu seinem letzten Stündlein gelächelt hat.«

»Jungs«, mahnte Miss Ross. Sie hatte ihre Stimme nicht erhoben, aber durch jahrzehntelanges Training strahlte sie eine Autorität aus, die selten ihre Wirkung verfehlte. Es sprach ja nichts dagegen, jemanden ein bisschen aufzuziehen, aber sie würde nicht zulassen, dass Mrs MacDonald dazu verleitet würde, tatsächlich zum Metzger zu gehen. Die beiden Männer grinsten einander breit an – wie zwei freche Schuljungen, die wussten, dass sie keinen ernsthaften Ärger für ihre Untaten zu befürchten hatten.

»Vielleicht hat der Schinken so gut geschmeckt, weil *wir* glücklich waren«, meinte Dorothy, ohne das Tempo ihres Strickmarathons zu verringern.

Miss Ross schüttelte den Kopf, ungläubig, wie solche treffenden Sätze von einer Frau kommen konnten, die die meiste Zeit gar nicht richtig mitbekam, was um sie herum passierte. Das Thema ihres Gesprächs hatte Joyce' Appetit angeregt. Um der Wahrheit die Ehre zu geben, traf das auf die meisten Themen zu.

»Sollten wir nicht allmählich darüber nachdenken, wie wir etwas zum Abendessen organisieren?«, fragte sie.

»Was gäbe ich nicht für einen echten Backfisch zum Abendessen, so wie früher«, schwärmte Angus.

»Mit schön weich gekochten Erbsen«, ergänzte Walter.

»In Zeitungspapier gewickelt, mit extra viel Salz und Essig«, sagte Joyce sehnsüchtig. »Was heute auf Plastiktellern verkauft wird, ist einfach nicht mehr dasselbe. Wieder so ein Beispiel, wie in unserer Gesellschaft alles den Bach runtergeht.«

»Das ist aus Gesundheitsgründen so«, sagte Walter.

»Gesundheitsgründe?«, fragte Dorothy verständnislos. »Was kann denn ein harmloser Backfisch schon anrichten?«

»Es ist wegen der Druckerschwärze in der Zeitung«, erklärte Walter. »Man sagt, das sei schädlich, obwohl ich noch nie gehört habe, dass irgendjemand dadurch einen Schaden davongetragen hat.«

»Irgendeine Verordnung wird es schon geben, die das regelt«, bemerkte Angus.

»Also ich finde, dass das eine dumme Verordnung ist, und wenn wir unseren Backfisch aus der Zeitung wollen, dann sollten wir ihn auch bekommen«, sagte Dorothy.

»Jawohl!«, riefen einige.

»Du liebe Güte, das bisschen Druckerschwärze macht in unserem Alter nun wirklich nichts mehr aus«, beharrte Dorothy.

Zehn Minuten später telefonierte Joan mit dem örtlichen Fish-und-Chips-Laden.

»Wir können erst bei Lieferung zahlen. Wir sind hier im Seniorenheim.«

»Das Seniorenheim! Sind Sie die Leute, die sich verbarrikadiert haben?«

»Ja, ganz recht.«

»Was Sie da machen, ist einfach großartig. Wirklich großartig! Wenn ich das meiner Frau Doreen erzähle. Sie wird es nicht glauben. Nicht im Traum fiele es mir ein, Geld von Ihnen zu verlangen. Ich bringe Ihnen die Bestellung, sobald sie fertig ist. Doreen schicke ich gleich los zum Zeitungskiosk. Haben Sie besondere Wünsche, was die Zeitung angeht?«

Eine halbe Stunde später erfüllte der Duft nach frittiertem Fisch, Pommes frites und Essig den Aufenthaltsraum. Zur Lieferung gehörten außerdem zwei Laibe Brot, Butter und einige Gewürzsoßen. Die Aufregungen des Tages wichen einem Gefühl großen Wohlbehagens, als alle sich ihrem Essen widmeten.

»Ich kann mich gar nicht mehr erinnern, wann ich so etwas zuletzt gegessen habe«, sagte Joyce undeutlich, während sie in ein riesiges, mit Pommes belegtes Sandwich biss.

»Und ich kann mich nicht erinnern, wann ich zuletzt so viel gegessen habe«, fügte Dorothy hinzu und kaute genüsslich weiter. »Wie hat der nette Mann den Fisch hier doch gleich genannt?«

»Moby Dick«, antwortete Joyce und schob eine Pommes zurück in ihren Mund.

»Das passt, so einen großen hatte ich noch nie.«

»Sprach die Jungfrau zum Bischof«, flüsterte Joan, worauf Walter und Angus prompt wieder loskicherten.

»Ich höre noch ganz ausgezeichnet.«

»Verzeihen Sie, meine Liebe. Genießen Sie nur weiter Ihren Moby Dick.«

»Da machen Sie sich mal keine Sorgen.«

»Es ist doch erstaunlich, wie hungrig man wird, wenn man Barrikaden baut«, sagte Walter. »Vielleicht sollten wir das jetzt täglich machen, dann kann Oberschwester Maureen das Unterhaltungsprogramm streichen – und den Kerl mit dem Akkordeon gleich zuerst.«

»Man könnte das auf das ganze Land ausweiten«, fügte Angus hinzu. »Besser leben durch Barrikaden.«

»Barrikaden bauen – so bleiben Sie jung und geschmeidig«, sagte Walter.

»Was für ein Tag«, seufzte Joan.

»Den werden wir so schnell nicht vergessen«, pflichtete Angus ihr bei. »Könnten Sie mir bitte das Salz reichen, Joyce?«

»Nicht nur wir werden diesen Tag nicht vergessen«, stellte Miss Ross befriedigt fest.

Nachdem sich die Verhandlungen mit dem Sprecher der Eigentümer festgefahren hatten, war für den nächsten Tag der Besuch eines höherrangigen Firmenvertreters angekündigt worden. Es herrschte also eine Art Waffenstillstand, und nachdem klar geworden war, dass das Komitee über Nacht ausharren würde, hatten Maureen und das Personal eine Stunde lang damit verbracht, alle möglichen Dinge aus den Zimmern der Aufständischen zu holen und durch das Fenster in den Aufenthaltsraum zu reichen.

Aufbewahrungsboxen für dritte Zähne, Morgenmäntel und Hausschuhe, Bücher, Brillen, Ersatzbatterien für Hörgeräte … Die Liste schien gar nicht mehr enden zu wollen, und Pfleger und Senioren lieferten sich gut gelaunte kleine Wortgefechte.

»Essen Sie die Pommes noch, Deirdre?« Joyce wartete die Antwort gar nicht erst ab und zog beherzt die Zeitung mit dem, was Deirdre verschmäht hatte, auf ihren Schoß.

»Und was machen wir jetzt?«, fragte Mrs MacDonald.

Es folgte allgemeines Schweigen, dann sagte Walter: »Wissen Sie was? Eigentlich können wir tun und lassen, was wir wollen.«

»Aber was wollen wir?«, überlegte Deirdre, während sie erstaunt zusah, in welchem Tempo ihre restlichen Pommes frites verschwanden.

»Wir könnten tanzen«, schlug Joan vor.

»Wir könnten ein Gläschen trinken«, fügte Angus hinzu.

»Wie wäre es mit einer Party?«, sagte Joyce mit vollem Mund.

»Angus«, bat Walter. »Wärst du so freundlich, mir beim Aufnehmen der Getränkebestellungen zur Hand zu gehen?«

»Babycham«, sagten Meg und Peg wie aus einem Munde, was die Frage, wer von ihnen was wollte, auf jeden Fall erleichterte.

»Für mich Portwein mit Limo«, rief Joyce.

»Walfisch.«

»Also, ich muss schon sagen, Dorothy. Ich habe nun einmal schwere Knochen.«

Alle warteten gespannt auf Dorothys Reaktion. Die ließ eine ganze Weile auf sich warten.

»Du lieber Himmel. Aber nein, Joyce, ich meinte doch den Cocktail – Blauer Walfisch.«

Angestrengt versuchte Joyce, ernst zu bleiben, bis sie nicht mehr konnte und in schallendes Gelächter ausbrach. Ihr Doppelkinn wackelte mit sich selbst um die Wette.

»Ohhh, Sie nehmen mich auf den Arm. Sie sind gemein.«

»Aber ich mag Sie«, quiekte Joyce und schlug sich auf die Schenkel vor Vergnügen, wobei die letzten Pommes zu Boden segelten. Eine blieb in ihrem Hausschuh hängen.

»Ein Sandwich mit Pommes ist gut und schön, aber nichts gegen einen Pantoffel mit Kartoffel«, kalauerte Walter.

»Wäre ja schade darum«, sagte sie und bückte sich, so gut es ging. Mit knapper Not gelang es ihr, das Kartoffelstäbchen in Sicherheit zu bringen, und sie ließ es im Mund verschwinden.

Ein kurzer Moment ungläubiger Stille folgte und ging in prustendes Gelächter über.

Bald überboten sich alle darin, lautstark Witze und Anekdoten auszutauschen, sodass Walter alle Mühe hatte, die Getränkewünsche korrekt zu notieren.

»Halt, warten Sie«, rief er. »Wie wollten Sie den Martini – geschüttelt oder gerührt?«

»Ich rufe Oberschwester Maureen an und sage ihr, sie soll einen CD-Player bringen lassen«, sagte Joan, was im allgemeinen Krakeelen jedoch unterging. Als sie »WELCHE MUSIK WOLLEN WIR?« brüllte, brachte das unverzüglich eine neue Diskussion in Gang, aus der Glenn Miller als Sieger hervorging. Jemand vom Nachtdienst organisierte eine Auswahl entsprechender CDs von einem Freund, der in der Nähe wohnte. Währenddessen rief Walter den örtlichen Pub an, der bald darauf zwei Kisten mit verschiedensten Flaschen, Dosen, Chipstüten und jede Menge Gläser lieferte – ohne etwas dafür zu verlangen.

Die Aktion der Heimbewohner hatte sich im Ort herumgesprochen und war auf viel Sympathie und Bewunderung gestoßen. Angus baute auf einem der Tische eine Bar auf, und Walter half, Stühle und sonstiges Mobiliar zur Seite zu räumen, um Platz für eine Tanzfläche zu schaffen.

Als schließlich jeder den Drink seiner Wahl in der Hand hielt, stand Walter auf und erhob sein Glas.

»Auf das Rettungskommando!«

Alle stimmten mit »Auf das Rettungskommando!« in den Chor ein, bis Joan aufsprang und rief: »Auf Miss Ross!«

In schneller Folge wurden so viele Toasts ausgesprochen, dass die Gläser rasch wieder und wieder nachgefüllt werden mussten. Mit jeder Minute, die so verging, schien ein Lebensjahr getilgt zu werden. So dauerte es nicht länger als eine Stunde, bis eine derart ausgelassene Stimmung herrschte, dass jeder auf der anderen Seite der Tür eine Horde Jugendlicher vermutet hätte.

Angus legte eine CD ein. Als die Klänge von *Moonlight Serenade* durch den Raum schwebten und Joan das Licht dimmte, änderten sich Stimmung und Atmosphäre schlagartig.

»Miss Ross, würden Sie mir die Ehre erweisen und mir diesen Tanz schenken?«, fragte Walter mit einer höflichen Verbeugung.

»Nun ja, ich war noch nie eine große Tänzerin«, erwiderte sie verlegen. Genau genommen wirkte sie deutlich befangener als am Morgen, als sie vor die Kameras getreten war.

Die anderen sahen lächelnd zu ihnen hinüber, und Walter reichte ihr seinen Arm. Abzulehnen kam schlicht nicht infrage, nicht nach all dem, was sie zusammen durchgestanden hatten. Sie machten einige erste Schritte, und großer Applaus brandete auf. Angus folgte Walters Beispiel und führte Joan auf die Tanzfläche.

Joyce stemmte sich aus ihrem Sessel, schlurfte zu Dorothy und vollführte eine kleine Verbeugung – im Rahmen ihrer Möglichkeiten.

»Ich würde mich überglücklich schätzen, wenn Sie Ihr Strickzeug für einen Moment zur Seite legten und mir die Ehre gäben, mit mir zu tanzen – das ist meine Lieblingsmusik.«

»Oh, Ihr freundliches Ansinnen berührt mich zutiefst«, ging Dorothy auf das Spiel ein.

Die nächsten Stunden gehörten Glenn Miller und seinen wohlbekannten Melodien, die durch den Aufenthaltsraum klangen, die Barrikade überwanden und mit ihr alle Schranken von Alter, gesellschaftlicher Stellung und Ansichten. *Sunrise Serenade*, *A String of Pearls*, *Little Brown Jug* … die Musik versetzte sie alle in nachdenkliche Stimmung.

Auch in anderen Teilen des Gebäudes waren Mitbewohner in Gedanken bei den Protestierenden und ihrer Mission. Sie dachten an Familie und Freunde, an so manche, die schon verstorben waren, und an andere, die noch lebten. Sie dachten über ihr eigenes Leben nach, was sie erreicht hatten und vielleicht noch erreichen wollten.

In einem Zimmer im Erdgeschoss bewegte Mrs Campbell die Finger im Takt auf ihrer Bettdecke und erinnerte sich an die Jahre zurück, als sie noch ein junges Ding und der Schwarm aller Männer war. Was für eine herrliche, unbeschwerte Zeit sie gehabt hatte, bis sie ihrem lieben Mann erlaubt hatte, ihr ernsthaft den Hof zu machen. Mr Sutherland, noch aufgewühlt von seinem gelungenen vormittäglichen Trick, saß in seinem Sessel, nickte im Rhythmus der Musik und durchlebte in Gedanken noch einmal den Moment, als er seine künftige Frau zu *Tuxedo Junction* aufgefordert hatte.

Auch Bewohner der Seniorenresidenz, deren Bewusstsein getrübt war, fühlten sich zurückversetzt in ihre Jugend und in eine Zeit, in der sie stark und gesund und unversehrt waren. Im Halbdunkel ihrer Zimmer lächelten sie vor sich hin, und wenn im ansonsten stillen Haus Gelächter zu ihnen drang, mussten sie unwillkürlich mitlachen – als wären sie selbst mittendrin im Geschehen.

Neunzehn

Als Miss Ross und Joan sich am nächsten Morgen umsahen, wurde klar, dass sie den Protest nicht länger aufrechterhalten konnten. Der Aufenthaltsraum gab ein grauenvolles Bild ab, und ihre Mitstreiter sahen nicht besser aus. Leere Flaschen, Gläser, Chipstüten und zusammengeknüllte Zeitungen lagen zwischen den schlafenden Gestalten, über allem ein recht strenger Geruch, an dem das abendliche Fischessen nicht den alleinigen Anteil hatte. Diejenigen, die schon wach waren, bewegten sich sehr wackelig durch den Raum, was zum Teil auf den Genuss von Alkohol und zum Teil auf eine Nacht in einem Sessel zurückzuführen war.

»So kann es nicht weitergehen«, stellte Joan fest.

»Nein«, stimmte Miss Ross ihr zu. »Das wäre zu viel verlangt. Keiner von uns würde es zugeben, aber wir alle sehnen uns nach einer Dusche, sauberer Kleidung und frischer Luft. Mir geht es jedenfalls so.«

»Aber wir haben uns tapfer geschlagen.«

»Ja. Aber ich frage mich, was wir am Ende damit erreicht haben werden.«

Es kam zu einigen heiklen Momenten, als sie vor der einen verfügbaren Toilette Schlange standen, aber als jeder eine Tasse Tee in den Händen hielt, setzten sie sich zusammen und einigten sich darauf, so lange auszuharren, bis die Eigentümer sich mit einer Stellungnahme zurückmeldeten. Sie versuchten, erst sich und dann den Aufenthaltsraum, so gut es ging, in einen einigermaßen akzeptablen Zustand zu bringen. Punkt neun Uhr erschien Oberschwester Maureen am Fenster in Begleitung eines ranghöheren Unterhändlers der Eigentümer.

Er erklärte sich damit einverstanden, sich mit jedem Bewohner zusammenzusetzen und dessen jeweilige Situation zu besprechen. Als zusätzliche Geste guten Willens würden den Bewohnern keine Reparaturen für entstandene Schäden in Rechnung gestellt. Mehr konnten sie zu diesem Zeitpunkt nicht verlangen. Der Mann verlas vor den versammelten Journalisten noch eine kurze Erklärung, woraufhin sie rasch wieder verschwanden, auf dem Weg zur nächsten Story.

»Wir sind schon wieder Schnee von vorgestern«, stellte Miss Ross fest und sah den Reportern hinterher. Das chinesische Filmteam hatte sich bereits wieder in Richtung Süden aufgemacht, auf der Suche nach dem Wasserdrachen.

»Wir waren fünfzehn Minuten lang berühmt!«, sagte Joan. »Nicht besonders viel, wenn man es auf ein ganzes Leben umrechnet.«

Zwei Pfleger kletterten durch das Fenster, um die Barrikade abzubauen, und um zehn wurden die Mitglieder des Rettungskommandos auf ihre Zimmer begleitet. Die Gefühle der Gruppe waren sehr gemischt. Deirdre und Mrs MacDonald sahen fast so aus, als wollten sie behaupten, gekidnappt worden zu sein, aber auch bei den anderen begann der Zauber der letzten Nacht im Licht des Morgens zu verblassen.

Sie waren wieder einfache Bewohner einer Seniorenresidenz, die darauf warteten, dass Familienangehörige sich meldeten, und sich die Zeit bis zum nächsten Ausflug vertrieben. Aber nicht alle ließen sich so einfach entmutigen. Walter und Angus versuchten, die Erinnerung an jene besonderen Momente wachzuhalten, und wenn man sich auf dem Flur begegnete, hoben einige aus dem Komitee die Finger zum Victory-Zeichen, und andere Bewohner spendeten ihnen spontan Applaus.

Miss Ross hatte das ungute Gefühl, dass ihnen das Erreichte wie Sand zwischen den Fingern zerrann, aber das behielt sie lieber für sich. Immerhin gab es einen sichtbaren Erfolg. Am Abend zuvor hatte ein Taxifahrer aus Inverness auf einer Website namens *›Rettet unsere Rentner‹* einen Spendenaufruf ins Netz gestellt. Aus ganz Großbritannien kam in den folgenden Tagen Unterstützung, die zwar zum Wochenende hin bereits wieder abebbte, aber bis dahin waren 8000 Pfund zusammengekommen. Die Bewohner des *Highland Home* waren den Spendern überaus dankbar. Wenn sie das Geld untereinander aufteilten, konnten sie die höheren Gebühren für beinahe zwei Wochen auffangen.

Zwanzig

Donnerstag, 14. April
Habe ich alles falsch gemacht? Ich bin machtlos, unfähig, dem einen Menschen zu helfen, der mir am meisten bedeutet. Alles, was ich erreicht habe, ist ein bisschen Aufschub und viel Ernüchterung. Zwar gibt mir niemand direkt die Schuld, aber dafür fühle ich selbst umso deutlicher, dass ich versagt habe. Was nützt mir all mein Wissen und meine Bildung? Was nützt mir meine Liebe? Meine Nächte sind voller Verzweiflung.

Einundzwanzig

Oh, Mr McKenzie! Ich sage nur: Berührt, geführt!«

»Julie! Meine Königin!«

»Ekelerregend, einfach ekelerregend! Ein 78-Jähriger mit einem jungen Ding von Anfang zwanzig … Und das in einer Tour, jeden lieben Donnerstagnachmittag!«

Deirdre, die wieder vor Walters Zimmertür Stellung bezogen hatte, bebte vor Empörung und hatte Mühe, ihre Stimme gesenkt zu halten. An ihrer Seite standen Mrs MacDonald und Angus, der gegen seinen Willen in den Spionageeinsatz hineingezogen worden war. Die moralische Instanz des Hauses konnte in solchen Dingen ausgesprochen energisch werden.

»Immerhin hält er sich an feste Zeiten«, kommentierte Angus.

»So etwas gehört sich einfach nicht. Auch den anderen gegenüber.«

»Wir sollten Oberschwester Maureen informieren«, flüsterte Mrs MacDonald. »Angus, Sie sind doch ein Mann, was denken Sie?«

›Der gottverdammte Glückspilz‹, lag ihm auf der Zunge, aber er konnte es sich gerade noch verkneifen und antwortete stattdessen: »Ich bin sicher, sie weiß schon Bescheid.«

»Nicht so laut«, zischte Deirdre. »Sie können uns sonst hören.«

»Bei der Lautstärke, in der die Seifenoper hier nachmittags durchs Haus dröhnt, glaube ich nicht, dass Walter und seine Nichte irgendwas von uns mitbekommen.«

»Wenn das seine Nichte ist, bin ich es auch. Wir müssen etwas dagegen unternehmen.«

»Jeder kann in seinem Zimmer doch tun und lassen, was er will.«

»Es ist aber nicht sein Zimmer, es gehört dem *Highland Home*.«

»So ist es«, bekräftigte Mrs MacDonald. »Es gehört zu unserem Heim, und damit gehört es uns allen.«

»Aber diese vier Wände sind doch der einzige Ort, wo wir noch ein bisschen über uns selbst bestimmen können. Er zahlt dafür, also ist es auch sein Zimmer, das ist meine Meinung.«

»Diese Frau da ist in den Pflegegebühren aber nicht enthalten! Das können wir doch nicht zulassen!«

Angus meinte, Schritte hinter der Tür zu hören.

»Still! Ich glaube, da kommt jemand.«

»Trotzdem!«, rief Mrs MacDonald. »Das ist doch nicht normal.«

»Schnell, zur Treppe!«

Er zog sie, so rasch es ging, zum Treppenhaus, doch sie waren noch nicht sehr weit gekommen, als die Tür schwungvoll geöffnet wurde und Walter auf den Flur trat. Er rief den davoneilenden Gestalten hinterher, sodass sie gezwungen waren stehen zu bleiben.

»Alles in Ordnung, Leute?«

»Äh … ja, danke«, antwortete Angus.

Walter nickte höflich in Richtung der Damen.

»Deirdre, Mrs MacDonald.«

»Hallöchen«, erwiderte Deirdre mit gezwungenem Lächeln. »Wir … wir wollten gerade ein bisschen spazieren gehen.«

»Den Flur entlang?«

»Es regnet«, gab sie zurück.

»Ach? Das ist mir noch gar nicht aufgefallen.«

Deirdre murmelte vor sich hin: »Das glaube ich gern.«

In diesem Moment trat Julie aus dem Zimmer. Sie sah so atemberaubend aus, dass Angus sie unverhohlen anstarren musste, obwohl er sie schon oft gesehen hatte.

»Ich habe den Nachmittag sehr genossen, danke, Onkel Walter.«

»Aber gern, meine Liebe.«

»Ich musste heute zwar ganz schön was einstecken, aber nächsten Donnerstag schlage ich zurück.«

Deirdre schlug vor Entsetzen die Hand vor den Mund, und Mrs MacDonald wurden die Knie so weich, dass sie haltsuchend nach Angus' Arm greifen musste. Die beiden schienen gar nicht zu bemerken, welche Wirkung ihre Worte hatten.

»Ich kann es kaum erwarten, Julie.«

Sie stellte sich auf die Zehenspitzen und gab ihm einen kleinen Kuss auf die Wange. Dann wandte sie sich um und nickte den anderen freundlich im Vorbeigehen zu. Mechanisch grüßten sie zurück, und wenige Augenblicke später konnten sie das Klick-klack ihrer hochhackigen Schuhe auf der Treppe hören.

Deirdre schnappte nach Luft, nie zuvor war sie in ihrer Entrüstung so entrüstet gewesen.

»Was haben Sie dazu zu sagen?«

»Zu sagen? Nichts weiter, außer dass ich jetzt ein kleines Nickerchen machen werde«, erwiderte Walter und gähnte ebenso ausgiebig wie übertrieben. »Ich fühle mich auf einmal recht erschöpft.«

»Kein Wunder«, flüsterte Angus.

»Wir sehen uns dann später«, sagte Walter und ging zurück in sein Zimmer. Als er die Tür schloss, konnten sie noch hören: »Einen schönen Spaziergang wünsche ich.«

»Also der hat ja Nerven!«, stieß Deirdre hervor, als sie wieder unter sich waren.

»Sie ist noch so jung«, bemerkte Mrs MacDonald.

»Und so hübsch«, ergänzte Angus verträumt.

»Nicht genug, dass die beiden ... Sie wissen schon ... obendrein auch noch Schläge.«

»Schläge?«, fragte Mrs MacDonald entgeistert.

»Ich möchte mir gar nicht vorstellen, was für obszöne Objekte die Reinigungskräfte hinterher vorfinden. Ein Wunder, dass sich noch niemand beschwert hat.«

»Ich finde immer noch, dass er ein Recht auf Privatleben hat.«

»Und unsere Ohren haben das Recht, nicht von seinen lasterhaften Ausschweifungen belästigt zu werden.«

»Sie müssen ja nicht an seiner Tür horchen.«

»Darum geht es doch gar nicht. Kommen Sie, Mrs MacDonald. Wir suchen uns jetzt ein ruhiges Plätzchen und überlegen uns, wie wir vorgehen. Schließen Sie sich uns an?«

»Nein, ich brauche frische Luft. Ich gehe in den Pub.«

»Ihr Männer seid doch alle gleich!«

Angus sah den beiden Frauen nach, wie sie den Gang entlangstolzierten, die eine getrieben von Entrüstung, die andere von Ergebenheit.

»Schön wär's«, sagte er leise zu sich selbst.

Als die beiden am Treppenabsatz angekommen waren, konnte er Mrs MacDonald fragen hören: »Was für Objekte denn, Deirdre?«

Zweiundzwanzig

Später am Abend saß Walter mit einem Buch auf dem Schoß in der Nähe des Klaviers. Es fiel ihm schwer, sich auf den Inhalt zu konzentrieren, und er legte das Taschenbuch immer wieder zur Seite. Seine Gedanken kreisten um Julies Besuch an diesem Nachmittag und um den Tag, an dem das Rettungskommando sich im Aufenthaltsraum verschanzt hatte. War das wirklich erst zwei Wochen her?

Er hatte den Eindruck, dass beide Ereignisse irgendwie miteinander zusammenhingen, womöglich weil beide für Ungerechtigkeit und erlittene Verletzungen, für Furcht und Entschlusskraft standen. Als er bemerkte, dass sich jemand neben ihn setzte, blickte er auf.

»Angus. Alles in Ordnung?«

»Ich denke schon. Siehst erholt aus. Ist mir ein Rätsel, wie du das schaffst.«

»Was?«

»Tu mal nicht so unschuldig. Das ganze Haus weiß, was jeden Donnerstag bei dir im Zimmer steigt.«

»Und wenn schon, ist doch meine Sache, oder nicht?«

»Sag das nicht mir, ich bin völlig auf deiner Seite. Aber darum geht es mir gar nicht.«

»Worum dann?«

»Wie … wie schaffst du das? In deinem Alter.«

»Was ist los, macht deiner immer gleich schlapp?«

Angus schaute verlegen zur Seite, er sah regelrecht geknickt aus. Walter merkte, dass er mit seiner flapsigen Bemerkung zu weit gegangen war und seinen Freund gekränkt hatte. Als ob er ihn im Laufe seines Lebens nicht schon genug verletzt hätte.

»Entschuldige. Das war völlig daneben. Das war wirklich nicht in Ordnung.« Angus schwieg. »Aber selbst wenn das der Fall ist, ist das doch nichts, weswegen man sich schämen müsste.«

»Nimmst du was?«

»Du meinst Pillen? Du lieber Himmel, nein. Ich bin schon so eine wandelnde Litfaßsäule für die Pharmaindustrie.«

»Sind wir das nicht alle? Du nimmst also nichts, um dich … in Schwung zu bringen?«

»Nein, ich habe wahrscheinlich einfach nur Glück.«

»Das mit dem Glück könnte schnell vorbei sein, wenn deine Becky davon Wind bekommt. Ich kann mir nicht vorstellen, dass sie besonders begeistert davon ist, wenn sie rausbekommt, dass ihr alter Vater einmal pro Woche Sex mit einer Prostituierten hat.«

»Nun ja, Becky und ich haben schon länger nicht mehr miteinander gesprochen.«

»Das tut mir leid.«

»Oh, wir hatten keinen Streit oder so etwas. Becky und John und die Mädchen haben wahrscheinlich zu viel um die Ohren. Als ich noch zu Hause wohnte, habe ich viel Zeit mit Heather und Penny verbracht.«

»Deine Enkelinnen?«

»Ja, ganz tolle Mädchen.«

Die beiden Männer verstummten und beobachteten die anderen im Raum. Dorothy, Joan und Miss Ross hatten eine Ecke in Beschlag genommen. Ihre Stricknadeln flogen förmlich und beschrieben wilde Kurven in der Luft. Joyce gönnte sich einen kleinen Imbiss nach dem Abendessen, und einige andere hatten sich vor dem Fernseher versammelt und schauten einen Dokumentarfilm. Walters Blick blieb schließlich an seinem ehemaligen Kontrahenten hängen.

»Was führen eigentlich Deirdre und Mrs MacDonald im Schilde? Sie wirken noch verkniffener und bösartiger als sonst. Diese intriganten alten Schachteln …«

»Sie planen nur deinen Untergang, nichts weiter.«

»Ach tatsächlich?«

»Im Haus geht gerade eine Petition herum, die Julies Besuchen ein Ende setzen soll.«

»Also, Beatrice, Sie sind doch eine sensible, intelligente Frau, genau wie ich und …«, Deirdre wollte ›Mrs MacDonald‹ sagen, die energisch mit dem Kopf nickte, aber die Worte blieben ihr eigenartigerweise im Halse stecken. »Ich weiß, dass es auch gegen Ihr moralisches Empfinden geht, was Mr McKenzie jeden Donnerstag hier treibt. Ich bin wirklich die Letzte, die engstirnig und kleinbürgerlich denkt. Schließlich sind wir nicht so alt geworden, ohne ein bisschen etwas von der Welt gesehen zu haben, nicht wahr? Aber das muss einfach aufhören.«

»Was denn?«, erkundigte sich Beatrice.

»Die Sache mit Mr McKenzie.«

»Welche Sache?«

Deirdre gab sich alle Mühe, nicht aus ihrer Rolle der sensiblen, intelligenten Frau zu fallen, aber innerlich hätte sie schreien können. Ihr ganzes Leben bestand zurzeit aus nichts anderem als Frustration.

»Du liebe Güte, es ist nun mal eine sehr delikate Angelegenheit.

Ich spreche von den Besuchen, die er von dieser jungen Frau erhält.«

»Ach, seine Nichte. Das ist ja so ein reizendes Ding. Erst letzte Woche war sie mir behilflich.«

»Wobei denn?«, fragte Mrs MacDonald.

»Es fällt mir gerade nicht ein, aber ich weiß noch genau, dass sie mir geholfen hat und dass ich ihr sehr dankbar war.«

»Nun, das war ja sehr nett von ihr …«

»Warten Sie, vielleicht ist es doch schon zwei Wochen her.«

Deirdres Gesichtsausdruck wurde streng.

»Bitte! Könnten wir beim Thema bleiben? Also, Beatrice, wissen Sie was? Sie schreiben jetzt einfach Ihren Namen hier auf diesen Zettel, und dann holt Mrs MacDonald Ihnen eine schöne Tasse Tee.«

»Will ich das?«

»Ja, das wollen Sie.«

»Ist es denn schon Zeit für Tee?«

»Ich glaube, ich kann den Wasserkessel schon pfeifen hören. Sie müssen nur kurz hier unterschreiben … auf der gepunkteten Linie.«

Doch Beatrice hatte das Interesse an der Unterhaltung verloren. Zu Tee konnte sie einfach nicht Nein sagen … jedenfalls, soweit sie sich erinnerte.

»Nein, bleiben Sie!«, rief Deirdre, aber Beatrice war schon aufgestanden und gegangen.

»Man muss bei ihr nur den richtigen Moment abpassen«, sagte Mrs MacDonald aufmunternd. »Allerdings werden solche Momente immer seltener.«

Deirdre sah sich um.

»Das gestaltet sich schwieriger, als ich dachte. Wie viele Unterschriften haben wir?«

Ihre Freundin ging die Namen auf der Liste durch, die sie im Laufe des Tages zusammengestellt hatten.

»Sieben. Das schließt uns und Mrs Pierce ein, die allerdings dachte, dass sie den Lieferschein für eine neue Waschmaschine mit eingebautem Trockner unterschreibt. Sie freut sich schon richtig darauf. Dann blieben da noch die drei, bei denen wir aufgegeben haben, und sechs haben sich schlicht geweigert.«

»Natürlich alles Männer!«

»Selbst Mr Forsyth schien genau zu verstehen, worum es geht. Seine Antwort war sehr klar und … entschieden.«

»Unglaublich, nicht wahr? Die meiste Zeit ist er damit beschäftigt, eine Herde Rinder zu suchen, oder erzählt uns, dass er seine Sau rauslassen muss. Aber kaum reden wir von unserer Petition, ist er voll da. Die niederen Instinkte schmieden die Männer zusammen wie Pech und Schwefel.«

Mrs MacDonalds Kopfnicken als Zeichen ihrer Solidarität hatte eine solche Geschwindigkeit erreicht, dass die Konturen ihres Kopfs zu verschwimmen begannen. Deirdre schwadronierte weiter, ohne davon Notiz zu nehmen.

»Mag sein, dass Mr McKenzie gern Schläge austeilt, aber so leicht geben wir uns nicht geschlagen. Kommen Sie, da drüben beim Bücherregal steht Mrs Weaver, und wenn mich nicht alles täuscht, ist sie noch nicht völlig jenseits von Gut und Böse. Beeilen wir uns.«

»Ich weiß wirklich nicht, ob ich ihn noch einmal in Schwung bringen kann«, sagte Angus bekümmert. »Ich habe es schon ewig nicht mehr versucht. Es kommt wohl auf die richtigen Umstände an … dann würde es vielleicht wieder funktionieren. Verdammt, sogar Forsyth hat mehr drauf als ich. Am besten ich tue so, als wäre ich auch dement, dann kann ich herumlaufen und Busen grapschen und an Hintern fassen, wann immer es mich überkommt. Unfassbar, was sie ihm alles durchgehen lassen.«

Es war eine etwas bizarre Unterhaltung, die sie da in einer Ecke des Aufenthaltsraums führten, während andere Bewohner sich ganz in der Nähe aufhielten und sich den üblichen abendlichen Zerstreuungen widmeten. Genau genommen wäre diese Unterhaltung aber wohl überall bizarr.

»Tja, da kann ich dir wohl auch nicht helfen«, antwortete Walter.

»Genau darüber wollte ich mit dir sprechen.«

»Wie um alles in der Welt soll ich dir helfen, deinen Pinsel wieder flottzumachen?«

»Schhh. Nicht so laut. Nicht alle hier sind taub.«

»Entschuldige, aber ich verstehe einfach nicht, warum du denkst, dass ich dir bei deinem … Problem … helfen kann.«

»Ich wollte mit dir über Julie sprechen.«

»Warum?«

»Wo hast du sie gefunden?«

Walter schwieg. Er wollte nicht über Julie sprechen. Sie war ein Teil seines Lebens geworden und stand ihm in vielerlei Hinsicht näher als seine eigene Familie.

Die seltsame schöne junge Frau von der Straße war der einzige Mensch in seinem Leben, bei dem er vollkommen ehrlich sein konnte. Mit ihr sprach er über Dinge, die er nicht einmal Moira anvertraut hatte. Gott, wie sehr er seine Frau vermisste. Wenn diese schreckliche Krankheit sie nicht umgebracht hätte, könnten sie jetzt immer noch glücklich zusammen in ihrem kleinen Haus leben.

»Walter … sieh mal, ich verstehe ja, dass das deine Privatsache ist … aber es ist wirklich wichtig für mich. Ich muss einfach wissen, ob ich noch kann. Ob ich noch ein richtiger Mann bin.«

Als Walter zum ersten Mal in dieses Gesicht gesehen hatte, waren sie sechs Jahre alt gewesen. Freunde fürs Leben. Das hatten sie sich immer geschworen. Und dabei wäre es auch geblieben, wenn Walter nicht mit Angus' Frau geschlafen hätte. Es gab nichts, was er mehr bereute als das. Vier Menschen hatten teuer für seinen Fehler bezahlt. Jetzt gab es nur noch sie beide, aber ein Großteil ihres Lebens lag hinter ihnen. Die Zeiten, in denen sie eine unbekannte Zukunft erwartete, in der alles möglich schien, waren vorbei.

»Ich habe den Taxifahrer gefragt.«

»Den Taxifahrer?«

»Nicht der, der uns normalerweise fährt. Der andere, der manchmal einspringt. Er macht immer so einen schmierigen Eindruck, und ich dachte, dass er sich vielleicht mit so was auskennt. Ich musste ihm dafür versprechen, dass er sie jede Woche hierherfahren und auch wieder zurückbringen darf.«

»Ach, deshalb ist er donnerstags immer der Fahrer. Kam mir schon irgendwie komisch vor.«

»Ich sage es ungern, aber er hat sich an seinen Teil der Abmachung gehalten.«

»Verstehe … und musst du ihr viel bezahlen?«

»Ach, Angus.«

»Es ist nur so, dass ich jetzt, wo die Gebühren erhöht wurden, kaum noch Ersparnisse habe.« Beide schwiegen. »Vielleicht hat sie ja eine Freundin … jemanden, den sie fragen könnte, jemanden, der zu mir kommen würde?«

»Du bist ein Mann, egal, ob du ihn hochbekommst oder nicht.«

»Ja, schon.«

Walter hatte keine Lust mehr auf dieses Gespräch.

»Ich muss es einfach versuchen. Bitte lass mich nicht im Stich.«

»Du kannst ja den Taxifritzen fragen.«

Angus starrte ihn entgeistert an.

»Das geht nicht. Ich könnte das nicht.«

»Stimmt, es war eine äußerst unangenehme Erfahrung, sein selbstgefälliges Grinsen zu sehen. Ich habe mich auf einmal so schmutzig gefühlt. Außerdem hat man ständig das Gefühl, dass er einen in der Hand hat und es irgendwann gegen einen verwenden kann.«

»Diese Genugtuung möchte ich ihm nicht geben«, sagte Angus. »Ich kenne Julie gerade gut genug, um sie auf dem Gang zu grüßen. Ich traue mich nicht, sie einfach so anzusprechen. Kannst du nicht ein gutes Wort für mich einlegen?«

Dreiundzwanzig

Für einige der Bewohner wurde die finanzielle Situation zusehends brenzliger, und die ständige Sorge führte dazu, dass Dorothy untypischerweise immer pessimistischer wurde. Nachdem es dem Rettungskommando nicht gelungen war, eine Reduzierung der Gebühren zu erreichen, blieb ihnen nur ein einziger Ausweg: Sie mussten irgendwie zu Geld kommen. Joan und Miss Ross saßen an diesem Vormittag bei Dorothy in ihrem Zimmer. Hier und da wurde eine Träne weggewischt oder eine Bemerkung fallen gelassen, wie ungerecht die Welt war.

»Habe ich dafür mein Leben lang gearbeitet, mir die Pennys vom Munde abgespart und zur Seite gelegt, was ich konnte, um jetzt gezwungen zu werden, meine Freunde zu verlassen und meine letzten Tage mit fremden Leuten in einem schäbigen Loch zu fristen, wo ich nicht mal mehr die Vögel singen höre?«

In den letzten Wochen hatten verschiedene Prospekte anderer Seniorenheime die Runde gemacht, von denen zwei auf ihrem Bett lagen.

»Zum ersten Mal in meinem Leben kann ich verstehen, dass eine Frau so verzweifelt sein kann, dass sie ihren Körper verkauft.«

»Dorothy!«, rief Miss Ross aus. »Wie können Sie nur so etwas sagen!«

»Ich glaube, mit unseren Eierwärmern verdienen wir mehr«, murmelte Joan.

Eine nach der anderen nahm schweigend ihre Strickarbeit wieder auf. Von Tiddles fehlte jede Spur.

Die ungute Stimmung im Haus war ihr nicht verborgen geblieben, und sie war dazu übergegangen, sich ungewöhnliche Verstecke zu suchen, als ob sie fürchtete, ebenfalls das Heim verlassen zu müssen. Joan sah mit einem Mal besonders nachdenklich aus, als hätte sie sich an etwas erinnert oder als sei ihr eine Idee gekommen.

»Wo wir gerade von Prostitution sprechen«, begann sie, und Dorothy ließ ihr Wollknäuel fallen. »Ich habe mal in einem Zeitungskiosk gearbeitet. Wenn keine Kunden da waren, habe ich manchmal in den Männermagazinen geblättert. Ihr würdet nicht glauben, was ich da alles zu Gesicht bekommen habe.«

»Ich hoffe doch sehr, dass Sie nicht als Nächstes vorschlagen, dass wir uns unbekleidet fotografieren lassen sollen«, sagte Miss Ross. »Mir hat mal jemand einen Kalender gezeigt, für den Damen vom *Women's Institute* hinter Blumenvasen und Obstkörben nackt posiert haben. Da waren einige dabei, die gut daran getan hätten, noch einige Äpfel draufzulegen.«

»Nacktfotos wären für mich nie infrage gekommen«, sagte Dorothy und betrachtete liebevoll das Foto neben sich. »Mein Willie war da ganz hart.«

»Nein, keine Fotos«, beschwichtigte Joan. »Auf den letzten Seiten dieser Magazine waren immer jede Menge Anzeigen. In einigen von denen boten Frauen Männern an, mit ihnen am Telefon zu reden.«

»Reden?«, fragte Dorothy verwundert.

»Ich kann versichern«, sagte Miss Ross und holte tief Luft, »dass ich in meinem ganzen Leben nicht diese Art von ›Gespräch‹

mit Männern geführt habe, und ich werde jetzt bestimmt nicht damit anfangen.«

Alle hatten ihre Nadeln sinken gelassen, das unerwartete Thema fesselte ihre Aufmerksamkeit.

»Ich verstehe das nicht. Wie können diese Frauen denn damit Geld verdienen?«

»In der Anzeige wird eine Telefonverbindung angegeben, die sehr teuer ist, und das meiste von dem Geld können die Frauen behalten. Alles, was sie tun müssen, ist die Männer so lange wie möglich in der Leitung zu halten.«

»Indem sie schmutzige Sachen sagen!«, betonte Miss Ross.

»Schmutzige Sachen?« Dorothy fragte sich, was damit wohl gemeint sein könnte.

Mit ihrem Willie hatte sie niemals über diese Dinge gesprochen, und sie wäre auch nie auf den Gedanken gekommen, ihn danach zu fragen.

Heutzutage war alles so anders. Paare waren offenbar ganz wild darauf, so viele Details ihres Intimlebens wie möglich an die Öffentlichkeit zu tragen.

»Ist es das, was mit Oralsex gemeint ist?«

Miss Ross hatte keinerlei Absicht, in eine irgendwie geartete Diskussion über Oralsex hineingezogen zu werden, und widmete ihre ganze Aufmerksamkeit wieder ihrem Strickzeug. Mit übermenschlicher Willensanstrengung war es Joan gelungen, nicht lauthals loszulachen. Sie wollte auf keinen Fall ihre Freundin kränken, die im Moment ohnehin sehr verletzlich war. Trotzdem war sie nur haarscharf am Lachanfall vorbeigeschrammt und brauchte eine Weile, bis sie sich wieder gesammelt hatte.

»Ja, so ähnlich, meine Liebe.«

»Mein Willie wollte nie über schmutzige Sachen mit mir reden. Er war immer so sauber.«

»Schon, aber es gibt viele Männer, die anders sind und die das vor allem gern mit reiferen Frauen tun.«

Nun war es um Miss Ross' Zurückhaltung geschehen.

»Wollen Sie damit etwa andeuten, dass es Männer gibt, die schwerhörige, verschrumpelte Alte anrufen wollen, die in Strickjacke und Pantoffeln am Telefon sitzen, um mit ihnen über Sex zu sprechen?«

»Mehr als Sie denken. Solche Anzeigen waren in allen diesen Männermagazinen. Das könnte vielleicht ein Job für uns sein.«

»Mir gefällt das Wort ›Job‹ in diesem Zusammenhang ganz und gar nicht.«

»Viele dieser Anzeigen erschienen über Jahre. Es muss sich für diese Frauen ausgezahlt haben, sonst hätten sie sich diese Art von Werbung nicht leisten können.«

Miss Ross fühlte sich zunehmend unbehaglicher mit der Richtung, die ihre Unterhaltung nahm. Sie legte die Stricksachen auf ihren Stuhl und ging zum Fenster.

»Bei diesem Projekt brauchen Sie gar nicht erst mit mir zu rechnen«, sagte sie, ohne sich umzudrehen.

Das Wetter war trübe, der Himmel hing voller dunkler Wolken. Sie hatte das Gefühl, als wäre es seit dem Ende ihrer Blockade nur noch grau und nass gewesen. Was hatten sie schon erreicht? Einmal gratis Backfisch und Pommes frites essen? Für eine kurze Zeit im Fokus der Medien zu stehen, deren Interesse sich so schnell verflüchtigt hatte, wie es aufgeflammt war? Im Hinblick auf die Gebühren hatte es nichts gebracht. Langsam, aber sicher schwanden Ideen, Zeit und Hoffnung dahin. Joans Stimme holte sie in die Wirklichkeit zurück.

»Wir müssen bedenken, was auf dem Spiel steht. Wenn wir etwas unternehmen wollen, brauchen wir Ihre Hilfe.«

»Ich habe immer noch nicht ganz verstanden, was wir tun

müssten, aber würde das heißen, dass ich bleiben kann, wo ich bin?«

Dorothy war einfach rührend in ihrer Unschuld …

Miss Ross drehte sich zu ihnen um und seufzte.

»Also gut, ich bin bereit zu helfen, aber erwarten Sie nicht von mir, dass ich mit solchen Männern telefoniere. Als Schuldirektorin habe ich Ohrfeigen verteilt, wenn ich einen Jungen mit so einem Schund erwischt habe.«

»Und was tun wir jetzt?«, fragte Dorothy.

»Zunächst benötigen wir ein Telefon und eine Hotline, über die man hohe Gebühren abrechnen kann«, sagte Miss Ross energisch. »Darum kümmere ich mich.«

»Und wir müssen irgendwie Werbung machen«, betonte Joan.

»Das wird nicht billig«, warnte Miss Ross. »Und es bestünde die Gefahr, dass wir das, was wir investieren, nicht wieder hereinholen.«

»Wir könnten selber Zettel schreiben und die überall verteilen.«

»Wenn wir es tun, dann tun wir es auch richtig. Erst mal müssen wir einen Businessplan erstellen, damit wir wissen, wie viele Minuten ein Anruf mindestens dauern muss, um Dorothys Kosten zu decken. Dann kalkulieren wir das Budget und nehmen eine Markteinschätzung vor.«

Während Dorothy immer noch versuchte, die Einzelheiten dieser Strategie zu erfassen, sah sie voller Bewunderung zu Miss Ross hoch.

»Ich weiß nicht, was ich ohne Sie tun würde.«

Miss Ross ging diese Bemerkung sehr nahe. Sie ergriff Dorothys Hand.

»Sie sind die beste Freundin, die ich auf der Welt habe. Wie könnte ich anders handeln?«

Vierundzwanzig

Hätte Deirdre nicht so gern ihre eigene Stimme gehört, wäre sie jetzt vor Zorn sprachlos gewesen. Unglücklicherweise war so ein Fall noch nie eingetreten. Seit zehn Minuten saß sie im Büro, neben sich Mrs MacDonald, die ebenso rhythmisch wie energisch nickte.

»Ich verstehe Ihre Bedenken«, versicherte Oberschwester Maureen, »aber uns sind hier die Hände gebunden. Alle Bewohner haben ein Recht darauf, in ihren Zimmern Besucher zu empfangen.«

»Aber doch keine Prostituierten!«

»Nein, keines von diesen Flittchen!«, bekräftigte Mrs MacDonald.

»Zu dieser Besucherin kann ich nichts sagen. Julie ist bei allen beliebt. Ich habe von einigen gehört, wie hilfsbereit sie ist, und dass sie sich immer schon darauf freuen, mit ihr zu plaudern, wenn sie ihren Onkel besuchen kommt.«

»Onkel! Dass ich nicht lache!«, fauchte Deirdre. »Sie kaufen ihm dieses Märchen doch wohl nicht ab?«

»Ich kann nur immer wieder betonen, dass es jedermanns Privatsache ist, was er in seinem Zimmer tut und lässt. Es sind keine Beschwerden eingegangen – außer Ihrer.«

»Was ist mit der Petition?«

»Ich glaube, wir wissen alle, dass viele unterschrieben haben, die überhaupt nicht verstanden haben, worum es eigentlich ging.«

»Die müssen sich ja auch nicht diese abscheulichen Sachen anhören, die da vor sich gehen«, sagte Deirdre empört.

»Sie hören ihnen zu?« Maureen gab sich überrascht, wohl wissend, dass dies zu Deirdres Lieblingsbeschäftigungen gehörte. »Ihr Zimmer liegt doch ganz woanders.«

»Trotzdem, manchmal kann man es eben nicht vermeiden, wenn man zufällig gerade auf dem Gang vorbeikommt.«

»Deirdre hat das alles sehr aufgebracht«, sekundierte Mrs MacDonald.

»Vielleicht bringt es Sie ja auf andere Gedanken, wenn Sie sich ein bisschen mehr an den Aktivitäten oder in den verschiedenen Gruppen beteiligen. Sie könnten auch eine eigene Gruppe gründen, die sich immer donnerstags trifft. Auf diese Weise wären Sie immer abgelenkt, wenn Julie zu Besuch kommt.«

Mit diesem Vorschlag gelang Maureen das Unerhörte: Als Deirdre den Mund öffnete, brachte sie keinen Ton heraus.

Seit einigen Wochen hatte eine Atmosphäre von Aufregung und Vorfreude im Haus geherrscht. Einige Crewmitglieder des Marineschiffs *HMS Ross-shire*, das für drei Tage im nahe gelegenen Invergordon vor Anker lag, hatten angefragt, ob sie einen Besuch machen dürften. Ungefähr eine Stunde nach Deirdres Gespräch im Büro fuhr ein großes Taxi auf dem Parkplatz vor.

Kurz darauf betraten zwei Marineoffiziere und drei Besatzungsmitglieder den Eingangsbereich und staunten nicht schlecht, vom Pflegepersonal in Piratenkleidung in Empfang genommen zu werden. Nachdem sie sich ins Gästebuch eingetragen und ihre Hände vorschriftsgemäß desinfiziert hatten, wurden sie in den

Aufenthaltsraum geführt, wo die Heimbewohner sie schon erwarteten.

Oberschwester Maureen hielt eine kurze Willkommensrede, dann erhob sich der rangältere Offizier, ein Kapitänleutnant, um ebenfalls einige Worte an die Versammlung zu richten.

Er hatte gerade geendet, als zwei Leute aus der Küche und eine Reinigungskraft hereinstürzten und den jüngeren Offizier einkesselten.

»Dieser Mann gibt sich als Captain Cook aus … In dieser Küche gibt es nur einen Kapitän, und das bin ich«, rief die Köchin und fuchtelte eindrucksvoll mit ihrer Plastikmachete herum. Der junge Mann sah sich überrascht um, aber die Anwesenden fanden die Einlage urkomisch und jubelten laut. »Was machen wir mit ihm, Kameraden?«

»Schickt ihn über die Planke!«, brüllte Mr Adams.

»Lasst ihn die Kombüse schrubben«, rief Joyce.

»Hey, meine Füße könnten eine Massage vertragen!«, schlug Mrs O'Reilly vor.

Die drei Schiffsleute grinsten breit, während der Leutnant und Maureen sich unauffällig in den Hintergrund zurückzogen.

»Ich würde sagen, ab ins Kabelgatt mit ihm, während wir uns erst mal Tee und Kuchen gönnen und in Ruhe über sein Schicksal beraten«, rief die Köchin. »Was sagt ihr dazu?«

Der Saal brach in lautes Gejohle aus, von allen Seiten erklang ausgelassen: ›Ins Kabelgatt, ins Kabelgatt‹ und der verdutzte Offizier wurde aus dem Raum und den Flur entlanggezerrt, wo er in einen Wandschrank gesperrt wurde, in dem sich außer ihm etliche Dutzend Kartons Inkontinenzeinlagen befanden. Unter großem Beifall kehrten die Kidnapper in den Aufenthaltsraum zurück und halfen beim Verteilen von heißen Getränken und Gebäck.

Beatrice verließ den Raum, nur scheinbar, um die Toilette aufzusuchen. Stattdessen steuerte sie schnurstracks den Hühnerstall an, fand Mabel und klemmte sich das Huhn unter den Arm, um es mit in ihr Zimmer zu nehmen. Beatrice stieg vorsichtig über die Matte, die gleich hinter der Schwelle ihres Zimmers lag, schloss leise die Tür und wählte den Notruf, das Huhn immer noch auf ihrem Arm.

»Sie müssen dringend zur Seniorenresidenz *Highland Home* kommen«, sagte sie mit blankem Entsetzen in der Stimme. »Einem Mann wurde ein Messer an die Kehle gesetzt! Man hat ihn entführt!«

Beatrice bedankte sich höflich bei der Stimme in der Leitung, die ihr versicherte, dass die Polizei schon unterwegs sei. Sie legte auf und lächelte.

Die Leute in der Notrufzentrale waren sehr freundlich zu ihr und nahmen sie immer ernst. Es war so nett, mit ihnen zu sprechen, sie freute sich schon auf das nächste Mal. Bevor sie ihr Zimmer wieder verließ, hüllte sie Mabel noch behutsam in eine alte Strickjacke und verstaute sie sorgsam auf dem Boden ihres Schranks.

Die Besatzung der HMS Ross-shire war regelmäßig auf Besuch in der Seniorenresidenz und schaute vorbei, wann immer ihr Schiff vor Anker lag. Daraus hatte sich ein herzliches Verhältnis zwischen den Heimbewohnern und den Mannschaftsmitgliedern entwickelt, die sich als sympathische Botschafter der Marine zeigten. Sie mischten sich immer gleich unter die Leute und setzten sich zu denen, die nicht mehr so beweglich waren, um ein wenig zu plaudern, während der Leutnant herumging und Tassen mit dampfend heißem Tee und Gebäckstücke anbot.

Zufrieden stellte Maureen fest, dass alles wie am Schnürchen lief, und nutzte den Moment, um für einige Minuten in ihr Büro zurückzukehren. Zu ihrer Überraschung sah sie dort durch das

Fenster einen Einsatzwagen der Polizei, der mit Blaulicht und Höchstgeschwindigkeit auf den Parkplatz einbog. Als sie den Eingang ansteuerte, kamen ihr auch schon zwei Beamte entgegen.

»Wir hatten eine Meldung, dass hier jemand mit dem Messer bedroht wurde«, berichtete der ältere der beiden, der bereits vermutete, dass es sich um blinden Alarm handelte.

»Nun ja«, sagte Oberschwester Maureen, die für einen Moment vergessen hatte, dass sie immer noch einen Piratenhut auf dem Kopf und einen ausgestopften Papagei auf der Schulter trug. »Das ist in gewisser Weise zutreffend, allerdings gibt es keinen Grund zur Beunruhigung. Würden Sie mich in den Aufenthaltsraum begleiten?«

Auf dem Weg dorthin kam ihnen der Leutnant mit einem Teller Kekse entgegen.

»Ich fürchte, jemand hat die Polizei alarmiert, weil einer von Ihrer Mannschaft gegen seinen Willen hier festgehalten wird«, erklärte Maureen.

»Ach du liebe Güte, ich fürchte, das ist tatsächlich der Fall«, sagte der Leutnant und hielt dem am nächsten stehenden Polizisten den Teller hin. »Einen Schokoladenkeks, Herr Wachtmeister? Ich kann ganz besonders die runden empfehlen.«

»Besten Dank, Herr Leutnant, da sage ich nicht nein.«

Fünfundzwanzig

So ausgelassen der Tag begonnen hatte, so bedrückend endete er, als bekannt wurde, dass Mrs Campbell am nächsten Tag ausziehen würde. Sie hatte länger im *Highland Home* gewohnt als alle anderen. Sowohl ihre Mitbewohner als auch die Angestellten empfanden es als im höchsten Maße ungerecht, dass sie nun wegen der zu hohen Gebühren ausziehen musste. Die Köchin backte Kuchen, und die Bewohner versuchten, eine kleine Party auf die Beine zu stellen, um lieber die glückliche Zeit zu feiern, die sie hier verbracht hatte, als an die düsteren Tage zu denken, die sie womöglich erwarteten.

Sie wirkte sehr gefasst, aber alle wussten, dass es in ihrem Innersten ganz anders aussah. Die meisten von ihnen fanden, dass es ein großer Verlust für das Haus war. Sogar Miss Ross, die nicht so leicht zu beeindrucken war, hielt große Stücke auf sie.

Die alte Dame ging tapfer durch den Raum und bemühte sich, mit jedem ein paar Worte zu wechseln und ihnen für ihre Freundschaft in den vergangenen Jahren zu danken. Besonders lange hielt sie sich bei Albert auf, mit dem sie sich sehr freundlich unterhielt. Wenn er etwas sagte, antwortete sie mit nachdrücklichem Nicken.

Wenn Albert seine klaren Momente hatte, konnte er nicht nur sehr vernünftige Gespräche führen und sich an alles Mögliche erinnern. Ihm war auch völlig bewusst, dass er an Demenz litt. Miss

Ross dachte, dass die Krankheit als solche schon schlimm genug war, aber zu wissen, dass man sie hatte, war sicher ganz besonders belastend. Sie saß in einer Ecke des Raums und beobachtete die anderen.

Walter und Angus waren in eine Partie Schach vertieft, jeder mit einem Gläschen Whisky neben den Figuren, die er erobert hatte. Es war nicht unüblich, dass die Bewohner sich nach dem Abendessen ein Schlückchen gönnten. Für manche von ihnen war Alkohol jedoch mehr als ein harmloses kleines Vergnügen, sodass Oberschwester Maureen ihre Flaschen unter Verschluss hielt und das Personal angewiesen war, nur bestimmte Mengen auszugeben. Es kam vor, dass Familienangehörige Flaschen ins Heim schmuggelten, weil sie es für eine harmlose, lustige Sache hielten. Aber mit den körperlichen und emotionalen Folgen hatten sie dann später natürlich nichts mehr am Hut.

Neben dem Klavier saßen Deirdre und Mrs MacDonald und unterhielten sich angeregt – es sah ganz so aus, als führten sie mal wieder etwas im Schilde. Joyce kaute zufrieden an einem zweiten Stück Abschiedskuchen. Miss Ross vermutete, dass sich hinter der Fassade der lustigen Frau in Übergröße sehr viel mehr verbarg, als sie dachten. Sie wusste fast nichts über ihre Vergangenheit. Vielleicht war es das, was ihre Faszination ausmachte. Aber jeder hatte das Recht, seine Geheimnisse für sich zu behalten.

Gleich daneben saß Dorothy, natürlich mit ihrem Strickzeug. Die Naivität, die sie in so vielen Situationen zeigte, verlieh ihr eine Aura, als wäre sie nicht ganz von dieser Welt, was aber nicht über den klugen Kopf hinwegtäuschen sollte, der sich hinter dem großen Kassengestell auf ihrer Nase verbarg. Ab und zu ließ sie eine Bemerkung fallen, die auf eine scharfe Beobachtungsgabe schließen ließ. Es schien unmöglich, einzuschätzen, was in ihrem Kopf vor sich ging.

Anna half Beatrice beim Puzzeln. Das Bild auf dem Karton zeigte Hochlandrinder vor dem Berg Ben Wyvis. Sie arbeiteten schon seit drei Abenden daran, und obwohl die Pflegerin das Puzzle praktisch im Alleingang zusammensetzte, gab sie Beatrice das Gefühl, alles selbst gemacht zu haben.

Einige machten ein Nickerchen, und zwei andere saßen vor dem Fernseher, der allerdings so leise gestellt war, dass die Möglichkeit nahelag, dass auch sie eingeschlafen waren. Joan war in ihrem Zimmer und telefonierte mit ihrem Sohn, der sie nach der Arbeit angerufen hatte.

Miss Ross hatte nur noch zwei entfernte Verwandte, mit denen sie in Briefkontakt stand, die sie aber nur selten traf. Eine der wenigen, die sie besuchen kamen, war eine ehemalige Schülerin von ihr, die Pfarrerin geworden war. Miss Ross hatte immer allein gelebt und war damit gut gefahren. Wenn sich keine anderen Möglichkeiten bieten, hat es nicht viel Sinn, sich gegen eine Situation aufzulehnen. Ins *Highland Home* zu ziehen hatte für sie eine enorme Veränderung bedeutet. Sie hatte unendlich viel verloren, aber auch etwas gewonnen, was sie nie zuvor gekannt hatte.

Miss Ross saß am nächsten Morgen mit einigen anderen im Speisesaal, als Oberschwester Maureen hereinkam. Sie sah sehr mitgenommen aus. Mit dem Ende eines Teelöffels schlug sie gegen ein Glas – das klirrende Geräusch ließ alle unmittelbar verstummen.

»Es tut mir furchtbar leid, Ihnen allen mitteilen zu müssen, dass … Mrs Campbell heute Nacht … verstorben ist. Sie ist friedlich im Schlaf dahingegangen.«

Ein allgemeines Nach-Luft-Schnappen ging durch den Raum, überall ertönten ›Ohs‹ und ›Achs‹. Zwei Bewohnerinnen begannen zu weinen. Miss Ross fragte sich, wie Oberschwester Maureen wissen konnte, dass sie friedlich eingeschlafen war, wenn doch niemand dabei gewesen war. Schließlich hatte Mrs Campbell am Vorabend einen völlig gesunden Eindruck gemacht, sodass das sehr unwahrscheinlich war. Sie vermutete, dass es sich um eine Standardformulierung handelte, um die Mitbewohner zu schonen.

»Mr Dunn wird nachher kommen, und wer ihr die letzte Ehre erweisen möchte, möge sich bitte um elf im Eingangsbereich einfinden. Ich weiß, dass das für uns alle ein großer Schock ist. Sie war ein beliebtes Mitglied unserer kleinen Gemeinschaft, und wir haben sie alle sehr gemocht.« Maureen verließ den Raum, um auch die zu informieren, die sich in anderen Teilen des Gebäudes aufhielten. Als sie gegangen war, erfüllte eine tiefe, unheimliche Stille den Saal.

Fast alle im Haus – Bewohner, Pfleger, Küchenpersonal und Reinigungskräfte – warteten im Eingangsbereich geduldig auf die tote Mrs Campbell. Alle Männer hatten ihre guten Anzüge angezogen, und sogar Albert, der gleich bei der Tür stand, trug seine besten Sachen.

Anna und Maureen hatten Mrs Campbell gewaschen und ihr für ihren letzten Gang die Kleider angezogen, die für diesen Zweck im Schrank gehangen hatten. Menschen, die neunzig und älter wurden, waren für gewöhnlich sehr pragmatisch, was ihr Ende betraf, und hinterließen meist klare Anweisungen, was sie bei ihrer Beerdigung tragen wollten. Mehr als eine der Frauen hatten ihr Leichenhemd schon griffbereit in der Kommode.

Hier im Seniorenheim war man darauf bedacht, die Bewohner so gut wie möglich auf dieses Ereignis vorzubereiten. Schließlich kümmerten sich die Pfleger oft viele Jahre tagtäglich um sie, halfen ihnen morgens aus dem Bett und abends wieder hinein und unterstützten sie in der Zeit dazwischen auch bei ihren intimsten Bedürfnissen. Sie lachten mit ihnen, wenn etwas lustig war, umarmten sie, wenn sie traurig waren, hielten Kontakt mit ihren Familien und freuten sich mit ihnen, wenn es gute Neuigkeiten gab.

Schließlich kam Mr Dunn. Er steuerte den Handwagen mit dem Sarg, den sein Helfer von hinten schob. Sie bewegten sich langsam, präzise und würdevoll. Der Bestatter war fast am Ende eines langen Arbeitslebens angelangt. Als sie die Mitte des Empfangsbereichs erreicht hatten, hielten die beiden Männer an und traten hinter die Gruppe der Wartenden.

»Ich weiß, dass wir alle sehr traurig über den plötzlichen Verlust unserer lieben Freundin sind«, sagte Oberschwester Maureen. »Wir hatten uns darauf eingestellt, ihr heute Morgen Lebewohl zu sagen, weil sie in ein anderes Heim umziehen sollte. Viele von ihnen haben gestern Abend noch mit ihr gesprochen, und auch ich konnte noch ein Gespräch mit ihr führen.«

»Mrs Campbell sagte mir, sie habe ein langes und gutes Leben gehabt. Sie hat ihren Ehemann geliebt und wurde von ihm geliebt, und sie war überaus dankbar für die jahrelange Betreuung hier bei uns im Haus. Sie hätte nicht gewollt, dass wir traurig sind. Vielleicht nehmen wir uns jetzt einige Momente, um uns zu besinnen und ihrer zu gedenken.«

Maureen senkte den Kopf, die anderen folgten ihrem Beispiel. Mehrere Minuten lang herrschte vollkommene Stille, bis plötzlich wie von Zauberhand leise Musik erklang.

Es war Albert.

Er hatte seine Mundharmonika mitgebracht und spielte das alte Militärsignal *The Last Post* mit so viel Gefühl, dass alle Gänsehaut bekamen. Viele Gesichter wandten sich ihm zu, aber niemand sagte ein Wort. Als er sein Instrument absetzte, wischte sich Mr Dunn die Tränen aus den Augen.

Alle waren immer noch mucksmäuschenstill und rührten sich nicht von der Stelle. Albert ging zum Sarg und legte die silberglänzende Mundharmonika auf das Mahagoniholz, dann stellte er sich wieder neben die Doppeltür, die nach draußen führte. Niemand bewegte sich oder sagte etwas. Der Augenblick war so feierlich, und keiner der Anwesenden wollte ihn zerstören.

Doch schließlich sah Oberschwester Maureen zu Mr Dunn hinüber, der dies als Zeichen verstand fortzufahren. Er und sein Helfer traten zum Sarg und schoben ihn langsam zur Tür. Als der Sarg mit ihm auf gleicher Höhe war, salutierte Albert. Es war der zackigste Salut seines Lebens.

Dann waren sie an ihm vorbei, und die automatischen Türen schlossen sich hinter ihnen, als symbolisierten sie eher das Ende einer Ära als das eines einzelnen Lebens. Albert rannen die Tränen über das Gesicht, und er ließ seinen Arm langsam sinken. Joan stand am nächsten und legte ihm sanft die Hand auf die Schulter. Er sah so unglücklich aus, dass ihr erneut die Tränen in die Augen traten.

»Ich habe sie geliebt«, sagte er nur.

»Ich weiß, mein Lieber«, antwortete Joan und wischte ihm sacht einige Tränen von der Wange. »Wir hatten sie alle lieb.«

»Sie war immer so gut zu mir.«

»Wir werden Mrs Campbell sehr vermissen.«

»Ohne sie wird nichts mehr sein wie vorher.«

Joan wusste nichts darauf zu sagen und umarmte den alten Mann, den der Tod ihrer Mitbewohnerin so mitgenommen hatte.

»Sie haben ganz wunderschön gespielt«, sagte Joan, als sie ihn wieder losließ. »Das hätte ihr sehr gefallen.«

»Ich werde nie wieder spielen.«

»Das dürfen Sie nicht sagen. Kommen Sie, mein Lieber. Hier an der Tür zieht es. Gehen wir in den Aufenthaltsraum und trinken eine Tasse Tee zusammen.«

Joan legte ihm den Arm um die Taille und führte ihn weg. Sein

Schluchzen war noch zu hören, als er schon am Ende des Flurs war. Alle anderen hatten sich zurückgezogen, nur Oberschwester Maureen, Dorothy und Miss Ross waren noch da.

»Ich habe Albert noch nie so schön spielen hören«, sagte Dorothy.

»Mrs Campbells Tod hat ihn völlig aus der Fassung gebracht«, stellte Miss Ross fest.

»Ja«, pflichtete Maureen ihr bei. »Was auch kein Wunder ist. Schließlich waren die beiden sechzig Jahre lang verheiratet.«

Die Bedeutung dessen, was Maureen soeben gesagt hatte, verschlug den anderen beiden für einige Momente die Sprache.

»Verheiratet?«, brachte Miss Ross schließlich hervor. »Sie meinen … Albert und Mrs Campbell waren Mann und Frau?«

»Ich hatte ja keine Ahnung«, staunte Dorothy, die gar nicht glauben konnte, dass sie nichts von der Verbindung gemerkt hatte, obwohl sie schon so lange im Haus wohnte.

»Ja. Wissen Sie, alle, die damals noch hier wohnten, als die beiden einzogen, sind nicht mehr bei uns. Alberts Demenz wurde immer schlimmer, und Mrs Campbell wollte den Neuen offenbar nicht erzählen, dass sie verheiratet waren. Die Angestellten wussten natürlich Bescheid, aber wir respektierten ihre Entscheidung. Ich glaube, sie wollte nicht, dass er unter Druck geraten könnte, weil er sich nicht immer daran erinnerte, dass sie seine Frau war.«

»Aber sie wollte ihn hier zurücklassen«, sagte Dorothy.

»Wegen der Gebührenerhöhung war es für sie zu teuer geworden, dass beide hierbleiben konnten, und Mrs Campbell glaubte, dass es nicht gut für ihn wäre, wenn er woanders hinkäme, wo alles fremd ist und er niemanden kennt. Sie hat mit mir darüber gesprochen, und ich musste ihre Entscheidung akzeptieren.«

»Deshalb wollte sie ihn verlassen?«, fragte Miss Ross.

»Es war ein großer Liebesbeweis«, sagte Maureen. »Er war das

Wichtigste in ihrem Leben. Wenn er seine klaren Momente hatte, waren sie immer noch sehr eng verbunden. Und wenn nicht, dann war sie froh, dass er in ihrer Nähe war und wir uns gut um ihn kümmern. Sie war jeden Tag mit ihm zusammen, auch wenn er nicht immer wusste, dass sie seine Frau war.«

Dorothy zog ein Taschentuch hervor und trocknete sich die Tränen.

»Sie hat aufgegeben«, stellte Miss Ross fest. »Sie war 93 Jahre alt und starb an dem Morgen, an dem sie sich von allen verabschieden musste, die sie lieb gehabt hat.«

»Ich glaube, ihre Seele hat entschieden, dass es an der Zeit ist, und ihr Körper hat einfach nachgegeben«, meinte Oberschwester Maureen und legte die Hand auf Miss Ross' Arm. »Ich habe das nicht zum ersten Mal erlebt, und jedes Mal hatte ich das Gefühl, dass es so am besten gewesen ist.«

Maureen ließ die beiden Frauen allein. Dorothy schluchzte leise. Miss Ross, die ihre Zuneigung selten körperlich zeigte, legte die Arme um ihre Freundin, drückte sie an sich und ließ ihren Tränen ebenfalls freien Lauf.

Sechsundzwanzig

Deirdre war schmal, und zwar in jeder Hinsicht. Ihre schmale Nase ragte überlang aus ihrem schmalen Kopf hervor, der wiederum auf wundersame Weise von einem dürren Hals getragen wurde, dem eine solche Last kaum zuzutrauen war. Ihr schmaler Körper hatte schmale Gliedmaßen, die in dünne Finger und Zehen mündeten. Wenn sie den Mund öffnete, kam ein dünnes Stimmchen heraus, aber am allerwenigsten Substanz hatte ihr Verstand.

»Ich möchte Ihnen allen danken, dass Sie trotz Ihres vollen Terminkalenders die Zeit gefunden haben, zu diesem wichtigen Meeting zu kommen.«

Deirdre war es gelungen, eine kleine Schar im Wintergarten um sich zu versammeln, um die Frau zur Sprache zu bringen, die vorgab, Walters Nichte zu sein. Ihr war klar, dass sie nicht viele auf ihre Seite bringen würde und sie all ihre Fähigkeiten mobilisieren musste, um genügend Mitstreiter zu finden, die sie dabei unterstützten, Julie den Zutritt zum Gebäude zu verweigern.

Mit dem Versprechen frischer Eclairs von der nahe gelegenen Konditorei hatte sie sich Joyce' Teilnahme gesichert, während Angus ohne jegliche Bestechung zugesagt hatte, wobei Deirdre argwöhnte, dass er gekommen war, um für Walter zu spionieren. Dorothy hielt sich ohnehin gerade im Wintergarten auf, und Albert war zufällig vorbeigekommen und weigerte sich, wieder zu gehen. Streng genommen war die Einzige, von der Unterstützung zu erhoffen war, Mrs MacDonald, und die konnte mitunter schrecklich schwammig in ihren Standpunkten sein. Es würde nicht leicht werden.

»Wir haben uns heute hier zusammengefunden«, begann Deirdre, die sich überlegt hatte, dass es am eindrucksvollsten wäre, wenn sie wie ein Pfarrer auf der Kanzel spräche, »um dem unziemlichen Gebaren einer gewissen Person, die im *Highland Home* ein und aus geht, ein Ende zu setzen.«

»*High and Home.*«

»Wie bitte, Mr Adams?«

»Bei dem Windsturm neulich ist das ›L‹ abgefallen.«

»Also ich bin ja grundsätzlich gegen Drogen«, warf Mrs Weaver ein. »Sie machen nur Ärger und sind schrecklich ungesund, denken Sie nicht auch, Mrs MacDonald?«

»Da haben Sie sicher recht. Außerdem verdirbt es die Jugend. Wo soll das alles nur noch hinführen?«

»Die jungen Leute heutzutage«, fuhr Mrs Weaver fort, »haben nichts als Stress die ganze Zeit, und jetzt steigt auch noch überall der Wasserspiegel an.«

Deirdre konnte nicht fassen, wie schnell ihr die Kontrolle über die Aussprache entglitten war. Binnen weniger Augenblicke war die Diskussion bei Drogen, Alltagsstress und dem Meeresspiegel gelandet, dabei mussten sie doch dringend über DIESE PERSON reden.

»Also bitte! Ich bin sicher, Oberschwester Maureen wird dafür sorgen, dass das Schild repariert wird. Lassen Sie uns wieder auf unser eigentliches Thema zurückkommen.«

»Was für ein Thema denn?«

Deirdre stöhnte. Jetzt meldete sich auch noch Albert zu Wort.

Sie hätte ihn energischer bitten sollen, den Wintergarten zu verlassen.

»Dieser Frau ihre Besuche bei uns zu verbieten.«

»Welcher Frau?«, fragte Albert. »Doch nicht Haggis?«

»Sie nennt sich Julie, obwohl ich wetten könnte, dass das nicht ihr richtiger Name ist.«

»Eine ganz reizende junge Frau«, meldete sich Mrs Weaver zu Wort. »Erst letzte Woche war sie wieder ganz furchtbar hilfsbereit.«

»Sie ist eine Prostituierte!«, kreischte Deirdre entnervt. Die Sache lief völlig aus dem Ruder. Plötzlich herrschte Stille, wenn man von dem Klicken von Dorothys Stricknadeln einmal absah. Jeder war damit beschäftigt, diese Information zu verdauen.

»Aber sie kann doch deshalb trotzdem nett sein?«, erkundigte sich Mrs Weaver.

»Woher wollen Sie wissen, dass sie eine Prostituierte ist?«, fragte Joyce in scharfem Tonfall. »Das ist eine ernste Anschuldigung.«

»Nun … ähm, tja, Sie müssen sie ja nur einmal ansehen.«

»Ich wusste gar nicht, dass man jemandem das einfach so ansehen kann.«

Deirdre war völlig perplex. Es passte so gar nicht zu Joyce, sich über irgendjemanden oder irgendetwas zu ärgern. Obwohl – in ihrer Stimme hatte mehr als Ärger gelegen. Sie hatte beinahe drohend geklungen. Dabei war sie sonst die geborene Komikerin, die am glücklichsten war, wenn sie alle zum Lachen brachte.

»Die jungen Leute heute …«, begann Mrs MacDonald, »sie tragen so seltsame Kleidung.«

»Das hätte es bei uns nicht gegeben«, pflichtete Mrs Weaver ihr bei. »Wir mussten immer vernünftige Sachen anziehen, die robust waren und uns warm gehalten haben. Modisches Zeug war nur für Filmstars.«

»Ich habe mich unter großem persönlichen Einsatz traumatischen Situationen ausgesetzt, um die notwendigen Beweise zu sammeln«, fuhr Deirdre unbeirrt fort, bemüht, die Ordnung wiederherzustellen.

»Beweise wofür?«, erkundigte sich Mrs Weaver.

»Dafür, dass diese Person nicht Walters Nichte ist, sondern eine Prostituierte.«

»Vielleicht ist sie ja beides«, meinte Angus. »In welchem Fall es ihr gutes Recht wäre, ihren Verwandten zu besuchen.«

»Prostituierte haben genauso Rechte wie Papageientaucher«, bemerkte Dorothy.

»Wir können nicht zulassen, dass die Moral in diesem anständigen Haus von so einer beschmutzt wird«, schrie Deirdre.

»Für mich ist es wahrscheinlich zu spät für ein bisschen Schmutz, aber ich habe nichts dagegen, wenn jemand anderes möchte«, kicherte Mr Adams, für den so ziemlich alles zu spät war. »Was meinen Sie, Angus?«

Angus war zwar wenig geneigt, sich hierzu eingehender zu äußern, umso mehr wollte er aber das verhandelte Vorhaben nach Kräften torpedieren.

»Von mir aus, allerdings müsste mir jemand vielleicht noch mal kurz zeigen, wie das genau geht. Was ist mit Ihnen, Mrs Weaver? Hätten Sie nicht auch Lust auf ein bisschen was Schmutziges?«

Das brachte einige von ihnen zum Lachen, einschließlich Mrs Weaver, die gern auf den Spaß einging.

»Oh ja! Ich bin dabei!«

»Wenn das so ist!«, rief Mr Adams. »Schnell, helfen Sie mir zu meinem Rollator, man muss das Eisen schmieden, solange es heiß ist! Herrgott, ich kann mich nicht erinnern, wann es zuletzt auch nur lauwarm war.«

Inzwischen lachten alle, und Deirdre wusste langsam nicht mehr aus noch ein.

»So kommen wir doch nicht weiter! Hier geht es um wichtige Entscheidungen, Entscheidungen, die uns alle betreffen. Angus, Sie wissen, dass ich recht habe.«

Jetzt lachte niemand mehr. Es ärgerte Angus, dass er gegen seinen Willen in etwas hineingezogen werden sollte, und schwieg. Dorothy antwortete an seiner Stelle.

»Steht nicht irgendwo in der Bibel, dass, wer ohne Sünde ist, den ersten Stein werfen soll?«

»Das ist ja wohl kaum der richtige Moment, um aus der Bibel zu zitieren«, bemerkte Deirdre spitz.

»Ich wusste gar nicht, dass es dafür einen bestimmten Moment braucht. Was auch immer Julie tut oder nicht tut, ich weiß nur, dass ich nicht das Recht habe, über sie zu urteilen, und ich glaube, das gilt für alle in diesem Raum.«

Einige sahen Dorothy überrascht an. Niemand von ihnen hatte bisher erlebt, dass sie Grundsatzreden hielt, und die unaufgeregte Art, ihre Meinung zu sagen, machte ihre Worte umso wirkungsvoller. Sogar Mrs MacDonald nickte zustimmend. Deirdre war kurz davor, die Waffen zu strecken. Doch sie hatte im Laufe ihres Lebens genügend Predigten gehört, um zu wissen, dass man mit einer zünftigen Feuer-und-Schwefel-Ansprache die Schlacht noch gewinnen konnte.

»Sehen Sie sich doch nur an!«, rief sie aus. »Zählen für Sie denn gar keine Werte mehr? Wo ist der Anstand geblieben, unser Glauben an richtig und falsch? Dieses Heim hier, das ist ein … Mikrokosmos der Gesellschaft. Böse Menschen laufen frei auf den Straßen herum, weil der Regierung und der Polizei durch absurde bürokratische Hürden die Hände gebunden sind, genau wie Oberschwester Maureen in diesem Fall. Das Böse kann ganz einfach hier bei uns hereinspazieren und sich zu uns an den Tisch setzen, mit uns essen und in unsere Schlafzimmer eindringen. Und was tun wir dagegen? Nichts!«

Eines musste Angus Deirdre lassen – sie wusste, wie man einen eindrucksvollen Auftritt hinlegte. Er konnte sehen, dass sie die Gruppe, mal abgesehen von ihm, Dorothy und Joyce (er wunderte sich immer noch über ihren Ausbruch von vorhin), auf ihre Seite gebracht hatte. Sie erinnerten ihn an Zweige im Wind, die sich mal in die eine und mal in die andere Richtung bogen.

»Und was ist mit ›leben und leben lassen‹?«, warf er ein.

»Zu uns sagt das ja auch keiner«, konterte Deirdre, die sich jetzt in Rage geredet und nicht die Absicht hatte, sich von ihrer Stoßrichtung wieder abbringen zu lassen. »Wann durften wir denn mal so leben, wie es uns gefällt? Haben wir all die Kämpfe in unserem Leben ausgefochten, um jetzt hier … zu sitzen, Eclairs zu essen und zu stricken, während der Feind sich mir nichts, dir nichts bei uns einnistet?«

Ihre Rede wurde mit zustimmendem Nicken quittiert. Und ein paar riefen: »Nein!« Joyce sah aus, als überlegte sie, ob sie aufstehen und Deirdre eins auf die Nase geben sollte.

»Sind wir denn schon so senil, dass uns alles egal ist?«

Die Antwort war ein allgemeiner Aufschrei. Deirdres Zuhörerschaft feuerte sich nun untereinander an, ihr beizupflichten.

»Es ist an uns, die Sache in die Hand zu nehmen und diesen versteinerten Bürokraten zu zeigen, dass wir uns nicht den Mund verbieten lassen. Wir werden es denen da draußen, die uns vergessen haben, schon zeigen. Wir werden nicht mehr länger alles hinnehmen und uns mit Diätmenüs und Pillen ruhigstellen lassen, die wir nicht brauchen. Wir werden uns Gehör verschaffen und endlich wieder wer sein.« Deirdre streckte ihre Hände zur Decke, als flehe sie zu Gott. »Wir werden wieder JUNG sein!«

Jubel und Rufe der Zustimmung brachen los, und alle klatschten und trommelten auf den Tischen, dass der Wintergarten nur so vibrierte.

Siebenundzwanzig

Walter saß in seinem Zimmer und dachte über sich und sein Leben nach, was er in letzter Zeit immer öfter tat. Hatte Smiler recht? Saß er hier nur noch die Zeit ab, bis sein Leben zu Ende war? Aber seine melancholischen Gedanken wurden jäh davon unterbrochen, dass jemand auf die Tür einhämmerte. Erschrocken sprang er auf und öffnete. Angus stand vor ihm, nach vorn gebeugt, und rang nach Luft.

»Um Himmels willen, Angus! Alles in Ordnung?«

»Klar«, keuchte Angus, obwohl es eher nicht danach aussah.

»Du liebe Güte, komm rein und setz dich.«

»Kommt nicht infrage.«

»Du siehst schrecklich aus.«

»Bin bloß die Treppen hochgerannt.«

»Was um alles in der Welt hat dich dazu getrieben, solche Dummheiten zu machen? Komm erst mal wieder zu Atem. Ich warte hier nur auf Julie.«

»Sie ist unten am Eingang. Du solltest besser runter zu ihr.«

»Warum? Was ist los?«

»Deirdre hat einige Leute aufgestachelt, die sich jetzt komplett hysterisch benehmen und sie daran hindern wollen reinzukommen. Es wurde ganz schön brenzlig.«

»Bitte lassen Sie mich doch endlich herein!«, rief Julie.

Deirdre ließen Julies Bitten und Tränen völlig ungerührt, während ihre Unterstützer erschrocken darüber waren, wie schnell ihr Aufeinandertreffen derart dramatische Züge angenommen hatte.

»Ich muss unbedingt zu Walter.«

»Ha! Immerhin tun Sie jetzt nicht mehr so, als wäre es ›Onkel‹ Walter. Nichts als Lügen. Schmutz, wohin man nur sieht. Genau das, wovor ich alle gewarnt habe.«

»Ich habe Ihnen doch nichts getan! Niemandem von Ihnen!«

»Ihre Anwesenheit genügt, um uns zu schaden. Sie sind ein Affront für alles, wofür wir unser Leben lang eingetreten sind: Ehrlichkeit und harte Arbeit.«

»Sie verstehen das nicht.«

»Nein, jetzt müssen Sie mal etwas verstehen. Sie sind hier nicht willkommen. Wir wollen solche wie Sie hier nicht.«

»Moment mal. Ich bin nicht mitgekommen, um dem Mädchen Angst zu machen und es zum Weinen zu bringen«, protestierte Mr Adams.

»Pah! Typisch Mann. Beim ersten Anzeichen, dass ein hübsches Ding ein Tränchen vergießt, löst sich eure Entschlossenheit in Luft auf. Waren wir uns nicht einig, dass wir endlich etwas unternehmen wollen, anstatt zuzusehen, wie unser Leben endgültig in … Bedeutungslosigkeit versinkt? Das waren wir doch, oder etwa nicht?«

»Das macht mich aber nicht wieder jung, nur traurig«, sagte Mrs Weaver.

Deirdre war so wild entschlossen, etwas zu verändern, dass es nahezu gleichgültig war, um was es sich handelte. Sie wollte Beachtung, brauchte das Gefühl, dass sie immer noch in der Lage war, Dinge zu bewegen, dass sie noch lebendig war.

»Stimmt es, dass Sie eine Prostituierte sind?«

Die laute Anschuldigung vor den Menschen, die doch eigentlich ihre Freunde waren, ließ die junge Frau heftig zusammenzucken.

»Also was jetzt? Sind Sie eine oder sind Sie keine?«

Die Antwort war kaum hörbar, aber Julie hatte das Gefühl, als könnte die ganze Welt sie hören, der nette Mann im Laden an der Ecke, ihre Verwandten, ihre Lehrer von früher an der Schule, ihre Eltern.

»Ja.«

»Ha! Sie hat es also zugegeben! Und sie erwartet, dass wir zulassen, dass sie wandelt zwischen den Gebrechlichen und Schutzlosen, die geistig zu verwirrt sind, um zu begreifen, in welcher Gefahr sie schweben. Nun, es kommt die Zeit, da einer sich dagegen erheben muss, und wenn sich niemand anders schützend vor diese armen Menschen stellt, dann mache ich es eben.«

»Bitte schicken Sie mich nicht weg. Das hier ist der einzige Ort, an dem die Leute nett zu mir sind, der einzige Ort, an dem ich mich sicher fühle. Ist das wirklich zu viel verlangt?«

Julie hätte auch auf den Knien um Einlass gebeten, aber sie sah, dass es zwecklos war. Deirdres harter Zug um den Mund war einem Ausdruck von Triumph gewichen – sie konnte sich immer noch durchsetzen, wenn sie es nur wollte.

»Das hätten Sie sich überlegen müssen, bevor Sie diesen zweifelhaften Beruf ergriffen haben. Heutzutage muss keine Frau ihren Körper verkaufen, um zu überleben. Wir leben doch nicht mehr im Mittelalter. Sie haben sich dieses Leben ausgesucht, weil Sie es so wollten.«

Deirdre bemerkte nicht, dass ihre Unterstützer sich zurückzogen, je mehr sie sich in Rage redete. Sogar Mrs MacDonald ging auf Distanz zu ihrer Freundin, die verbal auf ihr Gegenüber einprügelte.

»Das ist ja abscheulich«, befand Mr Adams und ruckte empört an seinem Rollator, um seinen Worten Nachdruck zu verleihen. »Lassen wir das Mädchen rein.«

»Sie kann zur mir ins Zimmer kommen«, rief Mrs Weaver.

»Deirdre!«, sagte Mrs MacDonald zur Überraschung der anderen ungewöhnlich energisch, »du gehst entschieden zu weit.«

Entgeistert starrte Deirdre ihre Freundin an, doch sie hatte keine Gelegenheit, auf den Verrat zu reagieren. Walter bahnte sich einen Weg durch die Gruppe.

»Was, verdammt noch mal, treiben Sie da eigentlich?«

»Walter!«

Er nahm Julie liebevoll in die Arme, sein Gesicht dunkelrot vor Zorn.

»Hier kommt der Ritter in seiner schimmernden Rüstung«, spottete Deirdre in dem Versuch, die Oberhand zu behalten und den Anschein moralischer Überlegenheit zu wahren. »Na ja, ein bisschen eingerostet allerdings und außerdem zu spät.«

»Sie wollen nicht, dass ich reinkomme. Sie wollen, dass ich wieder gehe. Was soll ich tun?«

»Du gehst nirgendwohin, jetzt ist alles gut«, beruhigte Walter sie sanft und wandte sich im nächsten Augenblick so heftig zu Deirdre um, dass alle vor ihm zurückwichen. »Und Sie Giftschleuder schlucken Ihre Galle jetzt runter, bevor ich sie Ihnen persönlich in den Rachen zurückstopfe!«

»Also da hört doch alles auf! So lasse ich nicht mit mir reden. Davon wird die Leitung in Kenntnis gesetzt.«

»Allerdings!«, brüllte Walter. »Sehen Sie sich doch nur an. Sind Sie stolz darauf, sich gegen ein Mädchen zusammenzurotten, das Ihre Enkelin sein könnte?«

»Daran hätten Sie auch eher denken können«, sagte Deirdre spitz. Nachgeben kam jetzt auf gar keinen Fall infrage.

»Halten Sie den Mund! Diese junge Frau hier versucht nur, irgendwie zurechtzukommen. Nicht einer von Ihnen hat auch nur einen Bruchteil dessen mitgemacht, was sie erlebt hat. Sie ist von allen, die sich um sie hätten kümmern müssen, im Stich gelassen worden, und hat in ihrem kurzen Leben mehr Verletzungen erlitten als Sie alle in der vierfachen Zeit. Sie jammern über Ihre Wehwehchen, aber Sie haben keinen Schimmer von der Verzweiflung und der Hoffnungslosigkeit junger Menschen da draußen auf der Straße. Schämen Sie sich, jawohl, Sie sollten sich wirklich schämen.«

Und sie schämten sich tatsächlich. Das hatte nichts, aber rein gar nichts mit den hehren Idealen gemein, von denen Deirdre bei ihrem Treffen neulich gesprochen hatte.

»Gehen Sie schon zur Seite!«

Joyce bahnte sich unsanft einen Weg durch die Menge. In ihren Haaren hingen noch zwei Lockenwickler – ganz offensichtlich hatte sie ihren Besuch beim Friseur abgebrochen. Deirdre beging den Fehler, sich ihr in den Weg zu stellen.

»Wenn es irgendjemand wagt, mich aufzuhalten, werde ich ihn zerquetschen, ganz egal, ob Mann oder Frau.«

Um den Ernst ihrer Drohung zu unterstreichen, ballte Joyce die Hände zu Fäusten, die durchaus den Anschein machten, dass sie in der Lage waren, jemanden zu Boden zu schicken. Deirdre entschied spontan, dass Selbsterhalt vor Prinzipientreue ging, und machte einen Schritt zur Seite. Joyce blieb vor Julie und Walter stehen, verschaffte sich einen Überblick über die Situation und handelte blitzschnell.

»Sie kommt mit mir«, sagte sie. »Lassen Sie sie los.«

»Aber …«, protestierte Walter schwach.

»Lassen Sie sie. Kommen Sie mit mir. Wischen Sie sich die Tränen ab. Wir gehen in mein Zimmer.«

Julie blickte Hilfe suchend zu Walter, der zögerte und nach einigen Augenblicken der Unschlüssigkeit die Arme sinken ließ. Sie folgte Joyce durch die Menschenansammlung und wirkte neben dem mächtigen Körper der älteren Frau wie ein Kind.

Schweigend löste sich die Gruppe auf. Ein schweres Gefühl von Bedrücktheit lastete auf ihnen. Nach wenigen Augenblicken fand sich Walter allein im Eingangsbereich wieder, wo er immer noch stand, als Angus die Treppen herunterkam.

»Tut mir leid, aber ich musste mich erst mal eine Weile auf dein Bett setzen, um wieder zu Atem zu kommen.« Als er bei Walter angekommen war, sah er, dass sein Freund weinte. Tränen strömten über sein Gesicht. »Was ist denn bloß passiert?«

»Ich habe einen schrecklichen, dummen Fehler gemacht. Ich wollte doch niemandem wehtun. Jetzt ist alles ein furchtbares Durcheinander, und nur ich bin schuld daran. Ich bin kein bisschen besser als damals vor fünfzig Jahren, als ich alle verletzt habe, die ich liebte.«

»Sag mal, dass sieht dir aber gar nicht ähnlich. Erzähl mir, was los ist.«

Aber Walter fand keine Worte. Angus nahm die Sache in die Hand.

»Komm. Wir gehen jetzt ein Bier trinken.«

Achtundzwanzig

Joyce zog die Tür fest hinter sich zu und schob die schluchzende Julie sanft auf einen Sessel. Dann schlurfte sie zu einer Kommode hinüber.

»Ich habe nur Sherry.« Sie goss eine großzügig bemessene Menge in zwei Gläser, reichte eines an Julie und setzte sich auf ihr Bett. »Trinken Sie. Wir müssen reden.«

»Sie verstehen das nicht …«

»Ach nein? Jetzt hören Sie mir mal gut zu. Ich habe Sie jetzt einige Monate lang beobachtet, und in meinem Beruf entwickelte man eine ziemlich gute Menschenkenntnis. Ich möchte Ihnen deshalb etwas anvertrauen, was das Wertvollste in meinem Leben ist.«

»Wovon sprechen Sie?«

Joyce, die immer noch zwei Lockenwickler im Haar trug, nahm einen Schluck Sherry und ging wieder zur Kommode. Mit einiger Mühe angelte sie einen Umschlag heraus, der im untersten Fach unter Kleidungsstücken verborgen lag. Als sie wieder saß, öffnete sie den Umschlag und zog zwei Fotografien heraus.

Sie starrte auf das erste Foto, das eine bildhübsche junge Frau zeigte, spärlich bekleidet und in aufreizender Pose. Mit einem leisen Seufzen reichte sie es Julie, die die Aufnahme betrachtete, ohne zu verstehen, was sie damit sollte.

»Das sind ja Sie! Sie sahen toll aus.«

»Kann man sich heute gar nicht mehr vorstellen«, sagte Joyce und tätschelte ihren runden Bauch. »Haben Sie je daran gedacht, dass auch Frauen, die auf den Strich gehen, genau wie der Rest der Bevölkerung alt und krank werden und in einem ganz normalen Seniorenheim enden? Es gibt keine Sondereinrichtungen für Prostituierte im Ruhestand.«

»Sie waren …«

»Ich war acht Jahre auf dem Straßenstrich, bevor ich ein bisschen Karriere gemacht und von meiner eigenen Wohnung aus gearbeitet habe. Das Alter macht uns alle gleich. Eine ehemalige Prostituierte kann in einem Heim landen, wo sie Tür an Tür mit einem pensionierten Richter wohnt, der sie früher verurteilt hat. Wenn ich mich recht erinnere, hatte ich so einige Richter in meiner Wohnung«, sagte Joyce mit einem verschmitzten Lächeln, das sie auf magische Weise augenblicklich in die vertraute alte Dame verwandelte, die alle in ihr Herz geschlossen hatten. »Mund-zu-Mund-Propaganda bei Gericht, schätze ich.«

»Ich habe nie darüber nachgedacht, was später mit uns passiert.«

»Niemand tut das. Es ist ja auch nicht gerade ein klassischer Ausbildungsberuf. Und solche wie ich werden den Teufel tun und den Leuten auf die Nase binden, was sie im früheren Leben getan haben. Hier habe ich erzählt, dass ich Sekretärin war, und in Bezug auf alles andere bin ich vage geblieben. Aber irgendeine Geschichte muss man sich für Mitbewohner wie Deirdre schon ausdenken, die werden sonst misstrauisch.«

»Wo haben Sie gelebt?«

»Ich ging nach Manchester. Ich wollte nicht in der Gegend arbeiten, wo ich aufgewachsen bin. Ich war immer sehr umsichtig in solchen Dingen, auch mit dem Geld, das ich verdient habe. Als ich aufgehört habe, konnte ich ein sorgloses Leben führen. Aber dann kam die Zeit, als ich nicht mehr allein zurechtkam. Ich habe aufs Geratewohl eine Nadel in eine Karte von Schottland gesteckt, und hier bin ich.«

»Wieso Schottland?«

»Nun ja, ich nahm an, dass ich hier wohl kaum auf einen ehemaligen Klienten treffen würde. Jetzt mache ich mir keine Sorgen mehr, es würde mich sowieso keiner mehr erkennen.«

»Ich weiß gar nicht, was ich sagen soll«, meinte Julie. »Wollten Sie denn nie heiraten?«

Joyce wurde nachdenklich und antwortete nicht gleich.

»Oh ja, es gab da mal einen. Männer gab es natürlich immer, aber Jimmy habe ich geliebt. Er war kein Kunde. Wir haben uns eines Morgens im Lebensmittelladen um die Ecke getroffen. Ich war die ganze Nacht auf den Beinen gewesen und brauchte dringend etwas zu essen, und er kaufte gerade Würstchen fürs Frühstück. Schon komisch, wie man sich an solche Kleinigkeiten erinnert, während man wichtige Dinge oft einfach vergisst.«

Beide schwiegen eine Weile. Julie hatten die Neuigkeiten so überrascht, dass sie aufgehört hatte zu weinen.

»Wir können nur mit dem Blatt spielen, das das Leben uns austeilt«, sagte Joyce. »Manche bekommen einen Royal Flush und andere den Joker. Obwohl Letzteres meistens alles andere als lustig ist.«

»Und das andere Foto?« Julie zeigte auf das Bild, das immer noch mit dem Gesicht nach unten auf Joyce' Oberschenkel ruhte.

»Schätze, das war mein Royal Flush und mein Joker in einem«, sagte sie und reichte ihr das Bild. Julie betrachtete das Foto und spürte, wie die Tränen wieder in ihr aufstiegen. »Ich habe ihn George genannt. Er hatte die schönsten Augen, die man sich vorstellen kann. Er konnte in einen hineinsehen und wusste, ob man ihn liebte oder nicht.«

»Was ist passiert?«

»Jimmy wusste, wie ich mein Geld verdiente, aber ich hatte damit aufgehört, als wir zusammenkamen, und er hat mich immer so akzeptiert, wie ich war. Ich bin dann erstaunlich schnell schwanger geworden, wenn man sich das recht überlegt. Wir waren so glücklich. George war erst drei Monate alt, als Jimmy bei einem schrecklichen Arbeitsunfall zerquetscht wurde.«

»Das tut mir furchtbar leid.«

»George müsste jetzt fünfundvierzig sein. Es vergeht kein Tag, an dem ich nicht an ihn denke. An seinem Geburtstag mache ich immer etwas Besonderes, und sei es nur ein kleiner Ausflug. Niemand hier weiß davon oder hat gemerkt, dass ich mir den Tag immer rot im Kalender anstreiche.«

»Sie haben ihn nicht behalten?«

»Keine Chance, wirklich. Er wurde adoptiert, alles völlig legal und korrekt. Ich habe der Frau beim Jugendamt ein Foto von Jimmy, mir und George gegeben und dazu einen Brief, in dem ich versucht habe, alles so gut wie möglich zu erklären«, erzählte Joyce und seufzte schwer. »Adoption war die beste Lösung für ihn. Was für ein Leben hätte ich ihm schon bieten können? Jimmy und ich waren nicht einmal verheiratet. Wir hatten es vor. Es hat mir das Herz gebrochen. Ich habe den Mann verloren, den ich liebte, und dann auch noch meinen wunderbaren kleinen Jungen, also habe ich weitergemacht wie vorher. Jimmy war aus Schottland, das hat wohl mit den Ausschlag gegeben, warum die Wahl auf Schottland fiel … wahrscheinlich ist das der wahre Grund. Kommen Sie, trinken Sie noch einen Schluck.«

Joyce verstaute die Bilder wieder in der Schublade und schenkte ihnen nach.

»Zuerst einmal hätte ich eine Bitte an Sie.«

»Ja, natürlich. Was kann ich für Sie tun?«

»Sie könnten sich auf das Bett setzen, damit ich in den Sessel kann. Der hat sich nämlich schon perfekt meinen Formen angepasst.« Joyce reichte ihr ein Glas und machte es sich im Sessel gemütlich. »Also, wenn ich Ihnen helfen soll, muss ich Ihre Geschichte kennen. Was Sie mir erzählen, bleibt unter uns. Nicht einmal Walter erfährt davon.«

»Er weiß schon alles. Er war sehr lieb zu mir.«

»Sie haben einander sehr gern, nicht wahr? Sie könnten ohne Weiteres als seine Nichte durchgehen. Lassen Sie sich Zeit, Kindchen«, sagte sie, als Julie zögerte. »Solange Sie wollen. Ich laufe nicht weg.«

Sie saßen fast zehn Minuten schweigend beieinander, ehe Julie zu erzählen begann.

»Ich komme aus gutem Hause, wie man das wohl nennen würde. Meine Eltern waren sehr streng, aber sie liebten mich, und es ging uns finanziell gut, es fehlte mir an nichts. Im Prinzip. Aber ich war so einsam. Zumindest fühlte ich mich so. In Wahrheit hatte ich keine Ahnung, was echte Einsamkeit bedeutet. Ich war ein Einzelkind, und Freundinnen mit nach Hause zu bringen war immer ein bisschen schwierig, nicht dass ich viele gehabt hätte. Jedenfalls, als ich fünfzehn wurde, waren plötzlich alle mit Jungs beschäftigt, und ich fühlte mich irgendwie abgemeldet. Und dann habe ich jemanden im Internet kennengelernt. Meine Eltern hatten keine Ahnung von der digitalen Welt, sie dachten immer, ich mache Hausaufgaben. Daniel war einfach hinreißend. Es dauerte nicht lang und wir haben uns ständig Briefe und SMS geschrieben. Ich war wahnsinnig in ihn verliebt. Alles war so aufregend und … so romantisch. Als er dann endlich fragte, ob wir uns treffen könnten, habe ich natürlich sofort zugestimmt.«

»Und die Fotos, die er geschickt hatte, waren wirklich von ihm?«, fragte Joyce.

»Ja, allerdings schon fünfzehn Jahre alt. Aber das spielte zu dem Zeitpunkt schon keine Rolle mehr.«

»Er hatte dich am Haken.«

»Total. Wir trafen uns heimlich, so oft es ging. An meinem sechzehnten Geburtstag haben wir uns zum ersten Mal geliebt. Meine Eltern dachten, ich feiere mit Freundinnen. Ich war noch Jungfrau. Er war so einfühlsam und sanft, sehr erfahren, und ich konnte mein Glück kaum fassen.«

»Wie lange hat es gedauert, bis er von dir verlangt hat, dass du mit anderen schläfst?«, fragte Joyce. Julie sah sie überrascht an. »Sich Vertrauen zu erschleichen, um junge Mädchen zur Prostitution zu bringen, ist keine moderne Erfindung. Jetzt nennt man es vielleicht *Grooming,* und es wird viel darüber geschrieben, aber es ist der älteste Trick der Welt. Mir ist keine menschliche Regung fremd. Ich habe so viel gesehen, als ich noch im Gewerbe gearbeitet habe, und das meiste war alles andere als schön.«

Julie stieß einen tiefen Seufzer aus und ließ die Schultern noch ein wenig tiefer sinken.

»Sechs Monate. Er hat es sehr geschickt eingefädelt. Eines Tages sind wir zu ihm gegangen, und er hat mir mehr zu trinken eingeschenkt als sonst. Dann kam einer von seinen Freunden vorbei. Er sah gut aus und war höchstens Anfang zwanzig. Daniel redete dann dauernd davon, wie toll es wäre, wenn er dabei zusehen könnte, wie wir ...«

»Ich weiß, Schätzchen«, sagte Joyce beschwichtigend und griff nach Julies Hand. »Er hatte dich völlig unter seiner Kontrolle.«

»Irgendwann habe ich nachgegeben und hatte Sex mit diesem Typen, den ich nicht kannte. Ich war danach völlig fertig, aber Daniel beteuerte, wie gut ich das gemacht hätte, dass er stolz auf mich sei und dass Erwachsene so etwas eben tun. Es sei ganz normal, ich sei nur zu jung, um das zu verstehen. Und dann ...«

»Und dann kamen immer öfter Freunde vorbei, wenn du zufällig bei ihm warst, und mit der Zeit waren sie immer älter und weniger attraktiv, bis es schließlich so weit war, dass mehr als ein Freund vorbeikam.«

Julie nickte und begann zu weinen.

»Eines Tages, ich war siebzehn, las ich einen Artikel über *Grooming,* und da habe ich auf einmal verstanden, was mit mir passierte. Ich habe Daniel damit konfrontiert. Er ist komplett ausgerastet und hat gedroht, alles meinen Eltern zu erzählen. Wegen all der Lügen und den Tricksereien war unser Verhältnis zwar sowieso nicht mehr das Beste, aber sie waren alles, was ich noch hatte. Ich habe ihn angefleht, nichts zu sagen, aber ich wollte auch nicht mehr so weitermachen.«

»Und er hat seine Drohung wahr gemacht?«

»Eines Tages kam ich von der Schule, und mein Vater erwartete mich im Flur mit zwei gepackten Koffern. Er war so kalt und abweisend. Meine Mutter war nirgendwo zu sehen. Er packte mich am Arm und zog mich ins Wohnzimmer, dort drückte er mich auf die Couch und sagte, dass wir uns zusammen etwas ansehen würden …«

Ihre Stimme versagte. Joyce stemmte sich aus dem Sessel, ging zu Julie und nahm sie so fest in den Arm, dass sie in den Fleischmassen zu verschwinden schien.

»Sie müssen nichts mehr sagen. Ich verstehe vollkommen. Und jetzt beruhigen Sie sich, Sie machen sich sonst nur verrückt.«

Es dauerte sehr lange, bis das herzzerreißende Schluchzen endlich abebbte und der schmale Körper zu zittern aufhörte. Irgendwann hob Julie den Kopf, das hübsche Gesicht geschwollen, tränenüberströmt und unendlich traurig. Joyce wünschte, sie könnte den Mann, der daran schuld war, für fünf Minuten unter vier Augen sprechen. Sie mochte nicht mehr die Jüngste sein, aber bei Gott, er würde bereuen, was er getan hatte.

»Als ich klein war, saß ich mit meinem Vater immer auf dem Sofa und habe eng an ihn angekuschelt Kindersendungen auf dem alten Fernseher geguckt. Jetzt saßen wir da, und auf dem Bildschirm war ich … nackt … und habe alle diese grässlichen Dinge mit widerlichen alten Männern getan. Und mein Vater schrie mich die ganze Zeit an, ich solle die Augen aufmachen und hinsehen, aber ich konnte nicht. Alles, was ich wollte, war, mich wieder bei ihm ankuscheln zu dürfen. Danach hat er mich zur Haustür gezerrt. Ich habe ihn angefleht, bleiben zu dürfen. Am Schluss habe ich mich an seine Beine geklammert, aber er hat mich auf die Auffahrt gestoßen und die Koffer hinterhergeworfen. Dann hat er die Tür geschlossen.«

»Und du hast sie nie wieder gesehen?«

Julie schüttelte den Kopf.

»Wie lange ist das her?«

»Vier Jahre«, antwortete sie und vergrub den Kopf wieder in Joyce massigem Körper, fand in den warmen, üppigen Speckfalten Trost und Zuflucht vor der Welt und den Menschen.

Neunundzwanzig

Der Pub war fast leer, und sie fanden ohne Probleme eine ruhige Ecke. Walter saß mit gesenktem Kopf da und starrte ins Leere – er sah völlig gebrochen aus. Angus kam mit zwei Pints zurück, setzte sich Walter gegenüber und schob ihm ein Glas zu. Er schwieg, nippte ab und zu an seinem Bier und wartete darauf, dass Walter das Wort ergriff.

»Moira starb ohne jede Vorwarnung. Sie war nur einkaufen gegangen, wollte etwas fürs Abendessen besorgen. Ich sagte noch, dass es um elf Kaffee gäbe und sie lieber rechtzeitig zurück sein solle, sonst würde ich ihn allein trinken. Das war so ein kleiner Scherz zwischen uns. Sie lächelte und ging. Das war das letzte Mal, dass ich sie lebend gesehen habe. Der Arzt sagte, es war ein Aneurysma im Hirn. Und dass sie davon nichts mehr mitbekommen hätte.«

Walter hielt inne, und Angus fragte sich, ob er etwas sagen sollte. Schließlich waren sie vier in ihrer Jugend eng befreundet gewesen – in einem anderen Leben.

»Ich weiß bis heute nicht, ob das die gnädigere Lösung für sie war oder ob es besser gewesen wäre, wenn wir uns hätten verabschieden können, noch einmal über alles reden.«

»Meine Trauer wuchs sich zu einer Depression aus, ich kam einfach nicht mehr klar, bin einfach zusammengebrochen.«

»Und so bist du ins *Highland Home* gekommen?«

»Weißt du, ich war immer praktisch veranlagt, aber ich konnte nicht einmal ein Ei kochen. Ich habe es in den Topf getan und dann so lange zugeguckt, bis das Wasser verdunstet war.«

»Alle fanden immer, du und Moira wart wie zwei Hälften ein und derselben Person.«

»Ich kann mich im Einzelnen gar nicht mehr erinnern, wie das alles gekommen ist. Becky hat es sicher nur gut gemeint, aber plötzlich war das Haus, das Moiras und mein Zuhause gewesen war, verkauft und ich im Heim. Es war, als wäre ich aus einem Albtraum erwacht, um festzustellen, dass er Wirklichkeit geworden ist. Versteh mich nicht falsch, das Personal ist großartig, und ich bin sehr dankbar dafür, wie fürsorglich sie in den ersten Monaten zu mir waren, aber ich hatte einfach alles verloren.«

Erst jetzt griff Walter nach seinem Glas. Angus beobachtete, wie eine Familie auf der anderen Seite des Pubs vom Tisch aufstand. Sie sahen alle so glücklich aus.

»Moira und ich hatten in den letzten Jahren noch ein ziemlich aktives Leben und auch noch regelmäßig Sex. Als ich hierherkam, war es das Letzte, an das ich gedacht habe. Nach einer Weile wollte ich mich einfach damit abfinden, dass dieser Teil meines Lebens vorüber ist.«

»Aber dann kam die Lust zurück, nur dass du jetzt von lauter alten Leuten umgeben warst, die du kaum kanntest«, sagte Angus.

Sie verstummten, als ein Kellner vorbeikam, um am Nachbartisch ein paar Gläser abzuräumen.

»Ich habe versucht, das Verlangen zu ignorieren, aber irgendwann dachte ich, was soll's, es ist mein Geld und mein Körper, und wenn ich jemanden dafür bezahle, der das beruflich macht, schade ich niemandem. Ein Arrangement auf geschäftlicher Basis, bis dieses Bedürfnis von selbst vergeht.«

»Dann hast du Julie gefunden, das heißt, der Taxifahrer hat sie dir vermittelt.«

»Das erste Mal … wie soll ich dir das beschreiben, Angus? Es war umwerfend, es war zärtlich und leidenschaftlich – ob du es glaubst oder nicht. Es war alles, was sich ein Mann wie du und ich nur wünschen kann.«

»Sie ist eine sehr attraktive Frau.«

Auf einmal wirkte Walter wieder verschlossen, als sei er unschlüssig, ob er weitererzählen solle. Oder als wüsste er, dass er fortfahren musste, aber noch zögerte.

»Ja, aber gleichzeitig war es auch grotesk … obszön. Ein Teil von mir war angewidert von dem, was ich tat. Ich schämte mich so sehr, dass ich nachts nicht mehr schlafen und mir irgendwann beim Rasieren nicht mehr ins Gesicht sehen konnte.« Er stellte sein Glas ab und wischte sich die Augen.

»Schon gut«, beruhigte Angus. »Reg dich nicht auf.«

»Ich habe gemerkt, dass mir mein Seelenfrieden wichtiger ist als Sex. Als Julie am zweiten Donnerstag kam, sagte ich ihr, dass wir damit aufhören müssten.«

»Aber sie kommt doch immer noch, und das seit Monaten.«

»Ich hätte nicht gedacht, dass sie so entsetzt reagieren würde. Ich habe Tee gemacht, und wir haben uns hingesetzt und stundenlang geredet. Sie hat erzählt, wie es kam, dass sie tut, was sie eben tut, und ich erzählte über meine Moira. Dann habe ich ihr gesagt, dass sie in der folgenden Woche wiederkommen könne und wir uns wieder unterhalten könnten.«

»Und so geht es seither die ganze Zeit?«

Walter nickte. Angus nahm einen tiefen Schluck Bier und blickte ihn über den Rand des Glases prüfend an. Doch, was Walter erzählte, schien wahr zu sein.

»Obwohl sie noch so jung ist, konnte Julie besser nachfühlen, dass ich nach Moiras Tod in ein schwarzes Loch gefallen bin, als irgendjemand sonst. Einmal die Woche mit ihr zu reden wurde für mich wichtiger als alles andere. Nach einem Monat haben wir vereinbart, dass ich ihr genug zahle, dass sie donnerstags nicht arbeiten muss. Sie besucht mich für ein paar Stunden und kann den restlichen Tag machen, was sie will.«

»Nur nicht arbeiten.«

»Genau, das ist Teil der Abmachung.«

Angus setzte sein Glas mit einem heftigen Ruck ab.

»Moment mal! Und was ist mit den Geräuschen, die aus deinem Zimmer kommen? ›Oh, Mr McKenzie! Julie, meine Königin!‹ Erklär mir das mal!«

»Das ist nur ein Spiel.«

»Aha, so nennt man das jetzt also?«

»Na ja, ich dachte mir, dass bestimmte Mitbewohner im Haus irgendwann anfangen würden, an der Tür zu horchen.«

»Und weiter?«

»Das Schachspiel in meinem Zimmer ist ja immer aufgebaut.«

»Jetzt verstehe ich gar nichts mehr.«

»Eines Tages hat Julie mich herausgefordert.«

»Zum Schachspielen? Ich kann mir kaum vorstellen …«

»… dass jemand, der seinen Körper verkauft, so ein intellektuelles Hobby haben könnte?«, ergänzte Walter. »An dem Tag hat sie mich vernichtend geschlagen.«

»Verdammt, dann muss sie gut sein.«

»Wir Menschen glauben immer, in andere hineinsehen zu können, nicht wahr? Seither spielen wir Schach. Irgendwann fanden wir es lustig, unseren Moralapostel an der Nase herumzuführen, von der wir vermuteten, dass sie vor der Tür lauscht. Und um es interessanter zu machen, mussten alle unsere Ausrufe zu der Partie passen, die wir gerade spielten.«

»Du durchtriebener Mistkerl!«, kicherte Angus. »Das waren alles Schachzüge!«

»Die Vorstellung, wie Deirdre fast in Ohnmacht fällt, wenn ich rochiere, fanden wir einfach zu komisch. Aber jetzt …«, Walter setzte sein Glas ab und begann zu weinen. »Jetzt hat alles diese schreckliche Wendung genommen, und ich weiß nicht, was jetzt werden soll – aus ihr, aber auch aus mir.«

Dreißig

Freitag, 20. Mai
Dorothy beklagt sich nicht, aber ich weiß, dass die höheren Kosten ihre Ersparnisse langsam, aber sicher auffressen, und die Zeit ist gegen uns. Ich muss etwas unternehmen, damit sie bleiben kann. Oder sollen wir gemeinsam in ein bezahlbares Heim ziehen? Mein Herz befiehlt mir, dass wir zusammenbleiben müssen, aber mein Kopf sagt mir, dass Weggehen keine Lösung ist.

Einunddreißig

Omas Sprechstunde«, schlug Dorothy vor.

Sie war mit Joan und Miss Ross in ihrem Zimmer, Letztere hatte Papier und Stift gezückt. Nachdem sie beschlossen hatten, eine Sex-Hotline zu gründen, versuchten sie nun, eine passende Überschrift für ihre Anzeige zu finden. Tiddles hatte sich wieder aus ihrem Versteck herausgewagt und lag auf dem Schoß ihrer bevorzugten Heimbewohnerin.

»Ich kann mir nicht vorstellen, dass das eine wilde Horde gut betuchter Männer hinterm Ofen hervorlockt«, sagte Miss Ross zweifelnd.

»Reife Frauen im Angebot?«, überlegte Joan.

»Ich stehe doch nicht zum Verkauf! Das klingt wie Werbung für einen Gebrauchtwagen: aus erster Hand, einige Reparaturen notwendig!«

»Verschleißteile müssen erneuert werden!«, ergänzte Joan.

»Lassen Sie meine Verschleißteile mal schön aus dem Spiel«, antwortete Miss Ross.

»Verschleißteile …«, wiederholte Dorothy mit träumerischem Blick, und die anderen ahnten, dass sie in Erinnerungen schwelgte. »Das erinnert mich an Willies Werkstatt gleich neben unserer kleinen, umgebauten Kirche, in der wir wohnten und für die wir noch einen Namen suchten. Hinter dem Haus standen viele Eichen mit so prachtvollen, glänzenden Eicheln daran, also nannten wir es schließlich unsere …«

»Oh bitte, jetzt sagen Sie bloß nicht …«, warf Joan ein.

»Aber was ist denn gegen ›Kleine glänzende Eichel‹ einzuwenden?«

Joan prustete laut los, sie konnte es nicht verhindern.

Miss Ross klopfte ungeduldig mit dem Stift auf ihren Block. So kamen sie nicht weiter, und alte Geschichten von früher machten es nicht besser.

»Könnten wir *bitte* wieder zum Thema zurückkommen?«

Wie Schülerinnen, die im Unterricht bei etwas Verbotenem ertappt wurden, antworteten beide wie aus einem Mund: »Entschuldigung, Miss Ross.« Dann wurde es wieder still, während alle über eine geeignete Formulierung grübelten.

»Wie wäre es mit ›Nummern-Girls‹?«, sagte Joan nach einer Weile.

Die drei sahen sich an, und der Vorschlag wurde notiert.

»Ich fürchte, wir müssen etwas deutlicher werden«, meinte Miss Ross.

»Rufen Sie ältere Damen an und gehen Sie richtig ran.« Joan fand so langsam Gefallen an der Sache, ihre Fantasie kam auf Touren.

»Das ist schon deutlich informativer, auch wenn es noch eine gewisse Griffigkeit vermissen lässt.«

»Titten-Talk mit Tante Trudy.«

»Wer ist Tante Trudy?«

»Die schnelle Nummer für ’ne schnelle Nummer.«

»Ruf an, du Witwer aus Wick, ich mach dich wild, oder willst du nen F…«

»Wir verfassen hier doch keine Limericks«, protestierte Miss Ross und hob abwehrend die Hand. Sie musste den Reim nicht bis zu Ende hören, um zu wissen, wie er ausging. »Außerdem sagt das nichts über ältere Frauen aus. Ich glaube, so wird das nichts.«

»Irgendwie müssen wir die Männer doch dazu bewegen, uns anzurufen.«

»Aber nicht unter Vorspiegelung falscher Tatsachen«, sagte Dorothy. »Unser alter Pfarrer, Reverend McBain, sagte immer, dass wir anständig mit einander umgehen sollen, denn der Herr sieht alles, und am Tag des Jüngsten Gerichts müssen wir für unsere Taten einstehen. Er war ein sehr frommer Mann.«

»Was bei einem Pfarrer ja nicht schaden kann«, warf Joan trocken ein.

»Als ich ein kleines Mädchen war …«

Miss Ross stöhnte leise, legte ihren Stift zur Seite und lehnte sich zurück. Wenn Dorothy einmal in Fahrt war und alte Geschichten hervorkramte, kannte sie kein Halten mehr. Widerstand war zwecklos, man musste sie einfach erzählen lassen.

»… sind meine Freunde und ich am Samstagabend immer heimlich zum Pfarrhaus gelaufen, um zuzugucken, wie er die Kaninchen eingefangen hat.«

»Warum hat er das getan?«, fragte Joan.

»Reverend McBain hielt nichts von … Körperkontakt am Tag des Herrn, deshalb hat er sie samstagabends immer eingesperrt. Der Anblick, wie der Pfarrer durch den Garten rannte, war wirklich zu komisch – mit seinem gewölbten schwarzen Rock sah er wie ein riesiger Greifvogel aus, die Kaninchen schlugen Haken wie verrückt …«

»Das hätte ich zu gern gesehen«, lachte Joan.

»Sie taten wirklich alles, um nicht eingefangen zu werden.«

»Trotzdem, der Rammler des Reverend bringt uns nicht einen Schritt weiter. Wir müssen einen Text für unsere Anzeige finden!

Joan, was stand denn in denen, die Sie in diesen Männermagazinen gesehen haben?«

»Das ist so lange her, ich erinnere mich nicht. Haben Sie vielleicht in den Exemplaren geblättert, die Sie konfisziert haben?«

»Selbstverständlich nicht! Solche Schundblätter habe ich immer Mr Jackson, dem Hausmeister, übergeben, damit er sie im Heizkessel verbrennt. Als er in Rente gegangen ist, haben wir sie alle in seinem Spind gefunden – der schiefe Turm von Hugh Hefner.«

»Wir müssen uns so ein Magazin ansehen, damit wir ein Gefühl für die richtige Formulierung bekommen«, stellte Joan fest.

»Wir sollen so ein Schmuddelheft kaufen?«

»Sie sagten doch selbst, wir tun es entweder richtig oder gar nicht.«

»Und wer bitte schön soll zum Zeitungskiosk gehen und diesen widerwärtigen Kauf tätigen?«, fragte Miss Ross, als wäre ein derartiges Vorgehen das Grauenhafteste, was sie sich vorstellen konnte.

Joan schwieg und fixierte die pensionierte Schulleiterin, die Hilfe suchend zu Dorothy hinübersah, aber die hatte ebenfalls die Augen auf sie gerichtet. Herr im Himmel, sogar die Katze starrte sie an.

»Oh nein. Nicht ich. Das ist völlig ausgeschlossen!«

Zweiunddreißig

Nach der Übergabe der Nachtschicht an die Frühschicht ging Oberschwester Maureen in ihr Büro. Wie es aussah, würde es ein Tag ohne besondere Vorkommnisse werden, also nur die übliche Hektik, gespickt mit einer Reihe kleinerer Zwischenfälle, wahrscheinlich auch einigen größeren – diverse Vorräte, die unvorhergesehen zur Neige gingen (erst in der vergangenen Woche war es um ein Haar zu Ausschreitungen gekommen, als die Orangenmarmelade ausgegangen war), Leute, die sich beschwerten, und Bewohner, die sich in die Haare gerieten.

Am Vormittag würde das Zimmer von Mrs Campbell neu belegt werden, und die Betreuung der Neuzugänge bedeutete immer einen erhöhten Aufwand. Alberts Demenz schien sich zu verschlimmern – es war völlig unklar, ob es aus seiner Trauer folgte, ob es daran lag, dass seine Frau nicht mehr da war und er viel weniger Ansprache hatte, oder ob die Gründe rein physischer Natur waren.

Mrs O'Reilly hatte eine schlechte Nacht gehabt, sodass sie die örtliche Arztpraxis angerufen und um einen Hausbesuch gebeten hatten. Maureen wollte abwarten, was der Arzt sagte, bevor sie entschied, ob sie den Pfarrer rufen sollte.

Zu allem Überfluss hatte sie eingewilligt, einen Ausflug an den Strand zu organisieren, sollte das Wetter schön werden. Das bedeutete eine zusätzliche Belastung für das Pflegepersonal, das ohnehin schon in Unterzahl war und erschöpft wirkte. Gutes Personal zu finden bereitete ihr immer wieder Kopfschmerzen, und der Betrieb musste schon seit zwei Monaten mit viel zu wenigen Pflegekräften auskommen.

Diese Liste ließ sich endlos weiterführen – ein Punkt von vielen war ein Patientenlifter, der am Tag zuvor den Dienst eingestellt hatte. Das hatte dazu geführt, dass Mr Adams, der gerade aus der Badewanne gehoben wurde, anderthalb Meter über dem Boden baumelte. Er hatte sich köstlich über die leicht prekäre Lage amüsiert, was hauptsächlich der halben Flasche Whisky zuzuschreiben war (ein erneutes Mitbringsel seines Sohnes), der er reichlich zugesprochen hatte.

Angehörige davon zu überzeugen, dass es keine gute Idee war, Maureens Schützlingen Alkohol und Zigaretten mitzubringen, blieb eine ständige Herausforderung. Der Sohn war fast ausfallend geworden, als er darauf bestand, dass es das gute Recht seines Vaters sei, zu trinken und zu rauchen, wie es ihm beliebte. Sie hatte versucht zu erklären, dass andere ein Recht darauf hatten, kein Nikotin einzuatmen, aber der Mann war auf diesem Ohr taub gewesen. Ein weitverbreitetes Problem.

Trotz aller Strapazen und Schwierigkeiten gelang es Oberschwester Maureen, eine unerschütterliche Ruhe und Professionalität auszustrahlen, die auch notwendig waren, um bei Konflikten wieder Frieden herzustellen und auch für die ausweglosesete Situation eine Lösung zu finden. Bei der Ankunft der neuen Bewohnerin sank ihr dann aber doch für einen Augenblick der Mut.

Ganz offensichtlich litt Mrs Winchester-Fowler an Demenz im weit fortgeschrittenen Stadium, obwohl versichert worden war, dass es sich um einen leichteren Fall von Verwirrtheit handele, der nicht besonders pflegeintensiv sei. Menschen, die ins Pflegeheim kamen, waren inzwischen zum Zeitpunkt ihrer Aufnahme viel gebrechlicher und hilfsbedürftiger, als es früher der Fall war.

Aber der Tag hatte auch eine positive Seite, und das war der strahlende Sonnenschein, sodass nach dem Mittagessen vierzehn Bewohner in den Kleinbus verfrachtet und ans Meer gefahren wurden, was allerdings nur möglich war, weil sich einige freiwillige Helfer zur Verfügung gestellt hatten. Obwohl es nur eine kurze Fahrt war, waren die Ausflügler so aufgedreht, dass man meinen konnte, sie seien auf dem Weg in einen einwöchigen Urlaub – sie sangen laut und redeten alle durcheinander.

Der Mann, der die Strandliegen vermietete, war informiert und erwartete sie schon, als sie ankamen. Die meisten Liegen wurden allerdings nur dazu benutzt, Kleidungsstücke darauf abzulegen, denn das Meer lockte die alten Herrschaften wie der Ruf der Sirenen, die ihnen mit ihrem Zauber die Sinne zu rauben drohten.

»Los jetzt! Beeilung!«, rief Mr Adams von seinem Rollstuhl aus, an dem hinten sein Gehwagen verstaut war. »Wir sind schneller!«

Dies richtete sich an Hamish, der ihn schob, eine Aufforderung, die mobileren Teilnehmer der Gruppe einzuholen, die schon vorausgegangen waren. Der rutschige Untergrund stellte die Muskeln des durchtrainierten Pflegers auf eine harte Probe, aber bald hatten sie die anderen eingeholt, die vergnügt auf das Meer zuschlenderten.

»Jetzt schaut euch das an«, sagte Joan, als sie die beiden sah. »Ich lass mich doch nicht von irgendeinem alten Knacker im Rollstuhl einholen.« Daraufhin beschleunigte sie ihren Schritt im Rahmen ihrer Möglichkeiten, Meg und Peg ihr dicht auf den Fersen.

»Angus, Achtung, wir können auf keinen Fall zulassen, dass so ein Frauenkränzchen vor uns am Strand ist«, rief Walter.

Es musste wirklich dem Sirenengesang geschuldet sein, dass plötzlich Senioren, die sonst nur mühsam aus dem Lehnstuhl kamen, auf das Meer zustürzten, als wären ihre Glieder wieder jung. Rufe wie ›Gemeines Foul‹ von denen, die im Lauf behindert wurden, oder ›Loslassen, verdammt‹ von jenen, die an Hemd oder Bluse festgehalten wurden, schallten den Strand entlang, begleitet von dem beinah hysterischen ›Schneller! Schneller!‹ von Mr Adams.

»Gewonnen!«, triumphierte Hamish, als der Rollstuhl am Ufer zum Stehen kam.

Wenige Momente später erreichten die Nächsten völlig außer Atem das Meer, wenn auch eher vor Lachen als vor Anstrengung.

»Wie alt sind die eigentlich?«, fragte Miss Ross, die sich solchen Albernheiten verweigerte und mit Dorothy den anderen gemäßigten Schrittes folgte.

»Tja, manchmal muss man sich wirklich wundern.«

Sie blieben stehen, als sie zu einer voluminösen Gestalt kamen, die der Länge nach im Sand lag.

»Alles in Ordnung da unten?«, erkundigte sich Miss Ross.

Die tränenüberströmte Joyce sah sich außerstande zu antworten, weil sie gerade von einem erneuten Lachanfall geschüttelt wurde.

»Wir sagen Hamish Bescheid, dass er nach Ihnen sieht, meine Liebe«, sagte Dorothy und ging weiter.

Zehn Minuten später hatten alle die Schuhe ausgezogen und die Hosenbeine hochgekrempelt. Sogar Mr Adams war mit den Füßen im Wasser. Er klammerte sich an seinen Gehwagen und schrie jedes Mal vor Vergnügen auf, wenn das Wasser an seinen Beinen hochschwappte. Trotz der frischen Brise am Meer hatte die Sonne schon viel Kraft und Anna ihre liebe Mühe, alle exponierten Hautpartien mit Sonnencreme zu versorgen.

Als der Reiz des Neuen langsam nachließ, kehrte die Gruppe nach und nach zu den Liegestühlen zurück. Irgendwann hatten sich alle dort eingefunden, aßen Eis, diskutierten über Gott und die Welt und waren sich einig, dass sie schon lange nicht mehr einen so schönen Tag erlebt hatten.

Gegen Abend hatten fast alle einen Sonnenbrand und die Pfleger alle Hände voll zu tun, Feuchtigkeitscreme auf Nasen, Köpfen, Nacken und Armen zu verteilen. Die übermütige Stimmung wurde von der Nachricht getrübt, dass es Mrs O'Reilly mittlerweile noch schlechter ging und die Aussichten nicht gut seien.

Der Arzt, der sie am Morgen untersucht hatte, hatte Oberschwester Maureen eröffnet, dass es sehr ernst um die Patientin stehe. Aber Mrs O'Reilly hatte von Anfang an darauf bestanden, nicht in ein Krankenhaus gebracht oder wiederbelebt zu werden, wenn es dazu kommen sollte.

»Es ist wirklich hilfreich, wenn wir die Wünsche des Betroffenen in so einem Fall kennen«, sagte der Mediziner, als er mit Maureen in ihrem Büro saß. »Wenn es keine Verfügung gibt, müssen wir davon ausgehen, dass der Patient wünscht, mit allen Mitteln am Leben gehalten zu werden, auch wenn …«, meinte er achselzuckend.

»In den meisten Fällen ist es das Beste, dafür zu sorgen, dass der alte Mensch keine Schmerzen hat, und dann der Natur ihren Lauf zu lassen«, sagte Maureen, die auf dem Gebiet viel Erfahrung hatte und mit der Zeit zu ihrer eigenen Überzeugung gelangt war. »Wir hätten es leichter, wenn mehr Ärzte den Stier bei den Hörnern packten und den Patienten geradeheraus nach seinen Wünschen fragen würden, anstatt um das Thema herumzulavieren, weil es unangenehm ist.«

»Wir sind alle nur Menschen. Natürlich ist es einfacher, nicht groß nachzufragen.«

Der Arzt war regelmäßiger Besucher im Haus, und Oberschwester Maureen mochte und schätzte ihn. Er bat sie, im Fall des Falles nicht zu zögern, ihn noch einmal zu rufen. Sie dankte ihm und griff zum Telefon, um den Pfarrer anzurufen, der versprach, am Abend vorbeizukommen.

»Wie geht es Ihnen, Mrs O'Reilly?«, fragte Father Connelly, nachdem er seinen Mantel abgelegt und sich an ihr Bett gesetzt hatte.

»Nicht besonders, Herr Pfarrer. Ich fürchte, dieses Mal wird eine halbe Flasche Gin nichts ausrichten.«

»Ich versuche immer noch, jenen Besuch zu vergessen. Ich habe mehrere Tage gebraucht, um mich davon zu erholen.«

»Mir ging es fantastisch am nächsten Morgen. Ich habe sogar die Osterhutparade gewonnen.«

»Das haben Sie großartig gemacht. Ich hätte bei so etwas nicht den Hauch einer Chance.«

»Nicht schlecht für jemanden, der in der Nacht davor schon fast tot war, nicht wahr?«

»Ich würde es nie wagen, Ihre Entschlossenheit in Zweifel zu ziehen, obwohl ich vermute, dass es sich hierbei manchmal um simple Sturheit handelt.«

Sie musste lachen, begann aber augenblicklich zu husten. Er griff nach dem Becher, der auf ihrem Nachttisch stand, hob behutsam ihren Kopf an und half ihr dabei, ein wenig Wasser zu trinken. Sogar er als Laie konnte sehen, dass ihr Gesicht ganz heiß und fiebrig war. Sie war so abgemagert, dass wahrscheinlich sogar die Katze, die ihm auf der Treppe entgegengekommen war, mehr wog als sie.

»Danke, Herr Pfarrer«, sagte sie, als er ihren Kopf sacht wieder auf das Kissen sinken ließ. »Würden Sie mich noch einmal salben?«

»Gott verlangt das nicht, Mrs O'Reilly. Aber wenn Sie möchten und es Ihnen Seelenfrieden gibt, komme ich Ihrem Wunsch natürlich gern nach.«

Dreiunddreißig

Joan seufzte. Egal, wie viele Varianten sie auch herstellte – Hühner, Schweine, Hunde, Clown (der recht grimmig geraten war und deshalb ein Einzelstück blieb), Hofnarr – sie hatte es gründlich satt, Eierwärmer zu stricken. Auch wenn der Charity-Laden im Ort, an den sie fast alle ihre Produkte lieferten, immer wieder betonte, wie gut sich die Sachen verkauften. »Kleine, günstige Geschenke gehen immer«, hatte die ehrenamtliche Verkäuferin neulich erst erwähnt.

Dorothy saß ihr gegenüber im Sessel neben dem Bett und arbeitete an einem Pullover für Angus. Sie konnte es einfach nicht mehr länger mit ansehen, wie schlampig angezogen er immer herumlief, und hatte sich nicht abwimmeln lassen, als sie in der vergangenen Woche seine Maße nehmen wollte. Tiddles hütete sich, den Kopf zu heben. Aus Erfahrung wusste sie, dass das gefährlich werden konnte, solange die Nadeln klapperten.

»Aber du kannst doch einfach etwas anderes machen, wenn du wirklich keine Eierwärmer mehr sehen kannst.«

Dorothy hatte weder aufgesehen noch das Tempo ihrer Nadeln gedrosselt. Sie strickte schon so lange, dass es für sie wie Atmen und ihr derart in Fleisch und Blut übergegangen war, dass sie sich nur bei besonders komplexen Mustern ein wenig konzentrieren musste.

Joan wollte gerade antworten, als die Tür geöffnet wurde und eine Gestalt hereinkam, die geradewegs einem schlecht gemachten Agentenstreifen aus den Sechzigern hätte entsprungen sein können. Die große Sonnenbrille, ein tief ins Gesicht gezogener Hut, ein langer Regenmantel und Handschuhe waren bei dem warmen Wetter eine eher ungewöhnliche Wahl. Sogar Dorothy ließ bei dem Anblick kurz die Nadeln sinken, worauf Tiddles ein verstörtes ›Miau‹ von sich gab.

»Gehe ich recht in der Annahme, dass Sie es sind?«, meinte Joan.

»In meinem ganzen Leben habe ich mich noch nicht so geschämt!«, stieß die Gestalt hervor, schloss die Tür hinter sich und befreite sich von Hut und Brille.

»Was ist denn passiert, meine Liebe?«

»Nigel Ridley! Das ist passiert. Dem Mann hinter dem Ladentisch habe ich früher Englischunterricht erteilt. Ich wusste doch, dass er nie aufgepasst hat.«

Zögernd knöpfte Miss Ross ihren Mantel auf und zog das darunter verborgene Magazin hervor. Es steckte in einer grauen Plastikschutzhülle, von der nur ein Streifen durchsichtig war, durch den man den Titel lesen konnte. Der Rest des Titelblatts blieb unsichtbar, damit arglose Käufer beim Durchforsten von Garten- oder Kochzeitschriften nicht unversehens mit nackten Wahrheiten konfrontiert wurden.

Mit spitzen Fingern hielt sie die Zeitschrift weit von sich, als handele es sich um die Probe zur Darmkrebsvorsorge eines Elefanten, und legte sie auf das Tischchen neben Dorothys Sessel.

»Wie unangenehm«, meinte Dorothy mitfühlend. »Hat er Sie erkannt?«

»Er hat mich jedenfalls sehr komisch angesehen.«

»Aber Sie haben ein Magazin gekauft«, sagte Joan.

»Ich kann immer noch nicht fassen, dass ich so etwas getan habe.«

»Besondere Zeiten erfordern besondere Maßnahmen«, stellte Joan trocken fest.

Nachdem sie sich der Zeitschrift entledigt hatte, zog Miss Ross ihre Handschuhe aus und hängte ihren Mantel neben der Tür auf. Sie ließ sich auf ihren Stuhl fallen und stöhnte leise, als müsste sie ihrem inneren Aufruhr ein wenig Luft verschaffen. Alle drei starrten auf das soeben erworbene Objekt.

Miss Ross brach das Schweigen.

»Wir müssen es wohl aufmachen.«

Joan griff nach dem Magazin und riss die Plastikhülle ab, unter der die Nahaufnahme einer nackten jungen Frau erschien.

»Ach herrje«, stöhnte Dorothy auf und legte instinktiv Tiddles die Hand über die Augen, als wären der Katze – oder ihr selbst – solche Bilder nicht zuzumuten. »Wenn es Ihnen recht ist, würde ich es gern Ihnen überlassen, das durchzublättern und vorzulesen, was für uns infrage kommt. Ich glaube, mein Willie wäre gar nicht glücklich darüber, wenn ich mir so etwas ansehe.«

Mit diesen Worten griff sie wieder nach ihrem Strickzeug, und die Katze vergrub den Kopf in ihrer Jacke. Miss Ross lehnte sich noch etwas weiter zurück, als könnte der zusätzliche Abstand die zu erwartenden traumatischen Erfahrungen mildern. Joan blätterte durch die ersten Seiten.

»Wenn ich Mr Jackson mit so etwas in der Schule erwischt hätte, hätte ich ihn übers Knie gelegt, Hausmeister hin oder her.«

»Hmm, womöglich hätte ihm das gefallen«, meinte Joan, wenig beeindruckt von den intimen Ansichten unterschiedlicher Körperteile, die sich ihr offenbarten.

»Die sind noch so jung«, stellte Miss Ross fest. »Warum lassen sie sich nur so fotografieren?«

»Wegen Geld, denke ich, und vielleicht auch, um berühmt zu werden«, vermutete Joan.

»Uns interessieren nur die Anzeigen«, sagte Miss Ross und wedelte mit der Hand Richtung Zeitschrift. Sie wollte die Sache jetzt schnell hinter sich bringen.

Joan schlug die letzten Seiten auf, und beide verfielen in Schweigen. Miss Ross sah zunehmend angeekelt aus. Schließlich las Joan den Titel einer Anzeige vor, unter der eine ältere Frau abgebildet war, die hüllenlos auf einem Sofa lag.

»Oma Muschi.«

Die Stille, die darauf folgte, war beinahe mit Händen zu greifen, bis eine leise Stimme erklang.

»Der Name ist ganz aus der Mode gekommen.«

Wie vom Donnerschlag gerührt wandten sich die anderen beiden um. Auch Tiddles sah auf. Dorothy widmete sich ungerührt ihrer Strickarbeit und schien ihr Starren gar nicht zu bemerken.

»Als ich klein war, gab es zwei Muschis in der Nachbarschaft.«

Joan formte lautlos die Worte »Herr im Himmel«, aber Dorothy ließ sich von dem stummen Gebet nicht aufhalten.

»Das Lustige war, dass die beiden nicht verwandt waren, aber beide kupferroten Pelz hatten. Und um sie auseinanderzuhalten, nannten wir sie deshalb kleine rote Muschi … und große rote Muschi.«

Tiddles ließ den Kopf wieder sinken und legte eine Pfote über die Augen. Gewissermaßen solidarisch legte Joan das Magazin in den Schoß und stützte den Kopf auf ihre Hände.

»Gäbe es doch nur mehr Menschen Ihres Schlags auf der Welt«, sagte Miss Ross.

Dorothy bekam gar nicht mit, wie sehr Joan an sich halten musste, und lächelte, weil sie das als Kompliment verstand. Ihre Freundin griff zu Papier und Stift und stieß Joan mit dem Ellenbogen in die Seite, die folgsam wieder die Zeitschrift zur Hand nahm und weiter aus den Anzeigen vorlas, wenn auch mit einiger Mühe.

»Gestandene Frauen, die wissen, wie sie's anpacken müssen …«

»Na, herzlichen Dank auch«, sagte Miss Ross. *»Fett, fünfzig und verdorben.«*

»Fast ein Limerick«, meinte Joan.

»Wollen Männer so etwas wirklich?«

»Reife Lady – nicht jugendfrei.«

»Reif ist sie zweifellos, aber ich wage zu bezweifeln, dass sie eine Lady ist.«

»Drall und prall.«

»Willst du Omi stöhnen hören?«, zitierte Miss Ross und musste bei der Vorstellung ihrerseits stöhnen.

Für die nächsten zwanzig Minuten vertieften die beiden sich in das Sexblatt, notierten Textvorschläge für ihre Anzeige, strichen sie wieder, blätterten weiter, verzogen das Gesicht und begannen von vorn. Schließlich hatten sie sich auf einen Anzeigentext geeinigt.

»Das war das Ekelhafteste, was ich je in meinem Leben gesehen habe«, stellte Miss Ross fest.

»Haben Sie einen passenden Text gefunden?«, erkundigte sich Dorothy und ließ die Nadeln sinken.

»Reife Oma erwartet deinen Anruf«, las Miss Ross von ihrem Block ab.

»Oh?«

»Ich fühle mich außerstande, deutlicher zu werden.«

»Wenn jetzt also jemand anruft, was sagen wir dann?«

»Ich werde gar nichts sagen, aber Sie beide müssen sich überlegen, wie Sie das Gespräch beginnen wollen. Joan?«

»Warum fragen Sie mich?«

»Aus unerfindlichen Gründen habe ich das Gefühl, dass Sie hier am meisten beitragen können«, antwortete sie, nahm ihr das Magazin aus den Händen und warf es energisch auf den Tisch zurück.

»Ich weiß auch nicht. Wahrscheinlich sollten wir irgendwas über ihren Willie sagen.«

»Ach du lieber Himmel«, sagte Dorothy.

»Na ja, früher oder später wird das zur Sprache kommen müssen … wenn Sie wissen, was ich meine.«

Joan gab sich alle Mühe, einen erneuten Lachanfall zu unterdrücken, aber sie prustete plötzlich los. Sie war immer noch nicht darüber hinweg, was Dorothy über Muschis gesagt hatte. Es war ungewiss, ob ihr das je gelingen würde.

»Sie müssen die einleitenden Sätze üben«, mahnte Miss Ross und dachte bei sich, dass sie wohl für den Rest ihres Lebens wie eine Schulleiterin klingen würde, ganz egal, wo sie war und was sie tat.

»Wir haben ja noch nicht einmal ein Telefon«, meinte Dorothy.

»Nun, dann müssen wir eben improvisieren«, erwiderte Miss Ross und sah sich um. Ihr Blick blieb an der Obstschale hängen. Sie zeigte mit dem Finger darauf, bis Joan den Hinweis verstand und Dorothy eine Banane reichte.

»Bitte sehr, Ihr Telefon.«

Misstrauisch betrachtete Dorothy die Banane und deponierte sie vorsichtig auf ihrem Bein neben der Katze. Tiddles hob kurz den Kopf, um das unbekannte Objekt zu untersuchen, verlor aber rasch das Interesse.

»Was soll ich sagen?«

»Wie wäre es, wenn Sie sie mit ›mein Großer‹ ansprechen?«, schlug Joan vor. »Männer scheinen das zu mögen.«

»Gut. Nur keine falsche Zurückhaltung.«

Dorothy fixierte die gelbe Frucht, die sich perfekt der Rundung ihres Oberschenkels anpasste, sagte aber nichts. Joan dachte, dass Worte der Ermutigung nötig seien.

»Wenn Sie das nicht üben, werden Sie kein Wort herausbringen, wenn es ernst wird.«

»Aber es klingelt doch gar nicht.«

Joan spürte einen neuerlichen Lachkrampf in sich aufsteigen, während Miss Ross, die sich noch nicht von der erniedrigenden Erfahrung am Zeitungskiosk erholt hatte, langsam die Nerven verlor.

»Oh, um Himmels willen! Klingeling, klingeling.«

Dorothy legte die Banane zögernd ans Ohr.

»Hallo, mein Lieber ...«

»Völlig ausgeschlossen! Das können Sie so nicht sagen.« Miss Ross schüttelte den Kopf.

Dorothy legte die Hand auf das untere Ende der Banane.

»Aber das würde ich normalerweise sagen«, flüsterte sie.

»Sie müssen gefälliger sprechen«, meinte Joan und versuchte zu erklären, worum es bei der Übung ging. »Diese Männer wollen zwar mit einer reiferen Frau reden, aber sie wollen wahrscheinlich nicht das Gefühl haben, dass ihre Großmutter in der Leitung ist.«

»Das ist mir zu hoch«, sagte Dorothy kopfschüttelnd und legte die Banane wieder auf ihr Bein wie einen Hörer auf die Gabel. »Ich kann das einfach nicht.«

»Kommen Sie, geben Sie mir den Hörer!«, rief Joan enthusiastisch. So langsam begeisterte sie sich für die Sache.

Dorothy zögerte kurz und reichte Miss Ross die Banane, die sie an Joan weitergab. Joan legte sie behutsam auf ihrem Bein ab. Stille erfüllte den Raum, bis Miss Ross begriff, warum nichts passierte. »Oh Herr, gib mir Geduld! Klingeling, klingeling.«

Joan hob das Bananentelefon ans Ohr und hauchte mit aufreizender Stimme in die imaginäre Sprechmuschel. Die beiden anderen sahen sich überrascht an.

»Hallo … mein Großer. Ich habe mich schon so danach gesehnt, deine tiefe, männliche Stimme zu hören, die mich aus der Ferne liebkost. Ich hoffe, du kannst mir etwas Gutes tun, damit ich mich nicht mehr so einsam fühle. Ganz bestimmt bist du fantastisch darin, eine Frau zu verwöhnen …«

Triumphierend hielt Joan die Banane in die Höhe und wartete gespannt darauf, was ihre Freundinnen zu dieser eindrucksvollen Darbietung sagen würden. Tiddles, die an ein gewisses Maß an höflichem, kultiviertem Umgang unter den Heimbewohnern gewöhnt war, sprang auf den Boden und verschwand unter dem Bett.

»Sind Sie sicher, dass Sie das zum ersten Mal machen?«, fragte Miss Ross verblüfft.

»So, und jetzt versuchen Sie es noch einmal.«

Das ›Telefon‹ wurde weitergereicht, und Miss Ross übergab es an die widerstrebende Empfängerin.

»Sie sind dran.«

Halb Hilfe suchend, halb um Entschuldigung bittend für das, was sie im Begriff war zu tun, sah Dorothy zu der Fotografie von Willie hinüber und legte die Banane ans Ohr.

»Hallo … mein Großer. Hier ist … Delilah. Ich wüsste gern … wüsste zu gern, wie … wie das Wetter bei dir ist?«

Vierunddreißig

Seit zehn Minuten starrten Joan, Miss Ross und Dorothy in Dorothys Zimmer auf das brandneue Telefon, das dort mittig und für alle gut erreichbar platziert worden war.

»Es klingelt nicht«, stellte Dorothy fest.

»Die Leitung ist ja erst heute Morgen aktiviert worden«, meinte Miss Ross. »Wahrscheinlich müssen wir einfach warten, bis der Richtige – oder der Falsche, wie man es nimmt – unsere Anzeige liest.«

»Hoffentlich war nicht alles vergebens«, seufzte Joan.

»Jetzt liegt alles in Gottes Händen«, sagte Dorothy.

Eine nach der anderen nahm ihr Strickzeug auf. Joan hatte sich entschlossen, es mit Teekannenwärmern zu versuchen, während Miss Ross ein Babyjäckchen in Angriff nahm, nicht aus einem Anfall von Mütterlichkeit oder weil sie Verwandte hätte, die Nachwuchs erwarteten, sondern um sich einer neuen Herausforderung zu stellen.

»Ich mache mich an einen extralangen Schal«, erzählte Dorothy, die zwischen ihren verschiedenen Projekten nach Lust und Laune hin und her wechselte. »Meinem Willie hätte er bestimmt gefallen. An ihm war nicht ein Gramm Fett, und da, wo wir wohnten, gab es ja nur wilde, nackte Natur. Der arme Willie war im Winter immer ganz steif vor Kälte.«

Da läutete das Telefon. Der ganze Raum war ein einziges schrilles Klingeln. Die drei schrien vor Schreck auf, und ihre Stricknadeln erstarrten in der Luft wie filigrane Eisskulpturen, einige Maschen auf den Nadeln, einige heruntergefallen, ein winziger Ärmel kurz vor dem Bündchen, die Reihe am Teekannenwärmer nur halb fertig. Das Klingeln echote durch den Raum, bis Miss Ross den Bann brach.

»Na los, jemand muss rangehen!«

»Joan, es war Ihre Idee.«

»Aber es ist Ihr Telefon. Sie müssen es tun. Und denken Sie an die Sätze, die wir vereinbart haben.«

»Himmel Herrgott! Ich habe doch unsere Flyer nicht in jeder schmierigen Kneipe im Ort verteilt, damit niemand den Hörer abnimmt, wenn es endlich klingelt!«

Miss Ross nahm die Stoppuhr, die auf dem Boden neben ihrem Stuhl lag, und legte sie griffbereit neben sich. Dorothy blickte Hilfe suchend zu Willie hinüber, der sie wie immer einfach nur anlächelte. Sie ließ ihr Strickzeug in den Schoß sinken, legte den Bilderrahmen mit dem Gesicht nach unten – das hatte sie noch nie getan – und nahm den Hörer ab. Augenblicklich erfüllte eine atemlose Stille den Raum, die gleiche angespannte Stille wie in einem Dokumentarfilm, kurz bevor der heranschleichende Löwe sich auf seine Beute stürzt.

»Hallo?«

Joan und Miss Ross formten lautlos die Worte ›mein Großer‹, bis der Groschen bei Dorothy fiel.

»Hallo … mein Großer.«

Die anderen schienen zufrieden.

Dorothy lauschte angestrengt und sah mit wachsender Verblüffung zu Tiddles hinunter, die auf einem Kissen zu ihren Füßen schlief.

»Einen kleinen Moment, mein Lieber«, sagte sie und legte die Hand auf die Sprechmuschel. »Das ist aber sehr seltsam.«

»Wieso? Was hat er gesagt?«, fragte Miss Ross.

»Er will wissen, ob die Katze auch brav ist.«

»Die Katze!«

»Ja.«

»Was hat er genau gesagt?«, wollte Joan wissen.

»Er hat gefragt, ob meine alte Muschi sehr ungezogen ist.«

»Aber nein, er meint doch …«

Joan schaffte es beim besten Willen nicht, den Satz zu vollenden. Ein neuerlicher Lachanfall stieg unaufhaltsam in ihr auf und wogte in Wellen knapp unter der Oberfläche, wie ein bis an den Rand gefüllter Stausee, bei dem nur ein weiterer Regentropfen fehlt, um eine Katastrophe auszulösen. Es bedurfte einer schier übermenschlichen Anstrengung, nicht die Kontrolle zu verlieren, denn das hätte alles nur noch schlimmer gemacht.

»Sprechen Sie mit ihm«, beschwor Miss Ross Dorothy. »Sagen Sie irgendwas. Halten Sie ihn in der Leitung.«

»Hallo, mein Lieber, entschuldigen Sie, dass Sie warten mussten. Tja, was soll ich sagen, sie neigt schon etwas zum Streunen. Gestern hat sie sehnsüchtig auf Mr Adams' Bett gewartet, und als er in sein Zimmer kam – er ist ganz schön erschrocken. Meistens ist sie aber ganz brav, wenn es auch manchmal vorkommt, dass sie sich recht ungezogen verhält. Ab und an macht sie es sich im Blumenbeet bequem, und sie rekelt sich wohlig zwischen den Stängeln …«

Joan war drauf und dran, ihr inneres Gefecht zu verlieren, und stopfte sich schnell einen Teil des Teekannenwärmers in den Mund. Dorothy hörte eine Weile zu und deckte dann wieder die Sprechmuschel zu.

»Also das hätte ich ja nicht gedacht. Er interessiert sich sehr für

Katzen. Jetzt will er wissen, ob sie auch mal so richtig wild wird. Stimmt etwas nicht mit Joan?«

»Beachten Sie sie einfach nicht. Halten Sie ihn weiter bei der Stange.«

»Sind Sie noch da? Ja, doch, ich würde schon sagen, dass sie im Laufe des Tages von Dutzenden Händen gestreichelt wird. Hmm. Oh ja, hier herrscht immer reger Verkehr. Wir haben dreißig Zimmer, und selbst beim Personal ist sie sehr beliebt.«

Dorothy lauschte angestrengt darauf, was ihr Gesprächspartner sagte, aber der Regentropfen war gefallen, und die seltsam jaulenden Laute von der anderen Seite des Zimmers begannen sie zu irritieren.

»Oh ja, wir haben Angestellte. Aber auch unsere Besucher sind ganz wild auf sie. Manchmal gibt es fast Streit darum, wer sie anfassen darf.« Dorothy blickte überrascht auf. »Oh, jetzt hat er aufgelegt. Aber er fand mich ganz außergewöhnlich. Nett von ihm, findet ihr nicht?«, sagte sie und legte den Hörer zurück.

Sie erhielt keine Antwort. Miss Ross war damit beschäftigt, Zahlen in den Taschenrechner zu tippen. »Gut gemacht. Wir haben zwei Pfund und dreißig Pence verdient.«

»Ist das wahr? Mit diesem einen Anruf? Das ist ja fantastisch. Ich hätte nie gedacht, dass es so einfach ist. Soll ich uns ein Tässchen Tee zur Feier des Tages machen? Das wird Joan bestimmt guttun. Sie scheint heute nicht ganz sie selbst zu sein.«

Fünfunddreißig

Seit mehreren Tagen waren keine Anrufe mehr eingegangen. Die drei Freundinnen begannen sich zu fragen, ob ihre Mühe wohl vergeblich und all die schlaflosen Nächte unnötig gewesen waren. Die Bilanz ihres Projekts sah nicht rosig aus. Allein die Einrichtung der Hotline hatte über hundert Pfund gekostet.

Miss Ross holte gerade ihr Strickzeug aus Dorothys Zimmer, als das Telefon völlig unerwartet zu klingeln begann. Sie stieß einen kurzen, spitzen Schrei aus, an das Telefon hatte sie in diesem Moment gar nicht gedacht. Dies war ein Szenario, das so nicht vorgesehen war. Außer Tiddles, die auf einem Stuhl schlief, war niemand im Raum.

Sie war von Anfang an gegen diesen abwegigen Plan gewesen und hatte nur mitgemacht, weil sie helfen wollte – aber nicht auf diese Weise. Die anderen beiden waren im Aufenthaltsraum, zu weit weg, um sie schnell zu holen. Das Klingeln dauerte an. Vielleicht sollte sie es einfach ignorieren, ihre Sachen nehmen und wieder gehen. Niemand würde davon erfahren. Der Anrufer würde bestimmt gleich auflegen und ihr die Entscheidung abnehmen.

Doch es hörte nicht auf zu läuten. Wer auch immer da anrief, gab sich so leicht nicht geschlagen. Miss Ross ging zu dem Tischchen und starrte das Telefon an. Sie griff nach dem Hörer – und zog die Hand wieder zurück. Wenn sie den Anruf jetzt entgegennahm, wäre sie einer widerlichen Welt pervertierter Lust ausgesetzt, mit der sie nichts am Hut haben wollte.

Aber bisher hatten sie erst ganze zwei Pfund und dreißig Pence verdient …

»Hallo?«

Ihre Stimme kam ihr ungewöhnlich hoch und piepsig vor, es fehlte nicht viel, und sie wäre ihr vor Aufregung weggeblieben. Sie atmete sehr tief durch. Dieses Mal klang ihre Stimme erstaunlich tief.

»Hallo.«

Ihr Mund formte die Worte ›mein Großer‹, wie vor einigen Tagen, als Dorothy ans Telefon gegangen war. Aber es half nichts. Sie brachte sie nicht über die Lippen.

»Was kann ich für Sie tun?«

»Ich hatte schon ein bisschen mehr erwartet als ›Was kann ich für Sie tun?‹ Wie wäre es mit etwas, das auch anturnt?«

»Ja … also … mal sehen … äh, hallo, mein Großer.«

»Ist das alles? Ich gebe doch nicht mein gutes Geld dafür aus, nur um ›mein Großer‹ genannt zu werden!«

Das war zu viel für Miss Ross.

»Was soll ich denn Ihrer Meinung nach sagen? Glauben Sie, ich habe nichts Besseres zu tun, als hier zu stehen und mir irgendwelche unanständigen Sachen auszudenken, nur für Ihren persönlichen Lustgewinn?«

»Na kommen Sie schon. Erzählen Sie mir von Ihren Titten.«

»Also, das ist unerhört, junger Mann, das kommt überhaupt nicht infrage. Wenn Sie mein Schüler gewesen wären, hätte ich Ihnen dafür dermaßen den Hintern versohlt, dass Sie wochenlang nicht hätten sitzen können!«

»Oh ja, schon besser, jetzt kommen wir allmählich ins Geschäft. Ich kann meine Schuluniform anziehen.«

»Ihre Schuluniform!«

»Ich reserviere ein Zimmer im *Station Hotel.* Freitagnachmittag. Auf den Namen Fraser.«

»Sie können so viel reservieren, wie Sie wollen, Mr Fraser, wenn Sie überhaupt so heißen. Ich kann Ihnen versichern, dass Sie dort mutterseelenallein sitzen werden.«

»Hören Sie zu. Ich will keinen Sex oder etwas in der Art ... nur Schläge. Ich verspreche, Sie können Ihre Sachen anlassen, sogar den Mantel, wenn Sie wollen. Ich zahle hundertfünfzig.«

Das Gespräch wurde immer surrealer. Miss Ross wurde schwindelig. Sie konnte nicht glauben, dass sie mit einem Fremden über solche Dinge sprach. Sie hatte überhaupt noch nie mit irgendjemandem über so etwas geredet. Zu allem Überfluss klang der Anrufer gar nicht besonders schmierig, sogar recht gebildet, was die Angelegenheit noch bizarrer machte. Unbewusst begann sie, die Perlen ihrer Kette durch die Finger gleiten zu lassen.

»Einhundertfünfzig? Für Schläge?«

»Haben Sie ein Kartenlesegerät?«

»Nein, ich besitze kein Kartenlesegerät!«

»Wie steht es mit Rabatt, wenn ich gleich eine 10-er-Karte kaufe?«

»Es gibt keinen Rabatt, wenn Sie eine 10er-Karte kaufen. Es gibt keine 10er-Karte, es gibt nicht mal eine 1er-Karte.«

»Alles klar, ich sehe schon, Sie sind der Typ harte Geschäftsfrau – zweihundert dann, in bar. Sie bekommen das Geld vorher. Fairer geht's wirklich nicht.«

»Zweihundert Pfund! Das ist ein absurder Betrag.«

»Gehört alles Ihnen, Sie können damit machen, was Sie wollen.

Nur eine halbe Stunde. Ich lade Sie danach auch zu einem Milchshake ein.«

»Einen Milchshake!«

Der Vorschlag des Anrufers machte Miss Ross so fassungslos, dass sie nicht wusste, was sie sagen sollte. Am liebsten hätte sie ihn wild beschimpft, auch wenn sie darin nicht besonders viel Übung hatte (schon gar nicht mit richtigen Schimpfwörtern), aber sie war völlig sprachlos.

Offenbar verstand der Mann auf der anderen Seite der Leitung dies als Einverständnis.

»Okay, dann am Freitag um drei. Seien Sie pünktlich.«

Und damit legte er auf. Miss Ross war so durcheinander, dass sie, obwohl sie wusste, dass er sie nicht mehr hören konnte, in den Hörer schrie.

»Was fällt Ihnen ein! Ich warne Sie, wehe, Sie wagen es noch einmal, so mit mir zu sprechen, Sie widerlicher, abscheulicher kleiner Wicht!«

Sie knallte den Hörer auf und sackte auf ihrem Stuhl in sich zusammen. Die Hand, die immer noch die Perlen hielt, zitterte. Tiddles beobachtete sie gespannt. Auch wenn sie in keiner engeren Beziehung mit dieser speziellen Bewohnerin stand, so war sie doch immer eine exzellente Zuhörerin und in diesem Fall auch die Einzige, der Miss Ross sich anvertrauen konnte.

»Oh, Tiddles, was für ein Albtraum! Aber zweihundert Pfund …«

Sechsunddreißig

Freitag, 1. Juli
Kann ich so etwas Unaussprechliches tun? Kann ich alles, was mir wichtig ist, einfach so verraten? In meinem ganzen Leben habe ich noch nie in einer solchen Zwangslage gesteckt. Allein so etwas in Erwägung zu ziehen ist völlig absurd. Und doch sitze ich hier und schreibe darüber, als wollte ich mich selbst davon überzeugen, dass der gute Zweck ein so grauenvolles Tun rechtfertigt und deshalb zu verzeihen ist. Bin ich trotz all meines Wissens, meiner Bildung und Erziehung eine Närrin? Ich kann nicht mehr logisch denken, und es gibt niemanden, dem ich mich anvertrauen kann.

Siebenunddreißig

Father Connelly hatte bei mehr als einer Gelegenheit verkündet, dass Mrs O'Reilly wohl die starrköpfigste Person sei, die er je in seiner Gemeinde gehabt hatte. Fast als wollte sie ihrem Ruf alle Ehre machen, weigerte sie sich, allen Voraussagen zu ihrem unmittelbar bevorstehenden Ableben Folge zu leisten, und begann, sich nach und nach wieder zu erholen. Als die heißen Sommertage in den Juli übergingen, war sie beinahe wieder die Alte, etwas wackeliger vielleicht, was aber der Schärfe ihres Verstandes und ihrer Zunge keinerlei Abbruch tat.

Ihr schlechter Gesundheitszustand hatte sie immerhin davor bewahrt, Mrs Winchester-Fowlers Bekanntschaft zu machen, der es gelungen war, sich mit den meisten Bewohnern zu überwerfen. Selbst Tiddles ging ihr aus dem Weg, auch wenn Mrs Winchester-Fowler gern und regelmäßig verkündete, eine große Katzenliebhaberin zu sein.

Ihr Zimmer war vollgestopft mit einer erstaunlichen Menge an eleganter Garderobe, und sie verbrachte den überwiegenden Teil des Tages damit, sich umzuziehen. Sie war inzwischen bekannt dafür, zum Lunch oder zu Ausflügen in völlig unpassender Aufmachung zu erscheinen. Allerdings war sie wegen dieser Manie aber auch immer gut beschäftigt, sodass sich alle hüteten, sie auf diesen Umstand aufmerksam zu machen.

Zum Gottesdienst an diesem Morgen trug sie eine Robe, die sich eher für einen Tanzabend geeignet hätte. Der Pfarrer der *Church of Scotland* kam an jedem ersten Samstag im Monat ins *Highland Home*, um eine Andacht zu halten, an der die allermeisten Bewohner ganz unabhängig von ihrer Glaubensrichtung teilnahmen, obwohl auch Vertreter anderer Kirchen wie der *Free Church of Scotland*, der Schottischen Episkopalkirche oder der Baptisten das Haus regelmäßig besuchten.

Walter hielt sich von den Gottesdiensten fern. Nachdem Moira gestorben war, hatte er nichts mehr mit der Kirche zu tun haben wollen. Außerdem hatten sich seine Tochter und seine Enkelinnen zu einem Besuch nach dem Mittagessen angekündigt, was an diesem Tag natürlich Priorität für ihn hatte.

Heather und Penny waren dreizehn und vierzehn und auf dem besten Weg, sich in junge, attraktive Frauen zu verwandeln. Dennoch benahmen sie sich oft noch wie kleine Mädchen, was Walter entzückend und besorgniserregend zugleich fand. Er hatte Dorothy heimlich darum gebeten, die beiden für eine Weile mit nach draußen zu nehmen. Als die erste Begrüßung vorbei war und Umarmungen und Küsse getauscht waren, traf es sich also, dass seine Komplizin zufällig vorbeikam und sich ganz unschuldig erkundigte, ob die Mädchen vielleicht den Garten sehen wollten.

»Du siehst gut aus, Dad«, stellte Becky fest, als sie sich in einer ruhigen Ecke im Wintergarten niederließen.

»Mir geht es auch gut«, sagte er. »Die Mädchen werden langsam groß. Seit eurem letzten Besuch sind sie schon wieder viel erwachsener.«

»Ja, es geht viel zu schnell. Ich komme kaum noch mit. John lässt dich grüßen. Es tut ihm leid, aber er konnte nicht kommen.«

Sein Schwiegersohn war ein guter Kerl, auch wenn er zu wenig

Zeit für seine Familie hatte – er leitete ein kleines Wirtschaftsprüfungsbüro und arbeitete fast rund um die Uhr.

»Ich bin froh, dass wir Gelegenheit haben, unter vier Augen zu sprechen«, begann Walter. »Ich wollte dir erzählen, dass ich eine Entscheidung getroffen habe.«

»Was ist denn los?«

»Ich werde *Highland Home* verlassen.«

Als Dorothy wieder mit den Mädchen hereinkam, trafen sie auf Mrs Winchester-Fowler, die gerade dabei war, etwas zu streicheln, das Ben auf dem Arm hielt.

»So eine süße Katze«, sagte sie, als sie die drei bemerkte. »Und so freundlich, nicht wahr, meine Schöne? Genau wie meine Siamkatzen.«

Der Pfleger war sichtlich zwischen leichter Verlegenheit und Belustigung hin- und hergerissen.

»Tiddles war ein bisschen schüchtern, deshalb habe ich mir gedacht, ich bringe sie mal her«, erklärte er mit einem Zwinkern und blickte auf die Perücke herab, die er unter dem Arm trug, eines von Beatrice Ersatzhaarteilen.

»Sie ist wirklich ein besonders liebes Tier«, sagte Dorothy und streckte ihre Hand aus, um den braunen Schopf zu streicheln.

Das war zu viel für Heather und Penny. So sehr sie sich in der letzten halben Stunde bemüht hatten, wie erwachsene junge Damen zu wirken, so schnell verflog der Eindruck, als sie sich jetzt hilflos kichernd aneinanderklammerten. Sie hatten sich immer noch nicht beruhigt, als sie schon wieder bei ihrer Mutter und ihrem Großvater saßen. Sie konnten vor lauter Lachen kaum sprechen und saßen auf dem Sofa wie gackernde Hühner auf der Stange.

Dorothy erzählte, was der Grund für den Lachanfall war. Walter lächelte liebevoll und dachte, wie verletzlich die beiden jungen Mädchen mit ihrem Make-up und Erwachsenen-Outfit aussahen. Dieser Gedanke bestärkte ihn nur noch darin, seinen Plan auszuführen.

In der folgenden Woche wartete besonders viel Arbeit auf die Heimleiterin, und als sie an diesem Montag in ihrem Büro saß, musste sie sich eingestehen, dass sie sich das größtenteils selbst zuzuschreiben hatte. Vor einigen Monaten hatte sie vorgeschlagen, dass jeder Bewohner eine Liste der Dinge erstellt, die er oder sie noch gern tun würden, und die zwei oder drei wichtigsten Punkte zu markieren. Der Zusatz »bevor Sie sterben« war überflüssig und auch der Hinweis, dass die Wünsche umsetzbar sein mussten. Niemand von ihnen würde noch anfangen, schottische Gipfel, die Munros, zu erklimmen.

Einige der aufgezählten Wünsche waren recht gewöhnlich, sodass Maureen sich fragte, warum die Leute sie nicht längst umgesetzt hatten, als sie noch rüstiger waren. Aber vielleicht erlaubten erst das Alter und der bevorstehende Tod die Freiheit, auf ganz neue Art und Weise ehrlich zu sich selbst zu sein.

Soziologen bezeichnen zwischen 1925 und 1945 Geborene als die ›Stille Generation‹, die Recht und Ordnung respektiert, bereit war, hart zu arbeiten, sich anzupassen, Opfer zu bringen und Geduld zu üben. Letzteres fiel vermutlich immer schwerer, wenn einem nicht mehr viel Zeit blieb.

Duftkerzen herstellen, ins Ballett gehen, sich tätowieren lassen und einmal einen Feuerwehrwagen fahren (auch wenn Stella genau genommen nur auf dem Fahrersitz sitzen und die Sirene betätigen durfte) waren Dinge gewesen, die sich relativ problemlos hatten realisieren lassen.

Meg und Peg hatten den Wunsch geäußert, einmal in ihrem Leben Brautjungfern zu sein, und ein kleiner Artikel im Lokalblatt hatte dazu geführt, dass ein Paar, das gerade heiraten wollte, ihnen anbot, diese Rolle bei ihnen zu übernehmen. Der hauseigene Kleinbus hatte sich voll besetzt auf den Weg zu der Kirche gemacht, und die beiden hatten ihre Sache außerordentlich gut gemeistert, was letztlich auch für viel Aufmerksamkeit in den Medien gesorgt hatte.

Am kommenden Mittwoch würde Mrs O'Reilly zum örtlichen Schwimmbad begleitet werden, wo sie sich ihren Wunsch, einmal in einem Whirlpool zu baden, erfüllen sollte. Joyce wollte Schwimmen lernen. An diesem Tag gab es einen Ausflug zu einem nahe gelegenen Bauernhof, was zwei Bewohner auf ihren Listen notiert hatten. Jemand anderes wollte gern einmal auf einem Pferd reiten, und so würden fünfzehn von ihnen auf eine ganz besondere Exkursion gehen.

Die zu beachtenden Sicherheitsmaßnahmen waren der blanke Wahnsinn. Maureen – wie üblich in ihrem kurzärmeligen Kasack – war gerade dabei, eine E-Mail zu diesem Thema zu studieren, als die Tür aufflog und Mrs Winchester-Fowler hereinstürmte.

»Du Flittchen!«, rief sie entrüstet und deutete auf ihre bloßen Arme. »Den lieben langen Tag sitzt du nur rum und guckst in die Glotze. So geht das nicht!« Ehe Maureen sie daran hindern konnte, hatte sie sich schon gebückt und den Computer ausgesteckt. »So. Genug gefaulenzt. Hoch mit dir und an die Arbeit!«

Miss Ross verbrachte den Abend in ihrem Zimmer. Sie hatte den anderen gesagt, dass sie einige Briefe schreiben müsse. Das stimmte auch, aber der wahre Grund war, dass sie allein sein wollte. Das Gespräch mit dem Anrufer, der von ihr geschlagen werden wollte, hatte sie die ganzen letzten Tage verfolgt und lag ihr wie eine schwere Last auf der Seele. Sie saß an ihrem Schreibtisch und fingerte nervös an ihrer Perlenkette.

Beim Abendessen war der kurzweilige Besuch auf dem Bauernhof das Gesprächsthema gewesen und die Stimmung aufgedreht. Sie hatte ohne besonderes Interesse zugehört und sich nur ab und zu ein Lächeln oder Nicken abgerungen, um die Form zu wahren. Sie hasste es, nicht zu wissen, was sie tun sollte, und ging schließlich mit dem Wissen ins Bett, dass sie eine weitere schlaflose Nacht verbringen und am nächsten Morgen unweigerlich wieder mit demselben schrecklichen Dilemma konfrontiert sein würde.

Für Dienstag waren keine Ausflüge geplant, aber im Haus ging es auch ohne Zusatzprogramm betriebsam genug zu. Um neun kam die Friseurin und öffnete den winzigen ›Salon‹, der einem echten liebevoll nachempfunden war. Es gab sogar einen Stapel Zeitschriften, in denen die Kunden blättern konnten, während sie warteten.

Sie kam an zwei Vormittagen in der Woche zum Schneiden, Waschen, Föhnen und machte Haarkuren und Dauerwellen. Zwei Frauen ließen sich die Haare färben, auch Joan, die ihrem Hellblond treu blieb. Auch die Männer ließen sich hier die Haare schneiden, nur Walter ging lieber zu einem Herrenfriseur in der Stadt.

Als es Zeit für den Nachmittagskaffee wurde, waren die Fußpflegerin und der Optiker noch dabei, ihre Termine für den Tag abzuarbeiten. Vorher war der Bücherbus da gewesen, und die Gemeindekrankenschwester hatte ihren Routinebesuch absolviert. Der örtliche Allgemeinarzt hatte einen Hausbesuch bei Mr Adams gemacht, der sich am Bein verletzt hatte, als er beim Verlassen des Speisesaals gefallen war. Fallen war die häufigste Ursache für Verletzungen bei den Bewohnern. Das Personal konnte noch so umsichtig sein, manchmal war es einfach nicht zu verhindern.

Zwei Mitglieder der *Freunde des Highland Home* saßen im Büro und besprachen die Pläne für eine Benefizveranstaltung, die in zwei Wochen stattfinden sollte. Maureen war ihnen aufrichtig dankbar für ihre Initiative, wünschte jedoch, sie würden nicht ständig vom Thema abschweifen. Für Donnerstag hatte die Heimaufsicht einen ihrer Kontrollbesuche angekündigt, wofür sie noch einiges vorzubereiten hatte.

Und so verging eine geschäftige Woche. Mrs O'Reilly amüsierte das ganze Schwimmbad vom Whirlpool aus mit spitzen Schreien des Entzückens, während Joyce ohne Hilfe einige Schwimmzüge im Schwimmerbecken nebenan schaffte und daraufhin erklärte, dass sie jetzt schwimmen könne. Die übliche Karawane an Vertretern verschiedenster Fachdienste, Familienangehörigen, Freunden, Lieferanten, Taxifahrern und vielen anderen kam zur Tür hinein, erledigten, was zu erledigen war, und ging wieder. Auch der Besuch der Heimaufsicht war ohne besondere Vorkommnisse verlaufen, wenn man mal davon absah, dass Mr Forsyth es sich nicht hatte nehmen lassen, der Dame einen Klaps auf den Hintern zu geben.

Donnerstagabend saßen die Bewohner gut gelaunt im Aufenthaltsraum beieinander und unterhielten sich angeregt über die Ereignisse der vergangenen Tage. Nur eine fehlte: Miss Ross.

Sie lag reglos auf ihrem Bett, starrte wie in Trance die Zimmerdecke an und fühlte das Grauen in sich aufsteigen. Dieses Gefühl beherrschte inzwischen ihre Tage und ihre Nächte so vollständig, dass sie sie kaum noch auseinanderhalten konnte. Sie fürchtete sich davor einzuschlafen, und sie fürchtete sich davor aufzuwachen. Und morgen war der Tag, an dem sie eine Entscheidung treffen musste …

Achtunddreißig

Sie ging den Bürgersteig entlang, und jeder Schritt fühlte sich an wie ein Stich in ihre Seele, als ob ein unsichtbares Messer mit jedem Meter, den sie zurücklegte, ein Stück aus ihr herausschnitt. Als sie den Zebrastreifen überquerte, verlor sie ein Stück Moral, und als sie das Postamt hinter sich gelassen hatte, war sie um einen Teil ihrer Würde ärmer. Beim Lebensmittelladen fiel ein Stück Empfindsamkeit von ihr ab und blieb im Rinnstein liegen.

Miss Ross hatte sich in ihrem ganzen Leben noch nicht so gefürchtet. Ihr Magen revoltierte und sie würde, sobald sie im *Station Hotel* ankam, sofort eine Toilette aufsuchen müssen. Sie redete sich ein, dass sie gar nicht auf dem Weg war, um sich mit diesem schrecklichen Mann zu treffen, dass es ihr freistand, jederzeit umzukehren.

Aber tief in ihrem Herzen wusste sie, dass es kein Zurück gab. Für zweihundert Pfund konnte Dorothy eine Woche im *Highland Home* wohnen. Die Anrufe, die mittlerweile auf ihrer Sex-Hotline eingingen, brachten etwas Geld ein, aber nicht annähernd genug, um die erhöhten Gebühren aufzufangen. Was ihr bevorstand, würde das Grauenvollste werden, was sie je erlebt hatte, aber wenn sie nicht bereit war, Opfer zu bringen, was war ihre Liebe dann wert? War sie so oberflächlich, dass sie bei der ersten echten Prüfung gleich klein beigab?

Das Für und Wider, ob es richtig oder falsch war, was sie da im Begriff war zu tun, schwirrte ihr im Kopf herum wie ein wild gewordener Schwarm Hornissen. Dann war sie am *Station Hotel* angekommen, und all das spielte plötzlich keine Rolle mehr: Was auch immer dort geschehen würde, würde geschehen, moralische Bedenken hin oder her.

Sie hasste es zu lügen. Sie hatte den anderen gesagt, dass sich unerwartet ein entfernter Cousin gemeldet habe. Er sei vor Kurzem in die Gegend gezogen und wollte sich auf einen Nachmittagstee treffen. Sie kam selten in diesen Teil der Stadt, aber sie blickte sich dennoch vorsichtig um, bevor sie das Hotel betrat, und musterte argwöhnisch die Angestellte an der Rezeption. Glücklicherweise sagte ihr das Gesicht nichts.

»Kann ich Ihnen behilflich sein?«, fragte die Frau freundlich.

»Ja, ich bin hier mit meinem Cousin verabredet … Mr Fraser. Könnten Sie ihm bitte sagen, dass ich hier bin?«

Die Rezeptionistin wählte eine Nummer, informierte den Gast auf dem Zimmer, dass er Besuch habe, wartete kurz seine Antwort ab, dankte ihm und legte auf.

»Mr Fraser bittet Sie, auf sein Zimmer zu kommen«, sagte sie. »Es ist die neunundzwanzig, auf der ersten Etage.«

»Danke, ich müsste nur vorher kurz einmal die Damentoilette benutzen.«

»Natürlich. Das wäre gleich die dritte Tür rechts.«

Miss Ross murmelte ein ›danke‹ und folgte der Wegbeschreibung. Eine Dame ihres Alters im schicken Tweedkostüm war ein Sinnbild von Anstand, und sie dachte erleichtert, dass niemand von ihrem Äußeren auf ihr Vorhaben schließen würde. Trotzdem hatte sie das ungute Gefühl, die junge Dame am Empfang wusste genau, was vor sich ging.

Vielleicht traf sich der Mann hier ja öfter mit Frauen. Warum um alles in der Welt war ihr dieser Gedanke noch nicht gekommen? Miss Ross betrat eine Kabine, schloss die Tür ab und lehnte sich entmutigt dagegen. Wenn er dieses Hotel regelmäßig frequentierte, wusste das Personal bestimmt längst, dass sich auf seinem Zimmer unheilvolle Dinge abspielten. Ihr wurde schlecht. Als sie endlich vor Zimmer Nr. 29 stand, hatte sie das Gefühl, sich übergeben zu müssen.

Noch kannst du zurück, geh einfach wieder.

Sie hob die Hand.

Es muss doch möglich sein, auf andere Weise zu Geld zu kommen.

Sie zögerte.

Dorothy würde so etwas niemals wollen.

Sie klopfte.

Die Tür ging auf, und der Mann, der ihr Kunde war, betrachtete sie von oben bis unten und grinste.

»Ich weiß es wirklich zu schätzen, dass Sie gekommen sind«, sagte er und trat zurück, um sie hineinzubitten.

Sie ergab sich in ihr Schicksal und trat ein. Er schloss die Tür leise hinter ihr. Miss Ross ging zum Fenster, um möglichst viel Abstand zu gewinnen, und drehte sich dann um, um sich den Mann näher anzusehen. Er studierte sie ebenfalls. Er wirkte gar nicht wie … nun ja, sie wusste nicht, was sie erwartet hatte. Eigentlich sah er ziemlich normal aus, ein Mann Anfang vierzig, mit leichtem Bauchansatz, aber gut gekleidet, außerdem machte er einen intelligenten Eindruck. Der Raum war ein ganz gewöhnliches Hotelzimmer. Es hatte ein Doppelbett, aber das hieß heutzutage ja nichts.

»Kann ich Ihnen etwas zu trinken anbieten?«

Auch wie er redete, sprach für eine gewisse Bildung. Ihr war natürlich klar, dass dieser Anschein von Normalität keine Garantie dafür war, dass von ihm keine Bedrohung ausging. Wie ›normal‹ war es denn schon, eine Frau fortgeschrittenen Alters in ein Hotelzimmer zu bestellen, um sich verprügeln zu lassen?

Würde er wirklich eine Schuluniform anziehen?

Miss Ross schüttelte den Kopf. Die Stimme, die dafür bekannt gewesen war, eine ganze Aula ungehorsamer Schüler zur Ordnung rufen zu können, versagte ihr den Dienst. Der Mann schenkte sich einen Whisky ein, nahm seine Brieftasche heraus und zählte langsam druckfrische 20-Pfund-Noten auf den Tisch neben dem Bett.

»Wir hatten zweihundert vereinbart, nicht wahr?«

Dabei blieb er so ruhig, als ob er gerade seine Rechnung im Restaurant bezahlte. Er zeigte nicht die geringste Nervosität. Miss Ross zitterte am ganzen Leib und fingerte hektisch an ihrer Halskette. Es fehlte nicht viel und sie würde in Ohnmacht fallen.

»Ich mag es am liebsten mit der Hand, ist das in Ordnung?«, fragte er.

Mit der Hand?

Schweigend wartete er auf ihre Antwort. Schließlich räusperte sie sich. Ihre Stimme klang wie die einer Fremden.

»Ich habe so etwas noch nie gemacht … Ich weiß nicht, was ich tun soll.«

»Eine Jungfrau?« Zum ersten Mal war so etwas wie Erregung in seiner Stimme.

Sie vermutete, dass er diese Situation meinte und nicht, dass sie tatsächlich jungfräulich war. Oder wusste er es? Konnte jemand wie er ihr das ansehen?

»Ich mag es, mit der bloßen Hand geschlagen zu werden, nicht mit einem Riemen oder Gürtel, nicht diese künstlichen Sachen.«

Ihr wurde ganz wackelig um die Knie, und ihre Beine drohten, unter ihr wegzusacken.

Hände? Gürtel? Was tue ich bloß hier? DOROTHY!

»Ich lasse Sie einen Augenblick allein, um mich vorzubereiten. Machen Sie es sich bitte bequem. Sie könnten ja wenigstens so weit ablegen, dass Sie möglichst viel Bewegungsfreiheit haben.«

Er stellte sein Glas ab, ging ins Bad und schloss die Tür hinter sich. Miss Ross schlug die zitternden Hände vors Gesicht und zwang sich, nicht in Tränen auszubrechen. Dieser Mann wollte ganz offensichtlich jemanden, dem er sich unterwerfen konnte, und Schwäche zu zeigen wäre sicherlich ein Fehler. Er war viel stärker als sie, und es war womöglich gefährlich, ihn zu verärgern.

Für einen Augenblick überlegte sie, einfach zu gehen, während er im Badezimmer war. Noch war Gelegenheit dazu. Aber in dem Moment, in dem sie an die Tür geklopft hatte, hatte sie ihr Schicksal besiegelt, hatte sie sich jemandem ausgeliefert, den sie nie zuvor gesehen hatte. Zögerlich zog sie ihre Jacke aus und legte sie über die Stuhllehne, nur um sie sofort wieder herunterzunehmen. Sie ging zu dem Tisch, stopfte das Geld in die Innentasche und hängte die Jacke an die Zimmertür.

Als der Mann aus dem Bad kam, traute sie ihren Augen nicht. Er trug nicht nur eine offenbar speziell angefertigte Schuluniform, zu der auch eine sorgfältig gebügelte kurze graue Hose gehörte, auch sein Verhalten und Auftreten hatten sich völlig verändert: Da stand ein kleiner Junge. Mit seinen bloßen Knien unter dem Hosensaum wirkte er fast rührend, wie er sich da linkisch an den Türrahmen drückte.

»Bitte, Miss. Ich war furchtbar ungezogen. Ich muss bestraft werden.«

Miss Ross konnte immer noch nicht fassen, was sie da sah, und wusste nicht, was sie sagen sollte. Der Mann starrte auf seine Füße, wie ein Kind, das auf seine Strafpredigt wartete.

»Ja«, sagte sie schließlich. Eine bessere Antwort fiel ihr nicht ein.

Daraufhin durchquerte der Mann mit gesenktem Kopf das Zimmer, blieb vor dem Bett stehen und beugte sich nach vorn. Miss Ross beobachtete ihn entgeistert. Was erwartete er jetzt von ihr? Zu ihrem Entsetzen öffnete er den Reißverschluss seiner Hose und ließ sie zu Boden fallen. Er trug nichts darunter. Sie hatte in ihrem ganzen Leben noch nie das Gesäß eines Mannes berührt.

»Ich war schrecklich ungezogen«, wiederholte er kleinlaut.

Denk an Dorothy.

Warum hatte sie nicht an Handschuhe gedacht? Würde sie das fertigbringen? Das Geld hatte sie ja schon. Sie stellte sich in Position, unterdrückte mit fast übermenschlicher Anstrengung ein Aufschluchzen, hob die Hand für einen letzten Augenblick – ihr letzter Moment der Unschuld? Ihre Hand knallte auf seinen Hintern, und seine rundlichen rosa Backen wackelten, als wollten sie sich über sie lustig machen.

»Sie wissen gar nicht, wie ungezogen ich war.«

Grundgütiger.

Jedes kurze Klatschen schien etwas in ihr zu zerstören. Noch nie in ihrem Leben war sie intim mit jemandem gewesen, hatte nie nackt neben jemandem gelegen und war jemandem körperlich so nahe gekommen. Dass diese abartigen Handlungen mit einem völlig Unbekannten ihre erste Erfahrung auf diesem Gebiet sein sollten, erfüllte sie mit unsäglicher Trostlosigkeit.

Miss Ross hatte stets ein anständiges Leben geführt, hatte hart gearbeitet und immer gespart, so war sie erzogen. Und dennoch reichte ihr Geld nach all den Jahren nicht aus, die erhöhten Heimgebühren für sich und für Dorothy aufzubringen. Deswegen war sie jetzt hier, nur weil irgendwelche gesichtslosen Schreibtischtäter alte Leute ausbeuteten, ohne sich auch nur einmal persönlich davon zu überzeugen, was sie mit ihren Entscheidungen anrichteten. Das Gefühl von Niedergeschlagenheit wich blankem Zorn.

Dieses Mal holte sie weit aus und schlug mit aller Kraft zu, ächzend vor Anstrengung. Der Mann stöhnte auf, und sie schlug erneut zu. Sie schlug wieder und wieder zu, bis Zimmer 29 auf der ersten Etage des *Station Hotel* mit dem Klatschen von Schlägen, Ächzen, Stöhnen und Schluchzen erfüllt war.

Ihre Handfläche brannte, sie war außer Atem, und die frisch gebügelte weiße Bluse klebte schweißnass an ihrem Körper, aber sie konnte nicht aufhören – wie entfesselt schlug sie immer weiter, aber es war nicht ein menschliches Hinterteil, auf das sie eindrosch, sondern alle Ungerechtigkeit der Welt und die Verzweiflung unerfüllter Liebe. Durch den Schleier ihrer Tränen nahm sie nur noch Verwirrung, Unglück, Ekstase und Schmerz wahr.

Die Rezeptionistin unten am Empfang telefonierte mit einer Freundin. Sie lachte.

»Deshalb gebe ich ihm immer das Zimmer hier über mir. Du müsstest hören, was da dieses Mal abgeht, dabei ist die Frau heute uralt. So etwas hätte ich ihr gar nicht zugetraut. Die muss ein echter Profi sein, so wie die rangeht. Dabei sah sie aus, wie man sich eine pensionierte Schuldirektorin vorstellt.«

Neununddreißig

Miss Ross saß in Dorothys Zimmer, sie war allein und hatte Tiddles auf dem Schoß. Die Katze hatte ihre tiefe Traurigkeit gespürt und war ihr gleich auf die Knie gesprungen, die sie sonst eher wenig einladend fand. Miss Ross war immer noch aufgewühlt von der nachmittäglichen Begegnung und streichelte das weiche Fell voller Dankbarkeit für die Zuwendung des unschuldigen Tiers. Im Haus war es recht ruhig, die meisten waren aufgebrochen, um dem Gartencenter einen Besuch abzustatten, das auf viele von ihnen eine ungebrochene Anziehungskraft ausübte.

Miss Ross versuchte, die Bilder abzuschütteln, die sich in ihrem Kopf breitgemacht hatten. Sie schämte sich so sehr und fühlte sich einfach scheußlich. Sie kämpfte immer noch mit der Erinnerung an die letzten Stunden, als die Zimmertür aufging.

»Oh, Sie haben uns schon wieder geschlagen«, rief Dorothy und legte ihren roten Hut und den Mantel ab.

»Was? Was sagen Sie da?«

»Sie waren schon wieder als Erste zurück.«

»Ja … ich bin aber gerade erst gekommen. Hatten Sie einen schönen Nachmittag?«

»Es war wunderbar«, schwärmte sie, als hätte sie nie zuvor das Gartencenter besucht. »Ich finde es ganz reizend, dass sie uns alte

Zausel in einer so großen Gruppe dulden. Wir hatten eine sehr gemütliche Teerunde. Haben Sie Ihren Cousin getroffen?« Sie ging zu ihrer Freundin hinüber. »Ist alles in Ordnung mit Ihnen, meine Liebe?«

»Ja … ich habe ihn … getroffen.«

»Sie sehen gar nicht wohl aus. Soll ich Teewasser aufsetzen?«

»Nein, danke sehr. Ich werde mich ein wenig hinlegen.«

»Das wird bestimmt das Beste sein.«

Miss Ross setzte Tiddles auf den Boden und stand auf, rührte sich aber nicht von der Stelle.

»Ich habe … meinem Cousin … von Ihrem Problem erzählt. Es geht ihm finanziell sehr gut, und er bat mich, Ihnen das hier zu geben.«

Sie zog die Geldscheine aus ihrer Jackentasche und reichte sie Dorothy.

»Du lieber Himmel! Das kann ich unmöglich annehmen. Das müssen ja hundert Pfund sein.«

»Es sind zweihundert.«

»Wie unglaublich nett von Ihrem Cousin, das ist wirklich ungewöhnlich großzügig. Aber Sie müssen es ihm natürlich wiedergeben«, sagte Dorothy und streckte ihr das Geld hin.

»Auf keinen Fall!« Miss Ross ging rasch einen Schritt Richtung Tür, um ihre Entschlossenheit zu betonen. »Ich kann ihm das nicht zurückgeben.«

»Aber …«

»Sie müssen es annehmen.«

»Es ist so viel Geld.«

»Ihre Freundschaft bedeutet mir sehr viel.«

»Aber meine Liebe, was ist denn nur mit Ihnen?«

»Es tut mir leid. Ich habe fürchterliche Kopfschmerzen. Nachher geht es bestimmt wieder besser.«

Mit diesen Worten flüchtete Miss Ross aus dem Raum und ließ eine verdatterte Dorothy zurück, die ein dickes Bündel Zwanzig-Pfund-Noten anstarrte.

Vierzig

Walter und Julie machten einen Strandspaziergang. Nach ihrem letzten desaströsen Besuch, bei dem Deirdre versucht hatte, ihr den Zugang zu versperren, waren sie sich einig gewesen, dass es besser war, sich außerhalb des *Highland Home* zu treffen. In der Zwischenzeit hatten sie nur telefonischen Kontakt gehabt. Julie hatte Walter schrecklich gefehlt.

»Ich liebe das Meer, diesen Geruch nach Seetang und den frischen Wind«, sagte sie. »Es hat etwas Reinigendes, finde ich.«

»In den letzten Wochen habe ich mir solche Sorgen um dich gemacht. Wir hätten uns doch schon früher treffen können.«

»Tut mir leid, aber ich brauchte ein bisschen Zeit für mich. Nicht, dass ich allzu viel davon hätte.«

»Joyce wollte partout nicht erzählen, worüber ihr zwei an jenem Tag gesprochen habt. Ich hätte Deirdre am liebsten erwürgt. Sie ist schon ein schräger alter Vogel.«

»Deirdre?«

»Nein, Joyce. Ich kann mir keinen Reim auf sie machen. Irgendwie werde ich das Gefühl nicht los, dass sie eine Frau mit einer besonderen Vergangenheit ist. Jedenfalls rechne ich es ihr hoch an, dass sie sich um dich gekümmert hat.«

»Sie war wirklich sehr lieb zu mir. Ich weiß, dass du dich auch um mich gekümmert hättest, aber so war es besser.«

Sie hakte sich bei ihm unter, und sie gingen eine Weile schweigend am Ufer entlang. Zwei Möwen flogen vor ihnen her, und eine kleine Schar Austernfischer wanderte an der Wasserlinie entlang. Ansonsten waren sie allein.

»Ich habe ihr von meiner Vergangenheit erzählt.«

»Tatsächlich?«, fragte Walter überrascht. »Du kannst das natürlich erzählen, wem du willst. Wie hat sie reagiert?«

»Sehr liebevoll. Ich musste so weinen und konnte gar nicht mehr aufhören, und sie hat mich einfach in den Armen gehalten, wie meine Mutter, als ich noch klein war. Sie meint, ich solle mit der Heimleiterin sprechen und ihr alles erklären.«

»Ich wüsste nicht, was das bringen sollte.«

»Ehrlich gesagt, ich auch nicht, aber weißt du, ich werde es, glaube ich, trotzdem tun.«

»Tja, Oberschwester Maureen ist eine kluge und gestandene Frau und kann Sachen für sich behalten. Wenn du dich damit wohler fühlst, wüsste ich nicht, was dagegen spricht. Was die Bewohner des Hauses angeht, ist das Kind ja schon in den Brunnen gefallen.«

»Wissen jetzt alle, was ich bin?«

»Sie wissen, was du tust, nicht, was du bist. Das ist ein großer Unterschied.« Vom Meer her wehte ein scharfer Wind, und Walter schlug seinen Mantelkragen hoch. »Könntest du dir vorstellen, das Gespräch mit deinen Eltern zu suchen?«

»Ich weiß es nicht. Man kann es drehen und wenden, wie man will – sie haben unmenschlich gehandelt. Als ich sie mehr gebraucht habe als je zuvor, haben sie mich einfach vor die Tür gesetzt.«

»Wenn es ihnen so ging wie mir, hatten sie wahrscheinlich nie von ›Grooming‹ gehört und wie leicht es ist, unschuldige Mädchen aufs Glatteis zu führen. Vielleicht solltest du ihnen trotz allem noch eine Chance geben.«

»Irgendwann vielleicht. Aber nicht jetzt. Der Tag heute gehört uns.«

Julie blieb stehen und schlang die Arme um ihn. Er hielt sie fest. Er wusste, wie wichtig für sie körperliche Nähe war, die nichts mit Sex zu tun hatte.

Nachdem Moira gestorben war, hatte ihn überrascht, wie sehr er die Berührungen anderer Menschen genoss. Anna und die anderen Pfleger hatten oft den Arm um ihn gelegt, wenn er verstört oder verloren wirkte. Er hielt Julie fest, bis sie sich von selbst aus der Umarmung löste und sie, ohne ein Wort darüber zu verlieren, weitergingen.

»Weißt du«, begann er, »ich hatte übrigens vor ein paar Tagen selbst eine ziemlich tiefgründige Unterhaltung mit der Heimleiterin.«

»Wirklich? Worüber?«

»Ich ziehe aus.«

»Aber wohin?«

»Als ich ins *Highland Home* gegangen bin, war ich so am Boden, dass ich ohne Betreuung vor die Hunde gegangen wäre. Aber jetzt fühle ich mich wieder stärker, und nach all dem, was in den letzten Monaten mit dir – mit uns – geschehen ist, habe ich angefangen, mich zu fragen, was ich hier eigentlich tue. Ich bin noch ganz gut in Schuss und durchaus aktiv. Ich bin mir sicher, dass ich noch einige Jahre ganz gut auf mich selbst aufpassen kann.«

»Und was hat sie gesagt?«

»Interessanterweise hatte sie sich so etwas schon gedacht. Aber sie meinte, dass ich selbst wissen muss, ob ich bleibe oder gehe. Sie wollte meine Entscheidung auf keinen Fall beeinflussen.«

»Du ziehst also wieder aus?«, fragte Julie.

»Erst wenn ich eine neue Bleibe gefunden habe.«

»Aber du wirst von hier wegziehen?«

»Nach dem, was du mir über das Ködern von jungen Frauen erzählt hast, möchte ich näher bei meinen Enkelinnen sein. Sie sind jetzt bald so alt wie du, als du diesem miesen Typen in die Hände gefallen bist, und ehrlich gesagt habe ich nicht den Eindruck, dass Becky und ihr Mann viel Ahnung von solchen Sachen haben.«

»Du ziehst also nach Aberdeen, um ein Auge auf sie zu haben?«

»Wenn ich dazu beitragen kann, sie von den Klauen krimineller Typen fernzuhalten, bis sie alt genug und einigermaßen lebenstüchtig sind, um nicht mehr auf solche Gangster hereinzufallen … ich kann mir keine bessere Art vorstellen, meine restliche Zeit zu verbringen. Ich habe noch genug Geld, um mir eine Wohnung oder ein kleines Haus zu kaufen. Irgendetwas mit zwei Schlafzimmern.«

Sie blieb stehen und sah ihn an.

»Warum zwei?«

»Es könnte eine Chance für dich sein, in einer Gegend neu anzufangen, wo dich keiner kennt. Du könntest dich völlig sicher fühlen, und ich kann für uns beide sorgen, bis du Arbeit gefunden hast.«

»Was würde deine Familie dazu sagen? Sie würden Verdacht schöpfen, ganz egal, was du ihnen erzählst, und du weißt, was für ein schlechter Lügner du bist, Walter.«

»Mach dir keine Sorgen um meine Familie. Wichtig ist jetzt nur, dass wir entscheiden, was für dich das Beste ist.«

Einundvierzig

Als Dorothy ins Zimmer kam, hatte Joan gerade den Telefonhörer am Ohr und versuchte, sich das Lachen zu verkneifen, während der Anrufer am anderen Ende sprach. Sie ging leise zu ihrem Stuhl und nahm wieder die Arbeit an Angus' Pullover auf, der fast fertig war.

»Was, Sie tragen maßgeschneiderte Hosen! Ihr Schneider ist sehr verständnisvoll, sieh an … er berechnet nicht einmal das zusätzliche Material!«

Sie wusste, dass Joan alles wiederholte, damit sie auch etwas davon hatte, hätte aber gern darauf verzichtet.

»Oh, es ist sicher schrecklich lästig, sich ständig all die Frauen vom Leib zu halten. Menschen können ja so rücksichtslos sein. Aber nein, natürlich ist das keine Angeberei. Also gut, dann auf Wiederhören«, flötete Joan und legte auf.

»Macht es Spaß?«

»Der eben hat behauptet, er wäre im Club der Extralangen! Ich wüsste zu gern, woher die Männer diese Maße nehmen.«

»Ich glaube, dass der Wechsel zu den Dezimalzahlen gehörig für Verwirrung gesorgt hat.«

Joan quietschte los, und Dorothy musste lächeln. Ihre Freundin war wirklich leicht zum Lachen zu bringen. Sie legte das Strickzeug beiseite und griff nach dem Foto ihres Mannes.

»Für mich gab es immer nur Willie. Wir kannten uns seit dem Kindergarten und liebten uns vom ersten Tag an. Als dann Andrew kam, war unser Glück vollkommen.«

»Er war bestimmt ein guter Mann.«

»Das war er. Aber mein Leben mit ihm hat mich nicht auf solche Telefonate vorbereitet«, seufzte Dorothy und stellte das Bild wieder auf das Tischchen. »Gestern habe ich mich überhaupt nicht mehr ausgekannt. Der Anrufer meinte, er wolle sich etwas runterholen. Und als ich dann ganz nett gefragt habe, was denn und von wo und ob er einen Stuhl oder eine Leiter braucht, wurde er regelrecht unfreundlich. Du dagegen weißt, wie es zugeht in der Welt.«

»Das war nicht immer so. Wenn ich so an früher denke, kann ich kaum glauben, wie naiv ich war.«

»Heutzutage scheint man die Unschuld praktisch über Nacht zu verlieren.«

»Das liegt in der Natur der Sache, meine Liebe.«

»Oh, Sie wissen, wie ich das meine!«

Joan griff zu ihrem Strickzeug, aber ehe sie auch nur die erste Masche stricken konnte, legte sie es wieder weg.

»Ich kann mich erinnern, wie ich das erste Mal eine Erektion gesehen habe.«

»Ich bin nicht sicher, ob ich das hören will.«

»Ich erzähle Ihnen die Geschichte.«

»Genau das hatte ich befürchtet.«

»Ich war erst seit ungefähr einem Monat Schwesternschülerin, und wir hatten so einen gut aussehenden Patienten, nicht viel älter als ich. An dem bewussten Nachmittag schlief er gerade. Ich sollte seinen Verband wechseln, also habe ich den Trennvorhang zugezogen und ganz leise angefangen. Und auf einmal stand er buchstäblich vor mir … und starrte mich an! Ich hätte beinahe losgeschrien.«

»Und – haben Sie?«

»Nein, aber ich dachte, irgendetwas stimme mit ihm nicht, und habe schnell die Schwester geholt.«

»Oh nein!«

»Ich war so verlegen, dass ich ihr nicht sagen konnte, was los war, also kam sie, um selbst nachzusehen.«

»Ich bin schon verlegen, wenn ich nur daran denke«, meinte Dorothy, aber einige Augenblicke später beugte sie sich verschwörerisch nach vorn und fragte: »Und was geschah dann?«

»Du lieber Himmel, heute kann ich es kaum glauben. Ich habe darauf gezeigt und gesagt: ›Sehen Sie, das ist ganz geschwollen. Soll ich den Arzt holen?‹«

Die beiden Frauen prusteten los. Mr Adams, der gerade über den Flur ging, schüttelte den Kopf und wunderte sich, dass gerade hinter dieser einen Tür ständig Lachen zu hören war.

»Die Schwester war sehr verständnisvoll, und zum Glück schlief der junge Bursche immer noch tief und fest. Sie hat gesagt, ich solle ihn wieder zudecken, und hat mich mit ins Schwesternzimmer genommen, wo sie mich dann über bestimmte Sachen aufgeklärt hat … Heute kann ich gar nicht fassen, wie ahnungslos ich damals war.«

»Nachdem mein Willie nicht mehr lebte, konnte ich mir nie vorstellen, noch einmal mit einem anderen zusammen zu sein. Wie ist das, mit mehr als einem verheiratet gewesen zu sein?«

Joan seufzte und überlegte. Sie grübelte selten über Vergangenes, sie war dafür, im Hier und Jetzt zu leben.

»Sie waren alle ganz unterschiedlich. Wenn ich so zurückblicke, denke ich, dass ich wohl immer den Richtigen im richtigen Augenblick getroffen habe. Verstehen Sie mich nicht falsch. Ich habe alle sehr geliebt und habe um jeden von ihnen tief getrauert. Ich weiß auch nicht, vielleicht war das alles Schicksal.«

Die beiden nahmen wieder ihre Nadeln auf. Ein leises ›Miau‹ kündigte Tiddles an, die ihren Kopf gegen die Tür gedrückt hatte und sich durch die schmale Öffnung drückte. Die Katze sprang auf ihren Lieblingsschoß und begann augenblicklich, zufrieden zu schnurren.

»Joan … dieser entfernte Cousin, mit dem Miss Ross sich seit Kurzem trifft … meinen Sie, dass da vielleicht irgendetwas nicht stimmt?«

»Inwiefern denn, meine Gute?«

»Nun ja, es ist nur, dass man denken sollte, dass sie sich darauf freut, ihn zu sehen, aber vor dem Treffen ist sie immer ganz niedergeschlagen, und hinterher zieht sie sich jedes Mal in ihr Zimmer zurück.«

Ihr Gegenüber ließ die Nadeln sinken und dachte nach.

»Jetzt wo Sie es erwähnen – sie scheint zurzeit tatsächlich nicht ganz auf dem Posten zu sein.«

»Ich finde, dass sie schon eine ganze Weile nicht ganz sie selbst ist.«

»Haben Sie sie einmal darauf angesprochen?«

»Nein, ich denke, dass mich das nichts angeht. Aber irgendetwas kommt mir ganz seltsam vor. Vielleicht irre ich mich aber auch. Sie neigt nicht dazu, über Gefühle zu sprechen. Bitte sagen Sie ihr nichts. Ich würde sie um nichts in der Welt verletzen wollen.«

»Keine Sorge. Sie ist eben eine von der alten Schule, im wahrsten Sinne des Wortes. Wir können wirklich froh sein, dass sie sich um das Finanzielle bei unserem kleinen Telefongeschäft kümmert.«

»Oh ja. Und irgendwie verdiene ich damit jede Woche genau die Summe, die ich jetzt zusätzlich brauche.«

»Vielleicht hat auch hier das Schicksal seine Hand im Spiel?«

»Oder der liebe Gott hat mir verziehen, dass ich mich immer über den Pfarrer lustig gemacht habe«, sagte Dorothy lächelnd.

»Wetten, dass der Rammler dem Pfarrer nicht verziehen hat? Grund genug hatte er!«

Zweiundvierzig

Die Sex-Hotline erfreute sich zunehmender Beliebtheit – inzwischen kam es vor, dass Joan und Dorothy beide sechs Anrufe am Tag annahmen. Während Joan die eingehenden Anrufe meist recht amüsant fand, hatte Dorothy in aller Regel keine Ahnung, worum es eigentlich ging, und versuchte das Gespräch deshalb immer in eine andere Richtung zu lenken, weg von allem, was mit Sex zu tun hatte.

Die Art, wie sie in ihrer arglosen, freundlichen Unschuld mit den Männern sprach, brachte viele dazu, sich im Verlauf des Telefonats für ihr ungezogenes Benehmen zu entschuldigen und über persönliche Probleme zu reden. In diesen Gesprächen zeigte sich, wie viel Verständnis sie für menschliche Nöte aufbrachte, und die Anrufer fühlten bald, dass hier jemand zuhörte, mit dem sie offen sprechen konnten, ohne gleich verurteilt zu werden. Ihr kluger Rat wurde von manch einem dankbar angenommen. Sie übernahm die Schicht am Mittwochvormittag und war nun schon seit fast einer halben Stunde am Telefon.

»Auch starke, ausgewachsene Männer können von häuslicher Gewalt betroffen sein, Alan«, sagte sie in ihrer gewohnten Sanftheit. »Versuchen Sie einmal, was ich Ihnen vorgeschlagen habe, vielleicht hilft es Ihnen ja weiter.« Der Mann am anderen Ende der Leitung sagte etwas. »Schon vergessen, mein Lieber. Ehrlich gesagt habe ich nicht allzu viel von dem verstanden, was Sie vorhin gesagt haben. Allerdings kann es durchaus sein, dass es mich einiges an Überwindung kosten wird, wieder eine Banane zu essen. Mhm … ja, auf Wiederhören. Alles Gute.«

Dorothy legte auf und streichelte die Katze am Ohr, was beide sichtlich genossen.

»Oh Tiddles, alles, was du brauchst, ist ein gemütlicher Platz zum Schlafen. Die Menschen da draußen haben so viele Probleme, die sich eigentlich mit ein wenig altmodischem, gesundem Menschenverstand lösen ließen. Alle hetzen immer so durchs Leben. Anstatt mal ein bisschen nachzudenken, muss alles nur schnell gehen.«

Die Katze schnurrte, hatte Dorothys Ausführungen darüber hinaus aber nichts hinzuzufügen.

»Weißt du, ich könnte mir mal wieder etwas Rat von jemandem holen, mit dem ich schon länger nicht mehr gesprochen habe. Hoffentlich hat er gerade Zeit für mich.«

Sie setzte Tiddles auf den Boden, was die Katze mit einem beleidigten ›miau‹ quittierte. Dann kniete sich Dorothy vorsichtig und ein wenig steif auf den Boden und faltete die Hände.

»Lieber Gott. Verzeih mir, dass ich mich eine Weile nicht mehr gemeldet habe. Ich hoffe, es geht dir gut. *Oh, um Himmels willen, natürlich ist alles in Ordnung bei ihm!* Ich bin mir nicht sicher, ob wir mit unserem kleinen Projekt das Richtige tun, und wäre dir wirklich dankbar, wenn du mir ein kleines Zeichen geben könntest, was ich tun soll.« Es blieb still, auch Tiddles gab keinen Laut von sich, sondern sah sie nur von ihrem Versteck unter dem Bett aus an. »Also gut, das war es auch schon. Amen.«

Sie faltete die Hände wieder auseinander und stützte sich mit einer Hand auf das Tischchen neben sich. Wie sie es auch versuchte, es gelang ihr nicht aufzustehen. Sie verlagerte das Gewicht, hob das andere Knie und machte einen neuen Versuch. Ohne Erfolg. Nach mehreren weiteren vergeblichen Ansätzen faltete Dorothy wieder die Hände.

»Lieber Gott! Wenn du noch da bist, wäre es schön, wenn du mir helfen könntest, wieder hochzukommen.« In diesem Moment öffnete sich ihre Zimmertür.

»Ist alles in Ordnung mit Ihnen?«, fragte Miss Ross besorgt, als sie ihre Freundin in der ungewohnten Stellung sah.

»Ah, du hast mich gehört.«

»Wie bitte?«

»Ach, ich meine nicht Sie, meine Liebe. Ich hatte Gott gebeten, mir aufzuhelfen, und schon kommen Sie herein … ein kleines Wunder.«

»Man hat mich ja schon einiges geschimpft, aber das noch nicht. Kommen Sie, wir sehen zu, dass wir Sie in eine etwas würdevollere Lage bringen.«

Miss Ross hatte gerade ihren Arm ergriffen, als das Telefon klingelte.

»Wollen Sie nicht rangehen, meine Liebe?«

»Nein«, sagte Miss Ross und ließ ihren Arm wieder los.

»Aber es wird einer unserer Kunden sein.«

»Ich habe das einmal gemacht … und habe nicht die Absicht, diese Erfahrung zu wiederholen«, antwortete sie und ging zum Fenster.

Dorothy wusste, dass ihre Freundin nicht mit den Männern sprechen wollte, die ihre Sex-Hotline frequentierten, aber trotzdem, sie könnte ruhig einmal eine Ausnahme machen. Auf allen vieren griff sie nach dem Hörer und riss dabei versehentlich den Apparat zu Boden.

»Hallo! Hallo, mein Großer.« Dorothy hörte eine Weile zu. »Eine Schuldirektorin?«

Miss Ross fuhr herum.

»Nein! Sagen Sie ihm, er soll mich in Ruhe lassen!«

»Was?«

»Legen Sie auf!«

»Aber ich glaube, das ist für Sie!«

Ihre Freundin durchquerte mit raschen Schritten den Raum, packte das Telefon und knallte es auf den Tisch.

»Aber was ist denn nur los? Oh, bitte, helfen Sie mir auf. Ich kann von hier unten nicht mit Ihnen reden.«

Mühsam hievte Miss Ross sie in den Sessel und warf dabei das Tischchen um.

»Oh, verdammt noch mal!«, rief sie, den Tränen nahe. »Dieses Ding ist wie verhext.« Sie hob das Telefon auf und stellte den Tisch wieder hin. »Ich kann einfach nicht mehr!«

»Was können Sie nicht mehr? Ich verstehe nicht.«

Aufgewühlt ging sie in dem kleinen Zimmer auf und ab – Dorothy hatte sie noch nie so erlebt.

»Das ist ja das Problem! Sie verstehen es nicht! Sie verstehen überhaupt gar nichts! Diese ganzen Anrufe bringen doch im Leben nicht genug ein, um Ihre Kosten zu decken.«

»Aber Sie geben mir doch jede Woche genau das Geld, das ich brauche.«

»Aber das kommt doch nicht von der Hotline!«

»Aber woher kommt es denn dann?«

Miss Ross verbarg ihr Gesicht in den Händen, als wollte sie sich verstecken, als wollte sie im Boden versinken. Sie war nahe daran, ihr furchtbares Geheimnis zu offenbaren, aber wenn sie es erst einmal ausgesprochen hatte, konnte sie es nicht mehr zurücknehmen.

»Mein … Cousin …«

»Ihr Cousin? Er gibt Ihnen immer noch Geld für mich?«

Sie brachte es nicht über sich zu antworten, zu sehr schämte sie sich für die moralischen Abgründe, in die sie sich begeben hatte.

»Wer ist der Mann?« Dorothy beugte sich vor, um ihrer Frage mehr Dringlichkeit zu verleihen. Ihre Freundin blieb stumm. Sie wirkte unendlich niedergeschlagen. »Er ist nicht Ihr Cousin, nicht wahr? Guter Gott, was haben Sie denn nur getan? Sagen Sie es mir!«

Verzweifelt ließ sie die Hände sinken. Alles um sie herum schien verschwommen, genau wie die Grundsätze, an die sie geglaubt und nach denen sie immer gelebt hatte. Auf einmal hatte sie das Gefühl, ihr Leben auf Sand gebaut zu haben, während das Wasser immer höher stieg und die Grundfesten mit sich riss, bis nichts mehr übrig war, an dem sie Halt finden konnte.

»Ich kann nicht darüber sprechen«, rief sie aus. »Ich kann mit niemandem darüber sprechen.«

Mit diesen Worten stürzte die Lehrerin, die Generationen von Schülern geprägt hatte und von allen respektiert und geschätzt worden war, laut schluchzend aus dem Zimmer. Dorothy sank fassungslos in ihren Sessel zurück. Was um alles in der Welt war da los? Es musste irgendetwas mit ihrer Hotline zu tun haben.

Was hatten sie nur getan? Deirdre hatte davon gesprochen, dass die Sünde auf der Straße umherspazierte und sie zuließen, dass sie sich zu ihnen an den Tisch setzte. Zugegeben, was Julie betraf, war das völliger Unsinn. Aber hatten sie nicht eine direkte Leitung eingerichtet, mit der sie das Böse in ihr Zimmer einluden? Wie viele Male hatte sie in ihrem Sessel gesessen, während Fremde versucht hatten, ihren Kopf mit ungebetenen Bildern zu füllen, Bildern von ekelhaften, verstörenden Dingen, die sie nicht verstand? Ihr kleiner Raum und Zufluchtsort fühlte sich beschmutzt an, entweiht.

»Wir müssen mit diesen Telefonaten aufhören, egal, was für Konsequenzen das für mich hat«, sagte sie laut. Wie zum Hohn begann in diesem Augenblick das Telefon zu läuten. »Sei still! Lass mich in Frieden.«

Sie hatte das Gefühl, dass das Böse die Gestalt des Telefons angenommen hatte, vom Teufel persönlich geformt, der sie beobachtete und sich einen Spaß daraus machte, es klingeln zu lassen und sie damit zu quälen. Das Klingeln schien wie ein Echo von den Wänden im Raum abzuprallen, wurde immer lauter und bedrohlicher, bis Dorothy es mit der Angst bekam. Der Teufel lächelte.

»Lieber Gott, hilf mir. Sag mir, was ich tun soll!«

Klingeling … klingeling … KLINGELING.

»Was wollen Sie!«, schrie sie in den Hörer.

Auf der anderen Seite war Stille. Kein schweres Atmen oder unheilschwangeres Schweigen, wie sie es schon so oft erlebt hatte. Dies hier war völlig anders, als ob der Anrufer so geschockt war, dass sein Erschrecken fast körperlich durch die Leitung zu spüren war. Ihr Herz raste, und sie wollte gerade auflegen, als die Person zu sprechen begann.

Dorothy sagte nur ein Wort, schlug die Hand vor den Mund und fiel ohnmächtig zu Boden.

Dreiundvierzig

Nichts war, wie es sein sollte. Dorothy wusste, sie lag im Bett, aber es fühlte sich falsch an. Die Geräusche und Gerüche stimmten nicht, und auch das Licht war anders als sonst in ihrem Zimmer. Sogar die Matratze fühlte sich fremd an. Schließlich bemerkte sie, dass jemand auf einem Stuhl in der Nähe des Betts saß. Die Person stand auf, trat an sie heran und sagte etwas, das sie nicht verstand. Dorothy konnte nur Schemen erkennen. Dichter Nebel füllte ihren Kopf. Sie hatte Angst.

Oh nein. Fängt so Demenz an? Was ist nur los mit mir?

»Wer sind Sie?«, fragte sie ängstlich.

Es war eine Männerstimme, die ihr antwortete, immerhin das konnte sie mit Sicherheit sagen.

»Um Himmels willen, Mum, setz erst mal die Brille auf.«

Er setzte einen Gegenstand auf ihre Nase, und plötzlich war alles glasklar.

»Andrew!«

»Hallo«, sagte er, setzte sich und nahm ihre Hand. »Du hast uns einen ganz schönen Schrecken eingejagt.«

»Wo bin ich?«

»Im Krankenhaus. Du bist gefallen und hast das Bewusstsein verloren. Aber sie haben dich hier komplett durchgecheckt, und außer einer kleinen Beule am Kopf fehlt dir nichts.«

Vorsichtig tastete Dorothy an ihrem Kopf entlang und entdeckte einen Verband auf ihrer Augenbraue.

»Ich kann mich an nichts erinnern.«

»Am besten versuchst du es gar nicht erst. Das Wichtige ist doch, dass dir nichts passiert ist. Die Heimleiterin hat mich angerufen, nachdem der Rettungswagen dich abgeholt hatte, und da bin ich gleich gekommen.«

»Es ist schön, dich zu sehen, Andrew. Wie war Malta?«

Andrew lachte, aber etwas in seinem Verhalten verriet, dass ihn nicht nur die Sorge um die Gesundheit seiner Mutter bedrückte. Er versuchte, etwas zu verbergen. Dorothy war noch zu benommen, um sich richtig zu erinnern, aber sie hatte das Gefühl, dass etwas vorgefallen war, etwas Unangenehmes.

»Es war toll, Mum. Wir hatten einen großartigen Urlaub. Aber als wir zurück waren, gab es so viel zu tun. Tut mir leid, dass ich dich noch nicht besucht oder angerufen hatte.«

»Aber jetzt bist du ja hier, und nur darauf kommt es an. Wie geht es Susan und Olivia?«

»Denen geht es gut, danke. Olivia hält uns ganz schön auf Trab.«

»Es wäre schön, sie mal wieder zu sehen. Sonst erkennt sie ihre alte Oma gar nicht mehr.«

»Von wegen alt. Wir kommen mal wieder mit ihr vorbei, das verspreche ich. Sobald du wieder auf den Beinen bist.«

Dorothy sah ihren Sohn prüfend an. Er drückte ihr die Hand und lächelte ihr zu, aber das Lächeln war unnatürlich. Sie kannte ihn durch und durch, als Baby, als Junge und als Mann, schließlich hatte sie ihn großgezogen. Was war passiert? Miss Ross war völlig außer sich gewesen, hatte mit ihr geschimpft … sie hatte beschlossen, dass sie mit der Hotline aufhören mussten … das Telefon hatte geklingelt, und sie wollte nicht abnehmen … aber irgendwann hatte sie es doch getan … und dann …

Mit einem Schlag erinnerte sie sich wieder – das war es gewesen!

»Du!«

»Was denn, Mum?«, fragte er und bemühte sich, gleichgültig zu klingen.

»Du warst der Mann am Telefon!«

Vierundvierzig

Walter lehnte sich an das Geländer, das am Hafen entlangführte und sah den Wellen zu, die sich an den Felsen brachen. Die Flut war auf ihrem höchsten Punkt und das Meer aufgewühlt – was überhaupt nicht zu dem herrlichen Sonnentag passen wollte. Erstaunlich, dachte er, wie unabhängig diese beiden Phänomene voneinander sein konnten.

Bei dem Wort ›unabhängig‹ lächelte er. Seine Tochter war hocherfreut gewesen, als er ihr eröffnet hatte, dass er wieder aus dem Heim ausziehen wollte, um sich in der Nähe seiner Familie niederzulassen. Sie hatte einige Immobilienmakler auf die Suche nach etwas Passendem angesetzt und ihm immer wieder verschiedene Angebote geschickt.

Ein kleiner Bungalow hatte ihm besonders gefallen, und vor einem Monat war er mit dem Zug nach Aberdeen gefahren. Becky hatte ihn am Bahnhof abgeholt, dann hatten sie das Häuschen gemeinsam besichtigt. Der Eigentümer war kurz zuvor verstorben, und der Sohn wollte es schnell verkaufen. Einige Renovierungsarbeiten fielen schon noch an, aber dafür würden seine Mittel ausreichen.

Von seinen Befürchtungen, dass seine Enkelinnen auch Opfer von Grooming werden könnten, hatte er nichts erwähnt, dazu würde sich später, wenn er sich eingelebt hatte, schon noch eine

Gelegenheit ergeben. Auf einmal bemerkte er, dass jemand neben ihm stand.

»Julie!«, rief er und umarmte sie.

»Tut mir leid, dass du warten musstest. Mein Bus hatte Verspätung.«

»Das macht doch nichts, meine Liebe. Ich habe so lange den schönen Ausblick genossen. Komm, gehen wir ein Stück.«

Aufgeregt erzählte er ihr die Neuigkeiten und beschrieb sein neues Zuhause in allen Einzelheiten. Sie bestürmte ihn mit tausend Fragen, aber er kannte ja ihren schnellen, wachen Verstand. Schließlich musste er lachen.

»Ich hätte dich zur Besichtigung mitnehmen sollen! Du hättest aus dem armen Mann bestimmt einen viel niedrigeren Preis herausgeholt.«

Sie blieben stehen und betrachteten einige Kormorane, die sich auf einem nahe gelegenen Felsen trockneten. Eine Weile schwiegen sie, sie freuten sich, wieder etwas kostbare Zeit miteinander verbringen zu können. Ein Detail seines neuen Hauses hatte er noch nicht erwähnt.

»Der Bungalow … er hat übrigens zwei Schlafzimmer.«

Sie wendeten sich um und sahen einander an. Was auch immer einmal zwischen ihnen vorgefallen war, er liebte diese junge Frau wie seine Tochter und hatte das Bedürfnis, sie zu beschützen. Außerdem hatte er ihr viel zu verdanken. Wäre sie nicht gewesen, wäre sein weiteres Leben in vorgezeichneten Bahnen verlaufen, ganz so, wie Smiler es ihm am Tag der Demonstration vorhergesagt hatte.

»Bei mir gibt es auch ein paar Neuigkeiten«, sagte sie. »Ich habe mit der Heimleiterin gesprochen.«

»Tatsächlich? Wann?«

»Ich habe sie angerufen, und sie hat mich zu sich nach Hause zum Abendessen eingeladen.«

»Erstaunlich, ich wüsste nicht, dass sie das schon einmal gemacht hätte. Und – wie war es?«

»Lass uns noch ein bisschen gehen«, schlug sie vor, also setzten sie ihren Weg fort und überließen die Vögel dem Sonnenschein. »Ich habe ihr alles erzählt. Sie war unglaublich nett zu mir. Ich weiß gar nicht mehr, wie oft ich in Tränen ausgebrochen bin. Und danach haben wir dann ausführlich darüber gesprochen, was ich gern tun würde, wenn ich die Chance dafür bekäme.«

»Weißt du denn, was du gern tun würdest? Du hast nie etwas erwähnt.«

»Ich war mir selbst nicht darüber im Klaren«, sagte Julie. »Erst als wir die verschiedenen Möglichkeiten durchgegangen sind, war es auf einmal ganz offensichtlich.«

»Du spannst mich auf die Folter!«

»Ich würde gern Altenpflegerin werden. Ich mag alte Leute, und ich glaube, sie mögen mich auch. Außerdem habe ich keine Berührungsängste, was Körperliches angeht …«

»Jetzt, wo du es sagst – ich bin überzeugt, dass du eine wunderbare Pflegerin wärst.«

»Das meinte Maureen auch. Sie hat eine Schwester, die ein Heim in Edinburgh leitet, und die hat sie noch am gleichen Abend angerufen. Ich habe ihr gesagt, dass sie ihr ruhig von meiner Vorgeschichte erzählen kann.«

»Und weiter?«

»Dann ging alles ganz schnell, ein bisschen wie mit deinem Bungalow. Am nächsten Tag bin ich hingefahren und habe Amanda, ihre Schwester, kennengelernt. Sie errichten gerade einen Anbau, und sie hat mir eine Stelle als Pflegehelferin angeboten, wenn alles fertig ist. Ich muss mich wohl noch bis November gedulden, aber zum ersten Mal seit Jahren kann ich optimistisch in die Zukunft sehen.«

Sie waren stehen geblieben. Walter, der mit wachsender Überraschung zugehört hatte, umarmte sie lachend.

»Das ist ja wundervoll! Ich freue mich so für dich!«

»Allerdings kann ich dann nicht zu dir in dein neues Zuhause ziehen.«

»Mach dir darüber keine Sorgen. Du kannst mich jederzeit besuchen kommen. Das Gästezimmer wartet auf dich. Du darfst dir auch aussuchen, in welcher Farbe ich es streiche.«

Keiner von beiden wollte sich so schnell aus der Umarmung lösen. Auch wenn sich beide wünschten, dass ihr Verhältnis für immer so bliebe, wie es jetzt war, wussten sie doch, dass es sich ganz zwangsläufig ändern würde. In ihrem neuen Leben würde Julie immer selbstbewusster werden, und das verängstigte Mädchen, das dringend Trost brauchte, hinter sich lassen. Auch Walter würde das zu spüren bekommen, wenn auch nicht so unmittelbar. Aber sie ließen sich ihre Befürchtungen nicht anmerken und gingen schließlich weiter.

»Wenn Amanda auch nur ein bisschen Ähnlichkeit mit ihrer Schwester hat, kannst du dich sicher voll und ganz auf ihre Unterstützung und ihre Diskretion verlassen. Ich habe alle Hochachtung vor unserer Heimleiterin. Komisch, aber ich glaube, ich werde sie vermissen, wenn ich weg bin.«

»Angus wird dir auch fehlen, und er wird vollkommen aufgeschmissen sein ohne dich.«

Er dachte an seinen alten Freund. Sie hatten sich wieder aneinander angenähert und Frieden geschlossen nach Jahrzehnten voll Kummer, verletzten Gefühlen und Scham. Die zwei Männer waren nie mehr auf Angus' Zweifel an seinen sexuellen Fähigkeiten zu sprechen gekommen, und Walter hatte es Julie gegenüber nie erwähnt. Die Wochen waren ins Land gezogen, und andere Ereignisse waren in den Vordergrund gerückt.

»Woran denkst du?«, wollte Julie wissen.

»Ich überlege gerade, ob wir uns mit ihm zusammen noch mal einen richtigen Spaß erlauben sollten … auf Deirdres Kosten.«

Fünfundvierzig

Donnerstag, 25. August
Ich fühle mich scheußlich, ich ertrage diesen ganzen abscheulichen Schmutz nicht länger. Dorothy hat, seit sie aus dem Krankenhaus zurück ist, meinen Ausbruch nicht mehr angesprochen und will auch nicht näher auf ihren Ohnmachtsanfall eingehen. Ich habe das Gefühl, dass mehr dahintersteckt, als sie preisgeben will. Aber ich werde sie nicht fragen, so wie sie mich gewiss nicht fragen wird, was ich getan habe, um an das Geld zu kommen. Ob sie ahnt, warum ich es auf mich genommen habe? Ich mache alles nur noch schlimmer.

Sechsundvierzig

»Ja, ich weiß, dass du geschockt warst, dass ich am Telefon war! Und ich bin geschockt, dass du so eine Nummer gewählt hast!«

Es war über eine Woche her, dass Dorothy ins Krankenhaus eingeliefert worden war, und sie hatte seither nicht mehr mit Andrew gesprochen, außer um das Treffen für diesen Morgen zu vereinbaren. Er hatte sie abgeholt, und sie waren in den Stadtpark gefahren, wo sie sich eine Bank gesucht hatten, um sich ungestört zu unterhalten. Das Wetter war warm und freundlich, aber Dorothy war es nicht mehr gewöhnt, länger draußen zu sitzen, und hatte eine Decke mitgebracht, die sie über ihre Knie breitete. Andrew hatte die ganze Zeit bedrückt geschwiegen und schien den Tränen nahe.

»Aber nicht doch, nimm es nicht so schwer, mein Kind. Ich weiß, dass du so etwas vorher noch nie gemacht hast. Aber warum dieses Mal?« Ihr Sohn blieb stumm und starrte auf seine Füße. »Du glaubst nicht, was ich mir in den letzten Monaten alles anhören musste. Ich bezweifle, dass irgendetwas, das du mir sagst, mich noch schockieren kann.«

Als er immer noch nichts sagte, versuchte sie, das Gespräch in andere Bahnen zu lenken, damit er sich nicht so angegriffen fühlte. »Das Heim hat plötzlich viel höhere Gebühren verlangt. Ich musste irgendetwas tun, um an Geld zu kommen. Die Idee zu der Sex-Hotline kam von Joan. Sie ist so viel weltgewandter als Miss Ross und ich. Wir wollten niemandem schaden, aber wenn wir nichts unternommen hätten, wäre ich gezwungen gewesen, auszuziehen und alle meine Freunde zurückzulassen.«

»Aber warum hast du mir nichts davon erzählt?«, fragte er und sah sie zum ersten Mal an.

»Ich wollte dich nicht mit meinen Problemen belasten, und du kannst so viel Geld nicht erübrigen. Ich weiß doch, dass du dir immer gleich Sorgen machst.« Sie hielt kurz inne. »Du hast noch nicht gesagt, warum du diese Hotline angerufen hast.«

Zwei Tauben drehten die Köpfe neugierig in ihre Richtung, sie hofften auf Futter. Sie musste daran denken, wie ihr Vater einmal Tauben gefangen hatte und ihre Mutter daraus eine wunderbare Pastete gemacht hatte.

»Fast alle Männer, die anrufen, tun das, weil sie Probleme im Bett haben. In den meisten Fällen läuft es darauf hinaus, dass wir über ihr Leben und ihre Familie reden. Manche Männer sind nicht besonders nett, aber sie sind selten … na ja, es sind keine Monster. Ich weiß, dass es dir peinlich ist, aber wenn du nicht mit deiner Mutter darüber sprechen kannst, mit wem dann?«

Dorothy schwieg. Nun war es an Andrew, etwas zu sagen, wenn er denn wollte. Sie war ihm so weit entgegengekommen, wie sie konnte.

»Susan und ich … wir haben keinen Sex mehr, seit Olivia auf der Welt ist. Nicht ein einziges Mal.«

»Aber das ist fast zwei Jahre her.«

Sie legte die Hand auf seine Hand und nickte, was er allerdings nicht sah. Sie ließ sich das Gehörte eine Weile durch den Kopf gehen, ehe sie antwortete.

»Ich erinnere mich gut daran, wie schwer Susan es während

der Schwangerschaft und bei der Geburt hatte. Vielleicht fürchtet sie sich davor, Sex zu haben, weil es sie an diese schreckliche Zeit erinnert.«

»Nach zwei Jahren?«

»So etwas kommt vor.«

»Aber das würde sie mir doch sagen, oder?«

»Wir alle haben unsere Gründe, warum wir Dinge für uns behalten. Hast du mit ihr darüber gesprochen?«

»Nein, ich bin nur immer frustrierter geworden … und irgendwie sauer.«

»Solche Gefühle darf man nicht zu lange unterdrücken. Wie wäre es, wenn du mit ihr einmal darüber redest? Es ist immer besser, diese Dinge offen anzusprechen, anstatt sie unter den Teppich zu kehren.«

Sie unterhielten sich noch eine ganze Weile, bis Dorothy vorschlug, einen Tee in dem kleinen Café im Park trinken zu gehen. Außerdem gab es dort auch Toiletten. Wenig später saßen sie bei Scones und redeten immer weiter, und trotz des Anlasses für ihr Treffen konnten sie sich hinterher nicht erinnern, wann sie zuletzt so eine schöne Zeit miteinander verbracht hatten.

Siebenundvierzig

Später saß Dorothy nachdenklich in ihrem Zimmer und dachte über das Gespräch nach, das sie mit Andrew im Park geführt hatte. An dem Tag hatten sie gemerkt, wie sehr es ihnen gefehlt hatte, Zeit miteinander zu verbringen, nur sie beide. Sie musste lächeln, als sie daran dachte, wie er sie mit der Hotline aufgezogen hatte und wissen wollte, welches die amüsantesten Anrufe waren! Er solle bloß nicht frech werden, hatte sie geantwortet, und lieber noch mal Tee nachschenken.

Andrew hatte gelobt, mit Susan zu sprechen und wieder vorbeizukommen, um zu berichten, wie es gegangen war. Seitdem war eine Woche vergangen, und sie fragte sich, ob er sich wohl schon einen Ruck gegeben und über dieses sensible Thema mit seiner Frau geredet hatte. Sie wurde aus ihren Gedanken gerissen, als Miss Ross hereinkam, die in der Stadt gewesen war, um alle Flyer und Aushänge, mit denen sie für die Sex-Hotline geworben hatten, wieder einzusammeln.

»Waren Sie erfolgreich?«

»Oh Gott, meine Füße«, stöhnte ihre Freundin, streifte den Mantel ab, hängte ihn an den Haken neben dem roten Hut und ging dann zu ihr, um sich auf ihren gewohnten Stuhl fallen zu lassen.

»Konnten Sie alle Flyer in Sicherheit bringen?«

»Jeden einzelnen«, bestätigte Miss Ross und holte aus ihrer altmodischen Lederschultasche einen Stapel geknickter, unansehnlicher Werbekarten und warf sie in den Papierkorb. »Und ich hoffe, dass ich nie wieder eine dieser grauenvollen Kneipen betreten muss.«

»Und stattdessen haben Sie die neuen Flyer ausgelegt?«

»Ja.« Miss Ross zog die Schuhe aus und bewegte ihre Füße hin und her. »In der Bücherei, im Teeladen, im Sozialkaufhaus und in all den anderen Läden, die wir besprochen hatten. Nur im Zeitungskiosk nicht, ich konnte die Vorstellung, von Nigel Ridley komisch angeguckt zu werden, nicht ertragen.«

Dorothy hatte darauf bestanden, die Sex-Hotline zu schließen und stattdessen eine neue Hotline einzurichten, die sie »Perlen der Weisheit« nennen wollte. Ihre zwei Freundinnen hatten sich bereit erklärt, sie bei der Beantwortung der Anrufe auf dieser neuen Nummer zu unterstützen, die zu ganz normalen Telefongebühren zu erreichen war.

Sie sollten auch gleich das Telefon auswechseln, hatte Miss Ross vorgeschlagen. Praktisch gesehen machte ein neues Gerät keinen Unterschied, aber es war eine gute Idee, sich das alte, das so viel Kummer in ihr Leben gebracht hatte, ganz vom Hals zu schaffen. Wenn sie das neue ans Ohr hielten, hätten sie das beruhigende Gefühl, dass es keine Verbindung oder gemeinsame Vergangenheit mit abscheulichen Gesprächen, Erinnerungen und Bildern hatte.

»Und trotzdem mache ich mir solche Sorgen«, sagte Miss Ross. »Ich bin voller Bewunderung für Ihr soziales Gewissen und das, was Sie vorhaben ...«

»Aber wir haben uns doch gemeinsam dazu entschlossen.«

»Schon, aber Sie sind es doch, die Geld benötigt, um hier wohnen bleiben zu können. Und damit werden wir nichts verdienen.«

Sie hielt kurz inne und fügte dann leise hinzu: »Von meinem … Cousin ist auch nichts mehr zu erwarten.«

Die beiden hatten nie wieder direkt oder indirekt über diesen schrecklichen Tag gesprochen, als der Anrufer nach der Schuldirektorin fragte. Nachdem Miss Ross ›ich kann einfach nicht mehr‹ geschrien hatte, war Dorothy davon ausgegangen, dass, was auch immer da vor sich gegangen war, tatsächlich aufgehört hatte und es somit auch kein Geld mehr geben würde.

»Ich kann Ihnen gar nicht sagen, wie dankbar ich für Ihre Hilfe bin. Aber ich denke, dass es an der Zeit ist, auf eigenen Füßen zu stehen und einfach etwas mehr Vertrauen in die Vorsehung zu haben, auch wenn ich bezweifle, dass darin Tee vorgesehen ist, wenn ich ihn nicht selbst mache«, sagte sie, ging zu der Anrichte in der Zimmerecke und schaltete den Wasserkocher an.

»Es ist doch loser Tee?«

Dorothy runzelte die Stirn. Die Packung mit Teebeuteln war alles, was sie hatte. Sie wollte niemanden enttäuschen, aber sie konnte auch nicht lügen. Dann fiel ihr Blick auf eine kleine Schere, die in der Nähe lag. Kurz entschlossen schnitt sie zwei Teebeutel auf und schüttete ihren Inhalt in eine dritte Tasse.

»Aber ja, meine Liebe«, bestätigte sie.

»Ich habe noch nie so richtig an die Vorsehung geglaubt. Ich war immer mehr der rationale Typ. Sie haben wirklich so viele wunderbare Eigenschaften, aber in Gelddingen sind Sie eine wandelnde Katastrophe.«

»Da haben Sie sicher recht. Aber dem lieben Gott zu vertrauen kann die Situation doch unmöglich verschlechtern.«

»Nun, es ist natürlich Ihre Sache. Wenn Sie meinen, dass nur noch Beten hilft …«

Dorothy, die gerade den Tee aufgoss, hoffte nur, dass ihre kleine Täuschung keine allzu große Sünde darstellte.

»Hier sind die restlichen Flyer.« Miss Ross zog die bunten Zettel aus ihrer alten Schultasche. »Die Druckerei hat gute Arbeit geleistet. Als ich sie abholen ging, waren sie schon fertig, wie versprochen.«

»Die sehen wirklich viel besser aus als unsere handgeschriebenen«, meinte Dorothy, als sie ein Exemplar nahm und sich setzte, um es genauer zu betrachten. »Perlen der Weisheit. *Lebenserfahrene ältere Damen geben Rat. Wenn Sie ein Problem haben, sich einsam fühlen oder einfach nur mal reden möchten – wir hören zu. Wir sind keine Profis, aber kennen uns mit dem Leben aus.*«

Sie hatten gerade an ihrem Tee genippt, als das Telefon zu läuten begann.

»Du lieber Himmel, das ging aber schnell!«, rief Miss Ross.

»Ich fürchte, das zeigt, wie einsam die Menschen dort draußen sind. Ich geh schon hin.«

»Nein, lassen Sie nur. Bei diesem Projekt ziehen wir alle am gleichen Strang.« Sie stellte ihre Tasse ab und griff zum Telefonhörer. »*Perlen der Weisheit*, guten Tag. Wie kann ich Ihnen helfen?«

Während sie dem Anrufer zuhörte, kam Joan ins Zimmer. Dorothy bedeutete ihr, dass sie sich eine Tasse Tee machen solle. Joan ging leise zur Anrichte und nahm sich das verbliebene Geschirr. Diskret blies sie in die Tasse, in der irgendwelche Krümel waren. Joan hatte sich gerade gesetzt, als Miss Ross zu sprechen begann.

»Mobbing also. Weißt du, Jonathon, zu diesem Thema bin ich schon viele, viele Male um Rat gebeten worden. Wie wäre es, wenn du mir einfach ganz genau schilderst, was passiert ist, und dann überlegen wir zusammen, wie wir am besten vorgehen.«

Achtundvierzig

Es war ein sonniger Tag, und Walter saß auf der Bank vor dem Seniorenheim, sodass er das Taxi kommen sah, das Julie brachte. Seit dem Zusammenstoß mit Deirdre war sie nicht mehr da gewesen, aber sie hatte sich einverstanden erklärt, noch dieses eine Mal zu kommen. Am Tag zuvor hatte Walter wenig subtil Mrs MacDonald gegenüber erwähnt, dass seine Nichte ihn an diesem Vormittag besuchen würde, und konnte sich sicher sein, dass die Nachricht der richtigen Person zu Ohren kommen würde.

Julie winkte ihm zu, als sie aus dem Wagen stieg. Sie umarmten einander und gingen auf direktem Weg auf Walters Zimmer.

»Kommt Angus auch?«, fragte sie, als sich die Tür hinter ihnen schloss.

»Er hatte zuerst Bedenken, aber dann konnte ich ihn doch überreden. Ich hoffe, er lässt uns nicht hängen.«

»Ich hoffe, er lässt sich selbst nicht hängen«, antwortete sie. »Hast du schon Teewasser aufgesetzt?«

»Schon dabei«, sagte er, ging zum Wasserkocher und schaltete ihn ein. »Das ist also dein endgültig letzter Besuch im *Highland Home*. Wie fühlt sich das an?«

»Einige Leute hier werden mir auf jeden Fall fehlen«, meinte sie und streifte Jacke und Schuhe ab. »Trotzdem, für uns beide ist es an der Zeit, uns vom *Highland Home* zu verabschieden. Danke für das Geld für mein neues Outfit. Du würdest nicht glauben, wie vernünftig und praktisch es ist.«

»Dein neuer Haarschnitt gefällt mir. Er steht dir gut.«

»Neuer Beruf, neues Image, dachte ich. Was geschehen ist, wird immer ein Teil von mir bleiben, egal, wie ich aussehe, aber ich möchte doch so viel davon loswerden, wie es irgendwie geht.«

Er lächelte und streichelte ihr über die Wange. Da klopfte es, und Angus kam herein.

»Wir hatten schon fast die Hoffnung aufgegeben, mein Freund.«

»Wir schön, dass Sie gekommen sind«, sagte Julie, ging zu ihm und umarmte ihn, was er sichtlich genoss.

»Es war gar nicht so einfach, Deirdre auf meine Fährte zu setzen, ohne dass sie mich aufhielt, als sie merkte, wo ich hinwill. Sie kamen gerade die Treppe rauf, als ich den Flur entlanglief.«

»Ausgezeichnet, bis jetzt geht alles nach Plan. Dann mache ich mal Tee.«

»Das ist definitiv das Bizarrste, was ich in meinem Leben gemacht habe, und die Vorstellung, dabei hier herumzustehen und Tee zu trinken, macht es noch verrückter.«

Julie ging leise zur Tür und drückte ihr Ohr gegen das Holz, an derselben Stelle, an der sich auf der anderen Seite verlässlich Deirdres Ohr befand.

»Hörst du etwas?«, flüsterte Mrs MacDonald vernehmlich. »Ist er da drin?«

»Ich bin nicht sicher.«

»Was?«

»Psssst.«

»Ich kann hören, wie sie flüstern«, berichtete Julie, als sie sich wieder zu den anderen gesellt hatte.

»Bitte schön.« Walter gab jedem einen Becher Tee. »Mrs MacDonald verrät sich immer.«

»Und jetzt?«, wollte Angus wissen.

»Die Bühne gehört dir, mein Lieber.«

»Ich weiß nicht, ob ich das hinbekomme, also so, dass es überzeugend wirkt. Wie wäre es, wenn ihr einfach das macht, was ihr sonst auch tut, und ich gucke zu?«

»Du musst einfach nur loslassen«, sagte Julie und legte ihm die Hand auf den Arm.

»Und wenn ich vergessen habe, wie das geht?«

Die Männer waren überrascht, als sie plötzlich mit lauter Stimme zu sprechen begann.

»Angus! Ich kann nicht glauben, was Sie mit Ihrem Turm alles anstellen können. Mir bleibt glatt die Luft weg.«

»Warte nur, bis du es mit meinem König zu tun bekommst«, sagte Walter. »Solche Kronjuwelen hast du noch nie gesehen!«

»Los«, flüsterte sie, »sagen Sie etwas.«

»Aber was?«

»Irgendetwas. Sie werden sehen, es geht ganz leicht, wenn man erst mal den Bogen heraushat. So eine Chance bekommen Sie nie wieder.«

Angus sah sie zweifelnd an.

»Du wirst doch meinen König nicht mit Walters vergleichen wollen.«

»Ja, genau so, nur noch mit mehr Verve.«

»Oh Julie«, sagte er laut. »Fangen wir mit der Grundstellung an.«

»Großartig«, lobte sie.

»Ja, aber mit ein bisschen mehr Leidenschaft«, ergänzte Walter.

»Achtung, ich gehe zum Angriff über! Auf zum Dreiecksmanöver!«

Deirdre erstarrte.

»Oh mein Gott!«

»Was ist denn?«, fragte Mrs MacDonald.

»Es ist genau, wie ich befürchtet hatte! Sie haben ihn da bei sich. Sie tun es zu dritt!«

»Wieso ›Ritt‹?«

»Die Verdorbenheit weitet sich aus. Dieses Haus ist nicht mehr sicher. Ich habe alle gewarnt! Wir müssen ihn retten.«

Deirdre begann, gegen die Tür zu trommeln. Wäre sie darauf gekommen, die Klinke zu drücken, hätte sie festgestellt, dass nicht abgeschlossen war.

»Angus! Lassen Sie sich nicht in diesen Sündenpfuhl hinabreißen. Besinnen Sie sich. Kommen Sie da raus, solange es noch nicht zu spät ist.«

Ihre Rufe waren drinnen klar und deutlich zu verstehen. Die drei Übeltäter sahen sich verblüfft an – ihr Plan war perfekt aufgegangen. Walter war der Erste, den es nicht mehr hielt. Er krümmte sich vor Lachen und verschüttete seinen Tee auf dem Teppich.

»Ich fasse es nicht! Du hast das besser raus als wir. Respekt, mein Junge!«

Die hysterischen Rufe vom Flur drangen immer lauter zu ihnen ins Zimmer, und es dauerte eine Weile, bis sie ihre Lachanfälle so weit unter Kontrolle hatten, dass sie wieder sprechen konnten.

»Was jetzt?«, rief Angus. »Ich fürchte, mein Vorstoß kam zu früh.«

»Oh nein!«, gab Julie zurück und klammerte sich an seinen Arm. »Die Dame kann sich nicht mehr lange halten.«

»Los, Angus, wir zwingen sie auf die Knie und geben ihr den Rest!«

»Was denn, schon wieder?«, stöhnte Angus.

Unter Aufbietung schier unmenschlicher Anstrengung gelang es Walter, den nächsten Lachkrampf zu unterdrücken. Wie in Ekstase rief er aus: »Französisch!« Allen dreien liefen die Tränen über die Wangen. Mittlerweile schrie nicht nur Deirdre auf dem Flur, auch Mrs MacDonald stimmte in die erregten Rufe mit ein. Es gab nur eine Art, die Sache zu beenden. Die drei Akteure holten gleichzeitig tief Luft.

»Matt! Matt!«

Neunundvierzig

»Sex-was?«, fragte Miss Ross. »Ich hatte gedacht, wir hätten dieses Thema endlich hinter uns gelassen.«

Die Freundinnen hatten ihre Stricksachen in den Schoß sinken lassen. Sie hatten sich nach dem Abendessen in Dorothys Zimmer zusammengesetzt, und Dorothy begann, von einem Gespräch am Nachmittag zu erzählen. »Das ist ja das Schlimme, ich habe einfach nicht verstanden, worum es ging!«

»Machen Sie sich keine Vorwürfe, meine Liebe«, meinte Joan tröstend.

»Aber ich konnte überhaupt nicht helfen! Das arme Mädchen hörte gar nicht mehr auf zu weinen, und ich hatte nicht die geringste Ahnung, was sie mir zu erklären versuchte. Schließlich habe ich es aufgeschrieben.« Sie nahm den Notizblock vom Bett und las langsam vor, was da stand. »S-e-x-t-i-n-g.«

»Sexting? Was soll das sein?«

»Es hat etwas mit Bildern zu tun, die man mit dem Telefon versendet«, erklärte Joan.

»Mit einem Telefon?«, fragte Dorothy und starrte entgeistert das Festnetztelefon auf ihrem Tischchen an.

»Mobiltelefon. Ich weiß, dass es dabei um Fotos geht. Mein Enkel Matthew hat mal etwas von Cyber-Mobbing erzählt, aber ehrlich gesagt, ging das irgendwie über meinen Verstand.«

»Wie sollen wir diesen armen jungen Menschen denn helfen, wenn wir keine Ahnung von dem haben, was ihnen Probleme bereitet?«, fragte sich Dorothy.

»Ich fürchte, dass die modernen Technologien die Kommunikation zwischen den Generationen noch schwieriger machen. Als ich noch Direktorin war, gab es solche Sachen nicht. Wenn sich früher Schüler gegenseitig schikaniert haben, war das viel leichter in den Griff zu bekommen.«

»Was sollen wir tun? Wenn die *Perlen-der-Weisheit*-Hotline jungen Leuten helfen soll, müssen wir verstehen, was mit ihnen los ist. Das Mädchen, mit dem ich gesprochen habe, hatte vor etwas Angst, womit ihr irgendein Junge gedroht hat. So ziemlich das Einzige, was ich verstanden habe, war, dass sie Emily heißt und erst fünfzehn ist. Ich habe sie gefragt, ob ich sie zurückrufen könne, ich müsste erst eine Weile über die Sache nachdenken.«

»Und sie hat Ihnen tatsächlich ihre Nummer gegeben?«, erkundigte sich Miss Ross.

»Ja, sie steht auf dem Notizblock, aber was nützt uns das – oder ihr?«

Eine Weile herrschte Schweigen. Die Vorbehalte, die Miss Ross empfunden hatte, als Joan eingezogen war, hatten sich in Luft aufgelöst, und die drei Frauen saßen einträchtig beieinander, verbunden durch die Umstände, ihre Ziele und ihre Freundschaft.

»Wie alt ist dein Matthew?«

»Fünfzehn. Wieso?«

»Er ist genauso alt wie dieses Mädchen. Vielleicht sollten wir alten Schachteln ihn um Hilfe bitten, damit wir den anderen helfen können.«

Am nächsten Tag rief Joan ihren Enkel an und erklärte, worum es ging. Sie wurde nie müde zu erwähnen, was für ein aufgeweckter Junge er war und wie reif für sein Alter. Matthew sagte, er wolle ein paar Tage darüber nachdenken. Als er sich wieder meldete, war sie sehr überrascht über seinen Vorschlag, versprach aber, mit den anderen darüber zu reden. Das war der Grund, warum die drei nun im Büro der Heimleiterin saßen.

»Mal sehen, ob ich Sie da richtig verstanden habe. Ihr Enkel möchte mit anderen Schülern und einem Lehrer zu uns kommen und ein Stück aufführen, bei dem es um Sexting geht?«

»Ganz recht. Matthew engagiert sich sehr in der Theatergruppe seiner Schule, und die sind immer froh, wenn sie ein Publikum finden.«

»Ich weiß, eigentlich sind wir es, die wegen der *Perlen der Weisheit* mehr darüber erfahren wollen«, sagte Miss Ross, »aber wenn sie gern ein Stück dazu schreiben und aufführen wollen, ist es doch nur recht und billig, sie mit Zuschauern zu belohnen.«

Maureen hatte ja schon einiges in ihrem Beruf erlebt, aber dass Bewohner eines Seniorenheims eine Beratungs-Hotline für junge Leute ins Leben riefen … so etwas verdiente wirklich Anerkennung.

»Allerdings sollten Leute wie Mr Forsyth oder Albert bei der Vorführung vielleicht lieber nicht dabei sein«, gab die pensionierte Schulleiterin zu bedenken.

Seit die beiden Männer sich im Flur geprügelt hatten, war es zu keinen weiteren Zwischenfällen mehr gekommen. Letzte Woche waren jedoch Mr Forsyth und Beatrice Hand in Hand erschienen und hatten verkündet, sie würden heiraten. Am nächsten Morgen hatte man die beiden zusammen im Bett vorgefunden, und Maureen hatte sich gezwungen gesehen, die jeweiligen Familien zu informieren, was zu hitzigen Zusammenstößen geführt hatte.

»Also ich finde, dass es sich hierbei um eine sehr lobenswerte Initiative handelt, die es schon allein deswegen wert ist, unterstützt zu werden«, meinte Maureen nachdenklich. »Auch wenn wir hier Neuland betreten – das sich unter Umständen als steinig erweisen könnte. Andererseits kann es nicht schaden, dass wir uns auch einmal an etwas Neues wagen.«

Als am darauffolgenden Dienstag ein Dutzend Schüler mit ihrem Lehrer eintrafen und sich daranmachten, alles für die Aufführung vorzubereiten, war der Aufenthaltsraum bis auf den letzten Platz besetzt. Ihr eher spartanisches Bühnenbild bestand aus einer großen Leinwand und einem Projektor, der an einen Laptop angeschlossen war. Die meisten jungen Leute setzten sich einfach vor der improvisierten Bühne auf den Boden, und einige der Bewohner rückten ein wenig herum, sodass sie sich an den Stuhlkanten anlehnen konnten.

Mrs MacDonald tätschelte einem Jungen den Kopf, als wäre er eines der Streicheltiere, die gelegentlich vorbeigebracht wurden. Erschrocken blickte sich der Junge um. Die alte Dame, die er da sah, erinnerte ihn sehr an seine Großmutter, die dement war und in einem Altersheim ganz in der Nähe wohnte. Er lächelte freundlich und drehte sich wieder dem Geschehen vor sich zu.

Die Hauptpersonen des Theaterstücks waren Matthew und ein Mädchen namens Hannah. Mit ihrer Beziehung war alles in Ordnung, bis er begann, sie zu bedrängen, sie solle ihm ein Nacktfoto von sich schicken.

»Niemand außer mir wird es sehen, ehrlich«, versicherte er ihr. »Auf diese Weise habe ich etwas von dir, wenn wir nicht zusammen sein können. Das machen alle. Du bekommst auch eins von mir.«

Das Stück war so geschickt konzipiert, dass das Publikum genau verstehen konnte, worum es ging, ohne anstößigen Bildern ausgesetzt zu sein. Matthew verschwand hinter der Leinwand, auf deren Vorderseite ein Bild vom Laptop projiziert wurde. Die Aufnahme zeigte einen nackten jungen Mann, bei dem bestimmte Körperteile nur verschwommen erkennbar waren. Hannah, die auf ihr Handy guckte, fühlte sich auf einmal sichtlich unwohl. Dann war die Leinwand plötzlich wieder leer, und ein vollständig bekleideter Matthew tauchte hinter ihr auf.

»Siehst du, jetzt hast du eins von mir und ich bekomme eins von dir. Das ist nur fair.«

»Ich will aber nicht.«

Die Handlung spielte im Verlauf einer Woche, während der er den Druck auf sie kontinuierlich erhöhte.

»Wenn du mich lieben würdest, würdest du es tun«, sagte er in der fünften Szene. »Es ist ja nicht so, als ob ich dich dazu überreden wollte, Sex zu haben oder so. Ich bin der Einzige an der Schule, der kein Foto von seiner Freundin hat. Die anderen werden denken, dass du voll verklemmt bist. Willst du wirklich wegen so etwas unsere Beziehung kaputtmachen?«

Fast alle Bewohner und viele Leute vom Personal saßen im Publikum, und alle verfolgten gebannt das Spiel. Maureen, die neben der Tür stand, hatte noch nie so eine konzentrierte Stille erlebt. Niemand rutschte auf seinem Stuhl herum, niemand flüsterte mit seinem Nachbarn, ja, es wurde nicht einmal gehustet. Die Art, wie das Stück aufgenommen wurde, war außergewöhnlich, dachte sie.

Die Zuschauer beugten sich gespannt vor und wünschten, Hannah würde nicht einknicken, ahnten aber wohl, dass genau das passieren würde. Nun trat das Mädchen hinter die Leinwand, auf der wieder ein Foto gezeigt wurde, das dieses Mal sie selbst zeigte. In den Jungen, der auf sein Mobiltelefon starrte, kam plötzlich Leben, erfreut blickte er auf das Bild, das er gerade bekommen hatte. Hannah erschien wieder vor der Leinwand.

Sie beschwor ihn: »Du musst versprechen, dass du das nie jemand anderem zeigst!«

»Na klar«, versicherte er und nahm sie in die Arme. »Niemand außer mir bekommt das zu sehen, ich verspreche es. Mach dir keine Sorgen.«

Sie gingen ein paar Schritte, um anzudeuten, dass eine neue Szene begann und Zeit verging. Später schickte Matthew das Foto an einen seiner Freunde, nicht ohne ihm vorher das Versprechen abzunehmen, es an niemanden weiterzugeben. Der Freund aber schickte das Foto weiter, und nach kurzer Zeit war eine große Zahl von Schülern im Besitz von Hannahs Foto.

Hannah war außer sich, als sie von dem Verrat erfuhr, und machte mit Matthew Schluss, der das Foto aus Rache auf seiner Facebook-Seite postete. Viele der anderen Jugendlichen, die bisher auf dem Boden gesessen hatten, waren aufgestanden und taten so, als verbreiteten sie ihrerseits das Foto auf ihren Handys. Das Theaterstück endete damit, dass Hannah sich weigerte, zur Schule zu gehen, und darüber nachdachte, sich das Leben zu nehmen.

Im Saal herrschte völlige Stille. Zwei Frauen hatten Taschentücher herausgeholt und trockneten einige Tränen. Erst als die Akteure sich verbeugten, brandete enthusiastischer Applaus auf. Der Lehrer bedankte sich für die Einladung, und Maureen dankte ihrerseits für die ausgezeichnete Aufführung und lud alle zum Nachmittagstee ein.

»Das war großartig«, lobte Dorothy die junge Schauspielerin. Die meisten Schüler standen in kleinen Gruppen herum, während einige noch am Boden sitzen geblieben waren und sich mit Bewohnern unterhielten. »Heißt du wirklich Hannah?«

»Ja«, antwortete das Mädchen, das neben Matthew und zwei anderen Teenagern stand.

»Ich bin Dorothy. Vielen Dank, dass ihr gekommen seid und uns über all diese Dinge aufgeklärt habt. Ich habe richtig mitgefiebert – wir alle haben gehofft, dass du nicht nachgibst, meine Liebe.«

»Es gibt unheimlich viele, die Nacktfotos von sich machen und dann ihren Freunden oder Freundinnen schicken«, sagte Hannah.

»Wirklich? Ich fand es ganz furchtbar von ihm, das Foto anderen zu zeigen und dann auch noch auf Facebuch öffentlich zu machen.«

»Facebook«, korrigierte Matthew.

»Wie auch immer es heißt, es ist jedenfalls ganz schön gefährlich.«

»Das ist doch ganz normal«, sagte ein Junge, der vielleicht vierzehn war. »Wenn zwei nicht mehr miteinander gehen, wollen sie es einander eben heimzahlen.«

»Ist das so?«, wunderte sich Dorothy. »Aber weshalb denn um Himmels willen? Kann man denn nicht einfach friedlich auseinandergehen, wenn man sich nicht mehr versteht? Warum muss man sich dann noch gegenseitig Schaden zufügen? Zu meiner Zeit hat es das nicht gegeben.«

»Weiß nicht«, sagte der Junge leicht verunsichert, »das ist halt so.«

»Das will mir nicht in den Kopf. Und wieso hast du dich überreden lassen, Hannah? Dein Körper geht doch nur dich etwas an. Warum sollte jemand anderes über ihn bestimmen dürfen?«

»Weil er mich sonst verlassen hätte«, erwiderte sie. »Er sagte, wenn ich ihn liebte, würde ich es machen.«

»Ha, Männer spielen diese Spielchen seit Anbeginn der Zeit«, sagte Dorothy, die sich in ungewohnte Rage redete. »Wenn du mich liebst, schläfst du mit mir! Was da heutzutage läuft, ist genau dasselbe, nur mit moderner Technologie. Jedenfalls hat das nichts mit Liebe zu tun. Wenn man jemanden wirklich liebt, tut man alles dafür, dass der andere glücklich ist und ihm kein Leid geschieht.«

»Wer andere so schikaniert, will einfach nur Macht. Sich so zu verhalten ist weder schlau noch erwachsen noch anständig. Es ist schlicht eine Form von Missbrauch, und jungen Leuten muss klargemacht werden, dass sie sich das nicht gefallen lassen dürfen.«

»Wenn irgendjemand im richtigen Leben so etwas bei dir versucht, Hannah, dann nimm die Beine in die Hand und lauf! Und wenn die mit diesem Unfug nicht aufhören, dann kommst du zu mir!«

Eine kleine Gruppe Schüler und der Lehrer waren dazugekommen, um zu hören, was die freundlich alte Dame, die gerade mit so viel Leidenschaft sprach, zu sagen hatte. Als ihre flammende Rede endete, applaudierten sie spontan. Dorothy sah sich verblüfft um und wurde ein wenig verlegen.

»Ach du gute Güte … bitte entschuldigt mich, ich muss noch jemanden besuchen. Ihr solltet unbedingt das Gebäck probieren. Wenn ihr nicht schnell genug seid, ist es weg. Und Matthew, denk doch bitte daran, noch deiner Großmutter Hallo zu sagen.«

Die Jugendlichen blieben den ganzen Nachmittag. Sie interessierten sich dafür, wie es im restlichen Gebäude aussah, und ließen sich in kleinen Gruppen von Bewohnern des Hauses herumführen, die nur zu gern bereit waren, die Fremdenführer zu spielen. Als Dorothy zurückkam und es sich in einem Sessel bequem machte, kam der Lehrer auf sie zu.

»Verzeihen Sie, ich kenne Ihren Nachnamen nicht«, begann er.

»Oh, nennen Sie mich einfach Dorothy. So nennen mich alle.«

»Was Sie da gesagt haben, hat mich sehr beeindruckt.«

»Aber das war doch nichts Besonderes.«

»Ich will Ihnen nicht verheimlichen, dass ich froh wäre, wenn die Kids so an meinen Lippen hingen, wie sie es bei Ihnen getan haben.«

»Ich glaube, Sie wollen einfach nur einer alten Frau schmeicheln.«

»Nein, ganz und gar nicht. Damit Sie mir glauben, wollte ich Sie fragen, ob Sie vielleicht bereit wären, uns einmal in der Schule zu besuchen und vor den Schülern zu sprechen.«

»Ich? Was hätte ich denn zu sagen, was die Kinder interessieren könnte?«, fragte Dorothy, die von dem Vorschlag völlig konsterniert war. »Sie sollten mit Miss Ross reden. Sie hat mal eine Schule geleitet, wissen Sie.«

»Aber Sie waren es, die die jungen Leute mit Ihren Worten begeistert haben. Ich möchte, dass Sie kommen und mit ihnen reden.«

Fünfzig

Abends im Aufenthaltsraum waren alle ganz aufgedreht und unterhielten sich lebhaft über den Tag. Der Besuch der Jugendlichen, das bewegende Theaterstück und die Führungen durchs Haus hatten allen große Freude bereitet. Sogar Joan, Miss Ross und Dorothy verzichteten an diesem Abend darauf, sich zum Stricken in eines ihrer Zimmer zurückzuziehen, und hatten es sich in einer Ecke des Raums gemütlich gemacht. Dorothy erzählte gerade von dem unerwarteten Angebot, vor Schülern zu sprechen.

»Oh, Sie machen das bestimmt ganz ausgezeichnet!«, sagte Joan.

»Ich habe ihm gesagt, er soll Miss Ross fragen. Sie ist die Richtige für solche Dinge.«

»Aber das ist es ja gerade! Er möchte keinen ausgebildeten Lehrer«, meinte Miss Ross. »Von denen hat er ja schon jede Menge. Er sucht jemanden mit Lebenserfahrung, der den jungen Menschen etwas gesunden Menschenverstand beibringen kann, ein bisschen Weisheit, auch wenn das altmodisch klingt.«

»Aber das könnten Sie doch auch.«

»Nein, ich könnte das nicht. Unterricht zu erteilen ist ein Teil von mir geworden, und diese Schüler würden in mir immer nur eine Lehrerin sehen. Dazu kommt erschwerend hinzu, dass ich inzwischen auch noch eine alte Lehrerin bin, die völlig aus der Zeit gefallen ist. Bei Ihnen ist das anders.«

»Ich bin eine ganz normale alte Oma, nichts weiter.«

»Aber war das nicht der Grund, warum wir *Perlen der Weisheit* ins Leben gerufen haben? Um jungen Leuten zu helfen?«, fragte Joan. »Sie haben so eine tolle Art, mit den Menschen am Telefon zu reden. Ihnen fehlt einfach nur das Selbstvertrauen, ihnen direkt gegenüberzutreten, aber so groß ist der Unterschied doch nicht, oder?«

Ihre Unterhaltung wurde von Joyce unterbrochen, die, einen der leichteren Holzstühle in der Hand, auf sie zukam. Sie stellte ihn ab und wollte gerade Platz nehmen, als Joan aufstand.

»Kommen Sie, nehmen Sie meinen Sessel. Ich setze mich auf den Stuhl, meine Liebe.«

»Ah, das ist aber sehr freundlich von Ihnen.« Joyce nahm das Angebot erfreut an. »Verzeihen Sie, wenn ich in Ihr Gespräch hineinplatze, aber Ihr Notruftelefon geht mir nicht aus dem Kopf. Ich würde mich gern beteiligen.«

»Bei *Perlen der Weisheit*?«, fragte Miss Ross.

»Genau. Wissen Sie, ich habe die eine oder andere Lektion in meinem Leben gelernt, die ich gern weitergeben würde. Nachdem ich das Stück heute gesehen und hinterher mit einigen Schülern gesprochen habe, habe ich überlegt, dass ich mich gern noch einmal nützlich machen würde. Was kann ich sonst schon noch tun? Familie oder irgendjemanden, der mich besucht, habe ich nicht, und ich denke, dass mein Verstand noch einigermaßen funktioniert«, sagte Joyce und blickte in die Runde.

Die drei dachten vor allem darüber nach, wie sie sie in Dorothys Zimmer unterbringen sollten.

»Ich habe zwar nur ein Telefon«, meinte Dorothy, »aber Sie können gern ab und zu eine Schicht übernehmen.«

»Wie wäre es, wenn ich einen Nebenanschluss in meinem Zimmer hätte, auf dem die Anrufe automatisch landen, wenn bei Ihnen besetzt ist? Es ist vielleicht keine optimale Lösung, ich werde ja nicht vierundzwanzig Stunden am Tag dasitzen und auf Anrufe warten. Aber eine kleine Verbesserung wäre es schon, was meinen Sie?«

»Also ich finde, das ist eine ganz großartige Idee und ein sehr großzügiges Angebot«, rief Joan.

»Das denke ich allerdings auch«, pflichtete Miss Ross ihr bei. »Wirklich nett von Ihnen.«

Dorothy ergriff eine von Joyce' pummeligen Händen.

»Willkommen bei den *Perlen der Weisheit.* Sollen wir das mit einer Tasse Tee feiern?«

Die Antwort war ein Ausbruch großer Heiterkeit.

In den darauffolgenden Tagen hatte Maureen das Gefühl, dass etwas anders war als sonst. Im Haus war eine neue Dynamik und Lebendigkeit zu spüren, die sie so noch nicht erlebt hatte. Joyce hatte sie gefragt, ob für sie eine Nebenstelle des Notruftelefons eingerichtet werden könne, und sie hatte versprochen, sich so bald wie möglich darum zu kümmern.

Einige der Schüler hatten angekündigt, am Wochenende wieder vorbeikommen zu wollen, was die Heimleiterin mit einiger Skepsis zur Kenntnis genommen hatte. Sie befürchtete, dass das nur zu Enttäuschung aufseiten der Heimbewohner führen würde, was sich als grundlos erwies, denn am Sonntagmorgen erschienen acht Teenager, darunter zwei neue Gesichter, die sich ihren Freunden angeschlossen hatten.

Walter saß im Wintergarten und las, als Anna zu ihm kam und sagte, dass Besuch für ihn da sei. Er wollte schon ›Für mich?‹ antworten, dachte dann aber, dass die Frage unsinnig war, legte sein Buch hin und ging nachsehen. Als er zum Empfang kam, traute er seinen Augen nicht. Sein Besucher lächelte breit, was sein Gesicht so veränderte, dass klar wurde, woher sein Spitzname rührte.

»Smiler!«, rief er und ging zu ihm, um ihm die Hand zu schütteln, die der ihm entgegenstreckte.

»Hallo, ich habe gedacht, dass Sie den hier vielleicht vermissen.«

»Mein Gehstock!«, sagte Walter hocherfreut. »Vielen, vielen Dank. Ich kann dir gar nicht sagen, wie dankbar ich dir bin.«

»Nach der Demo wurden alle Stöcke eingesammelt, aber der, der sie hatte, wusste nicht, wem sie gehörten, und es dauerte eine Weile, bis ich rausfand, wer das war. Die anderen habe ich dem Pfleger gegeben. Das Schlehenholz hier ist der Hammer. Ich habe früher selbst versucht, Stöcke daraus zu schnitzen. Gar nicht so einfach, das Gewichtsverhältnis zwischen Stiel und Griff hinzukriegen.«

»Du kennst dich also aus damit?«

»Mein Großvater hat diese Stöcke gern geschnitzt, und ich habe ihm immer gern zugesehen, als ich noch klein war. Dann ist er gestorben, und ich habe sein Werkzeug bekommen. Aber ich war damals noch nicht alt genug, dass er mir die Technik richtig zeigen konnte.«

»Verstehe«, sagte Walter, dem gerade eine Idee kam. »Komm mit, ich spendiere dir eine Tasse Tee. Mit ein bisschen Glück erwischen wir auch noch ein schönes Stück Kuchen.«

Der Aufenthaltsraum war bereits gut besucht. Smiler erkannte einige der Jugendlichen und grüßte sie.

»Ich habe von dem Stück gehört«, sagte er, nachdem sie zwei freie Stühle gefunden hatten. »Der Besuch der Theatergruppe hat in der Schule ganz schön für Furore gesorgt.«

»Schön, dass einige der Schüler heute wiedergekommen sind –

junge Leute bekommen wir hier nicht so oft zu sehen.« Sein Blick fiel auf die Person, nach der er Ausschau gehalten hatte, und er rief: »Komm, ich möchte dir gern einen Freund vorstellen.«

Angus trat zu ihnen, und Walter machte die beiden miteinander bekannt. Sein Freund sah längst nicht mehr so vernachlässigt und zerzaust aus, seit er Dorothys Pullover trug. Er schien jedoch den Piercings in Ohr, Nase und Lippe des jungen Mannes nicht so recht zu trauen.

»Als Angus noch jung war, war das Schnitzen von Gehstöcken seine große Leidenschaft.«

»Im Ernst jetzt?«

»Oh ja. Den hier hat er als Hochzeitsgeschenk für Moira und mich gemacht. Seitdem habe ich ihn in Ehren gehalten, weil er ein so besonders schönes Exemplar ist und das Geschenk eines Freundes. Ich habe dich nie gefragt, ob du auch später noch Stöcke geschnitzt hast?«

»Doch, bis vor ungefähr fünf Jahren. Dann wurde es immer schwieriger für mich, in den Wald zum Holzsuchen zu gehen, und für die etwas anspruchsvolleren Arbeiten fehlte mir irgendwann auch die Kraft.«

»Ich bin beeindruckt«, sagte Smiler, was die beiden als Kompliment nahmen.

»Ich habe nachgedacht …«

»Jetzt wird's gefährlich«, meinte Angus und grinste.

»Ich kann mir vorstellen, dass Hamish nicht den ganzen Platz in dem großen Schuppen für seine Geräte braucht, wenn wir ihm zeigen, wie man sie ordentlich aufbewahrt. Im Moment liegt alles einfach kreuz und quer herum.«

»Ja und?«

»Na ja, Smiler hat eben erzählt, dass sein Großvater auch ein begeisterter Stockschnitzer war und ihm sein ganzes Werkzeug vermacht hat. Aber der Junge braucht natürlich jemanden, der ihm zeigt, wie er es benutzen muss.«

In Angus' Augen blitzte es auf, und mit einem Mal spielte das viele Metall in Smilers Gesicht keine Rolle mehr. Im nächsten Moment waren die drei bereits in Überlegungen vertieft, welche Möglichkeiten ein solches Projekt bieten könnte. Um sie herum ging es bereits ebenfalls handwerklich zu: Joan zeigte zwei Mädchen und einem Jungen, wie man strickt, während Meg und Peg in einer Ecke des Raums einige Schmuckstücke präsentierten, die sie gefertigt hatten.

Praktisches Wissen wurde aber auch in die andere Richtung weitergegeben. Ein Jugendlicher hatte seinen Laptop mitgebracht und demonstrierte einer kleinen Gruppe, wie man ins Internet kam. Dass man so schnell an so riesige Mengen an Informationen kommen konnte, führte zu viel Erstaunen und Kopfschütteln.

»Als ich in eurem Alter war, brauchte ich eine halbe Stunde, um zur nächsten Bücherei zu kommen, und die war nicht besonders groß«, erzählte Mrs Weaver. »Ich musste immer erst meine Hände an der Ausleihe zeigen, ob sie auch sauber waren. Und dann habe ich manchmal stundenlang gesucht, was ich wissen wollte, und habe doch nichts gefunden.«

Mr Adams nannte den Namen des Schiffs, auf dem er in der Royal Navy gedient hatte, und nur Sekunden später erschien es auf dem Bildschirm.

»Das ist ja mein Schiff!«, rief er ungläubig. »Das ist verblüffend. Ich habe es seit Jahrzehnten nicht mehr gesehen, alle Bilder, die ich hatte, sind verloren gegangen.«

Der Schüler suchte weiter und förderte einige Bilder der Mannschaft zutage, die er vergrößerte, damit Mr Adams die Personen besser erkennen konnte. Der alte Mann studierte die Fotos eine Weile, und plötzlich ging ein Leuchten über sein Gesicht.

»An den Matrosen erinnere ich mich! Und an den auch. Netter Kerl. Über all die Jahre haben wir uns völlig aus den Augen verloren. Da bin ich!«, rief er aufgeregt.

»Sie sahen ja früher richtig gut aus«, bemerkte Mrs Weaver neben ihm, die sich vorbeugte, um besser zu sehen.

»Heute etwa nicht mehr?«

»Das liegt sicher nur an meiner Brille, die muss mal wieder geputzt werden«, gab sie spöttisch zurück.

Der Schüler versprach, noch weiter nach interessanten Fotos zu suchen und sie in der nächsten Woche ausgedruckt mitzubringen.

»Das ist aber nett von dir, mein Junge. Ich weiß das wirklich zu schätzen«, brummte Mr Adams und wischte sich über das Gesicht. »Mist, ich glaube, ich habe da was im Auge.«

»Hier ist noch etwas«, sagte der Schüler. »Einige aus der Mannschaft haben eine Facebook-Seite gegründet. Sieht so aus, als wären sie zu acht.«

»Und was bedeutet das?«, fragte Mrs Butterworth, die das Ganze ebenfalls verfolgt hatte.

»Diese Leute sind über ganz Großbritannien verteilt«, erklärte der Jugendliche, während er den Eintrag studierte. »Zwei wohnen in Schottland. Sie benutzen Facebook, um miteinander in Kontakt zu bleiben. Wenn Sie möchten, Mr Adams, kann ich Ihnen helfen, mit einigen Ihrer alten Kameraden Kontakt aufzunehmen.«

Damit war es um die Fassung des alten Mannes geschehen, und er versuchte nicht einmal mehr, so zu tun, als weine er nicht.

Einundfünfzig

Die vierteljährliche Lieferung von Inkontinenzeinlagen war jedes Mal ein Ereignis biblischen Ausmaßes. Die Einlagen gab es in allen Formen und Größen, für Männer und Frauen, zweiteilig, als Slips, als Hosen, mit oder ohne Gürtel, für den Tag und für die Nacht. Die Auswahl war riesig und reichte von ausgesprochen diskreten Exemplaren bis hin zu weniger unauffälligen Produkten, die an Variantenreichtum in Sachen Komfort, Form, Saugfähigkeit, Dehnbarkeit und Elastizität nichts zu wünschen übrig ließen. Für besonders drastische Fälle gab es ein Modell, das gemeinhin unter dem Namen ›Superpuper‹ bekannt war.

Als die beiden Männer der Lieferfirma alles ausgeladen hatten, war der Empfangsbereich fast zur Hälfte mit Kartons angefüllt. Die Ankunft der Inkontinenzprodukte fiel zeitlich mit dem Auszug von Deirdre zusammen, was zu ihrem Missfallen dem Anlass einiges an Würde nahm und den Abschied eher unschicklich wirken ließ.

Bis zur vergangenen Woche hatte sie Stillschweigen darüber bewahrt, dass sie *Highland Home* verlassen würde. Seitdem hatte sie aber keine Gelegenheit versäumt, alle lautstark wissen zu lassen, dass ihr vorbildlicher, fürsorglicher Sohn sie in ein herrliches Seniorenheim umsiedelte, das näher bei Edinburgh war, wo er wohnte.

Kaum jemand nahm ihr ab, dass das die ganze Wahrheit war, aber niemand ließ sich das anmerken. Alle beglückwünschten sie und sagten, wie nett es sei, dass sie die Familie nun öfter sehen könne. Tatsache war, dass sie sich die erhöhten Gebühren nicht länger leisten konnte, was die Mitbewohner mit viel Mitgefühl erfüllte. Es wurde allgemein vermutet, dass das neue Pflegeheim sich nicht mit *Highland Home* würde messen können, und das war wirklich niemandem zu wünschen.

Immerhin sorgten die vielen Kartons dafür, dass der Empfangsbereich nicht ganz so verlassen wirkte, als Deirdre herunterkam, um sich zu verabschieden. Natürlich war Oberschwester Maureen zur Stelle, aber auch das Rettungskommando hatte sich eingefunden. Obwohl es sich aufgelöst hatte, fanden die ehemaligen Mitglieder, dass sie sich mit ihrer Mitstreiterin solidarisieren sollten, die ja ihren Teil zu ihrer Initiative beigetragen hatte. Sie hatten sich alle in einer Reihe aufgestellt, als gelte es, der Queen persönlich die Ehre zu erweisen, und Deirdre schritt langsam die Reihe ab, bemüht, um ihretwillen, aber auch um der anderen willen, die Haltung zu bewahren.

»Ich werde Sie vermissen, Meg«, sagte sie zu der Ersten in der Riege.

»Ich bin Peg«, protestierte die Frau.

»Ach herrje – ich werde Sie beide vermissen.«

Dorothy war sich der Bedeutung von Deirdres Auszug schmerzlich bewusst. Auch ihre Ersparnisse gingen in alarmierender Geschwindigkeit zur Neige. Sie hatte sich im Stillen nach anderen Heimen umgesehen und zwei gefunden, die günstiger waren und die sie sich Anfang des neuen Jahres ansehen wollte. Sie wollte wenigstens noch ein Weihnachten mit ihren Freundinnen verbringen.

Als Deirdre zu Angus kam, schien es um ihre Fassung geschehen.

»Passen Sie gut auf sich auf«, sagte sie mit Tränen in den Augen. »Lassen Sie sich nicht vom rechten Pfad abbringen.«

Wäre sie eine Katze gewesen, hätte sich ihr beim Nächsten das Fell gesträubt. Wenn alle ehrlich waren, mussten sie zugeben, dass sich diese Konfrontation niemand entgehen lassen wollte.

»Wir haben uns nie besonders verstanden, etwas anderes zu sagen wäre geheuchelt«, stellte Walter fest. »Trotzdem wünsche ich Ihnen alles Gute und dass Sie in Ihrem neuen Zuhause glücklich werden. Auch wenn wir nicht als Freunde scheiden, so sollten wir auch nicht als Feinde auseinandergehen.«

Tapfer tat er einen Schritt auf seine Widersacherin zu, nahm sie in die Arme und tätschelte ihr sacht und beruhigend den Rücken, als er bemerkte, dass sie nun vollends zu weinen begonnen hatte. Julie hatte ihn dazu gebracht, über die wahre Deirdre nachzudenken, die sich hinter der starren Maske einer Sittenwächterin verbarg. Wenn Julie ihr vergeben konnte, dann konnte er das erst recht. Als Deirdre sich aus der Umarmung löste, legte sie ihm kurz die Hand auf den Arm. Eine derartig überschwängliche Bezeugung von Zuneigung hatte noch nie jemand bei ihr gesehen.

Die Heimleiterin und Mrs MacDonald brachten sie zum Kleinbus, der schon vor dem Eingang wartete. Hamish würde dafür Sorge tragen, dass sie am Bahnhof in den richtigen Zug stieg. Ein örtlicher Umzugsunternehmer würde später am Vormittag wegen der wenigen Möbelstücke und persönlichen Gegenstände kommen, die in Deirdres Zimmer ordentlich aufgestapelt auf Abholung warteten.

Die anderen standen am Eingang und beobachteten den letzten Akt des Dramas, konnten aber nicht mehr hören, was noch gesprochen wurde.

»Das war unerwartet ergreifend«, konstatierte Angus.

»Ja«, pflichtete Walter ihm bei.

»Tja, viele von uns haben etliche Jahre hier zusammen verbracht«, gab Dorothy zu bedenken.

»Ob uns das nun gefällt oder nicht«, fügte Joan hinzu.

»Immerhin geht sie nicht mit Mr Dunn«, sagte Walter.

»Ich hätte erwartet, dass ihr Sohn kommt und sie mit dem Auto abholt«, meinte Joan und sprach aus, was viele dachten. »Es ist schlimm genug, sein Zuhause zu verlassen, aber sich allein auf die Reise machen zu müssen kommt mir unnötig gefühllos vor.«

»Dieses Haus wird ohne sie nicht mehr dasselbe sein«, sagte Miss Ross.

»Und Mrs MacDonald auch nicht«, fügte Dorothy hinzu. »Sie wird sich ganz verloren vorkommen.«

Im Laufe des Vormittags waren die gelieferten Kartons im Lagerraum verstaut worden, der Umzugswagen war gekommen und wieder gefahren, und schließlich kam auch noch jemand vom Supermarkt um die Ecke, der eine neue Ladung Blumen brachte, die im Haus verteilt wurde.

Straffe Organisation und Routine regierten im Seniorenheim, aber so etwas wie einen ›normalen‹ Tag gab es innerhalb dieser Parameter dennoch nicht. Ben und Maureen waren gerade dabei, sich im Flur zu besprechen, als Beatrice mit erstaunlicher Geschwindigkeit an ihnen vorbeiflitzte, im Kielwasser die Gemeindeschwester, die vergeblich versucht hatte, ihr eine Spritze zu geben. Wenige Augenblicke später erschien eine Hand hinter der Oberschwester und drückte eine ihrer Brüste.

»Sie wissen doch, dass Sie das nicht tun sollen, Mr Forsyth«, sagte sie ungerührt und ohne sich umzudrehen. Ben entfernte sanft die unartige Hand und führte den Mann von Maureen weg, auf der Suche nach etwas anderem, womit er – und seine Hände – sich beschäftigen konnten.

An diesem Tag fanden die wöchentlichen handwerklichen

Kurse statt, bei denen für die meisten etwas dabei war. Im Wintergarten beschäftigten sich Meg und Peg mit der Gestaltung von Schmuck, Mrs Weaver bastelte Glückwunschkarten und Mrs Butterworth Lesezeichen. Viel von dem, was sie herstellten, wurde am Empfang zum Verkauf angeboten und gern von Besuchern erworben. Mit den Einnahmen wurden dann besondere Ausflüge bestritten.

Angus hatte seine Strickversuche beharrlich fortgesetzt und unter Joans und Dorothys Anleitung zunehmend Gefallen an diesem Hobby gefunden. Allerdings ließen seine Kreationen noch viel Spielraum für Interpretationen und keine hatte sich bisher für den Verkauf qualifizieren können.

Zweiundfünfzig

Es gab nicht viel, das Maureen noch überraschte, doch nun saß sie in ihrem Büro und konnte nicht fassen, was ihr Besucher da erzählte. Er war auffallend gut aussehend, etwa um die vierzig, obwohl sie vermutete, dass er auch älter sein konnte. Er war ausgesprochen gut gekleidet, wirkte sehr gebildet und sprach in der selbstbewussten, ruhigen Art, die zweifellos mit seinem Beruf einherging – er sei Facharzt für Anästhesie, hatte er gesagt.

»Und Sie sind hier in der Nähe untergekommen?«, fragte sie, als er geendet hatte.

»Ich habe mir eine Woche Urlaub genommen und würde noch gern einige Tage davon mit meiner Familie in London verbringen, bevor ich wieder zu arbeiten anfange. Wenn ich arbeite, bleibt mir wenig Zeit für anderes.«

»Ja, das glaube ich Ihnen. Gute Güte. Sie können sich sicher vorstellen, dass ich ziemlich verblüfft bin.«

»Ich habe lange darüber nachgedacht. Wie ich am besten vorgehen soll und – ja, ob ich überhaupt etwas unternehmen soll. Aber dann, irgendwie … jedenfalls bin ich jetzt hier. Manchmal muss man eben auch mal etwas riskieren. Ist sie bei guter Gesundheit? Meinen Sie, dass sie sehr schockiert sein wird?«

»Nein – nein, das denke ich nicht. Sind Sie … könnten Sie bitte hier warten?«

Sie verließ das Büro und machte sich auf die Suche. Nach einer Weile kehrte sie mit der Bewohnerin zurück, der sie nur gesagt hatte, dass ein Besucher sie erwarte. Schließlich stand es ihr nicht zu, mehr zu sagen. Sie konnte ihr den Besucher nicht einmal vorstellen – völlig ausgeschlossen. Alles, was sie tun konnte, war, die Frau in ihr Büro zu bringen, die Tür hinter ihr zu schließen und die beiden ihrem Schicksal zu überlassen.

Der Mann war aufgestanden und wartete ab, bis Joyce es sich auf einem der Stühle bequem gemacht hatte. Erst dann setzte er sich neben sie und zog ein Foto aus der Tasche seines Sakkos … eine kleine Schwarz-Weiß-Fotografie, auf der Joyce, Jimmy und ein kleines Baby zu sehen waren.

»Ich bin George.«

Joyce schrie auf und brach in Tränen aus, ehe sie die Arme nach ihm ausstreckte und den Fremden an sich zog. Doch er war kein Fremder. Sie hatte diesen Menschen in sich getragen, ihn geboren und in den ersten Monaten seines Lebens für ihn gesorgt. Als sie ihn weggegeben hatte, damit er es besser haben könnte, war ihr Herz in Stücke gebrochen.

»Mein Baby, mein Baby«, weinte sie, drückte den Kopf des Mannes zwischen ihre Brüste und wiegte ihn hin und her. Er ließ sie gewähren, bis sie sich so weit wieder gefangen hatte und ihn losließ, sodass sie sein Gesicht betrachten und er wieder Luft holen konnte. »Sie haben deinen Namen nicht geändert. Du heißt immer noch George.«

George nickte. Er sah leicht zerzaust aus, was ihm ausgezeichnet stand. Wie oft hatte er darüber nachgedacht, was er in diesem Moment sagen würde, und nun saß er einfach stumm da und lächelte, während über sein sonnengebräuntes, fein geschnittenes Gesicht die Tränen liefen.

»So viele Jahre … so viele Jahre hatte ich gehofft, dass so etwas passieren würde, aber ich habe es nie für möglich gehalten«, sagte sie und streckte die Arme nach ihm aus, um ihn wieder an sich zu drücken. Er holte schnell noch einmal tief Luft.

»Geht es dir gut?«, fragte Joyce, als beide sich schließlich aus der Umarmung gelöst hatten. »Du bist doch nicht etwa krank oder etwas in der Art? Bist du deshalb hier?«

»Nein, nein, nichts dergleichen. Bitte verzeih, dass ich dich so erschreckt habe. Die Adoptionsvermittlung wollte dir auch erst einmal einen Brief schicken, und ich weiß, dass das der korrekte Weg gewesen wäre …«

»Das Richtige war, gleich hierherzukommen und deine Mutter zu sehen. Ich habe so viele Fragen an dich, dass ich gar nicht weiß, wo ich anfangen soll. Warum kommst du jetzt? Was ist der Anlass? Oder wusstest du es schon eine Weile und wolltest nicht kommen? Waren deine Adoptiveltern gut zu dir? Waren sie liebevolle Eltern? Wusstest du, dass du ein Adoptivkind bist?«

»Ich habe mir in der Nähe ein Zimmer für fünf Tage genommen, sodass wir uns in der Zeit so oft sehen und so viel reden können, wie du möchtest.« Er legte das Foto auf den Schreibtisch, damit er ihre Hände fassen konnte. »Meine Eltern – entschuldige, aber ich kann sie nicht anders nennen – waren sogar sehr gut zu mir. Sie haben immer dafür gesorgt, dass mir alle Möglichkeiten offenstehen. Ich habe ein sehr enges Verhältnis zu meinen drei Schwestern, auch wenn ich jetzt weiß, dass wir streng genommen nicht verwandt sind.«

»Wissen sie das?«

»Nein, nur meine Frau.«

»Du bist verheiratet?«

»Ja, und ich habe zwei wundervolle Töchter.«

»Ich bin Großmutter!«, rief Joyce aus und begann wieder zu weinen.

»Ich hatte keine Ahnung, dass ich ein Adoptivkind bin, bis mein Vater vor einigen Monaten starb. Meine Mutter … tut mir leid.«

»Alles in Ordnung, mein Schatz.«

»Sie starb im vergangenen Jahr. Als wir den Haushalt aufgelöst haben, stieß ich auf einen an mich adressierten Umschlag. Darin war ein Brief, in dem sie mich um Verzeihung bat, dass sie es mir nie gesagt hatten. In dem Brief fand ich auch alle Informationen über die Vermittlungsstelle. Als ich mich dort gemeldet habe, haben sie mir den Brief gegeben, den du hinterlassen hattest. Damit und mithilfe des Internets habe ich dich dann hier gefunden.«

Joyce schwieg. Sie zog ein Taschentuch hervor und schnäuzte sich. Er wartete ab, was sie sagen würde.

»Wenn du also meinen Brief gelesen hast, weißt du auch, womit ich früher meinen Lebensunterhalt verdient habe.« Er nickte. »Ich fand es damals richtig, alles zu erklären – dass dein Vater starb, warum ich dich weggeben musste, wovon ich gelebt habe. Ich dachte, wenn du all das eines Tages wüsstest und mich dann immer noch finden wolltest, wäre es so am besten. Seitdem habe ich mich jeden einzelnen Tag gefragt, ob das nicht ein Riesenfehler war und ich mit diesem Brief auch die kleinste Hoffnung zunichte gemacht habe, dass du mich je kennenlernen willst.«

»Im Laufe der Jahre habe ich bei meiner Arbeit im Krankenhaus und in einigen Kriegsgebieten gesehen, was Schlechtigkeit und böse Menschen anrichten können. Du hast nichts dergleichen getan. Du hast getan, was du konntest.«

Es wurde still im Raum. Sie hatten einander so viel zu sagen, aber sie mussten erst einmal all das verarbeiten, was sie schon in den ersten wenigen Minuten erfahren hatten.

»Hier weiß niemand etwas von meiner Vergangenheit«, sagte sie. »Nicht einmal Oberschwester Maureen, obwohl ihr hier kaum etwas verborgen bleibt.«

»Sie scheint ein guter Mensch zu sein. Ich habe ihr gesagt, wer ich bin. Ich wollte dich nicht zu sehr erschrecken, für den Fall, dass du Probleme mit dem Herz hast oder sonst nicht ganz gesund bist.«

»Wahrscheinlich hat sie gesagt, dass ich abnehmen muss«, grinste Joyce, um die Stimmung etwas zu lockern.

»Maureen hat nichts dergleichen erwähnt. Sieh mal.« Er holte ein anderes Bild hervor, das seine Frau und seine Töchter zeigte.

»Du meine Güte, was für eine wunderschöne Familie«, sagte sie und studierte das Foto eingehend. »Wie heißen sie?«

»Das sage ich dir alles gleich. Ich erzähle dir alles, was du wissen willst, aber vielleicht sollten wir der Heimleiterin ihr Büro wieder überlassen.«

»Komm, wir gehen in mein Zimmer. Das wird ganz schön für Gerede sorgen.«

Die nächsten Stunden verbrachten die übergewichtige komische Nudel und der gut aussehende Anästhesist damit, einander nach fünfundvierzig Jahren auf den neuesten Stand zu bringen.

Dreiundfünfzig

Samstag, 8. Oktober
Die Nachricht von Joyce' Sohn hat unser aller Leben hier in Aufruhr versetzt. Sein unerwartetes Auftauchen hat auf magische Weise allen hier im Haus ein neues Gefühl von Hoffnung gegeben. Womöglich sind da noch andere Bewohner mit Kindern, die sie aus den Augen verloren haben, unter Umständen, die sie nicht beeinflussen konnten. Es gibt niemanden, der sich nicht für Joyce freut.
Auch mich hat mit einem Mal ein Gefühl von Zufriedenheit und Ruhe erfasst, von dem ich nicht weiß, ob es mit diesem Ereignis zu tun hat, ob das Wiedersehen von Joyce und ihrem Sohn ein Zeichen ist, dass sich am Ende alles zum Besten wenden wird. Auch wenn ich nicht an Gott und nicht einmal an das Schicksal glaube, wächst in mir die Zuversicht, dass alles gut wird.

Vierundfünfzig

George und Joyce verbrachten so viel Zeit miteinander, wie es ging. Er mietete ein Auto, und sie fuhren durch die Highlands, bestaunten die Landschaft und kehrten ab und zu auf einen Kaffee oder ein Mittagessen in kleinen, ruhigen Cafés ein, in denen sie sich in Ruhe unterhalten konnten.

Für beide waren diese Tage eine außergewöhnliche Zeit. Da war ein großer Teil in Joyce' Leben, auf das keiner von ihnen näher eingehen wollte, sodass George mehr Fragen über ihre frühen und späten Jahre stellte. Sie hingegen wollte alles von ihm wissen, am liebsten einen detaillierten Bericht über jeden einzelnen Monat seit seiner Adoption.

Sie waren übereingekommen, dass er sie bei ihrem Vornamen nennen würde, was für sie vollkommen in Ordnung war. Die Frau, die ihn großgezogen hatte, schien ihn wie ihren eigenen Sohn geliebt zu haben, wofür sie ihr unendlich dankbar war. Er hatte viel mehr Möglichkeiten gehabt, als sie ihm je hätte bieten können. Sie fühlte keine Bitterkeit. Man kann nur mit den Karten spielen, die man vom Leben bekommt.

»So eine Aussicht findet man im Süden nicht«, sagte sie.

Sie saßen im Auto, das so geparkt war, dass sie einen guten Blick auf Loch Shin hatten. Es war der letzte Tag, bevor er wieder nach London zurückkehrte.

»Auch nicht diesen Frieden«, ergänzte er.

»Wahrscheinlich nicht.«

Beiden war nachdenklich zumute. In den vergangenen Tagen hatte Joyce auf seinem iPad Hunderte von Familienfotos und zahlreiche Videos sehen können, die seine Töchter in verschiedenen Altersstufen zeigten. Über Skype hatte sie sogar mit seiner Frau Amy gesprochen, die ihr auf Anhieb sympathisch war. Sie war überwältigt von all den Informationen, Emotionen und dem Staunen über das Wunder, ihren Sohn wiedergefunden zu haben.

»Ich wollte dir etwas vorschlagen – und überlege es dir bitte ganz in Ruhe«, begann er. »Wir waren so viele Jahre voneinander getrennt, dass ich dich bitten möchte, darüber nachzudenken, in ein Seniorenheim in unserer Nähe zu ziehen. Mir ist klar, dass das für dich ein großer Schritt wäre, aber wenn es nur ein finanzielles Problem ist, kann ich dir auf jeden Fall helfen.«

Joyce antwortete nicht sofort, hauptsächlich, um nicht in Tränen auszubrechen.

»Was auch immer die Zukunft bringen mag, ich kann dir nicht sagen, wie viel mir dein Vorschlag bedeutet«, sagte sie schließlich und begann zu weinen. »Sieh mich nur an! Genau das wollte ich vermeiden. Was bin ich für eine dumme alte Frau.«

»Glaubst du etwa, ich weine nicht? Jedes Mal, wenn ich dich zurückgebracht habe, habe ich erst mal eine Runde geheult. Manchmal habe ich es erst gar nicht vom Parkplatz weggeschafft.«

»Und ich immer gerade so bis in mein Zimmer. An zwei Abenden konnte ich nicht mal zum Abendessen runter. Daran kannst du sehen, wie schlimm es war.«

Er lachte, und sie wischte sich die Tränen ab.

»Wir müssen langsam zurück, sonst wirst du auch heute das Abendessen verpassen.«

»Oh, da mach dir mal keine Sorgen. Ich esse sowieso zu viel.«

»Trotzdem sollten wir jetzt los, bevor es zu dunkel wird.«

Irgendetwas ließ ihn zögern, den Wagen zu starten. Er hatte das Gefühl, sie wollte noch etwas sagen.

»Mir liegt da noch etwas auf der Seele.«

»Frag mich, was du möchtest.«

»Weiß Amy, womit ich mein Geld verdient habe?«

»Nein, Mum. Nicht weil ich mich für dich schäme oder etwas in der Art, sondern weil ich kein Recht habe, irgendjemandem davon zu erzählen. Und wem nützt es schon, wenn diese Dinge ans Licht kommen.«

Joyce liefen schon wieder die Tränen über das Gesicht. George hatte sie eben, ohne es zu merken, ›Mum‹ genannt.

Fünfundfünfzig

Dorothy und Joyce saßen ganz vorn in der Aula und starrten auf die leeren Reihen. Der Lehrer, der die Schauspiel-AG betreute und sie am Schuleingang abgeholt hatte, hatte ihnen gesagt, dass drei Klassen kommen würden, alles in allem etwa achtzig Schüler.

»Lassen Sie sich bitte nicht irritieren, wenn wir einige zwischendurch aus dem Saal entfernen müssen«, erklärte er in heiterem Tonfall, als handele es sich um einen Sack Flöhe. »Wir haben ein paar Schüler, die nicht länger als fünf Minuten still sitzen können.«

»Was ist denn los mit denen?«, fragte Joyce überrascht.

»Nichts weiter. Sie sind einfach so. Es wird aber reichlich Lehrpersonal anwesend sein. Wir behalten sie im Auge, auch wenn wir Ihnen dann nicht ganz folgen können, und bringen sie so unauffällig wie möglich hinaus. Lassen Sie sich nur nicht stören. Sie haben eine dreiviertel Stunde, es wäre gut, wenn Sie Ihren Vortrag halten könnten, bis der Gong ertönt.«

»Und wenn wir früher fertig sind?«, wollte Dorothy wissen.

»Dann … äh, dann könnte es ein wenig drunter und drüber gehen. Machen Sie sich keine Sorgen. Ich bin sicher, Sie werden keine Probleme haben«, rief er noch, ehe er losging, um Tee zu holen – ein Teller mit Keksen stand schon auf dem Tisch bereit.

»Was haben wir uns nur dabei gedacht?«, sagte Dorothy, die sich vor dem, was vor ihnen lag, zu fürchten begann. Joyce hatte sie begleitet, um sie beim Beantworten von Fragen zu unterstützen, aber den Vortrag sollte Dorothy halten. »Ich hatte gedacht, es würde höchstens ein Dutzend oder so teilnehmen. Ich kann das nicht.«

»Jetzt gibt es kein Zurück mehr.«

»Ich kann nicht mal einen Keks essen.« Dorothy schob den Teller am Mikrofon vorbei in Joyce' Richtung. »Mein Magen rebelliert auch so schon genug.«

»Danke, ich möchte auch keine.« Joyce stellte den Teller an den Rand des Tisches. Dorothys überraschter Blick entging ihr nicht. »Die Sache ist die, jetzt wo ich wieder etwas habe, wofür es sich zu leben lohnt, gebe ich lieber auf mich acht. Ich möchte miterleben, wie meine Enkelinnen erwachsen werden. Weißt du, George hat mich gefragt, ob ich mir vorstellen könnte, in ein Seniorenheim zu ziehen, das näher bei ihm und seiner Familie ist … zu der ich jetzt wohl auch zähle. Ich kann das alles immer noch nicht glauben.«

»Und? Was werden Sie tun?«, fragte Dorothy, die fürchtete, jemanden zu verlieren, in dessen Gesellschaft sie sich so wohlfühlte.

»Es ist sehr verlockend, aber ich denke eher nicht. Alle meine Freunde sind im *Highland Home*. Vielleicht ist es am besten, wenn er im Urlaub nach Schottland kommt und wir uns erst einmal langsam kennenlernen. Dann sehen wir weiter.«

In diesem Augenblick öffneten sich die Türen und Schüler strömten in den Saal. Die beiden Frauen beobachteten mit Schrecken, wie sich Stuhlreihe um Stuhlreihe mit Fünfzehn- bis Sechzehnjährigen füllte, von denen die allermeisten aussahen, als kämen sie von einem anderen Planeten.

»Ich glaube, mir wird ganz bange«, murmelte Joyce.

»Oh nein.«

»Was ist?«

»Ich muss noch mal wohin.«

»Sie müssen jetzt durchhalten. Das ist alles nur in Ihrem Kopf.«

»Nein, nein, das ist ganz woanders.«

Als alle Platz genommen hatten, stellte der Lehrer die Gäste vor, bat um entsprechende Würdigung und Aufmerksamkeit. Der eher zurückhaltende Applaus erstarb rasch wieder, und Dorothy starrte wie hypnotisiert in die Gesichter vor ihr. Die Notizen, die Miss Ross und sie an den letzten Abenden mit viel Aufwand vorbereitet hatten, lagen unberührt vor ihr auf dem Tisch. Die Stille begann, bleischwer auf dem Raum zu lasten, und einige Jugendliche wurden bereits unruhig.

»Sagen Sie schon etwas«, flüsterte Joyce.

»Ich kann das nicht lesen.«

»Wenn Sie erst mal angefangen haben, wird es wie am Schnürchen gehen.«

»Das wird es nicht. Ich habe die falsche Brille dabei!«

Die Unruhe unter den Schülern wuchs. Einer der Jungen sagte etwas, und alle anderen um ihn herum lachten. Ein Lehrer mahnte sie, ruhig zu sein.

»Ich möchte …«

»Sie müssen ins Mikrofon sprechen«, sagte Joyce und schob es näher an sie heran.

»Ich möchte … euch eine Geschichte erzählen«, begann Dorothy erneut. »Und zwar über Reverend McBain und seinen Rammler …«

Sechsundfünfzig

Anfang November fiel der erste Schnee, und nach drei Tagen hatte sich schon eine ansehnliche Menge angesammelt. Während die allermeisten sich bei diesem Wetter lieber im Haus aufhielten, wo es dank der peinlich genau kontrollierten Raumtemperatur immer schön warm war, ließ eine erstaunlich große Gruppe Ben beim Frühstück wissen, dass sie später in den Garten gehen wollten, um einen Schneemann zu bauen!

Dorothy und Miss Ross saßen an ihrem gewohnten Tisch im Speisesaal. Dorothy war damit beschäftigt, ihren Toast in schmale Streifen zu schneiden, obwohl sie es seit Langem aufgegeben hatte, sie in die hart gekochten Eier zu drücken.

»Ich glaube, Walter wird wieder ein, zwei Tage weg sein, um sich um den Bungalow zu kümmern«, sagte sie und lud feste gelbe Eimasse auf ihren Löffel. »Er wird uns so fehlen, wenn er endgültig weg ist.«

»Das stimmt, aber es ist ganz wundervoll, dass er sich so sehr erholt hat, dass er wieder eigenständig leben kann«, erwiderte Miss Ross. »So etwas passiert gewiss nicht allzu oft.«

»Man weiß nie, was hinter der nächsten Ecke auf einen wartet, nicht einmal hier, wo man denkt, dass alles seinen geregelten Gang geht. Jedenfalls dachte ich das früher immer.«

»Also im Moment kann wohl keiner von uns über tägliches Einerlei klagen. Heute kommt schon wieder eine Schülergruppe zu Besuch. Vielleicht helfen die ja mit, den Schneemann zu bauen.«

»Und ich habe heute Morgen einen Brief bekommen, in dem sie mich fragen, ob ich in zwei Wochen noch einmal in einer anderen Schule sprechen könnte«, berichtete Dorothy. »Ich verstehe gar nicht, dass so viele Leute hören wollen, was ich zu sagen habe.«

»Das liegt wohl daran, dass Sie das beim ersten Mal so großartig gemacht haben.«

»Oh, hören Sie auf. Ich habe immer noch Albträume, weil ich die falsche Brille dabeihatte und all die Arbeit, die wir uns vorher gemacht hatten, für die Katz war.«

»Bestimmt war nicht alles vergebens. Ich bin mir sicher, dass Sie das Publikum nach ein paar Minuten völlig verzaubert hatten. In den vielen Jahren, die ich unterrichtet habe, habe ich nie stehende Ovationen von Fünfzehn- und Sechzehnjährigen erlebt. Für mich klingt das, als hätten Sie eine zweite Karriere vor sich.«

»Aber ich hatte doch noch nie eine.«

Die Schüler kamen gegen zehn, gerade als sich die Schneemann-Gruppe mit Mänteln, Mützen und Handschuhen gegen die Kälte wappnete. Einige Bewohner setzten sich in den Wintergarten, um das Geschehen durch die großen Fenster zu verfolgen. Wie auf Bestellung hörte es genau in diesem Moment auf zu schneien, die Wolkendecke teilte sich, und die Sonne strahlte vom Himmel.

Mrs O'Reilly lag im Bett und starrte an die Zimmerdecke, als es an der Tür klopfte. Gleich darauf öffnete sich die Tür, und der Pfarrer trat ein.

»Oh, hallo, Father Connelly«, grüßte sie ihn mit schwacher Stimme.

»Hallo, Mrs O'Reilly. Wie geht es Ihnen heute?«, fragte er und trat an ihr Bett.

»Nicht besonders. Was ist das für ein Lärm dort draußen? Man sollte meinen, dass die Leute ein bisschen Rücksicht nehmen, wenn jemand im Sterben liegt.«

»Anna hat mir unten erzählt, dass die Jugendlichen die Bewohner in zwei Teams aufgeteilt haben und einen Wettbewerb veranstalten. Wer am schnellsten einen Schneemann baut, der gewinnt.«

»Ein Wettbewerb? In unserem Garten?«

»Sieht ganz danach aus.«

»Helfen Sie mir auf!«, rief sie und warf die Bettdecke zur Seite.

»Oh«, sagte der Pfarrer und trat den Rückzug an. Die Sache war ihm nicht geheuer. »Ich rufe einen Pfleger.«

»Unsinn, dafür ist keine Zeit. Wir werden den Anfang versäumen.«

»Aber …«

»Keine Sorge, Herr Pfarrer«, kicherte sie und zappelte mit den Beinen zum Bettrand, um sich aufzurichten. »Ich glaube kaum, dass Sie beim Anblick meines Luxuskörpers im Nachthemd vom Pfad der Tugend abkommen – es ist nur Sünde, wenn Sie es genießen.«

Die alte Dame wurde so plötzlich von einem Lachanfall geschüttelt, dass der obere Teil ihrer dritten Zähne herausschoss. Father Connelly war zwar schon mittleren Alters, aber in Jugendtagen ein leidenschaftlicher Rugbyspieler gewesen, und fing das Gebissteil ohne nachzudenken in der Luft. Mrs O'Reilly quietschte auf, als sie das sah, ließ sich zurück auf ihr Bett fallen und schlug vor Begeisterung mit ihren kraftlosen Ärmchen auf die Daunendecke.

»Eines Tages sind Sie noch mein Untergang, Mrs O'Reilly«, seufzte er und blickte auf den warmen, feuchten Gegenstand in seiner Hand. Er wünschte, er hätte nicht so geistesgegenwärtig reagiert. »Möchten Sie die vielleicht wieder zurückhaben?«

Es erforderte einiges Ziehen und Drücken, bis er die alte Frau in eine Position gebracht hatte, in der er ihr den Morgenmantel überwerfen konnte. Den Versuch, ihn ihr anzuziehen, musste er als gescheitert betrachten.

»Lassen Sie nur, Herr Pfarrer. Schaffen Sie mich lieber in den Stuhl da drüben am Fenster. Ein Wettbewerb!«, jubelte sie, während Father Connelly sie in Richtung Fenster bugsierte. »Werden Wetten angenommen? Auf welches Team haben Sie gesetzt?«

»Ganz sicher wird nicht gewettet werden, wer gewinnt. Es geht einfach nur um den Spaß.«

»Beim Wetten doch auch!«

Als er sie endlich auf dem Stuhl hatte, holte er noch eine Decke und hüllte sie darin ein.

»Wunderbar, Herr Pfarrer. Jetzt habe ich es schön warm, und Sie geraten nicht mehr in Versuchung!« Schnell warf sie einen prüfenden Blick auf die Leute unten im Garten. »Zehn Pfund auf das Team da rechts.«

»Mrs O'Reilly! Es ist völlig ausgeschlossen, dass ich mit Ihnen um Geld wette. Ich muss mich schon sehr wundern, dass Sie so etwas Unmoralisches überhaupt vorschlagen.«

»Wie wäre es dann mit einer Flasche Gin?«

»Eine schöne große Flasche Gordon's?«

»Ganz recht.«

»Die Wette gilt«, sagte er und setzte sich auf den Stuhl neben ihr.

»Ist es nicht herrlich?«, rief Joyce bewundernd aus, während sie den Blick über die bizarren Formen wandern ließ, in die die dicke Schicht aus Schnee Pflanzen und Bänke im Garten verwandelt hatte. Dorothy stand neben ihr. Jedem Team war ein Teil des Gartens zugewiesen worden.

»Ja, wirklich wunderschön, trotzdem wäre ich froh, wenn es endlich losgehen könnte«, sagte sie und rieb die Hände aneinander.

»Okay!«, rief Ben wie auf ihr Stichwort. »Ich möchte einen schönen, fairen Wettbewerb sehen – es wird nicht getrickst oder geklaut, und das gegnerische Team wird nicht behindert. Wer die Regeln missachtet, bekommt nichts von dem fantastischen Möhrenkuchen ab, den ich vorhin in der Küche gesehen habe. Achtung – fertig … los!«

Er blies in die Trillerpfeife, und die Schüler stürzten sich augenblicklich und wirbelwindartig ins Geschehen. Und wenn die Senioren es auch mit ihnen nicht an Geschwindigkeit aufnehmen konnten, so legten sie nicht weniger Begeisterung an den Tag. Während die Jugendlichen in Miss Ross' Team eine rasch wachsende Schneekugel für den unteren Teil des Schneemanns rollten, machten sich Meg und Peg an die Herstellung des Kopfes und reichten ihn zur Vollendung an andere Teammitglieder weiter, als ihnen die Puste ausging. Dorothys Team war dabei, einen kleinen Hügel aufzuschütten und warf emsig schaufelweise Schnee auf einen Haufen, den die Älteren mit den Händen formten und festklopften.

Das Publikum im Wintergarten war mit ebenso großem Engagement bei der Sache – es feuerte die Mannschaften mit viel Enthusiasmus und Jubel an. Auch Mr Forsyth und Beatrice, die Hand in Hand auf dem Sofa saßen, fieberten mit und riefen mit den anderen um die Wette.

Dank der zahlreichen helfenden Hände wuchsen die Schneemänner in Windeseile an Statur, obwohl sie aufgrund ihrer unterschiedlichen Bauweise völlig verschieden aussahen. Der Schneemann, der als Schneehaufen begonnen hatte, nahm schneller Formen an und war bald so weit, dass Angus ihm zwei Gehstöcke als Arme in die Seiten stecken konnte. Mrs Butterworth versah die Enden mit wollenen Handschuhen, und als der Kopf an der richtigen Stelle saß, holte Joyce eine braune Perücke aus ihrer Manteltasche und platzierte sie obenauf.

»Die kenn ich doch«, sagte Dorothy.

»Pssst, verraten Sie mich nicht. Ich bringe sie zurück, bevor Beatrice etwas merkt.«

Für die Nase hatte Angus einen Läufer aus dem Schachspiel im Aufenthaltsraum geholt. Während er noch damit beschäftigt war, sie anzubringen – was sich wegen des flachen Sockels der Figur als schwieriger als gedacht herausstellte –, wurde der Schneemann im Handumdrehen mit einem roten Schal, einem Barett, einem Strickbeutel und einer Brille vor den zwei dunkelblauen Knopfaugen verschönert.

Auch wenn die Teams sie durch die doppelt verglasten Fenster nicht hören konnten, schrie Mrs O'Reilly am Rande der Hysterie ihre Anfeuerungsrufe aus voller Kehle. Der Pfarrer klang bereits etwas heiser. Anna musste sich draußen im Flur vor Lachen an der Wand festhalten, zu komisch waren die Geräusche, die aus dem Zimmer der alten Dame drangen.

Im anderen Teil des Gartens spornte Miss Ross ihre Schäfchen an wie zu ihren besten Zeiten als leitende Betreuerin des Schulsporttages. In gebückter Haltung vollendete Joan gerade den Kopf des Schneemanns, dem nur noch eine dünne Schneeschicht fehlte, ehe er an seinen Platz gesetzt werden konnte, als sie ein Schneeball an ihrer Hinterseite traf.

»He, wer war das?«, rief sie, drehte sich um und blitzte das gegnerische Team an. Alle schienen äußerst beschäftigt, und niemand schenkte ihr Beachtung. Sie hatte sich gerade wieder hinuntergebückt, als ein neuerliches Geschoss sie an genau der gleichen Stelle traf. Mrs O'Reilly, die all das unverstellt von ihrem erhöhten Posten aus verfolgen konnte, klatschte vor Vergnügen in die Hände. Joan fuhr herum, und sofort fiel ihre Aufmerksamkeit auf Joyce, die vornübergebeugt dastand.

»Also, das ist doch …! Na warte …«

Joan führte den Satz nicht zu Ende, sondern formte ihrerseits einen Schneeball und schleuderte ihn von sich. Trotz der Größe ihres Ziels traf sie stattdessen Angus mitten auf der Brust. Überrascht trat er einen Schritt zurück und suchte nach dem Verursacher der Attacke.

»Feindlicher Angriff – alle zu den Waffen!«

Die Zuschauer im Wintergarten hielt es nicht mehr auf den Stühlen, sie stimmten regelrechte Fanchöre an und machten mit allem Krach, was sie finden konnten. Maureen kam aus ihrem Büro, um zu sehen, was da vor sich ging.

»Gebt ihnen die volle Breitseite!«, schrie Mr Adams. »Volle Breitseite!«

»Das ist noch besser als Kühemelken«, stellte Mr Forsyth fest und lächelte Beatrice liebevoll an.

»Auf mein Kommando«, rief Angus. »Feind anvisieren …«

Nur Joan und Miss Ross erkannten die drohende Gefahr rechtzeitig und drehten den Widersachern schnell den Rücken zu, als der Befehl erteilt wurde.

»Und Feuer!«

Der Rest des Teams war so vertieft in den Wettbewerb, dass sie die Attacke völlig unvorbereitet traf. Angus war nun vollkommen in seinem Element. Möglicherweise hatte er einige Bücher zu viel über die Schlachten der britischen Redcoats im achtzehnten Jahrhundert gelesen. »Nachladen!«

Miss Ross' Team wehrte sich nun nach Kräften, aber wie schon die damaligen Gegner der britischen Armee mussten sie einsehen, dass gegen die taktisch klug eingesetzten Kugelsalven all ihre Bemühungen vergebens waren.

»Ziel anvisieren! Feuer!«

Ben pfiff ab.

»Stopp, stopp!«, rief er. »Strafstoß für Dorothys Team. Kämpfe einstellen!«

Inzwischen waren alle gut bewaffnet, Alt und Jung keuchend und breit grinsend, die heftigen Atemstöße kondensierten in der eisigen Luft. Sie hielten inne und blickten zu dem Pfleger hinüber. Der sah, wie sich ihr Gesichtsausdruck änderte, als allen zur selben Zeit der gleiche Gedanke kam und sie sich ihm zuwandten.

»Nein! Das ist nicht fair!«, schrie er und konnte gerade noch hinzufügen: »Der Kuchen ist gestrichen!«, bevor er in einem Kugelhagel von zwei Dutzend Schneebällen stand.

Siebenundfünfzig

Die Schneemänner hielten die ganze Woche über Stellung, wenn auch täglich etwas schmuddeliger (die Perücke war wieder wohlbehalten bei ihrer Besitzerin angekommen). An diesem Samstag war Thema Nummer eins im *Highland Home* das Sturmtief ›Tegan‹, das in der kommenden Nacht über Schottland hereinbrechen sollte.

Stürme waren beileibe nichts Ungewöhnliches in den Highlands, doch dieser wurde als besonders gefährlich eingestuft, und nach dem Abendessen versammelten sich die Bewohner vor dem Fernseher, um die aktuellen Nachrichten zu verfolgen. Als die Berichterstattung zu Ende war, drehte Angus den Ton wieder leiser.

»Als ich jung war, hatten Stürme keine Namen«, kommentierte Mrs Butterworth in ungewöhnlich entrüstetem Ton.

»Ich vermute, das ist der Fortschritt«, sagte Mrs MacDonald.

»Es soll den Menschen helfen, sich auf Unwetter einzustellen«, erklärte Miss Ross.

»Aber was macht es denn bitte schön für einen Unterschied, wenn der Sturm einen Namen hat?«, wollte Mrs Butterworth wissen. »Deshalb wird es kaum weniger wehen.«

»Könnten wir nicht einmal einen Namen aussuchen«, überlegte Dorothy, »und ihn an die zuständige Stelle schicken? Ich bin sicher, Oberschwester Maureen wüsste, wohin.«

»Offenbar muss es immer ein Vorname sein«, stellte Joyce fest.

»Warum sollen wir nicht einen neuen Trend setzen«, sagte Joan. »Wie wäre es mit … Sturmtief Miss Ross?«

Der Vorschlag führte zu großer Heiterkeit, und auch die pensionierte Schuldirektorin stimmte in das Gelächter mit ein. Sie hatte nichts dagegen, ein wenig aufgezogen zu werden, solange es sich in gewissen Grenzen hielt.

»Sturmtief Joyce wäre auch nicht schlecht«, meinte Mr Adams und tat so, als läse er gerade in der Zeitung. »Eine dicke Unwetterfront naht von Westen, steuert auf den Flur zu und soll jeden Moment im Aufenthaltsraum eintreffen!«

»Das trauen Sie sich nur, weil Sie so weit weg von mir sitzen«, rief die füllige Frau zurück und schüttelte die Faust. Aber sie hatte schon zu viel in ihrem Leben erlebt, als wegen ein bisschen Neckerei beleidigt zu sein, und lachte herzlich mit.

»Auch das dient der Sicherheit und dem Gesundheitsschutz der Bevölkerung.« Miss Ross konnte den Impuls, etwas von ihrem Wissen weiterzugeben, einfach nicht unterdrücken.

»Nicht schon wieder dieser Gesundheitskram«, stöhnte Dorothy.

»Nun, das Wetteramt hofft, die Öffentlichkeit stärker für mögliche Gefährdungen zu sensibilisieren, indem es drohenden Unwetterlagen eine Bezeichnung gibt. Die jeweiligen Namen werden immer schon einige Monate im Voraus festgelegt.«

Sturmtief ›Tegan‹ traf kurz nach drei Uhr in der Nacht auf Schottland, und kaum einer der Bewohner fand danach wieder in den Schlaf. Das Personal von der Nachtschicht hatte alle Hände voll damit zu tun, alle zu beruhigen, die sich bei dem Krach und der Wucht des Sturms fürchteten. Am nächsten Morgen standen die meisten später als üblich auf und mussten feststellen, dass der Strom ausgefallen war. Maureen kam früher als sonst, für den Fall, dass mehr zu tun war als an normalen Tagen, nicht ahnend, wie viel mehr Arbeit auf sie wartete.

»Also gut«, begann sie, als sich alle Angestellten in ihrem kleinen Büro versammelt hatten. »Ich habe mit der Elektrizitätsgesellschaft telefoniert, und sie sagen, dass es höchst unwahrscheinlich ist, dass wir vor heute Abend mit Strom rechnen können. Es handelt sich also um einen größeren Notfall.«

»Wir haben nur ein paar tragbare Gasheizungen und keinerlei Möglichkeiten, Essen oder Getränke zu erwärmen. Wir können nicht mal Wärmflaschen mit warmem Wasser füllen. Der Aufzug, der Treppenlift und alle anderen Hebegeräte funktionieren nicht, genauso wie das Festnetztelefon. Außerdem ist überall der Alarm außer Betrieb, sodass wir keine Warnung bekommen, wenn jemand das Haus verlässt. Nicht einmal die Druckmatten vor den Türen funktionieren.«

Einige der Leute hatten so eine Situation noch nie erlebt und sahen verunsichert zu ihren Kollegen.

»Sprich, wir brauchen alle Mann an Deck – alle Bewohner müssen aus dem Bett geholt, warm angezogen und in den Aufenthaltsraum gebracht werden, wo sie erst einmal bleiben, bis wir einen Generator aufgetrieben haben. Sie können essen, was sie möchten und nicht gekocht werden muss, also Haferflocken, Cornflakes, Brot, Obst, Käse. Das Küchenteam hat hier freie Hand.«

›Tegan‹ hatte eine Spur der Verwüstung hinterlassen. Weite Teile Schottlands waren ohne Strom, Straßen waren wegen umgeknickter Bäume gesperrt, und viele Gebäude hatten Schäden davon getragen. Im *Highland Home* herrschte nichtsdestotrotz fast ein wenig Karnevalsstimmung. Einige der Bewohner waren froh, sich nützlich machen zu können – Mrs Butterworth hatte sich eine

Schürze umgebunden und wirbelte vergnügt durchs Haus, als wäre sie eine der Angestellten. Mrs O'Reilly hingegen genoss es besonders, die Treppe hinuntergetragen zu werden.

»Zu Hilfe! Ich werde entführt«, rief sie, als Ben die letzten Stufen erreichte. »Verraten Sie das bloß nicht Father Connelly!«

»Mrs O'Reilly, der junge Mann will Ihnen bestimmt an die Wäsche«, meinte Joyce, die gerade vorbeikam. »Nehmen Sie sich in Acht. Sagen Sie ihm, dass Sie eine anständige Frau sind.«

»Ich pfeif auf anständig. Ich will nicht wieder runter.« Letzteres galt dem Pfleger, der sein Bündel eben in den Rollstuhl setzen wollte, den er bereitgestellt hatte. »So viel Spaß hatte ich seit einer Ewigkeit nicht mehr.«

Ben wusste, wann er verloren hatte und richtete sich wieder auf, als würde er ihr Gewicht gar nicht spüren.

»Was haben Sie nur für schönes Haar«, sagte sie verzückt und strich ihm über den Kopf, während er sie den Korridor entlangtrug. »Wie wär's mit einer Runde um den Block? Lassen wir die anderen ruhig warten.«

»Sie sind einfach unverbesserlich«, grinste Ben.

»Hey, das ist verdammt noch mal kein Grund, ausfallend zu werden.«

Sie brach in lautes Lachen aus, was die allgemeine Stimmung zu Beginn ihrer unfreiwilligen Gefangenschaft im Aufenthaltsraum recht gut widerspiegelte. Draußen war die Temperatur jedoch drastisch gesunken, und im Laufe des Vormittags begannen die ersten der gebrechlicheren Bewohner zu frieren.

Maureen war besorgt. Der versprochene Generator steckte auf einer gesperrten Straße fest, und die Nothelfer wie das *Women's Institute* und die Kirchengemeinden, auf die sie in anderen misslichen Situationen zählen konnte, kämpften alle mit der gleichen Situation. Im Moment waren alle machtlos.

Gerade hatte sie ein weiteres ergebnisloses Telefonat auf ihrem Handy beendet, als sie einen ihr unbekannten Lieferwagen auf den Parkplatz fahren sah, gefolgt von zwei Autos und schließlich dem Kleinbus der Schule.

Mehr als ein Dutzend Schüler stiegen aus den Fahrzeugen aus, und sie erkannte auch den Schuldirektor und den Lehrer, der die Theatergruppe leitete. Sie holten Kartons und Kisten aus dem Lieferwagen und steuerten auf den Eingang zu. Maureen verließ das Büro und ging ihnen entgegen.

»Smiler! Was um alles in der Welt ist denn hier los?«, fragte sie den Jugendlichen, als er hereinkam.

»Hallo, Oberschwester. Angus hat mich angerufen, um zu hören, wie's mir geht, und hat erzählt, was hier los ist. In der Schule ist der Strom zwar auch ausgefallen, aber in der Küche haben wir einige große Töpfe, die mit Gas betrieben werden. Ich habe mit einem der Lehrer gesprochen, und schon kam die Sache ins Rollen.«

Während Smiler noch erzählte, strömten die Helfer ins Haus Richtung Aufenthaltsraum. Zwei Männer, die Maureen nicht kannte, trugen Gasheizöfen herein.

»Aber was ist in all den Kartons?«, fragte sie.

»Wärmflaschen. Ich habe den anderen per SMS Bescheid gegeben, dass sie so viele zur Schule mitbringen sollen, wie sie organisieren können. Und als wir die befüllt haben, die wir hatten, kamen noch ziemliche viele Leute vorbei, die wir gar nicht kannten, und haben noch mehr gebracht!«

»Wie viele sind es denn?«

»Fast zweihundert. Meinen Sie, das reicht?«

»Oh ja, ich glaube, sechs Stück pro Person sind tatsächlich genug!«, antwortete sie erleichtert und lachte.

»Wir haben auch mehr als zwanzig Thermosflaschen gefüllt.

Das Wasser ist zwar nicht mehr kochend heiß, aber man kann sich Tee und Kaffee damit aufgießen. Ein paar Väter haben auch geholfen, das sind die mit den Gasheizungen.«

Als die Heimleiterin in den Aufenthaltsraum kam, ging es schon sehr lebhaft zu – aufgeregtes Stimmengewirr kam ihr entgegen, während die Bewohner von allen Seiten mit mehr Wärmflaschen versorgt wurden, als sie unterkriegen konnten. Anna und der Schulleiter sammelten die wachsende Anzahl an Thermosflaschen auf einem Tisch und hatten damit begonnen, wärmende Getränke auszuschenken. Ben kümmerte sich um Nachschub an Tassen, und jemand vom Küchenpersonal ging Kuchen und Kekse holen. Ehe sie sich versahen, waren alle versorgt und plauderten vergnügt mit den Helfern. Smiler zog einen Stuhl heran und setzte sich zu Angus.

»Junge, das hast du ganz großartig hinbekommen«, lobte Angus. »Ich bin stolz, dich einen Freund zu nennen.«

»Ach was, da war doch nichts dabei«, erwiderte Smiler, aber es war ihm anzusehen, dass ihn die Worte freuten.

Maureen gönnte sich eine kurze Pause in der Nähe der Tür, als eine Schülerin auf sie zukam. Es war Hannah, die bei der Aufführung alle begeistert hatte.

»Können Sie immer noch nichts kochen?«

»Nein, leider, ich überlegte gerade, wie wir das Problem beheben.«

»Mein Vater leitet die Pizzeria. Sie benutzen ja einen Holzofen zum Backen, und er hat mir gesagt, dass Sie ihn anrufen können. Wenn Sie ihm Ihre Bestellungen in der nächsten Stunde durchgeben, kann er alles bis heute Mittag liefern. Ich habe einen Stapel Menükarten mitgebracht.«

Als der Generator am Nachmittag endlich eintraf und das Haus wieder mit Strom versorgt wurde, waren die Bewohner fast ein wenig enttäuscht. Die Schüler packten die Wärmflaschen und Thermoskannen wieder ein, verabschiedeten sich, und der Kleinbus und die Pkws fuhren wieder davon. Im Gebäude wurde es bald wieder warm, und alle kehrten in ihre Zimmer und zu ihrem gewohnten Tagesablauf zurück.

Sturmtief ›Tegan‹ war überstanden.

Achtundfünfzig

Am Tag vor Mrs O'Reillys hundertstem Geburtstag ließ sie die Küche wissen, was sie sich zum Frühstück wünschte. Anna erzählte Maureen später davon und gab ihr Bestes, um die alte Dame und ihren irischen Akzent nachzuahmen.

»Ich möchte zwei gekochte Eier und jede Menge Toast, und das Eigelb soll flüssig sein. Wenn es nicht flüssig ist, komme ich runter und koche sie mir selbst. Ich habe jetzt hundert Jahre auf diesem Planeten überlebt und werde nicht aus den Schuhen kippen, nur weil ich ein verdammtes Hühnerei gegessen habe! Und wenn die neuen Eigentümer Schiss haben, unterschreibe ich ihnen gern, dass ich sie nicht verklagen werde, wenn ich daran zugrunde gehen sollte.«

Maureen musste lachen. »Das klingt ganz nach ihr.«

»Als ob sie dann noch jemanden verklagen könnte.«

»Da wäre ich mir nicht so sicher. Mrs O'Reillys Verstand ist so scharf wie ihre Zunge.«

Am nächsten Morgen brachte Anna das gewünschte Frühstück und war überrascht, dass schon jemand anderes im Zimmer war.

»Dorothy war so freundlich, ihre Hilfe anzubieten«, erklärte Mrs O'Reilly.

»Das ist wirklich nett von Ihnen«, sagte die Pflegerin und setzte das Tablett auf dem Bett ab. »Sind Sie sicher?«

»Vollkommen sicher, meine Liebe«, versicherte Dorothy, die in der Zimmerecke gerade eine Kanne Tee aufgoss.

Kaum war die junge Frau aus dem Zimmer, setzten die beiden Verschwörerinnen ihren geheimen Plan in die Tat um. Dorothy schnitt rasch den Toast zurecht und holte ein weiteres Tablett, einen zweiten Teller und noch ein Besteck hinter dem Schrank hervor. Als Mrs O'Reilly alles hatte, was sie brauchte, nahm sie sich eines der Eier und eine stattliche Anzahl Toaststreifen und machte es sich auf dem Stuhl neben dem Bett bequem. Triumphierend sahen sie einander an.

»Alles Gute zum Geburtstag, Mrs O'Reilly!«

»Genießen Sie es, meine Liebe. Nichts macht so viel Spaß wie etwas, das verboten ist, finden Sie nicht auch?«

Als es Zeit für den Nachmittagskaffee wurde, herrschte im ganzen Haus eine gewisse Vorfreude. Die einzige Hundertjährige des Hauses saß in ein nagelneues Kostüm gekleidet im Aufenthaltsraum, umringt von vier nachfolgenden Generationen, darunter ein Baby, das ihr vorsichtig auf den Schoß gelegt worden war, aber so unauffällig wie möglich noch von der Mutter gehalten wurde, falls der aktuelle Neuzugang ins Rutschen geraten sollte. Ein Reporter der Lokalzeitung war vor Ort, knipste Bilder und führte Interviews.

Schon den ganzen Tag über waren Blumen, Karten und Geschenke eingetroffen, einschließlich einer eigens angefertigten Torte, die die örtliche Konditorei spendiert hatte. Als Vertreter der Krone hatte sich der zuständige Lord Lieutenant eingefunden, und auch ein Dudelsackspieler von einem nahe gelegenen Gutshof war eingetroffen. Unglücklicherweise standen bei Father Connelly an diesem Tag eine Hochzeit und eine Beerdigung auf dem Plan, sodass er seinen Besuch erst für später angekündigt hatte.

Alle Bewohner waren fein herausgeputzt und sammelten sich gemeinsam mit dem Personal und allen Gratulanten im Aufenthaltsraum, um zu hören, wie Oberschwester Maureen die Glückwunschkarte der Queen vorlas. Es folgten Reden, Anekdoten und viele alte Geschichten. Mrs O'Reillys neunundsiebzigjähriger Sohn hatte ein umfangreiches Album über das Leben seiner Mutter zusammengestellt, dessen Inhalt allerseits auf großes Interesse stieß und für viel Heiterkeit sorgte. Das Windmill Theatre wurde mit keinem Wort erwähnt.

Später folgten alle dem Dudelsackspieler in den Speisesaal, um zu Mittag zu essen. Mrs O'Reilly saß mit ihrer ganzen Familie zusammen an einem großen Tisch und strahlte vor Freude. Der Strom der Menschen, die sie umarmen wollten, schien nicht abzureißen. Joyce gab sich Mühe, besonders sanft zu sein, und als sie sich zu ihr hinunterbeugte, flüsterte der Ehrengast ihr ins Ohr: »Gott sei Dank hat der Kerl endlich aufgehört, auf seinem verfluchten toten Schaf herumzudrücken!«

Gegen Abend waren die meisten Gäste längst wieder gegangen, man hatte die festliche Kleidung gegen die Alltagskleider ausgetauscht und das ›Geburtstagskind‹ zu Bett gebracht. Als der letzte noch ausstehende Gast endlich eintraf, lag sie bereits seit einer Stunde in ihrem Zimmer und ließ die Ereignisse des Tages Revue passieren.

»Es tut mir leid, dass ich die Feierlichkeiten verpasst habe«, sagte der Pfarrer und setzte sich an ihr Bett. »Sie sind sicher reichlich mit Geschenken eingedeckt worden, von denen Sie nicht wissen, wohin damit, aber ich habe Ihnen trotzdem etwas mitgebracht.« Aus einer kleinen Tasche holte er eine Flasche Gin. »Soll mir keiner nachsagen, ich würde meine Wettschulden nicht einlösen.«

Sie lächelte.

»In all den Jahren sind Sie mir immer ein treuer Freund gewesen«, sagte sie.

»Ich hoffe doch, dass ich das noch ein Weilchen bleibe. Wollen wir uns ein Schlückchen genehmigen?«

»Danke, Herr Pfarrer, nicht für mich. Aber bedienen Sie sich ruhig.«

»Das sind ja ganz neue Seiten!«

»Oh nein, keine neuen Seiten, die letzte Seite ist jetzt umgeblättert.«

Schweigend sahen sie einander an. Er stellte die Flasche auf den Boden und nahm ihre Hand in seine.

»Was ist los, Mrs O'Reilly?«

»Hier im Heim reden immer alle davon, einen guten Tod zu sterben, aber ich finde, es ist besser, vorher ein gutes Leben gehabt zu haben.« Er nickte, sagte aber nichts. »Und das hatte ich. Ich bin in meinem Leben in so vielerlei Hinsicht reich beschenkt worden. Heute war einer der schönsten Tage meines Lebens. Jetzt bin ich stolze hundert Jahre alt. Ich denke, das ist genug, meinen Sie nicht auch, Herr Pfarrer?«

»Das kann ich nicht beurteilen.«

»Sie können noch etwas für mich tun.«

»Nur raus damit.«

»Nehmen Sie den Gin wieder mit, und wenn Sie sich einen Schluck gönnen, denken Sie an mich und daran, wie viel wir zusammen gelacht haben.«

»Oh ja, das haben wir wirklich. Meine Güte, ich weiß gar nicht, wie viele Abende ich bei Ihnen verbracht habe und wir am Kaminfeuer gesessen und über Gott und die Welt geredet haben. Ich werde mit großer Freude darauf anstoßen, dass ich all die Jahre mit Ihnen befreundet sein durfte.« Er drückte ihre Hand. »Kann ich Ihnen noch etwas bringen? Soll ich einen der Pfleger holen?«

»Die sind beschäftigt, und für mich können sie nichts mehr tun.«

»Soll ich noch bleiben und mit Ihnen beten?«

»Sie sind sehr freundlich, Herr Pfarrer. Ich glaube nicht, dass es lange dauern wird.«

Und so war es.

Keiner der Bewohner des Hauses fehlte, als Mr Dunn und sein Helfer am nächsten Morgen mit dem Sarg aus dem Aufzug kamen und ihn langsam den Flur entlangtrugen. Sogar Mr Forsyth und Beatrice standen respektvoll im Hintergrund. Sie schienen erfasst zu haben, was dieser Moment bedeutete, und Maureen hatte entschieden, dass es besser war, sie einfach in Ruhe zu lassen.

Mrs O'Reilly hatte detaillierte Anweisungen hinterlassen, was ihre Beerdigung anging: In welches Totenhemd sie gehüllt und welche Musik gespielt werden sollte, wenn ihr Leichnam abgeholt wurde, und wie der Gottesdienst gestaltet werden sollte.

»Mrs O'Reilly hat den gestrigen Tag in vollen Zügen genossen«, wandte sich Maureen an die am Eingang Versammelten. »Sie hat das beeindruckende Alter von einhundert Jahren erreicht, hat ihre ganze Familie und alle Freunde wiedergesehen und die Feier unsagbar genossen, das hat sie mir gestern immer wieder versichert. Sie war ein großartiger Mensch und wir werden sie sehr vermissen. Sie hat darum gebeten, dass wir alle zusammenkommen und eines ihrer Lieblingslieder hören sollen, bevor sie das *Highland Home* verlässt und ihre letzte Reise antritt.«

Bewohner und Personal traten heran und legten die Hände auf den Sarg als letzte liebevolle Geste und Zeichen ihrer Freundschaft. In einer Ecke des Raums schaltete Ben einen CD-Spieler an.

»Das glaube ich jetzt nicht«, flüsterte Walter.

»In dieser Gegend entkommt man diesem Lied einfach nicht«, murmelte Angus zurück.

Als die ersten Töne erklangen, stutzten alle überrascht, aber die allgemeine Anspannung verflog urplötzlich und mündete in große Heiterkeit, als sie *Mairi's Wedding* erkannten. Genau so hatte sie es sich gewünscht.

Neunundfünfzig

Walter wollte bei seiner Abreise nicht den üblichen Gang durch das Spalier der Mitbewohner antreten, deshalb begann er schon drei Tage vorher, sich nach und nach von allen zu verabschieden. Er wollte sichergehen, sich beim gesamten Pflegepersonal bedanken zu können und nicht nur bei denen, die an seinem letzten Tag Dienst hatten. Außerdem wollte er lieber die Gelegenheit haben, sich mit jedem Einzelnen in aller Ruhe zu unterhalten.

Einige Wochen zuvor waren auch die letzten Renovierungsarbeiten an seinem Bungalow beendet worden, aber er wollte nicht fahren, bevor Julie die Gegend verließ. Sein Zug nach Aberdeen ging am frühen Nachmittag, nur etwa eine halbe Stunde vor Julies Zug nach Edinburgh. Er hatte also noch den ganzen Vormittag, bevor er mit ihr zum Mittagessen verabredet war.

Angus kam nach dem Frühstück in sein Zimmer, um zu fragen, ob er ihm beim Packen helfen könne, aber bis auf wenige persönliche Sachen war alles bereits verstaut.

»Soll ich deine Schachfiguren in ihre Kiste legen?«, fragte er, als er sah, dass sie noch auf dem Brett aufgestellt waren.

»Danke, du kannst sie wegräumen, aber ich nehme sie nicht mit. Sie sind für dich.«

»Für mich?« Angus starrte ihn entgeistert an. Er wusste, wie sehr sein Freund an den Spielfiguren und dem wunderschönen Schachbrett hing.

»Es wäre mir ein großes Vergnügen, wenn du das Spiel als kleines Geschenk annehmen würdest.«

»Das ist kein kleines Geschenk«, entgegnete Angus, »und ich habe nichts für dich.«

»Du hast mir deine Freundschaft geschenkt. Das ist das beste Geschenk von allen. Ich werde dich vermissen, mein Freund. Ich bin froh, dass das Schicksal uns nach so vielen Jahrzehnten wieder zusammengeführt hat.«

»Ich auch.«

Die beiden Männer, die fast ein halbes Jahrhundert voller Kränkung, Zorn und Bitterkeit getrennt hatte, sahen einander nun mit einer Mischung aus Traurigkeit, Glücksgefühl und Bedauern an. Walter sah auf die Uhr.

»Lass uns gehen, Smiler müsste jeden Moment kommen. Wir können unten auf ihn warten.«

Sie setzten sich in den Eingangsbereich und sahen zu, wie der Regen über den Parkplatz peitschte. Angus hatte den Jugendlichen ins Herz geschlossen, der nun jede Woche vorbeikam, um zu lernen, wie man Gehstöcke schnitzte. Als sie Hamish von ihrem Vorhaben erzählt hatten, hatte er bereitwillig eine Ecke des Schuppens freigeräumt, sodass nun reichlich Platz für zwei Leute und eine Werkbank war.

»Es ist schon seltsam«, sagte Walter. »Einerseits kann ich es kaum erwarten, in den Bungalow zu ziehen und mein neues Leben in der Nähe von Becky und den Mädchen zu beginnen, andererseits werden mir die Gesellschaft und die Blödeleien mit den anderen hier fehlen. Das Heim ist ein bisschen wie eine Familie.«

»Ja, das ist es wohl.«

»Du bist doch nicht allzu unglücklich hier, oder?«

Sein Freund überlegte einen Moment, ehe er antwortete. »Nein, ich bin nicht unglücklich. Ich habe das Stadium erreicht, in dem ich nicht mehr allein klarkomme, und wenn ich schon betreut wohnen muss, dann ist das hier kein schlechter Ort. Nach all dem, was in letzter Zeit hier passiert ist, ist das *Highland Home* im Vergleich zu dem, wie es war, als ich herkam, kaum wiederzuerkennen.«

»Stimmt, da hat sich ganz schön was verändert«, pflichtete Walter ihm bei. »Es vergeht ja inzwischen kaum ein Tag, an dem nicht irgendwelche jungen Leute hier ein und aus gehen. Die gegenseitige Hilfsbereitschaft, die hier entstanden ist, hat bei allen Spuren hinterlassen.«

Sie plauderten noch eine Weile weiter, hielten aber inne, als sie leise Musik hörten.

»Wo kommt das denn her?«, fragte Walter.

»Klingt nicht so, als käme es vom Band. Lass uns mal gucken gehen.«

Sie gingen los und machten rasch die Quelle der Musik aus. Im Wintergarten saßen Albert und ein Junge, der zu den regelmäßigen Besuchern aus der Schule gehörte, auf dem Sofa. Beide hielten eine Mundharmonika in der Hand. Walter und Angus hielten sich neben der Tür, um nicht gesehen zu werden.

»Ach du lieber Himmel«, flüsterte Angus.

Albert war dabei, bis ins kleinste Detail zu erklären, wie das Instrument funktionierte. Er spielte einige Tonleitern und hörte dann zu, wie der Junge sich selbst an dem Instrument versuchte, sichtlich bemüht, Alberts Anweisungen genau zu befolgen. Sie lachten über etwas, und dann begann Albert *Mairi's Wedding* zu spielen.

»Weißt du was«, sagte Walter leise, »so schlecht ist das Lied eigentlich nicht.«

Walter wartete in dem kleinen Café, nicht wissend, dass er auf demselben Stuhl saß, auf dem Mr Forsyth seinen Tee getrunken hatte, nackt bis auf ein strategisch platziertes Geschirrtuch und eine Tischdecke. Er hatte einen seltsamen Vormittag hinter sich. Als er das Haus verließ, hatten sich einige Bewohner am Eingang eingefunden, um sich von ihm zu verabschieden, obwohl er sich so wenig Aufhebens wie möglich gewünscht hatte.

Er hätte nicht gedacht, dass es ihn so wehmütig stimmen würde, die Leute zu verlassen, die ihm so vertraut geworden waren. Auch wenn er nur mit einigen wenigen richtige Freundschaft geschlossen hatte, waren doch viele nett zu ihm gewesen, als er vor zwei Jahren gekommen war, und er hatte sie alle ins Herz geschlossen.

Walter fand, dass er nichts mehr gemein hatte mit der traurigen Gestalt von damals, die nicht mal in der Lage gewesen war, ein Ei zu kochen. Ihm war bewusst, dass er viel Glück gehabt hatte, wieder ganz auf die Beine zu kommen, und dass Julie an diesem Umstand großen Anteil gehabt hatte. Nach dem Tag, an dem sie zusammen mit Angus in seinem Zimmer gewesen waren, hatte sie das Seniorenheim nicht mehr besucht.

Als an jenem Tag ihre Komödie den Höhepunkt erreicht hatte und Deirdre und Mrs MacDonald vor der Tür kurz vor dem Kollaps standen, brachten alle drei zehn Minuten lang keinen Ton mehr heraus, so sehr mussten sie lachen. Lachen ist die beste Medizin und kann vieles heilen. Wenn man der Welt nur das Lachen beibringen könnte …

Das Glöckchen über der Tür riss ihn aus seinen Gedanken. Er stand auf, als Julie hereinkam, zwei Rollkoffer im Schlepptau. Er stellte die Koffer an die Seite und sie umarmten einander lange, bevor sie Platz nahmen. Das Café war fast leer, und die wenigen Gäste nahmen kaum Notiz von ihnen. Er bestellte Tee.

»Ich habe im *Highland Home* so viel Kuchen gegessen, dass es für den Rest meines Lebens reicht«, sagte er, als die Kellnerin wieder gegangen war. »Sie meinen es manchmal zu gut mit ihren Bewohnern.«

»In Zukunft wirst du selbst kochen müssen, keine fertig servierten Mahlzeiten mehr. Überhaupt wirst du alles selbst anpacken müssen: Einkaufen, Saubermachen, Bügeln … Niemand wird dich mehr von vorn bis hinten verwöhnen!«

»Mist, daran hatte ich gar nicht gedacht! Meine Möbel sind noch in meinem alten Zimmer. Vielleicht sollte ich schnell zurück und so tun, als hätte ich nur Spaß gemacht.«

»Wie war dein Vormittag?«

»Überraschend traurig. Mit meinen Freunden von früher habe ich keinen Kontakt mehr, und in letzter Zeit hatte ich nur die Leute im Heim. Jetzt habe ich auch die hinter mir gelassen.« Sie streckte die Hand aus und nahm die seine. »Aber es war in Ordnung, meine Liebe. Alle waren sehr nett, und es war schön, mit jedem von ihnen in den letzten Tagen ein bisschen in Ruhe zu reden.«

»Aber nun ist es an der Zeit, den nächsten Schritt zu machen.«

»Stimmt. Und schau dich an! Jetzt verstehe ich, was du mit neuem Outfit meintest. Sportlich-praktisch.«

»Ja, ich habe meinen Stil etwas geändert.«

»Neue Kleider, neue Frisur … neues Abenteuer.«

Die Kellnerin kam zu ihnen, und ihr Gespräch wurde kurz unterbrochen, während sie Tassen und Teekanne auf den Tisch stellte. Walter war hier oft Gast gewesen und wusste, dass sie die Eigentümerin des Cafés war.

»Sie sind wohl nicht mehr lange da?«, fragte sie.

»Heute ist mein letzter Tag. Mein Zug geht in etwa einer Stunde.«

»Na, dann wünsche ich Ihnen alles Gute. Ich habe mich immer sehr gefreut, Sie hier als Gast zu begrüßen.«

»Ich danke Ihnen«, antwortete er und stand auf, um ihr die Hand zu geben.

»Der Tee geht aufs Haus. Ich wünschte, alle meine Gäste wären so höflich und wohlerzogen wie Ihr Großvater«, sagte sie und ging. Walter wusste nicht, was er sagen sollte, und Julie konnte sich ein breites Grinsen nicht verkneifen.

»Kann ich dir Tee einschenken, Großväterchen?«, sagte sie laut und griff nach der Kanne. »Hast du heute schon deine Tabletten genommen? Du weißt doch, was der Doktor gesagt hat. Wir wollen doch nicht, dass du wieder einen deiner seltsamen Anfälle bekommst, nicht wahr?«

»Nicht so vorlaut, junge Dame.«

»Du hast hier offensichtlich Eindruck gemacht«, antwortete sie und senkte die Stimme. »Vielleicht sollte man die Frauen in Aberdeen vorwarnen.«

»Wie wäre es, wenn du jetzt den Tee einschenkst? Für mich bitte etwas Milch, wenn es recht ist.«

Ihr letztes Beisammensein ging viel zu schnell vorüber, und als sie auf dem Bahnsteig standen, hielten sie einander fest bei den Händen. Sie hatten dem anderen so viel Halt gegeben. Auch wenn beide nun wieder stark genug waren, sich der Zukunft zu stellen, fürchteten sie doch beide den Augenblick des Abschieds.

»Das war wirklich nett von Amanda, dir eine Unterkunft in der Nähe zu suchen«, sagte Walter. Sie hatten darüber vorher schon gesprochen, aber er musste irgendetwas sagen, um die Anspannung zu überbrücken.

»Ja.«

»Du wirst mir doch schreiben und mich oft anrufen?«

»Natürlich. Du aber auch.«

»Ein Brief am Tag.«

»So viel Zeit hast du gar nicht.«

»Für dich werde ich immer Zeit haben«, sagte er.

Sie drückte die Stirn an seine Brust, und er schloss sie in die Arme. Er hielt sie ganz fest.

»Danke für alles. Wenn du nicht gewesen wärst, würde ich jetzt nicht in diesen Zug steigen.«

»Von Aberdeen sind es nur zweieinhalb Stunden mit dem Zug, weißt du«, sagte sie und trat einen Schritt zurück, um ihn anzusehen.

»Nach Edinburgh?«

»Ich habe nachgesehen.«

»Das heißt, für dich wären es auch nur zweieinhalb Stunden nach Aberdeen.«

»Genau.« Sie lächelte.

»Das ist ja gar nicht so weit. Vielleicht können wir uns auch ab und zu in der Mitte treffen, auf ein Mittagessen oder so. Dann könnten wir am selben Tag wieder zu Hause sein.«

»Zuhause … So etwas hatte ich seit sehr langer Zeit nicht mehr.«

»Und vergiss nicht, was ich dir gesagt habe. Überleg mal, ob du nicht doch wieder versuchst, Kontakt aufzunehmen. Vielleicht, wenn du erst einmal richtig angekommen bist …«

»Und anständig geworden.«

»Du warst immer anständig, Julie. Immer. Vergiss das nie.«

Die Zugansage aus dem Lautsprecher über ihnen übertönte alle weiteren Worte und verstummte erst, als sein Zug einfuhr.

»Du musst los.«

Walter hatte nur einen kleinen Koffer mit dem Nötigsten dabei, das er für die nächsten Tage brauchte, die er bei seiner Tochter verbringen würde. Seine Sachen im *Highland Home* würden morgen bei seinem Bungalow eintreffen. Die meisten anderen Möbel, die er brauchte, hatte er schon gekauft. Sie waren bereits geliefert worden, und Becky und der Rest der Familie hatten sie ausgepackt und aufgestellt.

»Kein Grund für Tränen«, sagte sie und wischte sie von seiner Wange. »Wir sehen uns wieder.«

»Natürlich sehen wir uns«, erwiderte er und wischte ihr sanft die Tränen weg, die ihr über die Wangen liefen.

Dann saß er auf seinem Platz. Vom Zug aus sah sie so klein und zerbrechlich aus, ganz allein, nur in Begleitung von zwei Koffern. Ein Windstoß erfasste sie. Julie lächelte und zog den Mantel um sich, um zu zeigen, wie kalt es war. Er spürte den Impuls, hinauszustürzen und sie in die Arme zu nehmen, aber dann ging ein leiser Ruck durch den Zug. Die Fahrt begann. Walter drückte den Kopf ans Fenster, um sie so lange im Blick zu behalten, wie es nur ging.

Julie winkte. Er hob die Hand. Dann war sie nicht mehr zu sehen.

Sechzig

Hallo, meine Liebe«, begrüßte Dorothy Miss Ross, die gerade zu ihr ins Zimmer kam. »Sie waren aber lange unterwegs. Ich dachte, dass Sie zum Abendessen zurück sein würden.«

Ihre Freundin hatte einen ehemaligen Schüler besucht, und die Rückfahrt hatte länger gedauert als erwartet. Müde ließ sie sich auf ihren gewohnten Platz fallen.

»Das dachte ich auch. Es macht aber nichts. Ich hatte ein ausgiebiges Essen mit Donald heute Mittag.«

»War es denn schön?«

»Oh ja, ganz wunderbar. Aus ihm ist ein richtig guter Pfarrer geworden. Ich wusste immer schon, dass er das werden würde. Aber wenn er erst einmal redet, hört er so schnell nicht mehr auf. Ich frage mich, ob seine Gemeindemitglieder jemals zu Wort kommen. Und Gott muss wahrscheinlich erst mal einen Termin mit ihm ausmachen!«

»Sie sehen ganz erschöpft aus. Bleiben Sie schön sitzen, ich mach erst mal einen Tee.« Dorothy legte ihr Strickzeug beiseite und ging zur Anrichte, um den Wasserkocher einzuschalten. »Oberschwester Maureen hatte heute aufregende Neuigkeiten. Der Leiter des Gartencenters hat angerufen und angeboten, die Kosten für alle Telefonleitungen zu übernehmen, die wir für die *Perlen der Weisheit* nutzen.«

»Das ist wirklich großzügig von ihm. Unsere Dienste bei der Beratungs-Hotline scheinen sich ja herumzusprechen. Und wie gut, dass sich jetzt auch noch mehr von unseren Mitbewohnern an den Telefonaten beteiligen.«

»Heute Nachmittag habe ich Meg und Peg ein bisschen Nachhilfe gegeben. Wie sich das anhört – ich und Nachhilfe geben … Ah, apropos Anrufe, Ben hat einen von Walter entgegengenommen, der ausrichten lässt, dass er gestern wohlbehalten bei seiner Tochter angekommen ist und seine Möbel heute Mittag am Bungalow eingetroffen sind. Die Möbelpacker haben sogar alles gleich so hingestellt, wie er es haben wollte.«

»Ich bin mir sicher, dass es ihm dort gut gehen wird. Aber das *Highland Home* wird nicht mehr dasselbe sein ohne ihn. Wir haben sowieso viel zu wenig Männer.«

»Oh ja. Angus wirkt seit gestern ein wenig verloren. Es ist doch erstaunlich, dass es den beiden gelungen ist, nach so vielen Jahren ihre Freundschaft wiederzubeleben. Ich glaube, nicht einmal Deirdre hat je herausgefunden, was zwischen den beiden vorgefallen ist, als sie noch jung waren.«

Miss Ross wollte gerade eine Bemerkung zu Geheimnissen fallen lassen, überlegte es sich dann aber anders. Stattdessen zog sie die Schuhe aus und massierte sich die Füße, während Dorothy zwei Tassen Tee brachte.

»Bitte schön, meine Liebe.«

»Danke. Als ich kam, habe ich im Wintergarten Joan mit Sohn Nummer zwei gesehen. Damit wird sie für den Rest des Abends ausgebucht sein.«

»Sehr wahrscheinlich. Hier im Haus kann es kaum jemand mit ihr aufnehmen, was Familienbesuche angeht, obwohl ich heute mit Andrew telefoniert habe – er kommt am Sonntag mit Susan und Olivia vorbei. Sie scheinen wieder viel besser miteinander auszukommen und laden mich zum Lunch ein. Es werden keine Kosten gescheut, sagte er, aber das meinte er sicher ein bisschen ironisch, denn ich wüsste nichts in der Nähe, wo es besonders teuer wäre.«

»Das ist wundervoll. Ich freue mich sehr für Sie. Es war ja eine Menge los, während ich unterwegs war.«

»Zurzeit wird es wirklich nicht langweilig. Ich komme kaum noch zum Stricken.«

Eine Weile saßen sie schweigend da, tranken ihren Tee und genossen das Beisammensein.

»Die Leute sind schon ganz aufgeregt wegen des Märchenspiels zu Weihnachten«, sagte Dorothy, die erzählte, was ihr gerade in den Kopf kam, und nicht unbedingt in logischer Reihenfolge. »Es wird gemunkelt, dass Mr Dunn dieses Jahr eine der bösen Stiefschwestern spielt.«

»Es gibt Dinge, die möchte man sich nicht vorstellen, und ein Bestatter, der als Travestit in *Aschenputtel* spielt, gehört definitiv dazu.«

»Smiler – an den Namen werde ich mich wohl nie gewöhnen – kommt morgen, das wird Angus aufheitern. Es ist schon komisch, welche Freundschaften es zwischen Menschen geben kann, nicht wahr?«

Freundschaften … wohl kaum der richtige Ausdruck.

»Wohl wahr. Niemand kann bestimmen oder vorhersagen, wie oder wann man jemandem begegnet, für den man Gefühle entwickelt, die man vorher nicht kannte, von denen man nicht wusste, dass es sie gibt. Alles, was man zu wissen glaubte, ist wie auf den Kopf gestellt, und man weiß nicht mehr, wo oben und wo unten ist. Ich habe nie geglaubt, dass so etwas passieren könnte, und schon gar nicht auf diese Weise. Und wenn es ausgerechnet am Ende eines langen Lebens geschieht, könnte man denken, dass das furchtbar traurig ist. Man kann sich nur fragen, wie das Leben gewesen wäre, wenn man diese Erfahrung früher gemacht hätte. Aber so sollte man nicht denken. Es ist besser, dankbar zu sein, dass man eine solche Beziehung überhaupt erleben durfte.«

Miss Ross merkte, dass die Müdigkeit sie redselig werden ließ, und hielt abrupt inne. Als sie nach einiger Zeit merkte, dass keine Antwort kam, sah sie zu Dorothy hinüber und entdeckte, dass sie eingeschlafen war.

Wo sind all die Jahre geblieben? Wie kommt auf einmal die Liebe in mein Leben? Wie oft hatte sie sich diese Fragen wohl in den vergangenen zwölf Monaten gestellt? Manche Geheimnisse müssen bewahrt werden, weil es niemandem nützt, wenn sie ans Licht kommen.

Leise stellte sie ihr Geschirr ab, stand auf und nahm Dorothy behutsam die Tasse vom Schoß. Sie berührte Dorothys Haar, so leicht, als wäre ihre Hand ein Schmetterling. Es war nur eine winzige Geste, aber sie hatte das schon so lange tun wollen. Sie sah Dorothy eine Weile an. So geräuschlos wie möglich kniete sie sich auf den Boden und lehnte den Kopf an Dorothys Beine.

Nur für einen kleinen Augenblick.

Nur so lange, dass sie etwas hätte, woran sie sich erinnern, woran sie sich später im Stillen erfreuen konnte.

Noch ein Geheimnis.

Miss Ross hob eine Hand und legte sie neben dem Gesicht auf Dorothys Knie. Sie schloss die Augen und atmete den Duft von Lavendelseife ein. Sie musste lächeln. An ihrer Wange spürte sie die Wärme von Dorothys Haut durch den Stoff ihres Rocks.

Im Haus herrschte ungewöhnliche Stille, als hielten alle den Atem an, alle außer Dorothy. Miss Ross lauschte dem beruhigenden Geräusch, das die Anspannung in ihrem Körper zu lösen schien und sie in ein Gefühl von Frieden und Ruhe einhüllte. Sie war in ihrem ganzen Leben nicht so glücklich gewesen.

Nur für einen kleinen Augenblick.

Normalerweise brauchte Dorothy immer eine Weile, bis sie so wach war, dass sie ihre Umgebung wieder richtig wahrnehmen konnte. Sie merkte, dass Tiddles es sich auf ihrem Lieblingsplatz bequem gemacht hatte und wollte sie gerade schlaftrunken mit geschlossenen Augen streicheln. Aber es war nicht die Katze, und als sie die Augen öffnete, sah sie zu ihrer Überraschung, dass Miss Ross an ihrem Bein lehnte.

Ihre Freundin hatte viel zu viel gearbeitet, sie wirkte furchtbar müde in letzter Zeit. Dorothy hatte sich vorgenommen, sie einmal darauf anzusprechen. Sie strich ihr sanft über das Haar, das wie immer zu einem strengen Knoten gedreht war – ohne zu ahnen, dass Miss Ross das kurz vorher bei ihr gemacht hatte.

Sie war ein guter Mensch, anständig, ehrlich, eine Frau, bei der man immer darauf vertrauen konnte, dass sie das Richtige tun würde. Dorothy hatte überhaupt nichts dagegen einzuwenden, dass sie an ihr Bein gelehnt eingeschlafen war, aber sie hatte schon zu lange in dem Sessel gesessen und musste sich ein wenig bewegen.

»Miss Ross. Miss Ross.«

Sie bewegte sich nicht, also versuchte sie es lauter. Sie rief wieder ihren Namen und schüttelte sie an der Schulter, erst sanft, dann etwas fester. Als nichts davon Wirkung zeigte, schlug Dorothy die Hand vor den Mund, und eine Träne lief ihr über die Wange.

»Oje … oje.«

Einundsechzig

Der Trauergottesdienst für Edith Ross war so gut besucht, dass viele in der Kirche nur noch ganz hinten einen Stehplatz fanden. Der Kleinbus des Seniorenheims war ebenso rappelvoll gewesen, und Maureen hatte zusätzlich noch einige Pkw für die einstündige Fahrt organisieren müssen, weil so viele an dem Gottesdienst teilnehmen wollten.

Niemand im *Highland Home* hatte geahnt, welches Ansehen die pensionierte Schuldirektorin während ihres langen Berufslebens genossen hatte. In den Kirchenbänken saßen einige Familien, von denen alle drei Generationen bei ihr zur Schule gegangen waren.

Als die Insassen des Kleinbusses die Kirche betraten, entdeckten sie zu ihrer Überraschung Deirdre, obwohl sie wussten, dass Mrs MacDonald ihr einen Brief mit der traurigen Nachricht geschrieben hatte. Dorothy winkte ihr, dass sie sich zu ihnen setzen solle. Deirdre zögerte zunächst, verließ dann aber doch ihren Platz. Es gab so wenige Verwandte, dass die vorderen Reihen fast gänzlich mit Heimbewohnern besetzt waren. Sie hatten das Gefühl, fast so etwas wie Familie zu sein.

Ein Herzanfall, hatte Oberschwester Maureen gesagt. Der schlichte Holzsarg neben dem Altar war mit einem kleinen Gesteck aus roten Rosen geschmückt. Dorothy starrte auf das Holz. Sie konnte immer noch nicht recht begreifen, dass ihre Freundin jetzt da drin lag, dass es den Menschen, der ihr immer geholfen und beigestanden hatte, nicht mehr gab. Sie würden nie wieder in ihrem Zimmer zusammensitzen und plaudern und stricken oder bei schönem Wetter einen Spaziergang im Garten machen. Nie wieder würden sie gemeinsam frühstücken und Witze über zu hart gekochte Eier machen.

Der Pfarrer, ein fröhlich wirkender Mittsechziger mit rundlichem Gesicht, begrüßte die Trauergäste am Eingang, und als niemand mehr zu kommen schien, ging er nach vorn auf die Kanzel.

»Wir sind heute zusammengekommen, um uns von jemandem zu verabschieden, der das Leben vieler von uns berührt hat, von den Großeltern bis zu den Enkeln. Edith Ross hat mir vor einigen Monaten geschrieben, um die Einzelheiten für ihr Begräbnis zu besprechen. Sie war immer eine sehr pragmatische Person, und da sie ein gewisses Alter erreicht hatte, wollte sie sichergehen, dass alles geregelt ist. Wie es das Schicksal will, haben wir noch am Tag ihres Heimgangs zusammen zu Mittag gegessen.«

»Ich würde heute nicht vor Ihnen stehen, wenn Miss Ross nicht die außerordentliche Fähigkeit gehabt hätte, hinter dem kleinen Ausschnitt, den wir im täglichen Leben von uns zeigen, den ganzen Menschen zu sehen. Ich war schon mehrere Jahre ihr Schüler gewesen, als ich mit fünfzehn ziemlich rebellisch wurde!«

Die Gemeindemitglieder, die ihn kannten, mussten über dieses kleine Geständnis lachen, was ein wenig von der Beklemmung nahm, die sie alle erfasst hatte, während sie auf den Beginn der Trauerfeier gewartet hatten.

»Kaum zu glauben, ich weiß. Ich bin in einer sehr religiösen Familie aufgewachsen. In einer liebevollen, lustigen Familie, die alles andere als langweilig war. Ich glaube, das Einzige, wogegen ich mich auflehnen konnte, war die Religion, und so habe ich mich mit aller Wucht gegen die kirchliche Lehre geworfen, mit der ich groß geworden war. Meine armen Eltern waren völlig ratlos.«

»Und hier kam Miss Ross ins Spiel. Sie nahm sich über mehrere Monate viel Zeit für mich, hörte sich meine jugendlichen Anklagen an und brachte mich mit viel Taktgefühl dazu, einzusehen, was ich mich weigerte zu erkennen.«

Der Pfarrer hielt einen Moment inne und betrachtete schweigend den Sarg.

»Ich habe nie vergessen, wie mir diese damals noch junge Frau auf den rechten Weg geholfen hat und wofür ich ihr für den Rest meines Lebens dankbar sein werde. Nach meiner Ordination bin ich viel gereist, aber wir sind immer in Briefkontakt geblieben. Miss Ross war eine leidenschaftliche Briefschreiberin und hat sich immer dafür interessiert, wohin es ihre ehemaligen Schüler verschlagen hatte und was aus ihnen geworden war. Heute lebe ich wieder da, wo ich herkomme. Ein Kreis hat sich geschlossen, wie so oft im Leben.«

»Wir haben einander auch noch geschrieben, als sie im Seniorenheim wohnte, wo sie eine ganz besondere Freundin gefunden hatte, die sie öfter als andere erwähnte. Sie heißt Dorothy und wird nun ihre Erinnerungen mit uns teilen.«

Der Pfarrer verließ die Kanzel, und Dorothy erhob sich von der Bank. Fürsorglich reichte er ihr den Arm, um sie sicher die zwei Stufen hoch zum Pult zu führen. Sie hatte keine Notizen dabei, aber das Pult war mit einem kleinen Mikrofon ausgestattet, das er auf sie ausrichtete, bevor er sich an die Seite setzte. Das Meer aus Gesichtern vor ihr wirkte so ganz anders als bei dem Publikum, das sie aus den Schulen kannte.

»Reverend McBain … du liebe Güte, das erinnert mich an eine Geschichte über einen Pfarrer gleichen Namens, den ich kannte, als ich ein kleines Mädchen war. Er hatte viele Kaninchen … nun ja, das gehört heute wohl nicht hierher. Reverend McBain hat uns eine sehr schöne und rührende Schilderung von der jungen Miss Ross gegeben und was für einen großen Einfluss sie auf sein Leben hatte. Ich möchte Ihnen von dem Menschen erzählen, den ich erst im Alter kennengelernt habe. Wir alle im *Highland Home* haben schon das eine oder andere Jährchen auf dem Buckel und in unserem langen Leben viele Menschen getroffen. Manches Mal begegnet man jemandem und weiß sofort, dass man einander verstehen wird. Miss Ross und mir ist es so ergangen, und wir waren sehr eng miteinander befreundet, dabei hätten wir in vieler Hinsicht nicht gegensätzlicher sein können. Sie war nämlich eine hochgebildete Frau, die es liebte zu lernen und zu lehren. Letzteres konnte sie besonders gut. Obwohl sie gern gelacht hat und auf intelligente Art sehr witzig sein konnte, erschien sie manchen Leuten ein wenig kühl und reserviert. Sie war sicherlich keine, die andere ständig umarmte oder dazu neigte, körperliche Zuneigung zu zeigen. Miss Ross war es wichtig, Dinge richtig zu machen, und sie konnte auch ein bisschen pingelig sein. Sie bestand zum Beispiel auf losem Tee, wenn Sie wissen, was ich meine.«

Hier und da perlte ein leises Lachen auf. Einige nickten zustimmend.

»Hinter dieser strengen Fassade steckte der loyalste, beständigste und vertrauenswürdigste Mensch, den ich je getroffen habe, ein Mensch, der große persönliche Opfer auf sich nahm, um Freunden in der Not zu helfen … wie sie es für mich getan hat.«

Dorothy machte eine Pause, um ein Taschentuch hervorzuholen und sich zu schnäuzen. In der Kirche war es völlig still, alle hingen wie gebannt an ihren Lippen.

»Wie der Herr Pfarrer schon gesagt hat, war Miss Ross eine Quelle der Inspiration. Ich hätte mir noch vor wenigen Monaten nicht träumen lassen, dass ich Schulen besuchen und zu Schülern sprechen würde. Noch unglaublicher ist es, dass sie tatsächlich hören wollen, was ich zu sagen habe! Diese neue Rolle in meinem Leben habe ich vor allem meiner lieben Freundin zu verdanken. Sie hat wesentlich zur Gründung von *Perlen der Weisheit* beigetragen, eine Beratungs-Hotline für junge Menschen, die wir im Seniorenheim betreiben. Den Namen für die Hotline habe ich übrigens in Anlehnung an Miss Ross ausgesucht, die sich so für unseren Notruf engagiert hat.«

»Bis vor Kurzem hatten wir eine regelmäßige Besucherin im *Highland Home*. Eine wunderhübsche, lebhafte junge Frau, die die besondere Gabe hatte, sich mit Menschen aus allen Schichten zu verstehen und eine enorme Hilfsbereitschaft an den Tag legte. Heute arbeitet Julie in einem Seniorenheim in Edinburgh und hat dort ihren Kollegen von unserem Jugend-Notruf erzählt, den wir hier in den Highlands gegründet haben. Unsere Heimleiterin«, fuhr Dorothy fort und nickte Maureen zu, die in der zweiten Reihe saß, »konnte uns vor Kurzem mitteilen, dass das Heim in Edinburgh jetzt eine ähnliche Hotline einrichtet. Sie haben sich bei uns gemeldet, um Ratschläge einzuholen und zu fragen, ob sie sich ebenfalls *Perlen der Weisheit* nennen dürfen. Wir Alten … wir können viel von unserer Erfahrung an die Jungen weitergeben, aber wir können auch sehr viel von ihnen lernen. Ich kann mir kein schöneres Denkmal für Miss Ross vorstellen, als dass *Perlen der Weisheit* expandiert und – wer weiß – eines Tages überall in Schottland zu finden sein wird.«

Dorothy hatte mit leiser Stimme, aber deutlich und selbstsicher gesprochen, ganz ohne Notizen. Sie hielt inne und blickte stumm in die Gesichter, die sie ansahen. Sie kannte nur die, die in den ersten zwei Reihen saßen, aber sie wusste, dass alle mit Miss Ross verbunden gewesen waren, daher fühlte es sich an, als wären alle in der Kirche Freunde.

»Nun … das war es, was ich Ihnen sagen wollte. Ich danke Ihnen, dass Sie mir zugehört haben. Das war sehr freundlich von Ihnen.«

Der Pfarrer ging rasch auf sie zu, als sie vom Pult zurücktrat.

»Das haben Sie ganz großartig gemacht«, flüsterte er ihr zu und nahm sie beim Arm. »Dieser andere Reverend McBain, von dem Sie kurz sprachen – wenn er hier aus der Gegend war, dann muss das mein Großvater gewesen sein.«

»Oh!«, sagte Dorothy leicht beunruhigt.

»Er hatte jede Menge Kaninchen. In unserer Familie gibt es sogar eine komische Geschichte über einen Rammler«, fuhr er fort, als er sie zu ihrem Platz zurückbrachte.

»Tatsächlich? Über einen Rammler? Sehr interessant. Die müssen Sie mir bei Gelegenheit erzählen.«

Miss Ross hätte an dem köstlichen Büfett, das anschließend im Gemeindesaal aufgebaut war, nichts auszusetzen gehabt. Einige der Frauen, die sich um den Tee kümmerten, hatten die alte Lehrerin in überaus guter Erinnerung und sorgten ihr zu Ehren dafür, dass nur loser Tee seinen Weg in die großen Metallkannen fand. Dorothy plauderte gerade mit einer Familie aus dem Ort, als sie den Mann neben sich bemerkte.

»Walter!«

»Hallo«, sagte er und umarmte sie.

»Ich wusste gar nicht, dass Sie da sind.«

»Angus hat mir geschrieben. Ich musste einfach kommen, aber mein Zug hatte Verspätung, sodass ich es erst im letzten Moment hierher geschafft habe. Jemand hat mir dann seinen Platz in der letzten Reihe überlassen. Erst hier im Saal kann ich sehen, wer alles vom *Highland Home* hier ist. Ist das Deirdre, die ich da eben gesehen habe?«

»Ja, sie ist aus Edinburgh gekommen. Wie geht es Ihnen?«

»Gut, danke. Ich sehe meine Familie fast jeden Tag und genieße das sehr. Und Ihnen?«

»Oh, wir haben ja so viel zu tun. Immer mehr von uns machen bei *Perlen der Weisheit* mit, sogar Angus. Er hat angeboten, ab und zu einen Dienst zu übernehmen, damit die Anrufer auch mal einen männlichen Ansprechpartner haben. Neulich habe ich zufällig zugehört, als er am Telefon war, und was soll ich sagen, er ist ein Naturtalent.«

»Das freut mich sehr zu hören. Ich muss ihn gleich mal suchen gehen.«

»Aber ohne Miss Ross ist natürlich nichts mehr, wie es war.«

»Ihre Trauerrede war sehr berührend. Sie wäre stolz auf Sie gewesen.«

Die Leute im Gemeindesaal standen dicht an dicht, fast alle Trauergäste waren nach dem Gottesdienst noch geblieben, für Tee, Sandwiches und Gespräche. Neben einer Platte mit Karamell-Shortbread standen Angus und Mrs MacDonald und lauschten Deirdres Bericht von ihrem neuen Zuhause. Angus hatte das Gefühl, dass sie sich verändert hatte, konnte aber nicht sagen, was anders war.

»Ehrlich gesagt«, schloss Deirdre, »ist es kein Vergleich mit *Highland Home.* Ich wusste nicht, wie gut ich es hatte. Die meisten Bewohner leiden unter Demenz, und die Pfleger … Ich hätte nie gedacht, dass Ben und Anna so etwas Besonderes sind.«

Weder Angus noch Mrs MacDonald wussten so recht, was sie sagen sollten. Es schien, als hätten die jüngsten Ereignisse in ihrem Leben die Moralpredigerin etwas geläutert. Offenbar war sie dabei, sich mit ihrer Einsamkeit abzufinden.

»Wie nett von Ihnen, dass Sie den weiten Weg nicht gescheut haben«, meinte Mrs MacDonald, um das Gespräch in Gang zu halten. Es war offensichtlich, dass auch das Verhältnis zwischen den beiden Frauen verändert war.

»Meine Freunde fehlen mir«, gab Deirdre zu. »Allzu oft weiß man das Gute erst zu schätzen, wenn man es nicht mehr hat.«

»Dafür sehen Sie aber doch Ihren Sohn jetzt öfter.« Angus versuchte, etwas Positives beizutragen.

Deirdre nickte kurz, wenn auch nicht sehr überzeugend. In diesem Moment traten Walter und Dorothy zu ihnen, und es folgten gegenseitiges Umarmen und Handschütteln. Dann wurden Fragen nach der Gesundheit ausgetauscht.

»Und wie geht es Ihnen, Deirdre?«, erkundigte sich Walter.

»Ich werde es überleben, danke der Nachfrage. Aber was viel wichtiger ist … wie geht es Julie?«

Zweiundsechzig

Am späten Nachmittag waren alle von der Trauerfeier wohlbehalten zurück und wieder über das ganze Haus verteilt. Mitunter konnte der Tod eines Bewohners die Stimmung dramatisch verschlechtern, deshalb bemühte sich das Pflegeteam an diesem Tag ganz besonders um seine Schützlinge, um das Schiff in ruhigem Fahrwasser zu halten.

Aber es war nur natürlich, um den Verlust einer Freundin zu trauern. Auch Maureen spürte eine große Traurigkeit in sich, doch als sie sich am frühen Abend in ihren Bürostuhl fallen ließ, war Erschöpfung das vorherrschende Gefühl. Es war ein langer Tag in einer ungewöhnlich anstrengenden Woche gewesen.

Miss Ross' Möbel und Kleidung waren an das Sozialkaufhaus in der Stadt weitergegeben worden. Die kleineren Wertgegenstände wie Schmuck, persönliche Briefe und andere Korrespondenz waren sorgfältig in einer kleinen Pappschachtel verstaut worden, die nun auf einem Stuhl hier im Büro stand.

Das Zimmer war leer und wieder in seinen neutralen Zustand versetzt worden, bereit für den nächsten Neuzugang. Die Zimmer konnten noch so hell gestrichen oder schön eingerichtet sein, in diesen Situationen wirkten sie einfach nur traurig. Die Matratze lag nackt auf dem Bett, weil der letzte Bewohner nie wieder darauf schlafen würde.

Maureen dachte, dass sie keine Energie mehr hatte, um die persönlichen Gegenstände von Miss Ross durchzugehen, aber sie griff zu dem schwarzen Buch, das obenauf lag, und blätterte einige Seiten durch. Es war ein Tagebuch. Ihre Augen waren eigentlich zu müde zum Lesen. Nach ein paar Minuten legte sie das Buch zur Seite und ging hinaus. Kurz danach kehrte sie mit einer Tasse Kaffee zurück. Sie blätterte wieder zum Anfang und begann erneut zu lesen.

Es war nach zehn, als sie zur letzten Seite kam, dem letzten Eintrag, den Miss Ross wenige Tage vor ihrem Tod geschrieben hatte. Respektvoll schloss sie das Buch und legte es behutsam auf ihren Schreibtisch. Die Heimleiterin war vieles – Beichtmutter und Friedensstifterin, aber sie konnte auch streng sein, wenn es um das Einhalten von Regeln ging. Und sie wusste Geheimnisse zu hüten.

Das Tagebuch enthielt, zumindest teilweise, Bekenntnisse, die die pensionierte Schuldirektorin mit niemandem teilen konnte. Die Seite in ihr, von der niemand etwas ahnte, konnte sie nur ausleben, indem sie darüber schrieb. Mithilfe ihrer Aufzeichnungen versuchte sie, die neuen Gefühle zu ergründen, die sie so unerwartet überwältigt hatten.

Ein ganzes langes Leben zu leben und sich erst ganz am Ende zu verlieben, wenn Leidenschaft und Lust schon zu Staub zerfallen … Was hatte Miss Ross geschrieben? Manche Geheimnisse müssen bewahrt werden, weil es niemandem nützt, wenn sie ans Licht kommen. Maureen war sich sicher, dass Dorothy nichts von alledem wusste. Was hätte sie davon, wenn sie es erführe? Mit einem tiefen Seufzen zog sie ihren Mantel an, nahm das Buch und verließ das Büro.

Es war Zeit, nach Hause zu gehen.

Dreiundsechzig

Dorothy nahm im Büro Platz. Anna hatte sie im Wintergarten gefunden, wo sie gerade beim Stricken war, und hierher gebracht. Außer ihr war noch ein elegant gekleideter Mann in den Fünfzigern im Raum, der ihr nicht bekannt vorkam. Anna ging wieder hinaus und schloss die Tür hinter sich.

»Guten Morgen, Mrs Cameron«, begrüßte der Mann sie höflich. »Danke, dass Sie sich die Zeit genommen haben, mit mir zu sprechen. Mein Name ist Anderson und ich bin der Anwalt, der sich um den Nachlass von Miss Ross kümmert.«

»Oh«, sagte Dorothy überrascht und fragte sich, was er wohl von ihr wollte.

»Wie es Miss Ross' Gewohnheit war«, begann der Mann mit einem kleinen Lächeln, »hat sie mir genaue Instruktionen hinterlassen, was nach ihrem Ableben mit ihrem Eigentum zu geschehen habe. Sie hatte ihr Haus verkauft, als sie hier ins Seniorenheim gezogen ist, sodass ihr Vermögen heute aus Bargeld sowie Aktien, Anleihen und anderen Beteiligungen besteht. Wie Sie sicher wissen, gibt es nur einige wenige entfernte Verwandte. Ursprünglich hatte sie bestimmt, dass ihr Vermögen auf verschiedene Wohltätigkeitsorganisationen aufgeteilt werden solle. Aber vor etwas über einem Jahr hat sie ein neues Testament aufgesetzt und Sie als Alleinerbin eingesetzt.«

»Ach du gute Güte«, sagte Dorothy und schlug die Hand vor den Mund. »Was bedeutet das?«

»Nun ja, es handelt sich nicht um ein großes Vermögen, es ist aber auch nicht ganz unerheblich. Mir ist die Höhe der Gebühren in diesem Haus bekannt, und wenn Sie mir die Bemerkung erlauben, es müsste ausreichen, dass Sie bis an Ihr Lebensende ohne Geldsorgen im *Highland Home* leben können.«

Dorothy merkte, wie ihr die Tränen in die Augen schossen. Sie brachte kein Wort heraus.

Der Anwalt wartete taktvoll, bis sie sich wieder etwas gefangen hatte.

»Ich habe Ihnen die entsprechenden Unterlagen mitgebracht, denen Sie die genauen Zahlen und Bewertungen des Anlagevermögens entnehmen können. Sie müssten außerdem noch einige Dokumente unterzeichnen.«

»Mr Anderson, wäre es möglich, Oberschwester Maureen dazuzuholen? Ich fürchte, dass mich diese Dinge doch etwas überfordern.«

»Ich halte das für eine ausgezeichnete Idee und weiß zufällig, dass sie gerade Zeit hat. Doch bevor ich sie holen gehe, muss ich Ihnen noch etwas unter vier Augen aushändigen.« Mit diesen Worten holte er einen kleinen hellblauen Umschlag aus seiner Aktentasche und überreichte ihn ihr.

»Was ist das?«

»Ich vermute, es handelt sich um einen Brief, doch ich kenne seinen Inhalt nicht. Kurz vor ihrem bedauerlichen Dahinscheiden hat Miss Ross mich noch einmal aufgesucht. Ihre Anweisungen waren sehr präzise. Für den Fall, dass sie vor Ihnen stirbt, sollte ich Ihnen diesen Brief übergeben und niemandem sonst. Sollte dies aus irgendwelchen Gründen nicht möglich sein oder sollten Sie sich nicht mehr im Vollbesitz Ihrer geistigen Kräfte befinden, hatte sie verfügt, den Umschlag und seinen Inhalt ungeöffnet zu vernichten.«

Dorothy nahm den Umschlag entgegen, auf dem ihr Name und ihre Adresse in der vertrauten gestochenen Handschrift standen. Sie strich mit dem Finger über das ›D‹ und dann langsam über die anderen Buchstaben.

Der Anwalt beobachtete sie einige Augenblicke, dann legte er die Mappe mit den Dokumenten auf den Tisch und erhob sich.

»Ich gehe dann mal die Heimleiterin holen«, sagte er.

Er verließ das Büro. Dorothy wurde bewusst, dass sie bei dem, was jetzt kam, ganz bei der Sache sein musste, und steckte den Umschlag in die Tasche ihrer Strickjacke.

In ihrem Kopf drehte sich alles, als sie endlich wieder in ihrem Zimmer war. Ohne Maureens Hilfe hätte Dorothy sich überhaupt nicht zurechtgefunden. Mr Anderson erwies sich als sehr freundlich und war mit ihr sehr geduldig mehrere Male alle Zahlen durchgegangen. Die ganze Sache mit den Aktien und Anleihen war überaus verwirrend, Tatsache jedoch war, dass sie hier wohnen bleiben konnte.

Dorothy hob die Katze von dem Sessel, setzte sich und platzierte sie auf ihrem Schoß. Tiddles schnurrte zufrieden, als sie sie gedankenverloren am Ohr kraulte. Sie war so durcheinander, dass sie nicht wusste, was sie denken oder fühlen sollte. Eigentlich sollte sie vor Freude durch das Haus laufen und allen von der wunderbaren Neuigkeit berichten, dass sie nie wieder in Geldnöten sein würde und für immer bleiben könnte. Stattdessen war sie nur nachdenklich, fast sogar traurig.

»Oh, Tiddles. Du weißt gar nicht, wie gut du es hast.«

War es wirklich erst neun Monate her, dass sie dieses furchtbare

Schreiben erhalten hatten, in dem ihnen die Erhöhung der Gebühren mitgeteilt wurde? Jener Tag schien in ein anderes Zeitalter zu gehören. Dorothy konnte kaum glauben, was seither alles geschehen war: die Gründung des Rettungskommandos, der Protestmarsch, die Barrikade im Aufenthaltsraum. Hatten sie das wirklich getan? Und dann der Entschluss, eine Sex-Hotline zu gründen. Welcher Wahnsinn hatte sie da nur geritten?

So vieles hatte sich seitdem verändert. Nach Joan und Angus hatte es weitere Neuzugänge gegeben, nachdem Mrs Campbell und Mrs O'Reilly gestorben waren. Walter und Deirdre waren ausgezogen. Beatrice war von ihrer Familie aus dem Heim genommen worden, aber niemand wusste, wo sie jetzt war. Als sie die alte Dame abgeholt hatten, war Mr Forsyth den restlichen Vormittag über untröstlich gewesen, bis er beim Mittagessen verkündete, dass er Mrs Winchester-Fowler heiraten werde.

Und jetzt hatte Miss Ross sie verlassen.

»Wie kann sich so vieles in so kurzer Zeit ändern?«, fragte sie die Katze. »Wenigstens du und Oberschwester Maureen seid noch dieselben, nicht wahr?« Tiddles hob die Pfote und legte sie auf die Jackentasche, in der noch der Umschlag steckte. »Ja, ich weiß, du willst auch wissen, was drinsteht.«

Dorothy nahm den Umschlag heraus und betrachtete wieder die Handschrift darauf. Sie wollte ihn eben öffnen, als das Telefon klingelte. Mit leichtem Seufzen nahm sie den Hörer ab.

»Hallo, *Perlen der Weisheit*, wie kann ich helfen?« Einige Momente lang war es still am anderen Ende der Leitung, dann hörte sie ein Mädchen weinen. »Aber was ist denn los, mein Kind?«

»Kann ich mit Ihnen sprechen?«

»Aber ja, natürlich. Dafür bin ich doch hier am Telefon.«

»Ich muss einfach mit irgendjemandem reden.«

»Du klingst noch so jung.«

»Ich … ich bin sechzehn.«

»Du bist noch ein Kind, meine Liebe. Mein Name ist Dorothy. Wie heißt du?«

»Samantha.«

»Oh, was für ein hübscher Name. Kannst du denn nicht mit deinen Eltern sprechen?«

»Sie haben immer zu tun. Ich bin ganz allein.«

»Ja, so ist das oft. Weißt du, Samantha, das mit der Einsamkeit … ist ein bisschen wie mit der Liebe. Beiden ist es völlig egal, wie alt du bist. Du kannst dich mit sechzehn genauso einsam fühlen wie mit sechsundneunzig. Das ist überhaupt nichts, wofür man sich schämen müsste.«

»Überall bin ich Außenseiterin, in der Schule, in den Diskos hier in der Stadt, überall. Ich gehöre nirgendwo dazu.«

»Vielleicht liegt es daran, dass sie nicht das Richtige für dich sind.«

»Aber es gibt nichts anderes hier! Mein Leben ist so leer und sinnlos, und niemand merkt etwas davon.«

Samantha, die sich zunächst langsam wieder gefangen hatte, brach wieder in Tränen aus. So viele junge Leute fühlten sich heutzutage verloren, und die vielen virtuellen Freunde schienen nie da zu sein, wenn man sie brauchte. Dorothy hätte das Mädchen gern in den Arm genommen, obwohl das in den modernen Zeiten auch verpönt war. Wie auch immer, sie fand, dass man sich nicht immer an alle Vorschriften halten musste.

»Möglicherweise können wir ja doch einen Sinn finden. Wo hast du denn von uns gelesen, mein Kind?«

»In der Bücherei.«

»Bist du dort gerade?«

»Ich stehe davor.«

»Dann bist du ja ganz in der Nähe. Wäre es für dich möglich, zu der kleinen Teestube ein Stück die Straße hinunter zu kommen?«

»Ja, aber wozu?«

»Sollen wir uns dort in ungefähr zwanzig Minuten treffen?«

»Wirklich?«

»Na, ich werde mir doch die Gelegenheit nicht entgehen lassen, mit einer reizenden jungen Dame einen Tee trinken zu gehen!«

»Woran erkenne ich Sie?«

Dorothy überlegte einen Moment und sah sich auf der Suche nach einer Idee im Zimmer um. Sie konnte ja schlecht Tiddles mitnehmen und sagen, sie sollte Ausschau nach einer alten Dame mit einer leicht übergewichtigen Katze halten. Dann hatte sie eine Eingebung.

»Ich werde meinen roten Hut tragen … und ich achte auf ein Mädchen mit roten Augen.«

»Ich danke Ihnen«, sagte Samantha und musste ein wenig lachen.

»So ist es recht. Jetzt sieht das Leben schon wieder ein kleines bisschen schöner aus, habe ich recht?«

»Es ist so kalt hier draußen.«

Dorothys Blick fiel auf den langen grünen Schal, der fast fertig war. Mit der freien Hand zog sie ihn zu sich heran.

»Da habe ich genau das Richtige für dich. Ich muss nur noch schnell die letzte Reihe abketten. Bis gleich, meine Liebe.« Sie war so vertieft in das Gespräch gewesen, dass sie nicht bemerkt hatte, dass der Umschlag auf Tiddles' Kopf gelandet war. »Verzeih, Tiddles«, sagte sie und griff danach. »Geht es dir gut da unten?«

Mit einem prompten Miau signalisierte Tiddles, dass es ihr ganz ausgezeichnet ging. Dorothy hielt den Umschlag einen Augenblick in der Hand und lehnte ihn dann vorsichtig an den Bilderrahmen mit dem Foto.

»Kannst du für den Moment darauf achtgeben, Willie?«, fragte sie den Mann auf dem Bild. Willie lächelte zurück, wie es seine Gewohnheit war.

Dorothy stand auf und setzte Tiddles zurück auf den Sessel. Sie würde Zeit sparen, wenn sie das Strickzeug mitnahm und sich in der Teestube um die letzten Maschen kümmerte. Vielleicht könnte sie ja Samantha für dieses Hobby begeistern. Sie verstaute den Schal, die restliche Wolle und die Nadeln sicher in ihrer Tasche und ging dann zur Tür, um Hut und Mantel zu holen.

»Schön brav bleiben, mein Mädchen.«

Die Katze sah sie freundlich an. Dann war die alte Dame zur Tür hinaus. Tiddles legte den Kopf auf eine ihrer Pfoten und schloss die Augen. Sie würde auf Dorothy warten.